历朝通俗演义（插图版）——民国演义 IV

宣告北伐

许廑父 著

北方联合出版传媒(集团)股份有限公司
万卷出版公司

图书在版编目（CIP）数据

民国演义 . 4, 宣告北伐 / 许廑父著 . -- 沈阳：万
卷出版公司, 2015.1（2021.7 重印）
　　（历朝通俗演义）
　　ISBN 978-7-5470-3121-6

　　Ⅰ . ①民… Ⅱ . ①许… Ⅲ . ①章回小说—中国—现代
Ⅳ . ① I246.4

中国版本图书馆 CIP 数据核字（2014）第 154433 号

出 品 人：王维良
出版发行：北方联合出版传媒（集团）股份有限公司
　　　　　万卷出版公司
　　　　　（地址：沈阳市和平区十一纬路 25 号　邮编：110003）
印 刷 者：河北盛世彩捷印刷有限公司
经 销 者：全国新华书店
幅面尺寸：168mm×233mm
字　　数：323 千字
印　　张：19.5
出版时间：2015 年 1 月第 1 版
印刷时间：2021 年 7 月第 4 次印刷
责任编辑：胡　利
责任校对：尹葆华
封面设计：向阳文化　吕智超
版式设计：范思越
ISBN 978-7-5470-3121-6
定　　价：45.00 元
联系电话：024-23284090
传　　真：024-23284448

目 录

第一回

月色昏黄秀山戕命
牌声历碌抚万运筹

上回书中说到李秀山巡阅使，因感于民国成立以来，军阀交哄，民不聊生，本人虽受北方政府委任，主持南北和议，却因双方意见，根本不能相容，以致和议徒有虚声，实际上却一无成绩，心中郁懑之极，不免常向部下一班将士，和巡署中幕僚们，吐些牢骚口气。凑巧为了撤换财政厅长，引起各界鸣鼓而攻，甚有停止纳税的表示，李纯益发懊恼异常。原来民国军阀中，李纯出身渔家，年轻时候，曾以挑贩鲜鱼为业，事业虽小，却比其他出身强盗乐户，推车卖药之辈，究有雅俗之判，高下之分。*渔樵耕读，都是雅事，此李纯之所以为高尚也，说来绝倒。*李纯生性忠厚，尚知爱国惜民，历任封疆，时经数载，也不过积了几百万家当，*几百万犹以为少，是挖苦，不是恭维。*比较起来，也可谓庸中佼佼，铁中铮铮的了。在李纯自己想来，各省军阀，何等横暴，怎样威福，多少人吃他们的亏辱，却都敢怒而不敢言，一般的有人歌功颂德，崇拜揄扬。本人出身清高，凡事不肯十分作恶，平心而论，总算对得住江南人民，江南人民得了我这样的好官长，难道还不算天大的福运？谁料他们得福不知，天良丧尽，为了一个财政厅长，竟敢和我反起脸来，函电交驰的，把我攻击得体无完肤。这等百姓，真可算得天字第一号的狡民了。早知如此，我李纯就该瞧瞧别人的样，任心任意的，多做几件恶事，怕不将江苏省的地皮，铲低个三四尺，我李纯的家产，至少也可弄他三五千万，难道这批狡民，还能赶上巡辕，把我咬去半斤五两的皮肉不成？他想到这里，愈觉懊恨不堪，恨到极处，不免有几句厌世议论，发生出来。*几句空话，竟作老齐裁诬的凭据，是以君子慎言语也。*人家听了，也只有再三劝慰，说什么公道总在人心，巡帅国家柱石，也犯不着和这批无知无识的愚民，去计较是非。这等说话，也算善于劝谏的了，无奈李纯生长山水之间，久执樵渔之业，*谑而虐。*倒是一个耿直的汉子，心有所恨，一时间排解不开，凭他们怎样开导，也只当作耳边风，并不十分理会。他那方寸之间，兀自郁郁不乐的，不晓要怎样才好。这时，衙门中人，和他家中几位姨太太，见大帅如此烦恼，也都怀鬼胎儿似的，谁也不敢像平时般开心取乐，只弄得衙门内外，威仪严肃，寂静无哗起来。

岂知天人有感应之理，人的念头，往往和天的施行，互相联合。那李纯心有感触，对人便说点厌世自杀的话头儿。列公请想，民国以来，只有残民自肥的军阀，岂有因公自刎的长官，万一真有其人，不但开民国史的新记录，也且替各省军政长官，保存一点颜面，管他死得值与不值，该与不该，谁还忍心批评他的是非得失呢？*慨乎言之！*然而这到底还是不易碰到的事情，李纯虽贤，究竟未必有此爱国爱民的热忱，作者立誓不打一句诳言。原来李纯之死，的的确确，有一重秘密的黑幕在内。虽然李纯因有自刎的谣传，得了一个身后的盛名，但是大丈夫来要清，去要白，像李纯这等冤死，反加以自刎之名，究竟还是生死不明，地下有知，恐也未必能够瞑目咧。

按本书上回临了，说李纯自杀，原有许多物议，须待调查明白云云。如今在下却已替他调查得有点头绪，那些外面揣测之词，不止一种，实在都属无稽之谈，至于真正毙命原因，仍旧逃不出上回所说"妻妾暧昧之情，齐帮办不能无嫌"这两句话。*缴应上回。*列公静坐，且听在下道来。

上文不是说过，李纯因心中烦恨，常有厌世之谈。他既如此牢骚，别人怎敢欢乐，只有齐帮办燮元，因是李纯信用之人，又且全省兵权，在彼掌握，在情势上，李纯也不得不尊重他几分。那时大家都在恐怖时代，有那李纯身边的亲近幕僚，大伙儿对齐燮元说道："巡帅忧时忧国，一片牢愁，万一政躬有些违和，又是江苏三千万人的晦气。大帅是执性之人，我们人微言轻，劝说无效，帮办和大帅交谊最深，何不劝解一言，以广大帅之意？不但我们众人都感激帮办，就是公馆中几位太太们，也要歌咏大德咧。"齐燮元听了，也自觉此事当仁不让，舍我其谁，于是拍拍胸脯子，大声道：“诸公莫忧！此事会在燮元身上，包管不出半天，还你一个欢天喜地的大帅。当为转一语曰，包管不出半天，还你一个瞑目挺足的大帅。诸位等着听信罢！”燮元说了这话，欣然来见李纯。李纯因是燮元，少不得装点欢容，勉强和他敷衍着。燮元也明知其意，却斒着李纯说：“大帅多日没有打牌，今儿大家闲着，非要请大帅赏脸，玩个八圈。”说着，又笑道：“不是燮元无礼，实在是大帅昨儿发了军饷，燮元拜领了一份官俸，不晓什么道理，这批钞票银元，老不听燮元指挥，非要回来侍候大帅。昨天晚上整整的闹了一夜，累得燮元通宵不曾安眠，所以今天特地带了它们来，仍旧着它们服侍大师。大帅要不允燮元的要求，燮元真个要给它们闹乏了。”却会凑趣。几句话，凑上了趣儿，把个李纯说得哈哈大笑，也且明知燮元来意，在解慰自己，心中也自感悦，于是吩咐马弁，快请何参谋长、朱镇守使等人过来打牌。马弁们巴不得一声，欢欢喜喜地分头去请。不一时，果把参谋长何恩溥、朱镇守使熙二人请到。说起打牌的话，二人自然赞成。这时，早有当差们将台子放好，四人扳位入座。这天，因大家意在替李纯解闷，免不得牌下留情，处处地方尽让着三分，哄孩子似的，居然把这位大帅，哄得转忧为喜，转怒为欢。可见厌世是假。他们打的本是万元一底的码子，到了傍晚时分，李纯已赢了两底有余。八圈打完，壁上挂钟打了九下，大家停战吃饭。饭后，李纯还有余兴，便说：“我是赢家，照例只有劝你们再打的，不晓大家兴致如何？”三人自然一例凑趣。燮元还笑说：“大帅已经把我的部下招回去伺候自己，难道还要招点新军么？”李纯也笑道：“中央已有明令，各省停止招兵，我们怎敢违抗呢？放心罢！要是我再想扩充军额，你们大可以拍几个电报，弹劾我一个违令招兵的罪状咧。”以中央命令为谑笑之资，尊重中央者果如此乎？几句话，说得大家又是一笑。何恩溥见李纯又说到国事上头，深怕惹起他的恨处，忙着用话支吾开去，一面，催着入席。大家这才息了舌争，再兴牌战。这一场，大家因李纯赢得够了，不愿再行让步，苦苦相持的，打了几圈。李纯却稍许输了一点，他便立起身来，瞧着他的秘书张某，正在写字台上，批什么稿咧，便笑着招手说：“这个时候，还弄什么笔头儿，快来替我打几圈罢！”张秘书只得搁笔而起，代他打牌。

李纯先在一边瞧着，后来见他拿的牌，不甚得手，便不看了。却觉肚子有点发痛，于是丢了牌局，独自一人，向上房走去，想到他最心爱的大姨太春风那边去大便。从此大得方便矣。谁知他命该告终，经过三姨太秋月房间时，猛然一阵笑声，从秋月房中出来，趁着那微风吹送，透入李纯耳鼓，十分清澈明白。李纯不觉大动疑心，连肚子中欲下犹含的一大泡大便，也缩回肠中，<u>趣甚</u>。竟忘了自己作什么进来了。于是蹑着手脚，索性走近秋月房门口，靠着门缝儿里，向内一瞧。果不其然，他那三姨太太拥着一个男子，厮亲厮热的，正得趣咧。李纯这一气，才是非同小可，难为他急中有智，猛记得秋月的房，有一道后门，平时总不上闩的，不如绕道那门进去，看这奸夫淫妇，往哪里逃。心中如此想，两只脚，便不知不觉的，绕到后门，轻轻一推，果然没有闩着。李纯一脚跨了进去，却不料门口还蹲着一个什么东西，黑暗头里，把李纯绊了一下，一个狗吃屎，跌倒在地。这一来，不打紧，把里面一对痴男怨女，惊得直跳起来，异口同声的唤道："李妈！李妈！"原来李妈正是秋月派在门口望风的人，方才绊李纯一跤的，便是这个东西。她因望风不着，得便打个盹儿，<u>此之谓合当有事</u>。做梦也想不到这位李大帅，会在她打盹头里，跑了进来，恰巧又压在自己身上，一时还爬不起来。比及秋月赶过来看时，才见李纯和李妈，滚在一处，兀自喘吁吁地骂人。秋月惊慌之际，赶着扶起李纯，李纯也不打话，顺手把她打了两个耳光，又怕奸夫逃走，疾忙赶到前面，才见那男子不是别人，正是自己一手提拔信任极专的一个姓韩的韩副官。说时迟，那时快，韩副官正在拔开门闩，想从前门溜去，后面李纯已经赶上，大喝一声："混账小子，往哪……"说到这个哪字，同时但听砰的一声，可怜堂堂一位李巡阅使，已挟了一股冤气，并缩住未下的一团大便，奔向鬼门关上去了。<u>涉笔成趣，妙不可言</u>。李纯既死，这韩副官和秋月俩，只有预备三十六着的第一着儿，正商着卷点细软金珠，还要打发那望风打盹的老妈子。韩副官的意思，叫作一不做，二不休，索性送她一弹，也着她去伺候伺候大帅。倒是秋月不忍，还想和她约法三章，大家合作一下。韩副官急道："斩草不除根，日后终要受累，我们行兵打仗，杀人如草芥，一个老婆子，值得什么，不如杀了干净。"<u>勇哉此公</u>！说着，更不容秋月说话，又是砰砰的两枪。这一来，才把一场滔天大祸，算闯定了。

本来李纯的上房，都做在花园之内，各房相离颇远，可巧这天又刮着大风，树枝颤舞，树叶纷飞。加以空中风吼，如龙吟虎啸一般，许多声浪，并合起来，却把韩副官第一次枪声遮掩住了。那时候，他们大可以安安静静的，一走了事，偏偏要把无辜的老婆子，一例收拾，继续地发了两枪，这真是胆大妄为，达于极点。凑巧给外面一个马弁听见了，这马弁却又是齐帮办手下的人，<u>此马弁当是老齐元勋</u>。因燮元和李纯交情最密，本来穿房入户，都不避忌的。他见李纯进去，久不出来，未免心存疑惑，便也拉了一人代打，自己想到他上房去瞧瞧。这时花园中风云正黯，月色依稀，他那贴身马弁，忙取出手电筒照着，在先引路。这韩副官枪毙老妈的第二声，却先进了马弁的耳朵，不觉大惊住脚，回转身对燮元说道："帮办可听见么？这是枪声啦！"燮元相距较远，又被树木遮住，却也隐隐听得，似乎有点怪响。听了这话，忙问："你听清楚，这是哪儿来的声音？"马弁引手遥指道："那是大帅三姨太房子，枪声是从这边出来的。"燮元听了，也是他福至心灵，忙喝住马弁："不许多说，**端的机警**。跟我来！"又道："带了咱们的手枪没有啦？"马弁回说："带着呢。"燮元更不说话，向着秋月房，急急趱行。到了门口，就听见里面一阵历碌声音，燮元早闻李纯几位姨太，只有此人不妥，却还不明白奸夫是谁，此际心中雪亮，喝命马弁，拿手枪来。马弁依言，送上手枪，燮元吩咐他守住前门，自己握着手枪，也从后门而入。他是**胸有成竹**的人，自然不慌不忙的，蹑脚而入。可笑那一对男女，正在收拾细软，预备长行，忙得什么似的，绝不防背后有人暗算，连着那支行凶的手枪，也丢在李纯尸身上面，并没放好。燮元眼快，一进门，就瞧见室中死着两人，一个正是英名威望，**李纯封英威将军，嵌英威二字趣而刻**。坐镇江南的李大帅秀山将军，由不得心中一悲一喜。**悲是应分，喜从何来？**

且慢！作书的自己先要扳一个错头儿，实在那时候，齐帮办也到了生死荣辱关头，老实说，只怕他那心中，也未必再有这等悲喜念头儿，只见他跳出床前，一手擎住手枪，直指韩副官胸中，冷笑一声，说："好大胆，做得好大事！"这一来，才把一对男女，惊得手足无措，神色张皇，两个膝盖儿，不知不觉地，和那张花旗产的大红彩花地毡，作了个密切的接合，**只一跪字，写得如此闹热，趣极**。不住地向燮元磕起头来。那秋月究竟是女子性格，更其呜咽有声，哀求饶命。燮元见此情形，不觉心中一软，**真乎？假乎？** 低声叹道："谁教你们作死？我看了你们这副情景，心里又非常难受的。也罢，我是一个心慈脸软的人，横竖大家都出名叫我滥好人儿，说不得，再来滥做一次好人，替你俩捃起这个木梢来罢！"二人巴不得这一句，两颗心中，一对石头，轰的一声，落下地去。正在磕头道谢，只见燮元又正色道："且慢！你俩要命不难，却须听我调度。**胸中已有成竹**。我叫你们怎么说，你们就得怎么说，要你们怎样办，就得怎样办，舛错了一点，莫怪我心硬。那其间，只怕我都要给你们连累

5

呢,哪能再顾你们哪。"二人听了,不约而同地公应一声。燮元把手枪收了进去,喝道:"还不起来,再缓,没有命了。"二人忙又磕了几个头,急忙起来。燮元把前门开了,放进那个马弁,附耳吩咐了几句。<small>怕老韩掉皮也。</small>又对韩副官笑说:"拿耳朵过来!"韩副官依言,听燮元悄悄说道:"不怕有人来么?"韩副官回说:"已经三姨太太打发出去,一时不得进来。"<small>秋月房中,安得如许时没人进出,着此一笔,方设漏洞,文心固妙,然事实亦必如此。</small>燮元啐了一口,因附耳说道:"如此,如此。"又对马弁道:"你帮着韩副官,赶快把事情办好,就送韩副官出去,懂得么?"马弁和韩副官都答应晓得。燮元又指那老妈子说道:"人家问起她呢,你们怎么回答?"韩副官忙道:"那容易,只说大帅自尽的当儿,老妈子为要阻止他,大帅一急,就将她先杀了,这不完啦。"燮元点头称赞道:"怪不得人说风流人的思想,比平常人深远得多呢。"<small>比骂他还凶。</small>韩副官听了,不觉脸上又是一红。燮元又再三叮嘱不要误事,方才从从容容地,缓步而出,仍旧回到牌场上,叫过一个马弁,又悄悄吩咐道:"如此这般。"布置完备,想了想,没有什么事了,于是安安静静的,仍回原位打牌。

　　打到一副,蓦听得人声鼎沸,合署喧腾,来了!来了!燮元心中禁不住乱跳,<small>入情入理。</small>其余诸人,却都大吃一惊。<small>入情入理。</small>正待查问,那喧哗之声,已自远而近,各人耳鼓中,都已听得明明白白,是大帅自杀的一句话儿。燮元听了,猛可地把自己面前一副将和未和的万子清一色,都牺牲了。<small>绝大的牌,已经和出,区区清一色,何足留恋?</small>顺手一捞,立起身嚷道:"了不得,真个做出来也!"<small>妙语妙笔,语是机警语,笔是传神笔。</small>说着,自己首先引导,带着众人,赶进内室去,才到半路,就有李纯的当差接着,回说:"大帅已经归天,尸身在三姨太房内呢。"燮元带着大众又赶向三姨太房,早见房中黑压压地已站满了一屋子的人,有署中职员,有上房的太太、姨太太、奶奶、小姐,并一班马弁当差丫头老妈子,有纷纷猜论的,有伏尸大哭的,闹得个声震檐壁,人满香闺。燮元跨步上前,见了李纯尸身也禁不住一阵伤心,嚎啕挥泪。那李纯的正室太太,手中拿着一大张纸头,上面写着许多七歪八斜潦潦草草的字儿,哭得泪人儿似的,交与燮元手中,说道:"齐伯伯!你瞧瞧,这上面说点什么?"燮元一瞧,只见一片模糊,也没有几个字可以辨识,大略瞧了一遍,便大嚷道:"大家静一静儿,大帅还有遗言咧。"众人听了,果然鸦没雀静的,静听无哗。

燮元大声道:"大帅的字,很不容易辨清,大概这是他神经错乱之故,如今将大意宣布一番罢。大帅的意思,是说:'国事如此,自己身为封疆大吏,一点不能救正,现在南北相持,各走极端,中央派他做和议代表,也是一无结果,无心做官,更无颜处世,因此决心自杀,派燮元暂代巡阅使督军之职。以上是宾,此下是主。一面请张秘书拟稿,向中央保举燮元继任。至于遗产办法,大帅另有支配清单,除提出半数,分给太太和二大人及各位姨太外,以半数作南开大学基金,及直隶赈灾之用。'做死人家产不着。大帅遗言,已尽于此,只有派燮元代理继任的话,燮元委实万分惭愧,但既蒙大帅相知之雅,委托之殷,自当以地方大局为重,暂时担任维持,并盼各同人大家协助办理,莫丢了大帅身后的颜面,和殉国的苦心,才是正理。"说得如许冠冕,此公才不可及。说话时,不但署中僚属,陆续到齐,还有几位镇守使师长,如陈调元、朱春普等一班儿,也俱赶到。此外却有齐帮办的手下军官,都全副武装,带领兵士们,霎时布满了署内署外,和上房花园等处。尽在如此这般中。据说是齐帮办的参谋长,闻信派来,防备意外之事的。这等用兵,也可谓神速之极了。句中着眼,却说得刻薄。

当下大众听了齐帮办宣布的遗嘱,有深信不疑的,有心领神会的,间有少数怀疑的人,见齐帮办和几位军界领袖,都十分相信,他们又怎敢不信。下一敢字,句中有眼。于是又请三姨太太说明经过情形。尽在如此如此中。那三姨太是苏州妓院出身,娇声曼气,带泪含悲的,说:"是大帅进来大便,何尝大便,简直未便。大便过后,坐在奴的床上,忽然朝奴滴下泪来,奴是再三再四地问他咧,谁知大帅一味伤心,总不说话,倒把奴急的没法安慰,奴想去报告太太哩,大帅又说,不许奴去,奴还有什么法子呢,连用几个奴字,真有娇声曼气的一种肉麻相,可谓绘声绘影之笔。只眼睁睁瞧着大帅,大帅忽然命奴拿出纸笔,写了这么一大篇,奴又不认得字,知道他写的什么呢?奴又不敢问他,只坐在一边闷想。如今奴想起来,奴可明白了,原来大帅为要写这东西,怕别的姊妹们,都是读书识字的,怎能由他舒舒齐齐的写呢,可不寻到奴这不识字的地方来了。"众人听了,都点点头,唯有齐帮办更摆头晃脑子的,表示赞许之意。深刻。正是:

山木自寇,象齿焚身。

恫哉李督!死不分明。

不知三姨太还有什么宣市，却听下回分解。

李督头脑，较清于其他军阀，所行各事，亦未必十分贪横，乃惨遭横死，死尚被诬，此有心人所为长太息也。然佳兵不祥，不戕自焚。民国以来，曷有军阀而得好结果者？与其害国殃民，遗臭千古，尚不若死于风流为之愈。人悲李督之遇，吾则谓同一不终，此尚差胜。

第二回

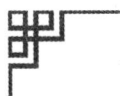

真开心帮办扶正
假护法军府倒霉

　　却说三姨太太秋月，又对众人说道："大帅写完了字，奴又到后面解手去了。一个为大便而死，一个以小解送终，相映成趣。谁知道他会走这条绝路儿呢！当时奴只听得李妈叫一声，大帅要不好了，奴本是提心吊胆的，一听这话，倒把奴急得手都解不出来了，正待问哩，就听大帅骂了一声，蠢东西，谁要你管。同时就听得砰的响了一声，已经把奴吓得胆都碎了。奴可来不及盖马子儿，拉了裤，趣极。就赶去看时，不道李妈已经躺在地下，奴只叫得一声啊呀，险些把裤子都掉下地来。趣而刻。才定了定神。啊唷，奴的天哪！谁道大帅更不怠慢，立刻又把枪机一扳，他！他！他！就阿唷唷！传神之笔。奴回想起来，真个说都不敢说下去了。"说到这里，三姨太太赶着，赶着妙。逼紧了喉咙，一个倒栽葱，跌在李纯身上，哀哀大哭起来，还说："早晓得大帅这等狠心，奴是抵拼给你打死，老早请了太太过来了，奴也不致吃这等大惊慌了。"众人听了，料道没有什么可疑的了，也不便多嘴多舌的。于是由齐帮办宣布，人死不可复生，大帅身系东南安危，我们该赶紧商量，维持后事，电告中央，派员接替，注重在此。然后商量办理丧事。此言一出，大众一哄退出，齐到西花厅开起善后会议来。对于李纯自刎一案，至此却先告一段落。综计自韩副官行凶，至齐帮办设计，众人共听遗嘱为止，前后不过四五个钟头，却也办得细密周到，无懈可击。赞美一笔更妙。列公请想，这齐帮办的手腕，可厉害不厉害呢。

李纯死后，经全体幕僚和军界同胞，并家属代表，大开善后会议。到了次日午后，便是民国九年十月十二日，省长以下各官，和省议会的议长、议员，地方士绅，不下数百人，得了信息，陆续晋署探问，当由齐帮办会同何参谋长、齐省长，暨家属人等，公同发表李纯遗书，并电报等，共计五件，兹为照录于下：

（一）致齐省长耀琳、齐帮办燮元

纯为病魔所迫，苦不堪言，两月以来，不能理事，贻误良多，负疚曷极。求愈无期，请假不准，卧视误大局，误苏省，恨己恨天，徒唤奈何。一生英名，为此病魔失尽，时有疑李督患梅毒，不能治愈，痛苦万状，而出于自杀者，即从遗书中屡言病魔，推想出来，其实于情理不合。尤为恨事。以天良论，情非得已，终实愧对人民，不得已以身谢国家，谢苏人，虽后世指为误国亡身罪人，问天良，求心安。至一生为军人，道德如何，其是非以待后人公评。事出甘心，故留此书，以免误会，而作纪念耳。李纯遗书。九年十月十日。

（二）致全国各界

和平统一，寸效未见。杀纯一身，爱国爱民，素愿皆空。求同胞勿事权利，救我将亡国家、纯在九泉，亦含笑感激也。李纯留别。十月十一日。

（三）关于身后的希望

纯今死矣，求死而死，死何足怨？但有三种大事，应得预先声叙明白：（1）代江浙两省人民，叩求卢督军予嘉大哥，维持苏浙两省治安，泉下感恩。（2）代苏省人民，叩求齐省长，望以地方公安为重，候新任王省长到时，再行卸职。（3）苏皖赣三省巡阅使一职，并未受命，叩请中央另简贤能，以免贻误。四江苏督军职务，以齐帮办燮元代理，恳候中央特简实授，以维全省军务，而保地方治安。叩请齐省长、齐帮办及全体军政两界周知。李纯叩。十月十一日。

（四）致齐帮办及皖张督军

新安武军归皖督张文生管辖，其饷项照章径向部领，如十月十一日恐领不及，由本署军需课，代借拨二十万元接济，以维军心，而安地方。关于皖省，可告无罪。此致皖张督军、苏齐帮办查照办理。十月十一日。

（五）处分家事遗嘱致伊弟李桂山中将

桂山二弟手足：兄为病魔，苦不堪言，常此误国误民，心实不安，故出此下策，以谢国人，以免英名丧尽，而留后人纪念。兹有数言，挥泪相嘱：（1）兄为官二十余年，廉洁自持，始终如一，祖遗财产及兄一生所得薪公，并实业经营所得，不过二百数十万元，存款以四分之一捐施直隶灾赈，以减兄罪，以四分之一捐助南开大学永久基本金，以作纪念。其余半数，作为嫂弟合家养活之费。钱不可多留，须给后人造福。（2）大嫂贤德，望弟优为待遇，勿忘兄言。（3）二嫂酌给养活费，归娘家终养。（4）小妾四人，每人给洋二千元，交娘家另行改嫁，不可久留，损兄英名。（5）所有家内一切，均属弟妥为管理，郭桐轩为人忠厚，托管一切，决不误事。（6）爱身为主，持家须有条理，尤宜简朴，切嘱切嘱。兄纯挥泪留别。九年十月九日。

列公看了这几封遗书，须要明白，李纯死后，韩副官一人一手，怎么做得出如此长篇文章？当然这都是一班有关系的大人先生，禀承齐帮办意旨，在事后编撰出来的，这是毋庸疑义的了。雪亮。再则其中还有许多说话，或和昨夜燮元所说不同，或竟为燮元所未曾道及，那也是斟酌情形，临时增改而成，本来难逃明眼人的洞鉴。入情入理。只有一桩，不能不替他下一个注脚，原来李纯的三省巡阅，本是自己向中央要索而得，后因江西督军陈光远，有"宁隶鄂省，不附李纯"的宣言，皖省张文生也有反抗李纯的表示，因此迟迟疑疑，未敢就职；而且也是李纯满口厌世的主要原因。现在李纯既死，论资格物望，和军队实力，除了齐帮办，无第二人。燮元当李纯初死之时，就对众宣称："李大帅委他暂摄巡督两篆，并有电恳中央予以实授"的说话，但这是他一时的野心，想由师长帮办的衔头，一跃而为督军兼巡阅，真可谓志大言夸，而不顾利害的蠢主意。贪多嚼勿烂。

岂知李纯死耗发表之后，燮元虽持李纯遗言为升官的利器，而外面空气却十分紧张。不但把李纯遗嘱置之不理，并且还想趁此机会，要求废督，东也开会，西也集议，纷纷攘攘的，电请中央，大有不达目的不休之势。只这半天工夫，就接得许多不好的消息。齐燮元志在进取，已非朝夕，自然处处周备，着着设防。各方面消息，都是非常灵速，一边稍有风声，他这里也早得了报告。这时外面情形，尤其在他特别注意之中，更加多派侦探，四处八方的秘密探访，所以一到午前，就得了许多报告。燮元这才晓得出位之思，过分之望，是靠不住的。**全国野心家听者！**这才赶紧设法，先把遗嘱中代理巡阅一事，一笔勾销，却专从督军入手，待到根深蒂固，脚步站稳，然后再作进一步的计划。这是他心中的盘算，至于对外一方面，自己先实行代握军篆，并为见好邻封起见，赶紧把新安武军的军饷，尽先借拨；同时怕同事中尚有不服，趁着李纯治丧机会，施出全付拉拢手腕，和他们联络得如兄如弟，莫逆异常。

这时江苏共有七镇守使，论资格，也有比燮元更老的，但燮元新和直派联络，得了帮办位置，又加了上将衔，老实说一句，分明就是一个副省军，正死副继，自是正理。而且近水楼台，措置早妥，别人未必弄得过他，加以中央接到电报，已准李纯遗言，复电令燮元代理督军，有此许多原因，同时燮元又卑词甘言，转相俯就，大家也就没有法子，只好忍着一口气，尊他一声齐督军罢了。燮元得此机会，中心欣悦，不言可知。所不安者，只怕自己毛羽未丰，中央不肯实授，却不知中央对于此事，亦正煞费踌躇，当时为安靖地方，维持秩序起见，虽已电令燮元代理督军，同时苏人争请废督，甚嚣尘上，这等人民意思，原不在政府心目之中，所最难的，倒是一般有苏督希望的人，好似群犬争骨，哄然而起。**十年来省政易人，未有不生骚扰者，中央威信失堕，此亦一大原因。**有主张靳总理云鹏南下督苏，仍兼三省巡阅，而以周士模组阁，无奈老靳本人，并不十分愿意，此时全国军政大权，非曹即张，总统不过伴食而已，还是云鹏因和双方有亲戚关系，曹、张都还给一点面子，他说要做，别人果然不能侵夺，他如不愿，别人自更不能勉强。于是舍而求次，则有王士珍、王占元、吴佩孚、陈光远等，论资格以王士珍为最老，论实力以吴佩孚为最盛。占元、光远，各有地盘，亦非志在必得。王士珍老成稳健，不肯再居炉火，做人傀儡，所以数人之中，仍以吴佩孚一人，最为有望。可巧吴佩孚，此时正因奉张气焰日盛，心不能平，且自皖直开战，直方竭全力以相扑，奉军不过调遣偏师，遥为声援，而所得军实，反比直方为多，尤其使他愤恨，这还关于公事方面。最令佩孚难堪的，因前在保定会议，佩孚自恃资格才力，足以代表曹锟，侃侃争论，旁若无人，张作霖几乎为他窘住，因仿着《三国演义》袁术叱关羽的样儿，说他：“人微言轻，不配多讲。佩孚心高气傲，哪里耐得这等恶气？总因自己的主帅曹三爷，正在竭意和他交欢时候，不得不作投鼠忌器之想，暂把一口恶气，硬硬地咽了下去。但是这等怨毒，深印心胸，再也无法消灭。**民国以来，许多战事，总因权利意气而起。**所以直皖战后，他就着着布置，作直奉战争的预备。此番苏督缺出，明知齐燮元蓄志图谋，决不肯拱手让人，好在他十分知趣，自代理督军令下，即暗中派人，刻意交欢曹、吴。佩孚一想，彼既降心相从，也落得收他作个东南膀臂，因此索性做个好人，反替燮元竭力保荐。于是齐燮元苏督一席，才算完全到手，而苏省地域，也从此正式隶入直派。后来北方多少风云，每与苏、浙战事相间而生，互有关系，实也滥觞于此呢。如今将陆军部呈复总统，对于李纯的抚恤办法，录在下面：

为英威上将军在任身故，遵令议恤事。本年十月十五日，奉大总统令开上将军苏皖赣巡阅使兼江苏督军勋一位陆军上将李纯，奠定东南，勋勤懋著，比年邦家多难，该巡阅使坐镇江表，才略昭宣，群流翕洽，而于和平统一之大计，尤能多方赞导，悉力筹维。干国匡时，声施益懋。前以感疾日剧，屡电请假调理，只以时事艰难，东南大局，赖其主持，谕令在署医治，力疾视事。方冀调摄就瘥，长资倚畀，乃本日据齐耀琳、齐燮元电呈："该巡阅使两月以来，卧病奄缠，每以时局纠纷，统一未成，平时述及，声泪俱下，近更疢忧愧恨，神经时复错乱。本月十一日，忽于卧室，用手枪自击，伤及右胁乳下，不及疗治，登时出缺。手写遗书，缕述爱国爱民素愿莫酬，不得已以身谢国，惓惓于苏省之治安、国家之统一，筹虑周密，语不及私。"披览之余，曷胜震悼！该故巡阅使年力未衰，猷为正远，乃以焦忧大局，报国捐躯，枉失长城，实为国家痛惜。着派齐耀琳即日前往致祭，给予治丧营养费一万元，所有该故使身后事宜，着齐燮元、齐耀琳督饬所属，妥为办理。灵柩回籍时，沿途地方官，一体照料。生平政绩，宣付国史立传，并候特制碑文，刊立墓道，以彰殊绩。仍交陆军部照上将例从优议恤，用示笃念勋劳之至意。此令。等因。奉此。查本部历办成案，凡遇勋勤懋著，在职身故之员，均查照陆军平时恤赏暂行简章，分别给恤。此次英威上将军苏皖赣巡阅使江苏督军李纯，为国捐躯，业经奉令给与各项恤典在案，拟请从优依恤章第三条第四项之规定，按恤赏表第二号陆军上将因公殒命例，给予一次恤金七百元，遗族年抚金四百五十元，以三年为止，用彰荩绩。是否有当？理合具文呈复，伏乞鉴核施行。谨呈。

呈文上去，当于九月二十八日奉批：

呈悉。准如所拟给恤。此令。

苏事至此暂且搁起，先谈西南方面的事情。看官们总该记得，中央因求南北统一，曾派李纯为议和总代表，虽然旷日久持，毫无成绩，不过李纯为人，颇有长厚之名，对于南北两方，都还能够接近，有这么一个缓冲人物，又巧处在南北之中，一般人心理上，总还觉得南北有些微可和的希望。再则南北如此久持，既非国家之福，究竟当轴方面，也觉不甚相宜，双方面子上，尽是说的官话，暗地里谁不愿对方稍肯让价，这注统一国家的大生意，**民国十年来全做的蚀本生意。**就有成功的可能。所以两方和议，尽管不成，而李纯之见重于双方，却是不可掩的事实。如今李纯既死，失了和议中心，南北政府，都觉从此更难接近，未免互存可惜之意，这倒是李纯死后的一种真实风光呢。

却说西南政府自两李内变，滇桂失和，军政府的内幕，也和北方政府一般，但具虚名，毫无实际。军政府总裁岑春煊，虽有整顿之心，无奈权不在手，亦只有镇日躲在大沙头的农林试验场中，做他命令不出府门的总裁，得了空，向一班幕僚们，发几句牢骚话儿罢了。**可怜。**至于莫督方面，从广惠镇守使接陈炳焜的督军，又用毫无作为，百事不知的粤海道尹张锦芳护理广东省长，表面是军分民治，实在省长不过是督军一个二三等属吏，除了用几个秘书科长，委几个普通县缺之外，就是些小事情，不经督军许可，是一点不能发生效力的。**可怜。**好在张锦芳本人，原系出身绿林，充当书记，因他为人随和，好说话，给人瞧得可怜儿的；更凑着自己运气，由连营长而县知事，而道尹，如今索性做了一省长官，也算得心满志足，所谓始愿不及此，今及此，岂非天乎？这两句古书，大可移赠这位张省长咧。他既如此知足，又承莫督提拔之恩，自然唯唯诺诺，奉命唯谨。在任一年，倒也相安无事。**是一个会做生意的人。**

谁知这时却有一人，摩拳擦掌的，要过一过广东省长瘾头，这人非他，便是现任财政厅长杨永泰，字畅卿的。论广东现时官吏，出息顶好的，自推财政厅长，因为省中正在整顿市政，开辟马路，这市政督会办，照例是由财政警察两厅长兼办的。杨永泰以一个毫无势力的旧国会议员，因交欢莫督，得其宠信，才给他做这财政厅长，本来大可踌躇满志，得过且过。只因永泰为人，精明强干，是个心细才大之人，觉得区区财市两部分事情，未能展其骥足，于是竭力拉拢沈鸿英、刘志陆、刘达庆、林虎等一班将官，求他们向莫督说项，给他实援广东省长。**也会做生意，可惜运气不好。**莫督倒也无可不可，但广西陆荣廷方面，却因永泰是有名政客，又为政学会中坚人物，这政学会在两广，却似安福俱乐部的在北方一般，受人指摘，为各方所不满，所以永泰的省长梦，几乎被老陆一言打破，幸而莫督对他感情颇佳，又代他到军政府，请出岑春煊，替他讲话。同时张锦芳也知永泰志在必成，自己万万不是对手，倒也乖乖的，自请退职，仍回粤海道原任。**是一个会做生意的人。**至此永泰的省长，才算做成功了。却不晓因此累及陆、莫两方，大伤情感，连到桂派内部，都发生裂痕起来。他们决裂原因，虽不专为此事，要以此事为原因之最大者，这也是无庸讳言的事情呢。

谁知杨永泰才大命穷，就职不到几月，广东省内又发生一桩大战事。原来粤人特性，好动恶静，喜新厌故，论这八个字儿，未尝不是粤人争雄商业，操持海上霸权的大原因。然施之政治，则往往弄得骚扰反复，大局振动。**可以做买卖营生，不能做官场生意。**结果，还是粤人自己吃亏，**粤人之自杀政策。**所以光复以还，粤省的战事最多，几乎每易一次长官，便有一次战乱。长官年年调换，战事也年年都有，总算莫荣新做得最长，地方上也勉勉强强地安静了几年。论荣新本人，委实算得一个廉洁自爱，惜民护商的好长官，可惜所用非人，利用他的忠厚，欺侮他的无识，种种劣迹，书不胜书。荣新自己朴诚俭约，除了每月应支官俸之外，确实一文也没有妄取。然而他的部属，竟有发财至几千几百万的，这要从我们旁观的说来，自然这批部下，对不住荣新，荣新又对不住广东人，管他本人道德怎高，究竟又算得什么儿哩。**公论。**这等地方，都是无形中造成粤桂恶感的主因。因为这批人十九是桂派人物，广东人反只站在一边，眼睁睁地受他们侵蚀欺凌，一句也不敢声说，本来都是叫人难受的事情啊。总计荣新督粤五年，论维持地方，保护商业，其功固不可没，而纵容部曲，横行不法，其罪也自难道。**公论。**再讲做官这桩营生，干得好，是他分内事，弄得不好，可就对不起地方人民，而地方人民，也未必因其功而原其罪，于是探本穷源，都说以外省人治本省，人人存一个乐得作恶之心，政事焉有不坏？为长治久安之计，非得粤人治粤，决乎不能收效。这等情态，差不多粤人已人同此心，心同此理，而荣新手下一班虾兵蟹将，兀自专欲妄为，一点不肯敛迹，于是粤人治粤之声浪，渐腾于社会，同时桂派防制粤人的手段，也越弄越严，双方交恶，达于极度。于是桂粤之战，乃一发不可遏止。**桂人之自杀政策。**这时粤人之较有实力者，在省中是广惠镇守使李福林，警察厅长魏邦平，在外面的，只有一个援闽总司令陈炯明，三人原无深交，只因桂派气焰，咄咄逼人，大有一网打尽之势，于是以利害关系，自然而然地互相结合。陈炯明虽远在漳州，既得二人声援，消息灵通，胆气十倍。且知滇桂分裂于前，桂派内哄于后，粤人治粤，声浪又一天高似一天，认为时不可失，遂于九年六月中，毅然决然，利用真正粤军的牌号，回师攻粤。此公本善投机。正是：

> 煮豆燃豆萁，豆在釜中泣。
> 粤桂如辅车，相攻何太急？

欲知战事真相如何，却待下回分解。

西南政府，以护法兴师，宣言独立，组织之始，非不正大堂皇，有声有色，曾几何时，而政府改组，真心为国之中山先生，竟校排挤以去；又继而滇桂失和，军府分离，更数月而桂系内部，亦告分裂，卒之李、魏内变，陈师反戈，护法无功，徒苦百姓，不亦大可以已哉！盖天下事，唯以真正血忱，辅以热心毅力，百折不回，始有成功之望。若稍存私利，竟夺事权，徒袭美名，不骛实际，与北方军阀之侈谈统一，提倡和平、有何分别？是故有皖直之交战于北，便有桂粤之互哄于南，有安福之专欲横行，便有政学之操纵不法，是真一丘之貉，毋庸轩轾其间。所可惜者，一个护法救国大题目，竟被此辈做得一塌糊涂，不堪寓目耳。

第三回

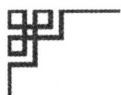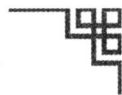

莫荣新养痈遗患
陈炯明负义忘恩

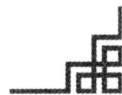

　　却说陈炯明，字竞存，广东梅县人也。前清时候，也是秀才出身。民国以来，以秀才而掌大兵，握军篆，声势赫弈，煜耀一时者，北有吴子玉，南则陈竞存，所以有南北两个怪秀才之称。原是一对好货。这炯明在民国初元，也曾做过广东都督，后来便给人驱逐下台。至莫荣新作粤督，他的参谋长郭椿森，和炯明颇有交情，凑巧此时，又发生一件警卫军的交涉。广东原有八十营警卫军，自朱庆澜氏做省长时候，编制成立，向归省长统辖，直至陈炳焜督粤，以武力收为己有，因此粤人啧有烦言，说是桂派收占全粤兵权之表示。及莫督继任，不愿为已甚之举，原拟将警卫军设法改组，以平粤人之愤。正踌躇间，忽得间谍报称，福建李厚基，受中央密命，安福喉使，将联络浙军童保暄、潘国纲、陈肇英等，大举攻粤。荣新得此消息，正拟派兵防御，郭椿森便乘机替炯明进言，说他是："粤军前辈，素有治军之名，又且熟于闽粤交界情势，不如派他做援闽总司令，乘李厚基未及发动之时，赶速进兵，既以贯彻护法事业，亦先发制人之计也。至炯明军队，本已散净，现正有警卫军不易处置的问题，索性就拨二十营归他节制，又可以间执粤人之口，此正一举三得之事，请督军切勿犹疑，赶快办理为妙。"荣新听他言之有理，又经椿森力保炯明忠忱无他，于是决计委他为援闽总司令。

公文待发，又发生一个小小趣闻。原因炯明为人，才干有余，心术难恃，伏下背主叛党事。而且高自期许，不肯屈居人下。在先，因蛰处省中，无事可为，一切皆愿迁就，比及闽事发生，荣新答应用他，他又为得步进步之计，要求荣新改用聘书，勿下委令。荣新胸无城府，任人颇专，对于这等地方，却视为细务末节，但愿他肯效力，乐得给他一个面子。却有幕府中人，再三坚持，非下委不可。他们的理由，是说："一用聘书，彼此便成敌体，不但有乖督军统一军权之旨，且恐将来不能指挥炯明。自是正理。分明牺牲二十营兵士，反在一省之内，自树一个大敌，督军千万莫上他这大当。"荣新听了这话，恍然大悟，从此也疑炯明野心太甚，不肯十分信用，等他出发之后，便密令潮、梅镇守使刘志陆，惠州绥靖督办刘达庆等，须要暗中防备着他，勿得大意等话。那刘志陆是莫督义子，从前跟随荣新出生入死，久共患难，倒也算得一个健将。近因安富尊荣，日久玩生，不免近于骄情，得了这个密令，哪里放在心中，还说："陈某败军之将，有甚能为，督军也太胆小了。"骄兵岂有不败之理？桂系之败，刘为罪魁，宜哉！

一言甫毕，忽又接得督军急电，因琼州龙济光，大举内犯，林虎和他交战，先胜后败，所以调志陆军队，前去助剿。这龙济光却是一个狠货，前年屠龙之役，所有桂粤两军，都曾吃他的大亏，后来虽被桂军全力压迫，将他赶到琼州，究竟还不能消弭他的势力。此时得了北方补助军械，预备破釜沉舟地干他一下，来势甚凶，却也未可轻视。志陆正拟出发，又得省电后防空虚，适陈炯明军队，尚在半途，经过潮、梅，即暂令填防。志陆接到此电，心中却大不愿意，抵足恨恨道："这又是郭椿森栽培陈炯明的妙计，他们想得我潮、梅地盘么？只怕没有那么容易。"因即复电反对，甚有不许炯明军队过境之意。荣新已中了郭椿森之言，养虎自伤，莫氏太笨。回电申饬志陆。志陆没法，只得和幕府商量，留下若干劲旅，牵制炯明，而自率大军出发，会合林虎、沈鸿英之军，三方兜剿。济光果然不支，溃败而逃。

谁知这时广东事情越闹越凶，大有五花八门，离奇变幻之观。当刘、林在西部二次屠龙之际，正陈炯明在东部与闽浙军相持之日。炯明部下虽都是粤军，只因荣新心怀疑忌，所有良好器械，都靳而不予，兼之统率方新，指挥不便，刚到潮、梅，恰逢闽军臧致平和浙军陈肇英会师来犯，炯明与战于漳、泉之间，三遇三北，抵抗不住，节节后退，潮、梅大为震动。不是炯明无能，却是桂运未绝。又幸屠龙已了，刘志陆振斾还师，适值臧、陈不睦，肇英不战而退，志陆新胜之兵，锐气正盛，把臧军驱逐出境，炯明自然无颜留驻潮、梅，便以追臧援闽为名，进驻漳州，而对于莫、刘两方，和桂派的感情，也从此日趋恶劣。只因毛羽未丰，暂行蛰伏，一面简搜军实，积屯粮草，购买兵火，扩张军额，以为后日之图。**有此远图，也自不凡。**这都是民国七八年间的事情。著者因陈炯明是一个重要脚色，将来对于国民革命军，尚有多少纠葛情事，所以不惮烦琐，将他的前事，补述一番，以见此公人品不端，心术欠正，所以后来叛困孙大元帅，冒天下之大不韪，为全国之罪人，端非偶然之事啊。闲言少说。

再讲陈炯明在漳数年，蓄锐养精，志不在小。至民国九年夏秋之交，得了李福林、魏邦平报告，知道桂派内部离心，将骄卒隋。粤人受侮多年，渴思自治，于是认为大好机会，**确是好机会。**顺着人民心理，揭橥粤人治粤的商标，返戈内向。出兵之始，曾有他的部下，向著名的一个星家卜了一卦，卦象如何，小子因非内行，不及记忆，但知他的批语，有"在内者胜"四字。**迷信不足凭，但这四个字，实聪明之至。**人人都道："桂派蟠踞粤省，五羊城内，几成桂人私产，这个内字，分明指桂派而言。况且多寡悬殊，强弱不敌，以常理言，炯明此举，未免过于冒失，深恐一败涂地，必致退步为难哩。"这等议论，传入炯明耳中，炯明大怒，指为反间造谣，定要严行查究，倒晦气了那位星卜大家，得知消息，连夜卷卷行囊，逃到香港去了。炯明便出了一张告示，说明桂派横暴情形，和自己出师宗旨，劝喻人民，勿得轻信谣诼，一面亲督队伍，带同手下健将洪兆麟、许崇智，并参谋长邓铿等，兼程出发，一面派人进省，约会李、魏，待至相当时机，大家一齐动手，互为应援。

也是桂派气数合尽，消息传到省城，莫荣新不过痛骂郭椿森介绍匪人。**悔之何及？**其时椿森因一桩事情，触怒了陆荣廷，一道手谕，着莫荣新立即驱斥。荣新为顾全他颜面计，派他赴沪充议和代表，已经去得长久，尽你荣新痛骂，横竖于他无干了。**此公始终受不知人之害。**至于军界中人，早把陈炯明不放在眼内，一班领袖人物，没有一个不在东西两堤，徵妓饮博，欢天喜地地任情胡闹。**如此荒唐，便无陈氏，也必败亡。**那刘志陆原在东堤讨了一位姨太，寓居香港。此时又看中了东堤长安寨里一个寮口婆子**苏人所谓娘姨大姊之类，**叫作老四的，一个要娶，一个要嫁，温得胶漆一般，分拆不开。**温者粤语言要好，犹苏人所谓恩相好也。**军署中人原有一个俱乐部，设在东堤探花酒楼一间大厅，志陆每到省城，也是天天前去，说是俱乐，其实这班人办公时间，还不及在俱乐部的时间更多。弄到后来，大家都以赌博冶游为重，公务为轻，即有重要公事，往往不在署中办理，反都赶到这个俱乐部中会议起来。**如此荒唐，不亡何待？** 荣新因省内宴安，地方平静，也不去责备他们。**此公实在做梦。**

当炯明发难之前，炯明部下统领李炳荣，因小事被陈炯明当众斥责，怀恨在心，此时他却先得知了炯明阴谋，便和参谋谭道南商议。道南劝道："老陈虽然很恶，究竟兵力有限，况且他既疑忌我们，即使打了胜仗，得了广东，我们也是沾不着光的，不如乘此机会，和老莫联络联络。"炳荣甚以为然，即派道南普省，深夜到军署，求见参谋长傅吉士。吉士因事情紧急，连夜赶至东堤，和各军首领相见。这时刘志陆正和老四拥在一处谈心，吉士走近身去，笑道："伟军如此写意，可知陈竞存眈眈虎视，伺机待发，听说有即日出兵的消息呢？你倒还有心思温你老契么？还是快快回去，守你老家去罢！"伟军是志陆的字，志陆听了，呼的笑了一声道："吉士兄真是书生之见，陈竞存也有脑子，也有思想，好好的漳州皇帝不做，倒要来潮、梅送死，敢是活得不耐烦了？"吉士笑道："话虽如此，你也别太得意了。"说着，把李炳荣派人告变的话，诉说了。又道："尽你兵强马壮，胜过竞存，究竟事先提防，是不得有错的。"**自是正论。** 志陆冷笑道："理他的胡说呢！我们的军队，见过多少战阵，还会上陈竞存的当么？"吉士未答，却有省署的政务厅长夏香孙，缓缓踱了过来，听他们说到这里，便点头插嘴道："刘镇守使是豪气胜人，傅参谋长是临事谨慎，二公之言，俱有道理。若说竞存那人，我和他也曾共事，深知其人狡诈阴鸷，精明强干。**陈氏确评。** 听说他在军中，每日里和兵士们同甘共苦，躬亲庶务，一天到晚，耳朵边插着一支铅笔，好似工人头儿监督工程一般，跋来报往的，川流不息。这等精神，果然为常人所难能，这种做派，又岂志小识隘的人所能几及？况他手下，还有……"**自是正论，其如刘氏不悟何？** 说到这个"有"字，志陆已大不耐烦，抱着老四脸偎脸儿的，闻了一个香，口中说道："他们只是不经吓，一听陈炯明造反，就怕得那么鬼样儿，我们还是乐我们的，不要去理他们。"说着，立起身，拉着老四，说声打茶围去，头也不回的走了。随后一批老举，也都哄然一声，纷纷各散，倒把傅、夏俩说得大没意思，大家叹息了一回，各自走开，**究竟也有明白人。** 各寻各的快乐去了。

谁知这天过后，不好的消息，一天天追逼上来。刘志陆手下第一位健将卓贵廷，曾在屠龙、攻臧两役，立过战绩，此时已升副司令官，率着部下三营健儿，镇扎汕头，事前也在省城大嫖大赌地尽兴儿玩。他是一个武人，原不晓什么叫作温存怜爱，什么叫作惜玉怜香，他要便不玩，玩起来，非要玩得个流血漂杵，娇啼宛转，说得上俗点，就是梳拢妓女，再村点，就是替姑娘们开宝。**不是奇癖，是兽心。**他这趟上来，因是新升显职，更其意气飞扬，兴致百倍，呼朋引侣的，闹了几夜，觉得都不尽兴，非要找一个琵琶仔，即苏之小先生。来梳拢一下，总之不得过瘾。他这意思，一经表示，就有那批不长进的东西，替他东找西觅，采宝也似的采着了一个绝色的姑娘。

这人名叫爱玉儿，今年刚十四岁，年纪虽小，资格却是老练，凡是平康中应酬客人，灌米汤，砍条斧，种种专门之学，却已全副精工。她本是苏州人，她娘小二嫂子，和天香楼老板四姑要好，所以带了爱玉，在天香落籍。小二嫂自己也是中年时代，徐娘半老，丰韵颇佳，她的营业方法，是用爱玉出条子，把客人拉了来，自己放出手段，和他下水，却把爱玉防护得非常严密，立意要拣一个有势有财，能够化个一万八千的，才许问爱玉的津。也是她花运高照，不上几时，就给她认识了这位卓副司令，一见垂青，千金不吝，竟由几位皮条朋友的撮合，轻轻易易的，把爱玉一生的贞操，换了许多苏州阊门外面的产业，小二嫂果然可贺，爱玉未免可怜。**趣语却说得人毛骨一耸。**却不知更可怜的，还有那位副司令官卓贵廷先生。他自梳拢爱玉之后，早不觉英雄气短，儿女情长，流连温柔，乐而忘返，甚至把爱玉母女，带到先施公司的东亚旅馆，开了几个房间，闭户谈情，不问外事。**此之谓该死。**不但军政大计，置之不理，就连平日赌博征逐之交，以至最近拉马说亲的大冰先生们，也不晓他躲到什么地方去了。这等玩法，原是卓贵廷的老脾气儿，凡是他心爱的人，一经上手，就得玩个淋漓尽致，毫无剩义，方才一挥手儿，说声滚你妈的蛋罢。那时候，就想问他多要一个铜钱，也是万不可得的事情。从此一别，尔东我西，再见之时，也不过点头一笑，若说情殷故剑，回念旧情，重温一回好梦，那也是断乎没有的事。**真是兽欲。**据闻他在潮、汕时候，曾有一个姑娘，蒙他爱赏，居然早夕不离的处有月余之久。这在他的嫖史中，已算是特别的新纪录了。一时外面的揣测，以为这姑娘大有升任卓姨太太的希望，甚至有许多求差谋缺，经手词讼的人，不走别路，都去找这姑娘。**此皆上文所谓没出息者也。**姑娘借此声势，居然于短时期内，也搅了千把块钱。比乃一月之后，卓贵廷忽然翻转脸皮，下起逐客令来。姑娘怎晓他的性情，还当他是顽笑咧，少不得娇娇滴滴地，灌了许多米汤，岂知这等声音，平时贵廷所奉为仙音法曲的，此时即觉变成鸥叫狼鸣，甚至见了那副温柔宛转的媚态，也觉万分讨人厌恶。因他唠叨不了，禁不住无名火起，举起皮鞋脚儿，向她小肚子下，猛不防的踢了一下，踢得那姑娘一阵疼痛，昏晕在地。贵廷愈加有气，拔出手枪就打，幸而有人劝止，方才悻悻而去，连客栈中一应房饭杂用都没有开销。可怜那姑娘除得了他一千块钱梳拢之费外，竟是一文也没有拿到，还要替他开销一个多月的账目，还要进医院去养伤，仔细算来，除了好处不着外，还赔出几百块钱的医费，白白赔了一个身体，陪了他一个多月，这也算得她十足的晦气了。*谁教你不识相。*如今这爱玉姑娘，却真有眼光，有见识，她已认定贵廷这人是靠不住的，趁他欢喜时候，陆续敲了他几千块钱，除了孝敬小二嫂外，余下的，托一个要好客人，存庄生息。过不多时，竟和小二嫂提起赎身问题来，小二嫂无可如何，只好准她。这爱玉不过一个小孩子家，竟有这等手段，这等知识，至今天香怡红各妓院中，谈起爱玉两字，还没有一个不啧啧佩服咧。这是后话。

再说贵廷迷恋爱玉之时，正刘志陆赏识老四之日，*正副司令一对有情人。*也正是陈炯明夜袭潮、汕之时。两位正副司令，同在省城，享着温柔之福，做梦也想不到这位久被轻视的陈炯明，竟如飞将军从天而下的，大干起来。几天中告急之电，雪片般飞来，才把一位风流儒雅的刘镇守使，急得走投无路，四处八方的，找寻卓副司令，好容易给他从爱玉被窝中寻了出来，大家一阵埋怨，可已无济于事。卓贵廷恋爱爱玉之心，实在未曾减杀，热火头里，硬生生将他们拆开，倒也鼻涕眼泪，千叮万嘱的，应有尽有。*妙极，趣极。*渔阳鼙鼓动地来，惊破霓裳羽衣曲。此情此景，却有七八分相像。刘志陆立在一边，想到自己和老四情形，不免心中有感，瞧着他俩这等难舍难分情状，*妙极，趣极。*又怕误了大事，急得只是顿足。好容易才把贵廷拉出旅馆，拖上火车，*一拉一拖，想见匆忙着急情状。*星驰电掣地赶到前方，那陈炯明大队人马，已如潮水般涌进汕头，卓贵廷匆匆赶到，急急调度，已经来不及了。给洪兆麟指挥的队伍，包围起来，哪消一个时辰，全部人马，溃不成军，缴械的缴械，逃走的逃走，伤的伤，死的死。卓贵廷本人，中了一粒流弹，也就带着一段爱玉未了之情，悠悠忽忽地飘向阎罗殿上去了。*趣而刻。*

信息传到省城，有感叹他的忠勇的，有责他贻误戎机的，更有认识爱玉的人，作为一种滑稽论调，说女子的下身，原有一种特殊形态，男子们碰到了他，就会倾家荡产，身死名裂的。*奇谈，却有这等俗语。*爱玉的下体，颇似属于此类，卓司令却做了一个开天辟地的客人，无怪要性命丢脱，骸骨无存了。这等议论，谲而近虐，有识者不值一笑，迷信者奉为圭臬。大凡这等事情最易传说开去，于是一唱百和，街谈巷议，当作一件正经新闻，不上几天，东堤一带，已是人人皆晓，个个尽知，每逢爱玉出来，人人要和她嘻嘻地笑个不止，急得爱玉红了脸儿，大骂杀千刀，倒路尸。幸而不久桂派失败，粤军进城，省河大乱，人心惶惶，不但没有冶游之人，就是两堤莺燕，也都站脚不住，纷纷携装挈伴，避地港沪。这爱玉业已自由，便不高兴再回省城，索性北上到青岛去了。后来还有许多北方健儿，关东大汉，颠倒在她的燕脂掌上，石榴裙下，因以造成多少有趣的民国趣史，那是后话。先提一句儿，作为文章的伏笔。正是：

　　大将风流，姑娘恩义。

　　可怜汕海冤魂，还在天香梦里。

　　欲知潮、汕失后，桂派情形如何，却待下回再讲。

　　凡事皆有定数，数之所定，人力难回。以桂军之横暴，能削尽粤人兵权，而独留一阴险狡诈，不忠不义之陈炯明，且助以兵，资以饷，因以养成尾大不掉之局，卒之覆亡于炯明之手，桂系不仁，应得此报。然以此而几陷中山先生于危险之域，则又非识者所能预料。当引史公语曰："岂非天哉！岂非天哉！"

第四回

疑案重重督军自戕
积金累累巡阅殃民

却说粤桂战起，刘志陆逗留省垣，卓贵廷身死潮、汕，不上几天工夫，潮、梅全部已入陈炯明掌握之中。虽说炯明善于用兵，蓄谋有素，不难一战胜人，但刘志陆素有儒将之名，两次屠龙，战绩昭著，其才能势力，又岂不能于事先下手为强，歼灭一个势孤力弱的陈炯明？总因他恃胜而骄，把陈炯明不放在眼内，以致坐失时机，养痈贻患。及至炯明举兵相向，犹复恣情风月，贻误戎机，终至粤军势炽，贵廷败亡，而全省精华要害的潮、梅地盘，竟这般轻轻易易地拱手让人，这也是很可叹惋的。于是李、魏内应，全省动摇，桂派势力，一蹶不振，从此西南方面，又另换一副局面。军阀时代，起仆兴替，无是非功罪可言，吾人演述至此，亦雄归诸运数而已。慨乎言之。

潮、梅既失，省中大震，荣新以下各军事长官，相顾瞠目，始知陈炯明果非易与，追悔从前不该听郭椿森之言，资寇以兵，酿成今日局面。痛愤之下，少不得调兵派将，分道防堵。其一，林虎、马济，由惠州出三多祝，取海陆丰为右翼；其二，沈鸿英、李根源由惠州过河源，分紫金、老隆两道，会攻潮州。看官莫讲这等调度，表面上似乎没甚道理，不知荣新对此，也正煞费一番苦心。民国以来，军事长官，升得愈高，便愈难做人，往往如此。原来莫督在粤数年，地方感情，虽尚融洽，而广西陆荣

24

廷，因他事事专主，目无长官，心中着实不快。因马济年少英俊，派他到粤办理兵工厂，其实想叫他乘机代莫。荣新自顾年老，又不肯负老陆提挈之恩，现既意见参差，倒也情愿及时下野，但对于马济继任，却极端反对。他的心目中，只有他亲家沈鸿英，最为相宜。而沈鸿英又为陆氏所深恶，马、沈相持，互不为下。其余诸将，只有林虎、李根源是无可无不可的。因此这番用兵，将林、李二人，分助沈、马，免得沈、马俩到了前方，忽生火并。*真是苦心作用，究亦何益。*这是他们历史上的关系，趁暇替他们补记一言，以见桂派内讧之剧烈，与失败之原由。

诸军出发之后，左翼沈、李两方，已得河源，便拟分道进攻。陈炯明连吃败仗，大为惊惶，于是遗书省中李福林、魏邦平，动以利害，责以约言。他俩因粤人势力太孤，久怀疑忌，*兔死狐悲，应作此想。*此届炯明一败，桂人排粤之心更甚。莫督虽无野心，部下诸将，功高望重，而无可位置，那时他俩的地位，便有点岌岌可危了。二人尽作此想，一面道听战况，比及接到炯明来信，邦平便去找到福林商议办法。福林道："桂军内讧日甚，老头子无法调融，失败是意中之事，但恐竟存不能久持，一旦溃散，各军还师省城，你我兵力有限，如何支撑呢？"邦平道："我也这般想，要做就立刻动手，否则终始效忠，听人支配。老头子心术纯正，或者未必更动你我。不说别的，单讲此番我问他要求几艘兵舰，他竟一口答应，完全派归节制。虽有申葆藩再三劝止，说魏某一得兵船，马上就会独立，而老头子竟不为动，可见他信我甚深。*补笔灵便。*讲到这等交谊，我们就要独立，也不能委屈老头子呢。"福林冷笑道："老莫原算好人，那批莫有先生，久已嫉视我们，岂能长久相安？况且我的观测，此番事平之后，老莫本人，或且未必能够久于其位，何况你我。依我之见，趁各军外出，省防空虚，更妙的省河兵舰，在你掌中，海军老林是向来不管闲账的，只要我去对他一说，请他严守中立，那时老莫无兵可调，无船可用，竟存攻于前，我们截于后，不怕那批莫有派不束手就擒？古人道得好：'无毒不丈夫。'又道：'先下手为强。'莫有派宰制粤省，罪恶贯盈，我们都是本省人，不将自己计，就替本省人立点功绩，亦是应当的。*语虽狠毒，亦是实情。*何必因老头子一点小仁小义，误却全粤大事呢。"原来广西人说话，没字读音如莫，莫有者，没有也。广东人深恨桂人，把莫有派三字，代表桂派，又特制一个有字即将有字中间，缺其两点，作为莫有二字。有派者，即莫有派也。这原是一种轻薄之意，后来大家传说，竟把这个有字成为广东一种特别字儿。当下邦平想了一想，点头道："这话不错，人不害虎，虎大伤人，我也顾不得许多了，大家拼着干一下子罢。"议妥之后，大家便分头进行。

那时外面传说纷纷，督署中也有了些风声。参谋长傅吉士，省长杨永泰，财政厅长龚政和桂派几个绅士，都请求荣新注意。荣新虽亦渐有觉悟，奈省防空虚，兵舰又被邦平骗去，即使晓得他们的秘密，一时也无从防备，因因循循的又是数天。至阴历八月十五中秋之夜，李、魏布置已完，宣告独立。省中人心大乱，秩序也整顿不起。李福林又用飞机向督省两署，丢掷炸弹，把督署门前炸了一个大地穴，又借中秋送礼为名，派人担礼，分送督军、省长、军府三机关，却把炸机做在箩子上，盖儿一揭，立刻爆发。幸而军府稽查最严，进门之际就被侍卫检查，当时炸死一个卫队长。督省两署，闻警戒严，却还没有闯祸，因之人心愈加恐慌。莫督却非常镇定，因前方迭得胜利，专候林、马、沈、李回师相援。李、魏兵力有限，未必遂敢相逼。谁知桂派气数合终，没兴事一齐都来，正当省城吃紧之时，那虎门要塞司令邱渭南，又被炯明等运动，倒戈相向。海军方面也被福林勾结，宣言不预内争，这等影响，却比李、魏独立，关系尤大。同时湖南方面，谭延闿又派陈嘉佑、李明扬，攻袭韶关，兵至砰石，沈鸿英在前方闻信，以本人大本营所在，断乎不肯放弃，便也不管什么是非利害，立刻调动队伍，星夜退回，赶到韶关去了。将领可以自由行动，大事安得不坏？鸿英既退，李根源为保存自己实力计，也只得逐步退下。于是林虎、马济也不愿再战，分道各退，所有夺回各地，仍被陈炯明得去。炯明又得李、魏电报，桂军危险情形，及内讧状况，一时军心大振，节节进逼，势如破竹。这边退下的兵，因主将失和，互争意气，再也不问自己部下的纪律，沿途劫掠奸淫，无所不为，劫夺既多，便把军器抛弃，枪械子弹，遗弃满道。有的发了财，四处逃散，这原是中国旧式军队的常态，能进不能退的。一退之后，立即溃散，再也不能成军，大概皆然，倒也不怪桂军。说破旧式军队通病，其实还是主将不良之故。不过桂军经此一役，精华损失殆尽，数年来蓄养扩充的实力，几于根本划灭，就中华国运说，这等军阀恶势，划得一分是一分，未尝不是前途的曙光，若在桂系自身着想，只怕事后回思，也不免懊恨当时互争意气不顾大局的失策呢。

再说各军退回之后，莫荣新只急得搓手顿足，连说"糟了糟了，万不料沈、马二人，误事至此，我七十衰翁，行将就木，还有什么希恋？只是这班人正在英年，将来失了这个地盘，看他们飘浮到什么地方去"。参谋长傅吉士在旁劝道："事已如此，督军尽抱怨人，也是无用。现在各军齐集省垣，李印泉部属最称善战，此次退下来时，纪律颇好，军实无缺，可以调他守观音山大本营，其余各军，速请林、马二公，整理编配，同心作战，危局尚可挽回，也未可定。"荣新摇头道："这等人还讲得明白么？我看大势已去，我在粤五年，以民国官吏比较起来，不可谓不久，既无德政及民，何苦糜烂地方，不如早早让贤，请竞存、丽堂等快来维持秩序罢。"**此老毕竟尚有天良。**说时，军府总裁岑春煊也缓步进来，荣新因把退让之意说了，春煊生性强项，还打算背城一战，经不得荣新退志已决，又苦劝春煊道："老帅春秋已高，正好和荣新优游林下，以终余年，何苦再替这班不自爱的蠢奴作牛马傀儡呢。"春煊原无实力，见荣新如此坚决，只得点头道："既如此，我却还有一言。我们组织军府，本以护法号召，法虽未复，最初和我们作对的皖派，现已推倒，上次李秀山提出和议，我本有心迁就，不料秀山一死，和议停顿，迁延至今，误事不少。如今既要下野，不可不有一个交代，我想拍电中央，说明下野之意，请中央派员接事，一面将军府文卷印信，赍送北京，你看如何？"**一出大戏，如此终场，可谓滑稽。**荣新知道春煊意思，不过为敷衍面子起见，自然点头乐从，一切照办。于是春煊先回上海，荣新也派人和魏、李接洽妥当，由北江出韶关，绕道江西，也到上海作他的寓公生涯。

据闻荣新到沪以后，在麦根路租了一幢小洋楼，安顿家属，日常生活之费，还得仰仗一班旧部接济。后来魏邦平打广西时，部下误烧莫氏桂平老屋，邦平心下大为抱歉，除申饬部下之外，还汇了五千块钱给荣新，赔偿他的损失。荣新得了这笔款项，好似出卖了一所房子，倒也借以维持了几年用度。**从来督军下场要算此公最窘。却也可怜。**也因有此一节，所以荣新的名誉，还比普通拥财害民的军阀差胜一筹，这倒也是一时的公论呢。

荣新既退，炯明入省，以废督为名，自任省长，又恐自己威望尚低，未能制服全省，对付北方。于是派员来沪，欢迎国民党总理孙先生回粤，组织大元帅府，稍事休养，再行对桂用兵，驱除陆、谭。这时炯明部下，回想出兵时，星家之言，他那"在内者胜"的"内"字，原指粤人而言。粤为本省，正合内字之义，但怪当时大家总没想到，事虽近于迷信，却也真觉可怪咧。这事且暂按下。

如今作者笔锋儿，又要指向北方去也。这时正当九十年间，北方军阀，正在竞争权利的时候，乃忽然有李纯的自刭，已觉骇人听闻，不期相去数月，又有陕西督军阎相文的自杀，尤为出人意外。可谓无独有偶。先是陕督陈树藩为安福部下健将，皖系既倒，奉直代兴，树藩亦经政府命令褫职，而以阎相文继任。相文自知实力不逮树藩，深恐被树藩挡驾，拜命之下，且喜且悲。经政府一再催促，只得带了部下几营人马，前往接事。到了西安，树藩果不受命，厉兵秣马，出城迎敌。树藩在陕数年，势力深固，加之众寡不侔，劳逸互异，相文如何能够支持？接连打了几仗，损失甚多，只得电请政府，速派劲旅，前去救援。政府亦因树藩不除，终为西鄙大患，于是调遣大兵助战。相持许久，树藩力怯遁去，相文欣欣得意的，进了省城，可见他的自杀，决非为国为民。接了督篆，自己也搬进督署居住。不料时过半月，忽然又发生督军自杀的奇闻。这天上午，部下将校，齐集督署议事，相文平日颇有勤政之名，这天正是会议之期，大家等他出来主席，等了多时，不见出来，众人都觉奇怪。问着里边听差的，都道："督军不晓为甚，今天这般沉睡，尚未起身，我们又不敢去惊动他，怎么好呢？"众人只得再耐心等着，直到日色过午，里边却不备饭，众人都觉饥饿难当，有那脾气强悍的，早等得光火起来，喊那相文的马弁，厉声责问。马弁只得进去，请相文时，喊了几声，兀自声息全无，情知有异，撩起帐子一瞧，不觉吓得目瞪口呆，直声大喊道："督军完了！"一语未毕，相文的家属人等，一起赶入，大家向相文一看，只见他面色惨白，双目紧闭，抚他的身体，已是冰冷。再一细看，胁下有鲜血潺潺流出，旁边还放着一支手枪；再观伤处，竟是一个小小的枪洞，才知他是受枪而死，但还不知他被害之故。大家哭着，把他血渍揩净，这才瞧见衣角儿上，露出一角纸头，抽来一看，只见上面写道：

余本武人，以救国为职志，不以权利萦怀抱，此次奉命入陕，因陈督顽强抗命，战祸顿起，杀伤甚多，疚心曷极？且见时局多艰，生民涂炭，身绾一省军府，自愧无能补救，不如一死以谢天下。相文绝笔。

众人见了，才知阎督早蓄自杀之志，却还追究不出他所以自杀的原因。因相文并非淡泊之人，此番新膺荣命，意气自豪，正丈夫得意之秋，何以忽萌厌世之心？即据他遗嘱看来，其中说话，也和他的行事多相矛盾。即使临时发生为难事情，似也不致自杀地步。所以他的自杀，比之李纯，更属令人费解。实在可怪。据著者所闻，内中却也含有暧昧性质。因相文有一爱妾，不晓和相文的什么亲人，有了不正行为，相文一时气愤，出此下策。又想同是一死，何妨说得光明一点，于是又弄出这张遗嘱，借以遮羞颜而掩耳目。也有人说："这张遗嘱，并非相文亲作，也和李纯一般，出于旁人代笔的。"以在下愚见，不管他遗嘱的真假，总之他肯为廉耻而自殊，究不失为负气之人，在此廉耻道丧的时代，这等人，又岂易多得哪？谑而刻。

相文既死，中央命冯师长玉祥代理督军任务。玉祥为直系健将，较之相文阔茸，相去何啻霄壤？这一来，不消说，直系势力，更要扩张得多。同时虎踞洛阳的吴子玉，却又得了两湖地盘，更有驰骋中原，澄清四海的奢愿。原来王占元本一无赖之徒，在鄂七年，除晋督阎锡山外，要算他在位最久的了。从来说官久必富，何况王占元是专骛侵刮，不惮民怨的人，积聚之厚，更属不可数计。我真不解他们要许多钱作什么用？非但鄂省人民，恨之切骨，甚至他所倚为长城的部属将校，以至全体士兵，也都积欠军饷，怨声载道。占元耳目甚长，信息很灵，也知自己犯了众怒，恐怕中央加罪，那时部下既不用命，绅商群起而攻，不但势位难保，还恐多年体面，剥削净尽，再四思维，只有联络实力领袖，互为声援，既令军民侧目，又不怕政府见罪。论眼前势力最大者，关外莫如张，北方唯有曹，为利便之计，联张又不如交曹，好在天津会议，正在开幕，曹、张二人，均在天津，因亦不惮修阻，亲自到津，加入议团。对张则暗送秋波，对曹尤密切勾结。足见大才，佩服，佩服。又见曹锟部下唯吴子玉最是英雄，不啻曹之灵魂，于是对于子玉尤格外巴结，竭意逢迎。此番却上当了。三人之中，唯吴子玉眼光最远，识见最高。况平日听得人说，王督如何贪酷，如何不法，心中早就瞧他不起。又且本人方有远图，未得根据，武汉居天下之中，可以控制南北，震慑东西，本来暗暗盘算，想逐占元自代。所以吴、王两方，万无联结之可能。偏这占元昏天黑地，还当他是好朋友，用尽方法和他拉拢。吴氏自然不肯和他破脸，见曹、张二人，都受他牢笼，自己也落得假作痴呆，佯示亲善。这一来，把个王占元喜欢得无可不可，于是放大了胆子，跟着曹、张，一同入京，天天向总统和财部两处聒噪，逼讨欠饷六百万。他这用意，一是为钱，一则表示自己威力，免得中央瞧他不起，也是一种先发制人之计。果不其然，政府给他逼得无法可施，只得勉勉强强，挖肉补疮地筹给三百万元。占元方才欣欣得意的，出京回鄂。且慢欢喜，未卜是祸是福哩。正是：

> 爬得高，跌得重。心越狠，命越穷。
> 人生不知足，得陇又望蜀。
> 饭蔬食饮水，乐亦在其中。

未知后事如何，且看下回分解。

庄子有言，山木自寇，旁火自煎，象有齿以焚其身，多积聚者每受累，吾真不解今之武人，往往积赀千万而不餍，甚至死于财，败于利者，踵趾相接，而莫肯借鉴前车，人责其贪，我则深叹其拙矣。本回以莫始，以王终，同为失败之军阀，一则尚能得人原谅，一则全国欲杀。得人缘者，虽仇敌且为之饮助，至全国欲杀，则虽拥厚财，亦正不知命在何时耳。

第五回

赵炎午起兵援鄂
梁任公驰函劝吴

　　却说王占元威逼政府，得了欠饷三百万元，欣然回鄂，他本是贪鄙之徒，得此巨款，便把十分之七八，存入上海、大连等处外国银行，只拿出少数部分，摊给各军。自取灭亡。俗语说得好："黑乌珠瞧见白银子"，没有不被吸引的。占元只图自身发财，却不晓得军人衣食问题，比他发财更觉紧要。况且各军欠饷已久，生活维艰，今闻王督代索军饷，已得三百万元，虽然不能清还，究也可以暂维生计。当他未出京时，便已纷纷传说，嗷嗷待哺，都道督军回来，我辈就有生路了。岂知占元只顾私囊，不惜兵士，因此激成全体官军的公愤。自取灭亡。武昌、宜昌两处军队，首先哗变，焚烧劫掠，无所不为。可怜鄂省商民，年来受占元搜括勒索，已经叫苦连天，今又遭此浩劫，真个有冤难诉，有口难分，事后虽经占元派队剿平，然而两处商人，损失不下数千百万，却向谁人索偿？人民至此，实也忍难再忍，于是联合各界，公电中央，要求惩办王督。

　　中央见占元闹得太不像样，当派蒋作宾南下，调查兵变真相。作宾人颇正直，一到武昌，查得占元种种不法情状，心中大怒，见占元时，少不得劝戒几句。不料占元自恃有曹、张两方声援，竟敢反唇相讥。作宾也不和他多说，因尚有他事赴湘，会到湘督赵恒惕，谈起王占元祸鄂虐民情事，因劝恒惕出兵声讨。恒惕先谈兵力不足，作宾正色道："明公英名盖世，仁义为怀，湘鄂壤地相接，救灾恤邻，古人所许，何乃自馁若是？况且王氏罪恶贯盈，普天同愤，南北政府，均被翦除，明公果有志救民，作宾不敏，必为公游说各方，共同援助，明公还怕什么？"恒惕正犹豫间，凑巧王占元因湖北省长问题，又与鄂人大起冲突。于是旅京、旅湘鄂同乡，为救护桑梓起见，分向南北政府，请愿驱王。原来恒惕本心，未尝不欲收鄂省于掌握，所以迟疑审慎者，却因南方内变，粤桂相持，此时莫荣新已退出广东，陈炯明又进兵广西，并且利用桂派将官沈鸿英、贲克昭等，倒戈逐陆。桂事关系较轻，如此带出颇巧。陆与赵有违言，战而胜，必进规湘南，恒惕若攻占元，岂非双方受敌？所以不敢发兵。这时却得粤军平桂，陆氏遁逃的消息，对南之念既纾，而部下将士，多属鄂籍，痛恨王占元专横不法，一力怂恿恒惕，乘机出兵，既得义声，又享实利，的确是好生意。正千载一时之机会等语，恒惕如何不动？因即派拨一二两师和一八两混成旅精兵，以宋鹤庚为援鄂总司令，鲁涤平为援鄂副司令，并饬财政厅长杨丙筹集军饷，并兼兵站总监。各军分道进攻，第一，由岳阳、临湘，向鄂之蒲圻进攻，是为正面军，以鄂军团为先锋队，夏斗寅为先锋司令官。第二，由平江攻通城为右路，以第一混成旅叶开鑫为指挥。第三，从澧县进攻公安、松滋为左路，以第八混成旅旅长唐荣阳为指挥。分派停当，浩浩荡荡，齐向鄂南进迫。

王占元得报，大怒道："赵炎午恒惕字。安敢无礼？我誓必剿灭了他。"因他三路进取，也分三道抵御，派孙传芳为前敌总司令，兼中路司令，刘跃龙、王都庆为左右路司令，刘、王二人本在前方，当催孙传芳携带山野重炮，并机关枪队，及工程电信救护各队，乘火车出发，至羊楼司，指挥作战。一面分电各方，说明赵恒惕起衅情形，请求援助。果然奉张、直曹和各省同盟，均有电来，允于相当时机，助兵助饷。直曹除嘱洛阳吴子玉速派萧耀南一师南下，加入作战外，吴氏并大慷其慨的，声电讨湘，并有亲自到鄂督师之表示。占元得报大喜，却慢开心。除赶发急电道谢外，并在署内西花厅为吴氏预备行辕。占元恃此强援，胆气愈豪，连催各路主将，返守为攻，大有灭此朝食之势。却慢拿稳。不料赵恒惕本是宿将，部下宋、鲁、夏等将官，也素负勇敢之名，况出师救鄂，名正言顺，一路而来，商农各界，皆箪食壶浆，慰劳军队，因此气势也自百倍。暴民害商之军阀听者！至七月二十九日，开始向鄂军攻击，在羊楼司地方，与孙传芳军奋战半天。那孙传芳也是一员名将，从前王占元攻白狼时候，传芳尚作营长，曾率所部，一日夜长跑二百余里，破白狼数千之众，出王占元于重围，从此为占元所信任，累加拔擢，今复委以方面专任。传芳感激图报，与夏斗寅之兵，死力相持。卒以后方布置未完，应援不至，退败数里，守住羊楼峒隘口。湘军哪肯相舍？努力追赶，至羊楼峒相近，幸传芳先命埋着两个地雷，轰死湘兵数百，夏斗寅才不敢追，暂且扎营相持。

过了一天，斗寅率敢死队百人，再行冲锋，与鄂军相见于赵李桥。传芳因昨日之败，愤怒不可遏止，亲率大兵，拼命搏战。不料南风大作，尘土飞扬，传芳所恃的炮队，竟失其效用。*此之谓天夺其魄。*湘军乘势猛攻，鄂军又败退十余里，湘军占住赵李桥，两方连日相持，互有胜负。但湘军素称剽悍，捷奔善走，往往鄂军大队到来，即四处奔散；鄂军正欲安营，他们又四远会集，多方扰乱。又善于晚间劫营，鄂军大受其累。占元闻报，便欲调回传芳，亲自督师，经众人力劝而止。一面却纷电各省，催促援兵，一面电令传芳，死守弗退，也不必进攻，候各处援军到齐，再行进取。这边赵恒惕也虑旷日持久，对方援军大集，胜负难定，因亦遣使入蜀，运动刘湘，由鄂西进兵攻取宜昌，刘湘也知直军得利，必将扰及川中。便出兵两师，派胡济舟、颜得庆分道入鄂，声明此次出兵，专为驱王援鄂，绝无权利思想，以博鄂人的同情。

王占元正因连失要隘，心中发毛，闻川省助湘，愈加恐惧，只得屡电吴氏求助。这时萧耀南驻扎刘家庙，占元又亲去求他出兵，耀南本奉上命援王，此时却按兵不动，虽经占元再三求告，又允他支给军饷十七万余，并在汉厂补助快枪三千杆。*请他发点横财。*耀南勉强敷衍，调度部属，分批装轮，出发至鲇鱼套地方，忽又逗留不进。*其意可知。*于是各处援鄂之军，如靳云鹗、赵杰等，皆不肯先发，互相观望。那边湘军又节节进迫，取蒲圻，攻咸宁，声势非常浩大，那蒲圻是武岳线最后的险要去处，从此直至省城，并无可守之地。王占元见救兵难恃，敌氛日恶，才把灭此朝食的气焰，推了下去。*好笑。*难为他知机如神，*还要恭维他一句，刻甚。*先把家眷并全部宦囊，专轮下驶，离了这个是非之地，又把司令部中预备发他的现款五百余万，托由省城票号秘密汇往山东馆陶老家。这等作为，可也算他调度有方，应付得宜，不愧专阃之才了。*还要恭维他一句，刻甚。*措置既妥，才预备本人下台，作富家翁地步，于是连致中央两电，一系辞职让贤，第二电，尚作剖辨之语，大略道：

萧总司令按兵不动，靳旅不受调遣，业经电陈在案。前线鄂军因援军不肯前进，纷纷向后撤退，大局已不堪收拾。孙传芳、刘跃龙、宋大霈所部，固守十昼夜，无法再行维持。占元保境有责，回天乏术，请查照前电，任命萧耀南为湖北督军，或可挽回危局。萧总司令桑梓关怀，当有转移办法也。

电中语气，明窥曹、吴隐衷，说透耀南私衷，了了数言，既卸本人之责，又诿罪于别人，言中有物，话里有话，下台文字，如此婉曲冠冕，却也不可多得咧。**这却是真恭维。**此电到京，靳总理商同曹锟意旨，连下三道命令，一免王占元本兼各职，一任萧耀南为湖北督军，一特任吴佩孚为两湖巡阅使。至此吴氏计划，完全成功，**原来上面许多事情，全是此公计划，一语点睛。**声色不露，而得两湖地盘。王占元一番心机，徒然为人作嫁，人说这等地方，可觇人才的高下贤愚，在下却说民国以来，鸡虫得失，蜗角争持，闹得天翻地覆，日月无光，要其旨归，大概不过尔尔，虽一律作如是观可也。**确论。闲言休讲。**

再说湖北新旧两任，一个是掩袖出门，搭轮遁沪，再无颜面逗留，一方是走马履新，意气豪放。**东院笙歌西院哭。**当由吴氏亲自提出条件，派员与赵恒惕磋商息兵。本来湘中出兵，以援鄂民驱王督为名，今王督下野，吴氏又与省会商量，通电各省及中央，实行制宪，预备鄂人自治。又托蒋作宾向湘方调停，战事似可暂告结束。无奈民国军人作战目的，原为权利，今湘军血战多时，各大将领，无功可得，无利可图，便要就此歇手，他们各人的良心上，也觉对不住本身。**此之谓良心。**于是宋鹤庚首先表示，对于吴氏条件，概不容纳，余人兵力有限，却不能不受其节制。和议既裂，战祸重开，吴氏究竟不比占元无能，立刻通令部属，限一星期内，克复岳州，自己复亲至前方指挥，却把后方维持之责，付诸新督萧耀南。这时吴氏亲统之军，有第三、第二十四、第二十五等三师，皆久经战阵，素负勇名的精兵，吴氏为一鼓歼敌之计，统令开赴前线，一部在金口方面，一部扼住官埠桥，双方于八月十七日，同下总攻击令。湘军虽称善战，但一边却系生力军，器械服装，均非湘军可比。同时又有海军第二舰队司令杜锡珪，前来助吴，直取岳州，兼为陆军掩护。一时吴军声势大盛，赵恒惕原与吴氏交好，至此自知不敌，只得派人前来议和。因条件不能相容，吴氏一口拒绝，督师猛战。所有交界之处，如中伙铺、新堤、嘉鱼、簰州等要害地点，均入吴军之手，但南军尚死守簰州，不肯退让，吴氏因从某参谋之计，黉夜派工程队，将簰州北面横堤掘开，一时江水横溢，湘军溺死者不计其数，辎重粮草及一应军实，尽皆漂入江水。两岸无辜居民，正在睡梦中，忽然遭此大劫，淹死于不明不白中者，更属不可胜数。可怜。这一役，就叫吴佩孚水灌新堤，湘省人民从此痛恨吴氏，可恨。将前此捍卫湘南，主持公道的感情，完全抹倒。可惜。将来吴氏战史上，少不得添上这一段水淹三军的残酷纪录。可叹。吴氏常慕关、岳为人，又尝自比云长，云长因水淹曹军，后人讥其残忍，后来被擒孙吴，身首异处。现在吴子玉却不暇学他好处，先将坏事学会，究竟自己结局，未必胜于关羽，若照迷信家说来，岂非和美髯公一样的受了报应么？这等腐败之谈，顽固之论，作者自负文明，原不肯援为定论，所以烦絮不休的，也因深惜吴氏一世令名，半生戎马，值此国势阽危，外患交迫的时代，有多少安内攘外的大事业不好做，何苦要学那班不长进没出息的军阀样儿，尽做些内争自杀的勾当，到头来一事无成，只落得受人唾骂，何苦来呢？这是废话，不必多讲。

再说吴氏利用水神之力，连得胜仗，只待把汀泗桥和咸宁两处得到，便可直薄岳城，正在计划头里，忽见外面送进一信，原来是梁任公来劝他息兵安民的。此公久不出场，他的文章词令，又为一代崇仰，而此书所言，却与在下希望怜惜吴氏之微意相同。不过他的文章做得太好，比在下说得更为透辟明白，在下认为有流传不朽的价值，不敢惮烦，赶紧将他录在下面，给读者作史事观也好，作文章读也好，横竖是在下一番好意罢了。信内说道：

子玉将军麾下：窃闻照乘之珠，以暗投人，鲜不遭按剑相视者。以鄙人之与执事，凤无一面之雅，而执事于鄙人之素性，又非能灼知而推信，然则鄙人固不宜于执事有言也。今既不能已于言，则进言之先，有当郑重声明者数事：其一吾于执事绝无所求；其二吾于南军绝无关系；其三吾对于任何方面，任何性质之政潮，绝不愿参与活动。吾所以不避唐突，致此书于执事者，徒以执事此旬日间之举措，最少亦当与十年内国家治乱之运有关系，最少亦当与千数百万人生命财产安危有关系。吾既此时生此国，义不容默然而息。抑为社会爱惜人才起见，对于国中较有希望之人物如执事者，凡国人皆宜尽责善忠告之义，吾因此两动机，乃掬其血诚，草致此书，唯执事察焉！此书到时，计雄师已抵鄂矣。执事胸中方略，非局外人所能窥，而道路藉藉，或谓执事者将循政府之意，而从事于武力解决，鄙人据执事既往言论行事以卜之，殆有以信其不然。君果尔尔者，则不得不深为执事惜，且深为国家前途痛也。自执事挞伐安福，迅奏肤功，而所谓现政府者，遂托庇以迄于今日，执事之意，岂不以为大局自兹粗定，将以福国利民之业，责付之被辈也。今一年矣，其成绩若何？此无待鄙人词费，计执事之痛心疾首，或更有倍蓰子吾侪者。由此言之，维持现状之决不足以谋自安，既洞若观火也。夫使现状而犹有丝毫可维持价值，人亦孰欲无故自扰，以重天下之难？今彼自身既已取得无可维持之资格，则无论维持者，费几何心力，事必无所救，而徒与之俱毙。如以执事之明，而犹见不及此，则今后执事之命运，将如长日衣败絮行荆棘之下，吾敢断言也。而或者曰："执事之规划，殆不在此。执事欲大行其威，则不得不以武力排除诸障。执事今挟精兵数万，投诸所向，无不如意，且俟威加海内以后，乃徐语于新建设也。"执事若怀抱此种思想者，则殷鉴不远，在段芝泉。芝泉未始不爱国也，彼当洪宪复辟两役，拯国体于飘摇之中。其为一时物望所归，不让执事之在今日，徒以误解民治真精神，且过恃自己之武力，一误再误，而卒自陷于穷途，此执事所躬与周旋，而洞见症结者也。鄙人未尝学军旅，殊不能知执事所拥之兵力，视他军如何？若专就军事论军事，则以斋粉湘军，谁曰不可？虽然，犹宜知军之为用，有时不唯其实而唯其名，不唯其力而唯其气。若徒校实与力而已，则去岁畿辅之役，执事所部，殊未见其有以优胜于安福，然而不待交绥，而五尺之童，已能决其胜负者，则名实使然，气实使然。是故野战炮机关枪之威力，可以量可以测者也，乃在舆论之空气，则不可测量。空气之为物，乃至弱而至微，及其积之厚，而煽之急，顺焉者乘之，以瞬息千里，逆焉者则木可拔，而屋可发，虽有贲获，不能御也。舆论之性质，正有类于是。二年来执事之功名，固由执事所自造，然犹有立乎执事之后，而予以莫大之声援者曰舆论，此谅为执事所承认也。呜呼！执事其念之！舆论之集也甚难，去也甚易。一年以来，舆论之对于执事，已从沸点而渐降下矣，今犹保持相当之温度，以观执事对于今兹之役，其态度为何如？若执事之举措而忽反夫大多数人心理之预期，则缘反动之结果，而沸点则变零点，盖意中事也。审如是也，则去岁执事之所处地位，将有人起而代之，而安福所卸下之垢衣，执事乃拾而自披于背肩，目前之胜负，却已在不可知之数耳。如让一步，即现政府所愿望仗执事之威，扫荡湘军，一举而下岳州，再举而克长沙，三举而抵执事功德凤被之衡阳，事势果至于此，吾乃不知执事更何术以善其后？左传有言："尽敌而返，敌可尽乎？"试问执事所部有力几许，能否资以复满洲驻防之旧？试问今在其位，与将在其位者，能否不为王占元第二？然则充执事威灵所届，亦不过恢复民国七八年之局面而已，留以酝酿将来之溃决已耳，于大局何利焉？况眈眈焉恭执事之后者，已大有人在。以吾侪局外所观察，彼湘军者或且为执事将来唯一之良友，值岁之不易，彼盖最为能急执事之难。执事今小不忍而斋粉之，恐不旋踵西乃不胜其悔也。执事不尝倡立国民大会耶？当时以形格势禁，未能实行，天下至今痛惜。今时局之发展，已进于昔矣。联省自治，舆论望之若渴，颇闻湘军亦以此相号召，此与执事所凤倡者，形式虽稍异，然精神吻合无间也。执事今以节制之师，居形胜之地，一举足为天下轻重，若与久同袍泽之湘军，左提右挈，建联省的国民大会之议，以质诸国中父老昆弟，夫孰不距跃三百，以从执事之后者？如是则从根本上底定国体，然后率精锐以对外雪耻，斯乃真爱国之军人所当有事，夫孰与快阋墙之忿，而自隐于荆棘之中也。鄙人比来日夕淫于典籍，于时事无所闻问，凡此所云云，或早已在执事规划中，且或已在实行中，则吾所言，悉为词费，执事一笑而拉杂摧烧之，固所愿也。若于利害得失之审择，犹有几微，足烦尊虑者，则望稍割片晷，垂意鄙言。呜呼！吾频年以来，向人垂涕泣以进忠告，终不见采，而其人事后乃悔其吾言之不用也，盖数辈矣。吾与执事无交，殊不敢自附于忠告，但为国家计，则日祝执事以无悔而已。临风怀想，不尽欲言！

　　吴氏看完了梁任公的信，他正在啜茗，手中握着的茶杯，忽然跌落地上，嘟嘟一声响亮，把吴氏惊得直跳起来，却还不晓得是茶杯落地，一时手足慌忙，神色大变。**楚灵王乾溪之役，有此情形，惜吴氏之终不能放下屠刀耳。**经马弁们进来伺候，吴氏把神色一定，再把那信回过味来一想，方才觉得自己衣襟上，统被茶汁溅湿。此时正当秋初夏末，天时还非常炎热，他还穿着一身里衣，没有穿军服，茶汁渗入皮肤，还是不觉，却有一个马弁低声说道："大帅身上都湿了！该换衣服。外面人伏已齐，伺候大帅亲去察勘地势咧。"吴氏听了，不觉长叹一声，吩咐"把任公的信，妥为保存，将来回去后，可好好交与太太，莫忘了！"可见吴氏原不敢忘任公之言。马弁应诺，把那信折叠起来，藏入吴氏平常收藏文书要件的一只护书中。吴氏自己也已换好衣服，穿上军装，亲至汀泗桥、官埠桥、咸宁一带，视察一回，各处地形，已瞭熟胸中，方才带了大队，亲至汀泗桥督战。恒惕也因求和不成，十分小心，亲率陈嘉佑、易震东和湘中骁将叶开鑫之军，在官塘驿地方应战。这次大战，是两军生死存亡的紧要关头，双方均用全力相搏，炮火所至，血肉横飞，自朝至夜，前仆后继，两边都不曾休息片时，这种勇猛的战法，不但湘鄂两军开战以来所未见，就是民国以来，各省战事也未尝有此拼命的情况。相持至夜，仍无胜负。这晚，月色无光，大地昏黑，恒惕命敢死勇士五百人，组成便衣军，从小道绕过汀泗桥侧，呐一声喊，手枪齐发，炸弹四飞，直军方面，却没有防到这着，吴氏未免粗心。一时手忙脚乱，仓卒迎敌。陈旅长嘉谟身受重伤，靳云鄂的第八师全军覆没；幸而董政国的一旅加入作战，才把防线挡住。湘军得胜，又在高处连放几个开花大炮，向直军阵中打来，直军自第三师以下，和豫军赵杰队伍，皆受重大损失，不得已退出汀泗桥。湘军随即进占。吴氏得信，飞马赶来，立将首先退兵的营长捉到，亲自挥刀，枭了他的首级，提在手中，大声喊道："今日之事，有进无退，谁敢向后，以此为例！"说罢，把一颗头颅，掷向半天，颈血四溅，全军为之骇然，亦殊勇壮。人人努力，向前反攻，吴氏大喜，正在持刀指挥，蓦的半空中轰然有声，飞来一弹，将吴氏身边卫队，炸成齑粉。正是：

> 巨款颁来，惹起萧墙之祸。
>
> 邮书飞降，惊回豪杰之心。

未知吴子玉性命如何，且看下回分解。

吴子玉、赵炎午，皆大将才，吴、赵之后，又皆精锐之兵也，而子玉、炎午，又为旧交，使二人平意气，捐私心，合力对外，安知不为中国之霞飞、福煦也？乃见不及此，而竭全力于内争，败固含羞，胜亦何取？读任公书，不禁为二人惜事功，尤不禁为中华悲国运也。

第六回

取岳州吴赵鏖兵
演会戏陆曹争艳

却说吴佩孚正在汀泗桥指挥各军，猛烈进攻，蓦听得轰然一声，半空中飞来一粒弹子，正落在他的身边，着地开花，将吴氏身边卫队，尽行炸死。吴氏立处，尚差着十几步路，居然被他幸免。*真是侥幸。* 好个吴佩孚，面上一点没有惊恐神色，他瞧得这等炮弹的力量，远不及梁任公一支秃笔来得厉害，见他从从容容，若无其事的，照旧督阵。*却也不易。* 他的部下，见他浑身血污，甚至面上也有许多斑斑点点的，望去似红，又似黄，又像灰黑色。原来尽是他卫士的鲜血，以及受炸高飞的灰尘沙土之类。他却毫不顾虑，也不肯稍稍移动地位，这一来，反把全体军心激励起来，愈加抖擞精神，忘生舍命的向敌阵猛攻。*苏老泉云："泰山颓于前而色不变，方可以为将。"吴氏足以当之。* 湘军方面，却也不肯示弱，兀自努力抵抗。到了后来，两边愈接愈近，索性舍了枪弹，拔出刺刀，互相肉搏。这才是比较气力，毫无躲闪的战法。在中国古时，没有枪炮以前，向来作战，总是这个样子。后来有了枪炮，便把这等笨法儿丢了。谁知欧战以后，又把这种拼命肉搏的方法，作为最新的战术。近来世事，往往新鲜之极，归于反古，万不料这性命相扑的玩意儿，也会回复古法起来。话虽说得轻松，究竟这等战法，却是死伤的多，幸免的少，不是极忠勇极大胆的兵士，谁肯揽这万无生理的玩儿？只恨这等好兵士，不像欧战时候地用于敌国，却拿来牺牲在这等无意识无作用的内争之中，真正是我们中国一桩大可痛心的事情哪！

这湘鄂两军，又相拼了几个小时，鄂军援兵大至，湘军死伤殆尽，且战且退。直军乘势夺回汀泗桥，统计两天战事，直军得了最后胜利，却失去旅长一人，团长团副各一人，营长二人，连排长以下，更属不可胜记。合到湘军方面，共死伤兵士官佐达七八千人。最可痛的，是两方主帅尽是开口爱国、闭口保民的英雄贤哲，弄得这批忠勇的部属，直到死亡俄顷，还不晓得自己为谁而死，为甚而亡。因为中外今古，从来没有听得同为爱国保民，反以兵戎相见，性命相扑的，别说当局者莫名其妙，就是作书的人，旁观之下，也还识不透他们的玄虚诡秘咧。言之慨然。

吴军既得胜利，又值廿四师长张福来，同时报告前来，说已联络海陆军，夺得城陵矶，从此直至岳州，险要全无。吴氏派探察勘前方，回报已无湘军踪迹。吴氏尚恐有诈，逐步前进，直薄岳城，早有城中绅商代表，带着满面惨容，前来欢迎吴氏入城。欢迎之上，系以惨容二字，是皮里阳秋之笔。吴氏才知赵恒惕已经退保长沙去了。吴氏进住岳州，见城内商民受灾状况，心中也觉有点难过。部下将士，请乘胜进窥长沙，戡定全湘，吴氏喟然道："人心不知足，得陇又望蜀，做了皇帝想登仙，同是中国人，何苦逼得人没处走。况我和赵炎午私交极深，此番之事，已出于万不得已，还能穷兵黩武，把他弄得无处容身么？依我之见，现在湘军已退出岳境，我们原来目的已算达到，趁此机会，还是和平解决为是。"吴氏此语，宛然仁人之言，造福湘民不浅。此言一出，三湘七泽间，登时布满了和平空气。湖北督军萧耀南，已经到了岳州，并有南北代表张一麟、张绍曾、张舫、孙定远、叶开鑫、王承斌等，均已到齐，便定本月三十一日，开了一个和平会议，公推吴氏主席，大家协定四事：

第一，岳州、临湘一带，归湖北军管辖；

第二，平江、临湘以南，归湖南军管辖；

第三，保留湖南总司令赵恒惕地位，援助湖南自治；

第四，两湖联防，照旧继续。

协议既定，干戈斯戢。湘、鄂人民，当水深火热之余，得此福音，借息残喘，倒也额手相庆，共乐升平。那吴佩孚原主张联省自治，今既得两湖地方，作为根据，便想乘此时机，劝导各省，一致进行。不料鄂西方面，又被川军侵入宜昌，危在旦夕，声势十分浩大。吴氏只好把岳州防守事宜，暂归萧督兼理，自己带队赴宜。施宜镇守使开城迎接，里应外合的，杀退围城之兵。川军将领但懋辛、蓝文蔚等，听说吴氏亲到，不敢轻敌，一面电请刘湘派兵应援，一面召齐全队人马，共有万余，协力迎战。川军虽然骁勇，因久震于吴氏威名，见他自己督队，心中先存了怕惧。大凡作战，最贵是一股勇气，如今吴军是得胜之兵，气势正盛，川军却未战先馁，这等战事，不待交锋，而胜负已决。果然一场交锋，川军大溃，但懋辛率领残部，遁归重庆，吴氏却也不敢深迫，只吩咐赵荣华好生防守，自己仍乘楚豫兵舰，整队而归。

这时的吴子玉威名四震，有举足轻重之势，本人心中，亦觉得意非凡。而且吴氏人格颇高，私人道德亦颇注意，政治虽非所长，至如寻常军阀的通病，如拥兵害民，贪婪无厌，以至吸大烟，狎女色，赌博纵饮之类，他却一无所犯。至于治军之严，疾恶如仇，尤为近时军人所罕见。治事之余，唯与幕府白坚武、杨云史等，饮酒赋诗，驰马试剑，颇有古来儒将之风。可惜他屡战屡胜，不免把武力看得太重，竟合了太史公论项王句，欲以力征经营天下，卒之一败涂地而不可收拾，恰恰给梁任公说得一个准着，这也真个可惜极了。

作者久仰吴氏是近代一位英雄，爱之望之，不殊梁公，故演义中对于吴氏，不时露出感喟之意，盖不但痛惜其宗旨之乖深，亦所以痛戒军阀中才德不如吴氏者，大家知所敛迹，莫再蹈吴氏之覆辙，亦犹任公劝吴氏以段派为殷鉴耳。再讲吴氏功高望重，威名日盛，不但关外的张作霖，忌疾甚烈，就是吴氏的主帅恩公曹三爷，也觉有尾大不掉之势，心中好生不快。不过曹本无能，但倚吴为魂魄，吴虽强盛，却也不敢忘曹，双方因此尚得互相维系，不见裂痕。至于两人门下，却免不了挑拨唆惑，对甲骂乙、对乙又说甲，如此不止一日，不仅一人。曹、吴心中，都免不得各存芥蒂，而双方表面上，却反觉格外客气起来。本来客气是真情的反面，所以古人说："至亲无文。"又道："情越疏，礼越多。"从前曹、吴情好有逾父子，谁也用不着客气，如今感情既亏，互相猜疑，猜疑之甚，自然要互相客气起来。可巧这年阴历辛酉十月廿一，是曹三爷六旬大庆，民国军政长官，借做寿以敛财，属吏借祝寿以阶进，十年以来，已成风气。现在曹锟已做了四省经略，名义上比巡阅又高一级，只差不曾爬上那张总统的交椅。又值川湘初定，北方宁谧，民国以来，像这等日子，就算太平时世。太平时世而冠以就算两字，辞似庆幸而实沉痛非常。以此老曹格外兴高采烈，预备热热闹闹的做他一个生平未有的荣庆。这等举动，若在平时，吴佩孚定要反对，此际却心存芥蒂，貌为客气，不但不敢讲话，还先期电贺，并将亲自到保祝嘏。曹三本也怕他讲话，今见他如此恭顺，不觉拈须长笑，对幕府中人说道："子玉生性古怪，却独能推尊老夫，也算前生的缘法咧。"众人听了，便都夺着贡谀说："吴帅无论怎样威望，怎比得上老帅的勋高望重，震古铄今？此中不但有缘，也是大帅德业所感召啊。"曹三听了，十分开心，即命他们好好拟了电报，欢迎子玉来保，说咱们自己人，祝寿可不敢当，不过好久不见，我正怀念得很，望他早日前来，咱俩可以痛谈几天。话要说得越恳切越好，越合咱俩的身份交谊。**曹氏才德，虽无足录，然亦颇爽直，与奸诈之流自异。**

幕府遵命拟发，吴氏得电，知曹三对他仍极恳挚，倒也欣慰不置。到了寿期相近，他便真个赶到保定，和曹锟弟兄，及一班拜寿团员，尽情欢聚。吴氏并格外讨好，竟以两湖巡阅使、直鲁豫巡阅副使的身份，担任曹氏寿期内的总招待员，也可算得特别屈尊，十分巴结了。只是吴氏生平，为人绝不肯敷衍面子，此番如此作为，在老曹心中，果然百倍开心，嫌怨尽释，而以别人眼光瞧来，却不能不疑心吴氏变节辱身之故。神经过敏者，甚至认为吴氏内部组织妥当，第二步计划，即为对奉开战。曹、张系儿女亲家，感情虽伤，关系难断。吴氏为使老曹毅然绝张助己，对奉开战，不能不将自己对曹情感，比儿女姻亲更坚更厚。古人说："大丈夫能屈能伸。"吴氏此举，正合丈夫作用，其言虽似太早，却亦未为无见呢。这却慢提。

先叙曹锟此次寿域宏开，寿筵盛设，其繁华热闹，富丽堂皇，不但为千古以来所罕见，就论民国大军阀的寿礼，也可首屈一指。一星期前，就由经略署传谕北省著名男女优伶，来保堂会。此时叫天已死，伶界名人，自以梅兰芳的青衣花旦，堪称第一流人才，其次如余叔岩之老生，杨小楼之武生，以及程砚秋、尚小云、白牡丹、小翠花等四大名旦，也都日夜登台，演唱得意杰作。曹锟出身小贩，困苦备尝，而生性好淫，水陆并进，得意以后，京、津男女伶妓，受他狼藉者，不可数计。即如此次寿辰邀角，亦是注重名旦，赏赍之重，礼遇之隆，足使部下官兵，见而生妒，闻而咋舌。听说演戏七天，犒赏达二十万元，唯五旦所得，在半数以上。即此一端，可以想见曹之为人。**小贩子总脱不了小贩子气。**但闻曹锟的心中，尚不十分满意，原因近来北京伶

京剧四大名旦合影

人，又有男盛于女之势，女伶中又鲜出色人才，曹锟抚今思昔，不禁回想起一个旧人儿来。巫山梦杳，故剑情深，自古英雄，未有不怜儿女，洪承畴为了一个满妃，助成清代三百年基业；吴三桂失了一位爱姬，断送有明三百年天下。像曹锟之所为，也算得深情之英雄，庶几媲美洪、吴，足为千秋佳话呢。佳话云者，恶之极而反言之也。

说起曹锟的情人，大概看官们都该晓得一点，其人非他，便是龙阳才子易实甫愿意做她的草纸月布，冀得常嗅余香的刘喜奎儿啊。北京某大学生，因一香面孔，拘罚五十元，喜谓价廉物美。喜奎大名久传，南北全盛时代，几乎压倒梅、程，推翻荀、尚，余子碌碌，更不足道。那时京、津坤伶势力，骎骎乎驾男伶而上之，其实所赖者，也不过一个喜奎而已。此外虽有鲜灵芝、绿牡丹等数人，究竟无甚出色，所以喜奎一嫁，转瞬坤伶声势，一落千丈，伶界牛耳，又让男伶夺去。莫说小小妮子，举足为伶界重轻，以视今日曹氏军界地位，也正未必多让啦。

喜奎原得陆军次长陆锦一力捧场，才得一鸣惊人，陆锦因此得为喜奎入幕之宾。其实喜奎心中，对于这位陆大人，只有厌惧而无恋爱可言。然而陆锦却哪能看出美人深心，尚且肉麻当有趣的夸耀大众，引为无上光荣。恰值上次曹锟寿辰，陆锦便亲送喜奎，前往祝嘏，并唱堂会戏三天。谁知动了曹锟的食指，赏赐之优厚且不消讲，还把她留进内院，唱了几出秘戏。这一来，才把个陆锦弄得求荣成辱，搔首彷徨。后来又听说曹大帅极爱喜奎，有纳充下陈之说，陆锦更弄得走投无路，如醉如疯，逢人便说："完了完了，糟透糟透。"人家见了，都暗暗匿笑，他也不觉得羞恶。等得寿期已过，人家都告辞回去，只有陆锦，舍不得喜奎，兀自托故逗留，探听消息。还算他的运气，此时忽然来了一个救星，却是曹三的正室太太。曹三生性长厚，得志后，不忘糟糠，仍旧敬畏太太，因此太太有权支配内政，查得曹氏昵嬖喜奎情形，心中大不为然。明知喜奎决不喜欢曹三，也不暇征求曹三同意，趁他出外之时，把喜奎喊来，问了几句。喜奎竟涕泣陈情，自言已有丈夫。曹太太问丈夫何人？喜奎一时回答不出，只得暂借陆锦牌头一用，说是："陆军部陆大人。"曹太太听了，回顾侍妾们冷笑道："你们瞧瞧，老头儿越发荒唐得不成话了。一则是大员的姬人，二则大家还是朋友咧，亏他做出这等禽兽行为。"侍妾们也深愿太太作主，速把喜奎遣去，免她宠擅专房。大家你一言，我一句的，再三怂恿，曹太太竟大开方便，连夜把喜奎放出府门，还派了一个当差，押送回京。陆锦闻讯之下，喜欢得浑身骨头都轻飘飘的，好像站立不住一般，因为他曾几次三番向喜奎求婚，喜奎总是支吾搪塞，不肯允许，把个陆锦急得不晓要怎样改头换面，刮肤涮肠，才能博得美人欢心，相持至今，未得结果，如今听说喜奎在曹宅承认是自己的妻小，不用说，此番回京，必能三星百辆，姻缔美满，倒还十分感激曹三爷玉成之德，绍合之功。预备成婚之后，供他一个长生禄位，早烧香，晚点灯的，祝他千年不老，才能报答鸿慈，稍伸敬意。心中这么想着，一个身子却早糊糊涂涂的乘车回京。一到车站，来不及回家，立刻坐上一部汽车，赶至喜奎家中。谁知一进大门，就有喜奎跟班上来，打了个千，回说，姑娘刚才回来，辛苦得很，预备休养几天，才能见客，求大人原谅。陆锦万料不到会扫这一鼻子灰的，早不觉怔怔发起痴来。怔了多时，忽对喜奎家人说道："你们姑娘难道不晓得是我来了。"家人笑回："姑娘原吩咐过，什么客人一概挡驾。"陆锦还不识趣，又说出一句肉麻的话来。正是：

英雄原是多情种，美色怎教急雨催。

未知陆锦更有何言，且看下回分解。

战，气也，出古人有再衰三竭之语，吴、赵汀泗桥之战，吴氏之能胜，亦唯气盛而已。气愈盛则心愈虚，此成功之象也。从此屡胜而骄，遂欲以武力统一中国，而不知骄盈之极，即衰竭之征，迷梦未醒，事功已隳，读卿子冠军之语，不禁感慨系之矣。

第七回

醋海多波大员曳尾
花魁独占小吏出头

　　却说陆军次长陆锦，听得刘喜奎不肯出见，那时候凭他涵养再深一点，也万万受不住了，心中一忿，不禁厉声叱道："胡说！我是你们姑娘将来的老爷，又不是客人，难道还要你们姑娘怎样招待不成？肉麻。我和她既是自家人，原用不着你们通报的，还是自己进去，等我问清了你们姑娘，再打断你的狗腿子。"说罢，气冲冲地向着喜奎卧室便走。家人明受喜奎吩咐，单要拒绝陆大人，但这等说话，是断断不敢说出来的。如今见他自认为喜奎未来的男人，不待通报，径自进去，只得赔着笑脸，再三恳求说："陆大人既这么说了，小的原不晓得陆大人和姑娘已有婚姻之约，大家本是自己人，原不能当作客人看待，所以小的倒得罪了。但是姑娘的脾气，陆大人有什么不晓得？她既这样吩咐，小的吃她的饭，断不能违她命令，就是姑娘将来跟了大人，小的也还要跟去伺候大人和姑娘的。小的今日不敢背姑娘的命令，就是将来也不敢违抗大人的。大人是明白人，有什么不原谅小的。却也会说。如今这样罢，姑娘确因倦极，在里面休息，待小的再去通禀一声，说是陆大人到来，想姑娘一定急要见面的，她一定会起来迎接大人，那时却与小的责任无干了。"说罢，又打了一个千，含笑说："总要大人看在姑娘分上，栽培小的，赏小的一口饭吃。"陆锦见这人说话内行，本来自己深惧喜奎，怕她动怒。银样蜡枪头。因亦乐得趁机收篷，便点点头说道："好！好！你快去对姑娘说，并叫她不必起来，大家一家人咧，还用得着客气么？"家人应命而去。

不一时，只听得里边似有开门送客之声，陆锦不觉大疑，正思进去一瞧，早见喜奎蓬着头出来，秋波微晕，粉脸呈紫，一面孔不高兴的神气，口也不开的，就在陆锦对面一张红木圈椅上一屁股坐了下去。陆锦见了这副情形，又是心爱，又是害怕，早将预备作她丈夫的热心，放低了一半。*绝倒。*却一时打叠不出一句话来作开场白儿，良久良久，才迸出一句话来，赔笑说道："我听说你回来了，心里急得什么似的，赶着来瞧瞧你。*声容如绘。*偏……"他这下半句，是说偏你又睡了，但是喜奎却不愿他多说，忙着大声截住道："哦！你倒急么？急什么啦？*声口如画。*我又不是你什么亲人，又没有给人抢了去，何必劳你陆大人这般发急。老实说：我喜奎现在还没有找到一个替我发急的资格的人咧。*痛快。*承你陆大人的情，倒居然替我发急得这个样子，我是委实感激得很，只可惜陆大人枉用了这番心机，因为陆大人只配做中华民国陆军部的次长，还不配做我刘喜奎发急的人咧。"*骂尽一切，趣而刻。*说着，两只秋水澄清的眼珠儿，似笑非笑，似瞅不瞅的，朝陆锦有意无意的这么一睐。

陆锦听了这番峭刻挖苦的说话，又回想到刚才对她家人说的牛皮，两两参证，觉得太不对缝了，*绝倒。*眼见着那家人还立在一旁笑嘻嘻地伺候，送茶送烟的正好忙咧。陆锦这一来，觉得比先时遭她拒绝不见的事情，更觉下不来台。*本来自讨没趣。*但他是多情的人，只会对家人摆大人架子，却没本领对喜奎行使丈夫的威权，受了这场排揎，还是满脸含着苦笑，一点不敢动怒。*世间大人架子，唯有向此辈摆耳，若石榴裙固未有不拜倒者也。*呆够多时，却亏好又想出一句话来，支支吾吾地说道："这个倒不是我有什么野心，况且我也不敢……但……但……"一语未曾说出，喜奎忙喝止道："但什么！但什么！昏你的糊涂蛋！本来谁许你有甚野心！你有野心，就该用点气力，替国家多做点有益之事，替国家东征西讨，在疆场上立点汗马功劳，也不枉国家重用你的大慰。谁许你把野心用到我们脂粉队中来了。*此语出之妇人口中，足愧煞陆锦，而无如其颜之厚也。*我们又不是中华民国的敌人，用不着你来征伐。"说到这里，又禁不住失笑道："我们又不是中华民国手握兵符经略几省的军阀大人，更用不着你这般蝎蝎螫螫的鬼讨好儿。"说完了话，笑得气都回不来，拿块手帕子，掩住了她的樱桃小口，只用那一只手指儿，指着陆锦。

陆锦这才恍然大悟道："哦！了不得，原来姑娘为这事情恼我咧。可谓呆鸡。本来这是我的不是，谁教我拿着姑娘高贵之躯，送给那布贩子曹三开心去咧。"他一面说，一面早已上前向喜奎作了一个长揖，只道喜奎一定可以消气解冤，言归于好了。谁知喜奎猛可地放下脸儿，大声诧异道："阿唷唷！你要死了，作这鬼样儿干什么？我一个唱戏的人，原是不值钱的身子，谁养我，谁就是我的老斗。曹三爷要我唱戏，那是曹三的权力，我去不去，是我刘喜奎本人的主意，与你陆大人什么相干？怎么是陆大人送与曹三开心的？这是什么怪话？这话真正从哪儿说起哪。"真是何苦。陆锦听了，只得又退至原位，怔了一歇，方才喟然长叹道："罢！罢！总是我陆锦不好。本来姑娘吃这一趟大亏，全是我作成的，也怪不得姑娘生气。再说姑娘要不生气，倒反不见我的交情了。"真是一派梦话，苦无术足以醒之。喜奎听了，不觉笑得打跌道："你这个人哪，妙极了，妙极了，亏你从哪里学得这副老脸皮儿，又会缠七夹八的，硬把人家的话意，转换一个方向儿。我想象你陆大人做这陆军次长，也没有多大好处，还不如到上海、天津的几个游戏场中，做个滑稽派的独脚戏，或者还有人替你喝一声彩，那时候我刘喜奎，虽然未必引你为同志，却不妨承认你是一个游艺行中的同道。那就赏足了面子了。"索性痛骂。陆锦见她怒气已解，因也笑说："能够做姑娘的同道，谁说不是天大的脸子，强如做陆军次长多了。"太不要脸。喜奎正在没奈何他，喜奎其奈他何？却有天津戏园中派来和喜奎接洽唱戏条件的人，上门求见，喜奎乘机说一声："对不住，陆大人！请你坐一歇，我有事情，失陪了。"不等陆锦回言，便向外而去。

陆锦见她姗姗出去，大有翩若游龙之概，不觉看得出神起来，良久良久，才自言自语的太息道："唉！这小妮子恁她倔强，教我也没法子奈何她了，只有等将来嫁了过去，再慢慢地劝导她罢。"肉麻。说罢，抬起头来一看，只见原先那家人，还立在一边伺候呢。陆锦一张紫棠色的脸上，竟也会泛出一层红光。还算知耻。等了一回，见喜奎还没进来，自觉乏味，便立起身来，说道："我走了。姑娘这几天兴致不好，你们都好好的伺候，将来过我家去，我都要重重提拔，像你这般内行，还得保举你做个县知事哩。"做国家名器地方人民不着，此之谓落得做人情。那人听了，赶着打个千，再三道谢。

陆锦回到部中，再想着喜奎相待情形，忽然记起喜奎在房中送出的客，不知究是什么人，不要真是自己一个情敌么？*聪明极了。*若照喜奎以前情形，和自己待她的许多好处，喜奎又有承认作我家眷的宣言，那么，断不至于再有外遇。然而事情究有可疑，非得彻底调查一下，断不能消此疑窦。*何必多心。*想了一会，忽然想到一个人来，心中大喜，忙唤当差的，快去警监衙门把李督察员请来。这李督察，原是陆锦私人，是一个专跑妓院，喜交伶人的有趣朋友。陆锦用到这人，可谓因才器使。*不愧大员身份。*当下李某到来，便把这事委托了他。这人却真个能干，不上三天，便给他侦查得详详细细，回来从直报告。陆锦才知喜奎心中，除了本人之外，还有一个情深义挚的崔承炽儿。*何见之晚也。*陆锦得了报告，心中大愤，恨不得立刻找到喜奎，问她一个私通小崔的罪状。*有何罪名？*并要诘问她小崔有甚好处，得她如许垂青。论势力，本人是陆军次长，小崔不过内务部一个小小司员。论财力，本人富可敌国，小崔是靠差使混饭吃的穷鬼。论过去历史，本人对于喜奎，确有维持生活，捧她成名大恩，*肉麻。*崔承炽对她有何好处，虽然无由而知，但是无论如何，总也越不过本人前头去。*丑极。*照常理论，喜奎有了本人，生活名望，地位声势，已经足够有余，何必再找别人。想来想去，总想不出喜奎喜欢承炽的理由来。因又想到唱戏的人，免不得总有几个客人，那小崔儿是否和喜奎有特别交谊？喜奎待他的特别交谊，是否比本人更好？抑或介于齐楚，无所轩轾？再或小崔认识喜奎，还在本人之前，喜奎因历史关系，无法推却，不得不稍与敷衍，也未可知，*千思万想，尽态极妍，作者如何体会出来？*然则喜奎为什么又要讳莫如深的，不肯告诉我呢？何以喜奎和我处得这么久了，我却总没有晓得一点风声呢？种种疑团，愈加难以剖解，真是不说破例还明白，说破了，更难明白了。*绝倒。*

陆锦从此也无心在部办公了，一天到晚，只在喜奎家鬼混。喜奎高兴时候，也不敢不略假词色，要是不高兴呢，甚至明明在家，也不肯和他相见。好个陆锦，他却真是一个多情忠厚之人，*恭维得妙。*这一下子，他已窥破喜奎和小崔儿的深情密爱，万万不是本人所能望其项背。*太聪明了，怕不是福。*心中一股酸气，大有按捺不住之苦，却难为他涵养功深，见了喜奎，总是勉强忍耐，不肯使她丢脸。如此相持了一个多月，喜奎要上天津去了，照例，应由陆锦侍卫，谁知喜奎此番却坚拒陆锦，劝他多办公事，少贪风流。*绝倒。*又道："你们做大官的人，应以名誉为重，不要为了一个刘喜奎，丢了数十年的官声。"陆锦见她尽打官话，心中摸不着她的头脑，但据陆锦之意，却有宁可丢官败名，不能不陪刘喜奎的决心。多情之至。因为喜奎艳名久噪，曾有一个北京大学的学生，为她发起色狂病来，寄了许多情书给喜奎。喜奎付之一笑，置之不理。那学生急了，竟于散戏之时，候在门口，等得喜奎出来，上车之时，竟自抢上前去，捧过她那娇嫩香甜的一张圆脸儿，使劲的闻了一个香。趣甚。只急得喜奎大喊救命，那学生还不放手，直等得喜奎的车夫跟包们，围将拢来，将他擒住，他才哈哈大笑的，说道："好幸运，好幸运，今儿才偿了我的心愿了也。"众人才晓得他是一个疯子，拉拉扯扯的，将他送到警署。警官问明原因，罚了他五十块钱，他还做了一篇文章，送登报上，说"刘喜奎香个面孔，只罚五十元，警官未免不公，因为喜奎是现代绝色，闻香面孔，虽然不比奸淫，也算一亲芳泽，区区五十金，罚得太轻了，未免轻视美人。至于本人，却算做了一桩本轻利重的生意"云云。绝倒。从此喜奎名气越大，喜奎也应感激他这种宣传工夫。而喜奎的戒备，也比较严密。此番陆锦必欲伴送去津，就是这个意思，他到的确是一番爱惜保护的深心。自是好心。

无奈喜奎偏不中抬举，一定拒绝不受。陆锦心中，也觉诧异，不期脱口说道："那么，你这趟去津，是用不着人家护送了。那小崔哩，他可跟你同去不呢？"喜奎一听小崔两字，凭她胆子再大，意气再盛一点，也总有些不大得劲起来，登时粉脸飞红，秋波晕碧，期期艾艾的，一时对答不出。停有几秒钟时，方才冷冷的道："什么小菜大菜？你说的我全不懂呀。"陆锦见她情虚，益发深信喜奎和承炽，真有密切关系，并料定喜奎赴津，承炽必定充当随从之职，太聪明了，怕不是福。不觉妒火大炽，五内如煎，但又不忍使喜奎难堪，只得轻轻点头说道："小菜自然比大菜好点。你带了小菜，本来不必再要大菜了。"难为他如此伶俐会说。陆锦一面说，一面瞧喜奎神色十分慌张，大非平时飞扬跋扈能说惯话的情形，便觉得她楚楚可怜，再不能多说一句。毕竟多情。却喜喜奎心中一虚，面色便和悦了许多，对于陆锦，也免不得勉强敷衍，略事殷勤。陆锦原是没脑子的东西，受此优遇，已是心满意足，应该感谢小菜。无所不可，哪怕喜奎对他说明要嫁给崔承炽了，烦他作个证婚，同时兼充一个大茶壶儿，谅他也没有不乐于遵命的了。趣而刻。这倒不是作者刻薄之谈。偏说不刻。只看他经过喜奎一次优待，当夜留他在家中睡了一晚，次日一早，便由着崔承炽护送出发，她俩竟堂堂皇皇亲亲热热的，同到天津去了。陆锦只大睁着眼儿，连送上火车的差使，都派他不着。可怜。要知这全是喜奎枕边被底一番活动之功，竟能弄得陆锦服服帖帖，甘心让步。此而可让，安知其他一定不可让呢？

这还罢了，不料从此以后，喜奎对于陆锦，愈存轻鄙之心，应得轻鄙。同时对于承炽，也越存亲爱之意。承炽本是寒士，喜奎常向陆锦索得孝敬，便转去送给承炽。老酿人喜讨年轻美妾，结果未有不如此如此。承炽得此，已比部中薪水体面得多，在他本意，这等差使，远胜内部员司。就是喜奎初意，也打算请承炽辞去内部职务，专替本人编编戏，讲讲话，也就够了。总因外间名誉有关，未敢轻易言辞。不道两边往来的日子久了，形迹浑忘，忌讳毫无，承炽穿着一件猞猁狲袍子，出入衙门，太写意了，也不是好事。常有同事们取笑他，说是刘喜奎做给他穿的。承炽一时得意忘形，竟老老实实，说是喜奎向陆次长要求，送给我的。同事们听了，有笑他的，有羡慕的，却有十分之九是妒忌他的。因为那时北京正大闹官灾，各大衙门，除了财、交两部是阔衙门，月月有薪水可领之外，其他各部，都是七折八扣，还经年累月的，不得发放。人人穷得淌水，苦得要命，偏这崔承炽，因兼了这个美差，起居日用，非常写意，早已弄得人人眼红，个个心妒。不是量小也，可怜。只因他的脸蛋子，原生得不差，年纪又轻，媚功又好，大似老天爷特别垂青，有意栽培，使他享这艳福财运一般。天之所定，谁能易之？掉文妙。因此大家虽有妒心，却也没法奈何他，此时见他公然说出陆锦赠袍一事，言下并有政府官吏，不及坤伶侍卫之意。不是小崔荒唐，都是作者深刻。把一班穷同事说得面红色恧，难以为情起来。于是有那深明大义的人，说："承炽此举有大罪三：一是渎辱邻部长官；二是傲慢本部同事；三是轻蔑政府神圣。说得正大堂皇，妙甚。于他本身的品行不端，人格堕落，犹其余事"等语。

他这题目，来得大了，惹起许多人的注意。一人唱说，千人附和，不上几天，早已传入陆次长的耳中。想到自己的衣服，经过意中人的手，间接而披于情敌之身，渎辱二字，可谓确切不移；而且实际上教自己无颜见人，如此一想，恨不得派遣卫队，将小崔捉来，立行正法，以为渎辱长官者戒。转念一想，自己和喜奎的事，也不是什么名正言顺的国家大事，更不是陆军部次长职务内应有之事，却有自知之明。小崔在这上头，欺侮本人，只能算是私人抢风，万万不能加他渎辱官长的罪名儿。况且此事一经声扬，小崔果然危险，然而充其极量，也不过削职而止，本人身为次长，位高望重，若因此而竟被牵动地位，不但事实上拼他不过，而从此名誉扫地，贻笑中外，终身留下一个污点儿，尤其犯不上算。然则要求伴送赴津时，所谓宁可丢官坏名者何耶？

何况喜奎心中,只爱一个承炽,实际上本人却还叨着他的光儿。因为承炽之事发表以后,喜奎心中愧惧,反和本人要好得多,本人正想趁此机会,为得步进步之计,若将承炽攀倒,喜奎也和本人作对,那时再想博得美人一笑为欢,可比登天还难了。可怜。如此一想,又觉承炽的地位,不但不宜动他,还该设法保全他才是。这样两个相反的念头,交战胸中,万分委决不下,倒把个才大功高的陆次长,弄得如醉如痴,恰如染了神经病儿一般。有时虽在办公时间,也会自言自语地说出刘喜奎可怜,崔承炽可办的两句话来。可怜。惹得陆部全体员司,和陆锦一班同僚,都当作一件趣史,霎时传遍九城。幸而陆锦为人忠厚,大家不忍和他为难,也没有人去攻讦他。

却有一个司长,和他最有感情,勘透他的隐恨苦衷,替他想了一个借刀杀人之计,劝他到保定走一趟,向曹三爷声明:"本人并没有娶喜奎为妾,本人也并无娶她为妾之意思。自从喜奎承大帅雨露之恩,本人身受栽培,尤其不敢在喜奎跟前,稍存非礼之行,致负大帅裁成之德。不料有内部员司崔某,混名小菜的,那厮自恃年轻貌美,多方诱惑喜奎,喜奎原不敢忘大帅厚恩,只因小菜屡说大帅身居高位,心存叵测,将来一定没有好结果,还有许多混账说话,他能说得出,某却传不来。[*]*耸之激之,劝之诱之,曹三应入其彀。*因此喜奎息了嫁给大帅的念头,居然和小菜十分亲密起来。大帅军书旁午,政务劳神,本不敢以小事相告,只因这厮信口造谣,胆大妄为,不但于大帅名誉有关,且恐因此惹起政府误会,与大帅发生恶感。在大帅本身,固没甚关系,倒怕国家大局,发生不良影响,归根结底,大帅还是不能辞咎,所以专诚过来,禀报一声,大帅看该如何办法?"*措词奇妙。*这番说话,委实够得上绝妙好词四字。一方面引起曹三的醋心,同时即借表本人之忠义,一方面为喜奎留出地步,同时又将曹三的地位,抬得十足。而且立言非常得体,措词十分大方,了了数言,面面俱到,不但无懈可击,简直无语不圆。*评语亦妙,作者必是闱卷老手。*陆锦受教之后,真有一百二十分的钦佩,难为他不敢怠慢,在部中请了要公赴保的短假,急急忙忙,赶到保定,会见曹三。

曹三自喜奎去后,郁郁不乐,忽忽如有所失,屡向各方打听,也已深悉喜奎未尝嫁给陆锦,不过假陆太太三字作个牌头,并知陆锦还吃着小崔的亏。心中正在痛恨承炽,怜念陆锦的当儿,可巧陆锦到来,便立刻延见,优予礼貌。陆锦更是喜悦,便将那司长教给的一番话,说了出来,果然惹得曹三又羞又怒,又妒又感,羞是羞喜奎被夺，怒是怒喜奎上当，妒是妒承炽的艳福，感是感陆锦的忠义。不出所料，句句合笋。陆锦见曹三已被激动，大事可算成功，并承曹三十分优待，心中欢慰，自不待言。但只对于喜奎方面，犹恐结怨太甚，不能见面，可怜。因复再三要求曹三，严守秘密。曹三也答应了，留陆锦在保玩了三天。比及陆锦辞别回京，早有家人报称曹经略等电请国务院重办小崔。不料小崔闻讯逃走，据闻已跟喜奎同上天津去了。陆锦听了，万不料如此一来，倒成全了他们，反而正式结合起来。弄巧成拙。喜奎此去，必定嫁与小崔，本人不成了陌路萧郎，竟连一面之缘，都不可得了么？心中一急，竟吐出一口血来。正是：

海棠不与梨花压，大菜何如小菜香？

未知性命如何，却看下回分解。

堂堂经略使，陆军次长，为了一个女伶，失败于小小内务司官之手，诚若辈所认为奇耻大辱，虽邻邦侵蚀，国事蜩螗，不足比其愤懑也。夫千古英雄，未有不多情者，千古有名美人，未有不倾心于真正英雄者。喜奎艳冠一时，名扬海外，洵可谓有名之美人，乃对于自负多情而英雄之曹、陆，鄙夷直同粪土，此无他，英雄固多情深，深情必先钟于国民，而后及于恋爱。曹、陆身为大员，而唯声色是尚，置国计民生于不顾，所谓多情，直是淫欲变相。安有淫欲之人，而能久于情者？则无宁偕寒士以共白首，犹得终身厮守不离也。嗟夫！曹、陆之失败情场，曹、陆自取之耳，于喜奎何尤？然而喜奎高矣。

第八回

澡吏厨官仕途生色
叶虎梁燕交系弄权

却说过不多日，崔承炽和刘喜奎结婚消息，传播京、津道上，各地报纸纷纷刊载二人的小照和结婚的消息、仪注等等，大家当作一件佳话珍闻。甚至有那消息灵敏的报馆，竟连带将曹、陆两方情场角逐，和失败于小菜之手的一段内幕，也尽情刊布出来。这样一来，不但陆锦丢尽颜面，就是身居保定，贵为经略的曹三爷，也觉面上无光，心中不乐。谁教你们不知自量，须知年纪不饶人，品貌自天生，倒不是次长、经略之威，所能压服和比拟的。但这是小事，他们既托庇于外人，匿身租界，也犯不着再去寻事，一幕三角恋爱公案，就从此作小结束，这是前数年的事情。如今曹三势力愈盛，身份愈高，此番宏开寿域，男女名伶，群集一堂，却独独见不到心上人儿刘喜奎，你教他如何不感伤追念啊？

曹三原是一个直爽长厚的人，恭维得妙。心有所思，面子上倒遮掩不住，登时长吁短叹的，郁郁不乐起来。这一来，别人倒还罢了，只有他那几位亲信人物，如高凌霄、王毓芝、李彦青等，早都慌做一团，大有主忧臣死的意态。好一班忠臣。还是彦青比较密切，他原是一个厨子的少爷，厨子而有少爷，此少爷之所以不值钱也。少爷之父而为厨子，厨子之所以为厨子也，殊比众不同。说起这厨子的来头，却也非同小可，因为他的东家，是外号智多星张志潭张部长的老太爷，曾有人见过他的名片，左角儿上，也写着一大批官衔，这官衔，却真威赫，凡是张氏父子两代，在清朝民国历任的各种头衔，全都抄了上去。只于官衔之下，加了膳房主任四个小字，*绝倒，此等人于今不少。* 下面便是这膳房主任领袖的姓名。列公别笑此公善于扯淡，委实除了少数之少数的几位真正阔人之外，那批热中朋友，谁不啧啧称羡，暗暗拉拢？希冀借此作个终南的捷径，可以亲近张氏，营谋差缺。*可叹。* 后来这位李主任李老太爷，终于犯了招摇纳贿的罪名，被张老太爷驱逐出来，幸而他的少爷李彦青，亦已出山任事，在一家浴堂内充当扦脚专员，*有此主任，才能出这等专员，虽非箕裘克绍，却也不愧象贤。* 还兼理擦背事宜，本来每月收入，亦颇可观，不料这位李专员的运气，却比他老太爷好得多，不晓以何因缘，见赏于这位四省经略大人曹三爷，一见倾心，三生缘订。曹三爷一度出浴，就把这李专员带回公馆，*有此阔东家，少爷的名片，当比老爷更风光。* 两个人要好到了不得。不但曹三爷出浴时候，少他不得，甚至起居食息，随时随事，都有非他不可之势。*是正文，也是伏笔。* 李专员得此际遇，正是平地一声雷的，大抖特抖起来，那时他的头衔，又换过了，本来是普通浴室的扦脚员，现在却升做经略府的洗澡主任。*绝倒，深刻。* 另外还有曹大经略提拔他的什么副官咧，参议咧，处长咧，种种道地官衔，*官衔而有道地，非道地之分，语刻而奇趣。* 那倒真的是中华民国的荐简职衔，并不是小子开的顽笑了。列公听到这里，或者有人奇怪，以为一个扦脚出身的人，怎么能够置身仕版呢？殊不知英雄出身，原本越低越好。*妙语。趣语。* 以李彦青一生事业而论，此时还不过发轫之始，将来的富贵功名，真是未可意料。若照列公这等小见，只怕还要惊骇欲绝咧。

再说李彦青做了曹大经略身边最最宠信之人，自有许多攀附的人，一般的称他李大人李老爷，称他老子是老太爷。还有和他同事之人，因求他在曹三面前吹嘘几句，也有和他拜把子，称兄弟的。彦青志得意满，自不消说，只有两处地方，还不能十分讨好，一个是吴大帅吴子玉，生性正直，最恨这等宵小之徒，*太看轻这位主任了。* 常说曹大帅的事情，全是这班狐狗搅坏，言下之意，还不专指彦青一人。*明知其无成，而抵死相从者，子玉之长处，也是子玉之短处。* 唯有曹三的正室太太刘夫人，骂得最为刻毒，他曾当着许多人的面，把彦青喊去，拍案大骂，说："老帅春秋已高，精神日坏，*大帅身子坏，精神不济，自然只有夫人晓得，何意李主任也与有劳绩，此真奇妙趣史，以极不堪事，写得极干净，见得作者匠心。* 近来身子越衰，毛病越多，全是你这妖怪东西搅坏的。"妖怪东西，也是道地官衔么？彦青素知曹三天不怕，地不怕，单单敬怕这位太太，他也只得以曹三之心为心，跟着敬畏太太，受了骂，兀自不敢声辩，只有唯唯称是，诺诺连声。等曹太太气平了些，方说："小的不敢，小的原不肯的，怎奈老帅没人伺候，小的也叫没法儿罢了。"小的原不肯，小的没法儿，语极普通，掩卷一想，妙不可言。曹太太听了，更其怒不可遏，叱道："凭他再没伺候之人，也不配你这妖鬼跑在前头。老实告诉你，你要想在这府中吃饭，从此以后，就不许近着老帅的身体。要是不然，我就有本事，叫你死无葬身之地，你懂得么？"彦青只得叩了个头，含悲带泪的出去，见了曹三，不觉倒在怀里，大放悲声。曹三也知他吃了太太的亏，又见他哭得哽哽咽咽，凄凄恻恻，心中老大不忍，只得用尽老力，将他抱了起来，再三安慰道："好孩子！快别哭了！咱们爷儿似的，你有为难，咱全知道。好孩子！我也是敬重太太，此等地方，还见曹三古道。没法子替你出气，只有慢慢地赏你一个好差使，受了太太的亏，横竖好在众人面前讨回便宜，李主任这生意做着了。给你玩玩，这等人当差使，非玩玩而何？曹三妙语，作者趣笔。消消你这口气，不好么？"彦青只得收泪道谢。又道："大帅事情多，精神又不济，身子是应该保养的，小的原再三对大帅说了，大帅总是……"说到这里，不觉把脸儿微微一红，嫣然一笑。曹三见此情形，心中早又摇摇大动起来，恨不得立刻马上，要和他怎样才好。你要怎样。无奈青天白日的，还有许多公事没有办，只得将他捧了起来，下死劲的，咬了他几口，咬得那个彦青吃吃地笑个不住。过了一天，曹锟果然又下了一个手谕，着他老太爷去署理一个县缺，人人都晓得这是酬报李彦青受骂之功。后来这位厨子县令，调任别处，交代未清，人家问起这事，他便大模大样地说道："那容易，咱已交给儿子办去，咱儿子说，这些小事情，等大帅洗澡时，随便说一句，就得啦。"趣甚，据作者说，确曾听见有此一说。一时都下传为佳话，那都是后来的事，先带说几句儿，以见他们君臣相得之隆，遇合之奇，真不愧为千秋佳话也。如此佳话，真合千秋。

如今却说李彦青探明曹三意旨，知他故剑情深，不忘喜奎，若是别的事情，只消他一声吩咐，自有许多能干的人，夺着奉承，哪怕杀人放火，也得赶着替他办好。只因这喜奎，是曹三心爱之人，喜奎一来，却于彦青本身，有点关碍，碍他本身，妙不可言。因此倒正言劝谏道：正言劝谏，更有奇趣。"大帅身系天下安危，为时局中心人物，犯不着为了刘喜奎这个小狐媚子，一个妖怪东西，一个小狐媚子，迷住了一个老怪物儿。想坏了贵体。依理而论，喜奎虽已嫁人，亦可设法弄来，只消等她来华界时候，一辆汽车，迎接了来，还怕不是大帅的人？谅那崔家小子，也不敢怎样无礼。但闻喜奎嫁人以后，已得干血痨症，面黄肌瘦，简直不成人样儿了。*此句吃重。*大帅弄了回来，也不中意的，何必负着一个劫夺人妻的名声，弄这痨病鬼回来。而且太太晓得了，又是淘气。天下多美妇人，大帅若果有意纳宠，小的将来亲赴津、沪，挑选几个绝色美人，替大帅消遣解闷，那时候，大帅有了这许多美人，别说刘喜奎那黄病鬼儿，应当贬入冷宫，就是小的也可请个三年五载的长假，用不着再挨太太的骂了。"说罢，秋波微晕的，嫣然讪笑，又仰起头勾着曹三的颈项，软迷迷地，说道："我的亲老帅！亲老子！*不堪至此，肉麻煞人。*你瞧瞧！这话可是不是哪？"曹三不觉呸了一声，笑道："好胡说的小子，咱不过一句空话罢咧，又惹你唠叨个这一阵子，你要请假，咱就派你到上房，替太太擦地板去，看你可受得住这个磨折？"彦青听了，急得抱住了曹三，扭股糖儿似的，娇痴央告道："我的亲亲老子，要这样子狠心时，我的小性命儿也完了一半了。*不堪至此，不忍卒读。*我要死在太太口中，宁可死在*死在哪里？死在……*"只说了半句，忽把脸一红，指指曹三，妆了一个手势儿，*什么手势？*嗤的一声，笑起来了。缠勾多时，把个英雄领袖的曹虎威，搅得喘吁吁地，笑而叱道："小子！亏你说得出来，滚罢，咱要出去了。"说罢，振衣而起。*亏他还能够起身。*彦青忙着伺候他穿衣，戴帽，将他打扮好了。*奇事奇文。*这曹三自去干他的公事，从此再也不提刘喜奎三字。这曹三和喜奎的关系，总算断绝于李彦青之口，喜奎要是得知此事，还不晓要怎样感谢他咧。

书中暂时按下曹锟，却言北京政府，每逢年节，没有一次不是闹穷，虽然船到桥门，不过也得过去，然而闹穷的情形，也一年凶如一年。这时已届年终，外而各省索饷，内而各处索薪，号饥号寒，声振京邑。*可称饿鬼道。*兼之这时还有中、交两行兑现问题，也闹得非常棘手。那靳总理云鹏，自知无术度岁，也唯是知难而退，这时最有总理希望的，自然要推金融界中握有经济势力，能够拉动外债的人，顶为相宜。*以借债为能事，此中国财政之所以越弄越糟也。*并且除了这一流人，谁也不敢担这艰难的责任。若问那项资格，虽然不止一人，比较起来，尤以梁大财神梁士诒最为出色。论资格，他又做过总理，当过财长；论势力，眼前却有奉天的张作霖，竭力捧场。他本人又是一个热中仕宦，急欲上台之人，就是总统之意，也因年关难过，除了此公，实在也没有比较更妥的人，堪以胜任。于是梁内阁三字，居然在这腊鼓声中，轻松松地一跃而出，一面组织新阁，引用手下健将叶恭绰等，作自己党援，一面设法筹款预备过年。正在兴高采烈的当儿，忽然洛阳大帅吴子玉，因鲁案问题，拍来一个急电，攻讦梁阁，有限他七日去职之语。梁氏经此打击，真弄得上台容易下台难。问你还做总理不做？一个才大如山，钱可通神的梁上燕，竟被一电压倒，大有进退维谷之势，说者谓：吴氏之势力惊人，但据小子看来，要不是梁阁亲日有据，蹈了卖国之嫌，吴氏虽凶，亦安能凭着纸上数言，推之使去呢？

原来鲁案交涉，如此带起鲁案交涉，笔姿灵动。中日两方，相持已久，此次华府会议，中国代表施肇基、王宠惠、顾维钧三人前往出席，日人一面联络英、美列强，恫吓中国，大有气吞全鲁，唯我独尊之概。幸而中国三代表，在外交界上也还有点小小名气，中国人民，又怕政府力量薄弱，三代表畏葸延误，特地公唯蒋梦麟、余日章二人，为人民代表，赴美为三代表作后盾。开会多日，各大议案，均已次第解决，只有中日两国间的鲁案，还是头绪毫无。在人民之意，以无条件收回胶济路为主要目的，万一日方不允，则愿以人民之力，备价赎回。无奈三代表因政府方面，宗旨游移，本人既为政府代表，一切须以政府之意旨，为交涉之目的，也自无可如何。一再迁延，至这年十二月十七日，蒋梦麟恐长此因循，愈难得有进步，因亲至王宠惠寓所，询其意见。宠惠原是一个学者，忠厚有余，而才干未足，对于蒋意，虽极赞同，仍以须请示政府为言，再往访施、顾二人，也都以游移两可之词相对付。此等手段，对外人尚不可，况于自己人乎？梦麟无法可施，看看闭会期近，各国代表都已纷纷治装，预备返国，梦麟只得一面拍电本国，报告情形，一面联络留美八大团体，公递觉书，为最后之奋斗。三代表不得已，才允即日提出交涉。不料到了议场，施肇基一开口，就提议赎路，并没提到无条件收回一说。一个代表，连生意人讨价本事都没有，可怜。日人方面，本来得步进步，当时即答应赎路办法，但须向日本借债办理。三代表再三争持，又经各国调停，始终议妥，于十二年内，由中国分期赎路，但二年之后，中国得于六个月前，通知日本，一次赎回。又该路运输总管，须用日本人，案经议决，虽然损失不资，总算将来可有收回希望。

不料日本代表虽迫于公论，及三代表之交涉，允许赎路办法，同时政府方面，却暗暗运动梁阁，诱以直接交涉。此等手段，未免卑鄙，中国虽然失败，还不致如此丢脸。

梁士诒为借款便利起见，竟于二十日密电三代表，令向日方让步。三代表得此电令，都惊得目瞪口呆，不知为计。明知服从政府，必为人民所攻击反抗，而代表为政府所简派，反对政府，即不啻取消本身代表资格。恰巧蒋梦麟和八团体代表过来，三代表因出示电报，问他们有何意见？众人见了，都大骂政府卖国，劝三代表切勿宣布，径将议案签字，再作道理。梦麟说话，尤为激昂。他说："与其得罪于真正的国民，宁可得罪于卖国政府。得罪政府，抵拼不做他的官，就完了，得罪国民，我们却连人都不能做了。"官可不为，人不能不做，快人快语。三代表亦奋然道："只得如此拼一下子，再看。但怕日政府方面，也有训示到来，他们代表，未必再肯签字呢。"众人听了，一个个愁颜相向，无计可施。果然到了开会之时，日代表劈头便问三代表："得了贵国训令没有？贵我两国，已经在北京讲妥，各种悬案，准在北京直接交涉，不再由大会议决了。本来中、日是近邻同种之国，贵国古人说：'兄弟阋墙，外御其侮。'如今倒为了我们弟兄之事，反和外人商量办法起来，岂非丢脸？如今贵政府既已觉悟，我们代表的责任已算终了，敝代表明后天即欲动身回国去也。"却亏他老脸说得出。三代表见说，面面相觑，一时说不出话来。还算顾维钧机灵，料道这事除了掩瞒以外，没有别法，只得毅然答道："贵代表所言，不晓是何内容？敝代表等并未奉有敝国政府何种训令。关于胶济一案，昨儿已经议定，今日何又出此反悔之言，不虑为各大国所笑么？"却也严正。日代表听了，倒也红了一红脸儿，但对于维钧之言，仍是半信半疑，总之无论怎样，他既奉到本国训令，自然不肯签约，于是三代表并全国人民代表，和八团体等折冲坛坫，费尽唇舌，所得的一丝儿成绩，几乎又要搁置起来。虽然后来仍赖人民督促，各国调停，与代表坚持之功，仍得照议解决，而全国人民，已恨不食梁燕之肉，而寝其皮。该该该。就是华会各国代表，也都暗笑中国积弱之余，好容易爬上台盘，对于偌大外交，兀自置棋不定，终为日人所欺。从此中国无能的笑话，愈加深印于外人脑筋中了。古人云："人必自侮也，而后人侮之，国必自伐也，而后人伐之。"像梁氏这等谋国，端的与自侮自伐何殊？这又何怪外人之腾笑不休，侵凌日甚呢！真是自取其辱。关于鲁案条约，后回另有交代，本回仍须说到梁阁方面。原来梁士诒上台第一步计划，专在联日本为外援，巩固他的势力，岂知全国上下，群起而攻，人民公论虽不在他意中，却不料触怒了这位洛阳太岁，急电飞来，全阁失色。梁燕之内阁命运，真成了巢幕之燕，岌岌乎不可终日起来。正是：

内阁忽成梁上燕，人民都作釜中鱼。

未知吴氏若何作对，且看下回分解。

曹三爷出身布贩，自致高位，心目中安有所谓国家？更安知所谓政治？毋怪厨子可作县官，澡役可充处长也。传曰："国家之地，由官邪也。"夫曰官邪，邪而不失其为官。若曹三之官，则真不成其为官矣。哀我人民，何冤何罪，而有此似官非官之官也。

第九回

争鲁案外交失败
攻梁阁内哄开场

　　却说梁阁由奉张保举，本为洛阳所忌疾，况梁有财神之名，财神为奉派所用，奉方有财神，洛方只得请天杀星下凡。洛吴怎不起邻厚我薄之感？爰趁鲁案机会，拍出一电，声讨梁阁。电文大旨，说：

　　害莫大于卖国，奸莫甚于媚外，一错铸成，万劫不复。自鲁案问题发生，展至数年，经过数阁，幸救我人民呼吁匡救，卒未断送外人。胶济铁路为鲁案最要关键，华会开幕经月，我代表坛坫力争，不获已而顺人民请求，筹款赎路，订发行债票，分十二年赎回，但三年后得一次赎清之办法。外部训条，债票尽华人购买，避去借款形式，免受种种束缚，果能由是赎回该路，即与外人断绝关系，亦未始非救急之策。乃行将定议，梁士诒投机而起，突窃阁揆，日代表忽变态度，推翻前议，一面由东京训令驻华日使，向外交部要求，借日本教，用人由日推荐，外部电知华会代表，复电称：请俟与英、美接洽后再答。当此一发千钧之际，梁士诒不问利害，不顾舆情，不经外部，经自面复，竟允日使要求，借日款赎路，并训令驻美各代表遵照，是该路仍归日人经营，更益之以数千万债权，举历任内阁所不忍为不敢为者，梁士诒乃悍然为之。举曩昔经年累月人民之所呼号，代表之所争持者，咸视为儿戏。牺牲国脉，断送路权，何厚于外人？何仇于祖国？纵梁士诒勾援结党，卖国媚外，甘为李克用、张邦昌而弗恤。我全国父老兄弟，亦断不忍坐视宗邦沦入异族。祛害除奸，义无反顾，唯有群策群力，奋起直追，迅电华会代表，坚持原案……

此电发于十一年一月五日，对于梁阁，可谓攻讦得体无完肤。电发后，直系各督军省长，如苏之齐燮元、王瑚，鄂之萧耀南、刘恩源，陕之冯玉祥、刘镇华，鲁之田中玉，赣之陈光远、杨庆鋆等，以及附直之河南赵倜，安徽马联甲等，也一致通电，响应吴氏，于是奉天老张，乃也拍电中央，为梁阁辩护。略谓：

作霖上次到京，随曹使之后，促成内阁，诚以华会关头，内阁一日不成，国本一日不固，故勉为赞襄。乃以胶济问题，梁内阁甫经宣布进行，而吴使竟不加谅解，肆意讥弹，歌日通电，其措词是否失当，姑不具论，毋亦因爱国热忱，迫而出此，亦未可知。唯若不问是非，辄加攻击，试问当局者将何所措手？国事何望？应请主持正论，宣布国人，俾当局者得以从容展布，克竟全功……

老张此电，不但替梁阁辩护，简直指驳吴氏，于是内阁问题，方才揭破真相，完全变成直奉问题。拍合一笔。此后吴氏为贯彻本人主张起见，连络各省，继续攻讦，非将梁阁推翻，誓不干休。最厉害的说话，是限梁阁于七日内去职，分明与哀的美敦书无二。而老张方面，为保持势力维持颜面计，联络浙督卢永祥，亦扶助梁阁。卢氏已先有电到京，词旨较为婉转。至奉张续电，则仍阐发前电之意，唯临了处，也有以武力拥梁的说话。其词道：

窃维时局蜩螗，必须群策群力，和衷共济，扶持而匡救之，方足以支将倾之大厦，挽既倒之狂澜。作霖前此到京，试危急存亡之秋也。外有华府之会议，内有交行之恐慌，而积欠京外各军队之饷项，并院部各衙门之薪俸，多至十余月，少亦数月不等，甚至囚粮亦不发放，京畿重地，军政法学各界，酿成此等奇荒，不但各国之所无，抑亦从来所未有。当此新旧年关，相继并至，人心惶骇，危险万分，谁秉国钧，孰执其咎？事实俱在，可为痛心。作霖万目时艰，不忍坐视，故承钧座之意，随曹使而周旋，赞成组阁，以期挽救乎国家接济之交行，以冀维持夫市面。凡此为国为民之念，当在共闻共见之中。而对于梁君个人，对于交通银行，平日既无所谓异议，临时亦绝无丝毫成见。乃国事方在进行，而违言竟至纷起。夫以胶济铁路问题，关乎国家权利，筹款赎回，自是唯一无二之办法。若代表力争于华府，而梁阁退让于京师，天地不容，神人共怒，吴使并各督责其卖国，夫亦谁曰不宜，但事必察其有无，情必审其虚实，如果实有其事，即加以严谴，梁阁尚有何辞？倘事属子虚，或系误会，则锻炼周内以入人罪，不特有伤钧座之威德，且何以服天下之人心？况国务之有总理，为全国政令所从出，事烦责重，胜任必难，钧座特鑫贤能，当如何郑重枚卜？若进退之间，同于传舍，使海内人民，视堂堂揆席，一若无足轻重，则国事前途，何堪设想？今梁阁是否罢免，非作霖所敢妄议，继任者能否贤于梁阁，亦非作霖所能预知。假令继任产出之后，复有人焉，以莫须有之事出而吹求，又将何以处之？窃恐内阁永无完固成立之日，而国家将陷入无政府之地位，国运且以此告终，是直以爱国之热诚，转而为祸国之导线，以演出亡国之惨剧。试问与卖国之结果，其相去有何差别也？作霖受钧座恩遇垂二十年，始终拥护中央，不忍使神州陆沉之惨剧，由钧座而身经之。应请钧座将内阁总理梁士诒，关于胶济路案，有无卖国行为，其内容究竟如何，宜宣示国人，以安众心。如其有之，作霖不敏，窃愿为国驱除，尽法惩治。如并无其事，则言者无罪，闻者足戒，亦请明白宣示，以彰公道。至用人行政，钧座自有权衡，应如何以善其后？作霖不敢妄赞一词矣。抑作霖尤有进者：国家危弱，至斯已极，内阁关系郑重，早在洞鉴，伏愿钧座采纳庐督军主张有电所陈，"卖国在所必诛，爱国必以其道"二语，不致令以为国除奸为名者，反为巧宦生机会。尤伏愿钧座，饬纪整纲，渊衷独断，使天下有真公理，然后国家有真人才。倘彰瘅不明，是非不辨，国民人心不死，爱国必有其人。作霖疾恶素严，当仁不让，亦必随贤哲之后，而为吾民请命也。临电不胜屏营待命之至等语。诸公爱国热诚，素所敬佩，敬祈俯赐明教，幸甚！

此电语气极锐，而措词却稍为和婉，闻出某名士手笔。唯奉派内部，也有拥梁与联直两派，大概老成一派，谓："直、奉一家，则国事大定，民生可息，若两虎相争，必有一伤，不但非国家之福，于奉方也未必有利。自是正论。况梁、叶辈为旧交通系之首领，已往成绩，在人耳目，名誉既不见佳，何必被他利用，轻启战端，为国人所诟病。"主此说者，以察哈尔都统张景惠最为有力，附和者亦颇不少。无奈作霖正在盛怒头上，又素来瞧不起吴子玉，说他是后起的小辈，不配干预大政。**坏事在此。**一面梁、叶等人，复造作蜚言，说："吴氏练兵筹饷，目的专为对奉，司马之心，路人皆见。此次反对梁某，可知非为鲁案，实恐梁某助奉，为虎添翼，实于他的势力，加上一个重大打击，名为对梁，实即对奉。照此情形，奉、洛前途，终必出于一战。**也是真话。**与其姑息养痈，何如乘机扑灭。现在吴氏所苦，在饷不在兵，一经开战，某等主持中央，可以扣其军饷，而对于奉派，则尽量供给，是不待兵刃相接，而胜负已分。**只怕未必。**大帅诚欲剪除吴氏，正宜趁此时机，赶紧动手，若稽延时日，一再让步，吴氏势力既张，羽翼愈盛，固非国家之福，而奉方尤属吃亏，那时再行追悔，只怕无济于事了。"张氏听两方说来，均有情理，终以梁阁为自己推荐，若凭吴氏一电，遽令下台，本人面子上，实在下不去。而且洛吴谋奉之心，早已显露，将来之事，诚如梁等所言，终必出于一战，不如及早图之为妙。于是不顾一切，竟将上电拍发，一面召集各军事长官，大开会议，决心派兵进关，并通知参谋处筹设兵站，准备军械，且令兴业银行尽先拨洋二十万元，充作军费，一面简搜师徒，调出两师团六混成旅，整装秣马，擦掌摩拳，专候张氏命令，立刻出发。

这时最为难的，却有两人：一个是高踞白宫的徐大总统，一个是雄镇四省的曹经略使。原因梁氏组阁，先得徐之同意，此时自不能不设法维持，且现在库空如洗，除了梁氏，谁也没有这等大胆，敢轻易尝试这内阁的风味。而且靳氏下台，虽有许多原因，其实还是吃金融界的挤轧。而左右金融界者，仍为旧交系梁、叶等人，若去梁而另用他人，梁氏意不能甘，势必再以金融势力倒阁。**真是小人。**如此循环报复，不但年关无法过渡，而且政治纠纷，愈演愈烈，自己这把总统交椅，也万万坐不下去了。所以为本人威信和体面计，为政局前途计，除了追随奉张，维持梁阁外，实无比较妥当的法子。但吴氏兵多将广，素负战名，也断不能不设计敷衍。徐氏本人和吴氏本无交谊，调停两字，也觉为难，想来想去，仍唯求救于曹三。曹和奉张原有姻亲，而无大恶感，对于吴氏之剑拔弩张，志在挑战，也觉太过激烈。但吴氏为本人爱将，本人以吴氏为灵魂，向来吴氏所作所言，自己从不加以反对。又因吴氏反梁，本为鲁案，题目极其正大，也未便加以制止，所以轻易不好讲话。可是鲁案因中代表否认曾受梁阁让步的训令，美国的舆论，也非常注意，以为美总统政策之能否成功，全看山东问

华盛顿会议中国全权代表顾维钧、施肇基、王宠惠

题的能否解决。所以当时华盛顿的空气，也颇为紧张，因此美国人也有出任调停的。英人也希望华会早日结束，加入调停。所以中日代表在二月四日五日六日，接连开了三天会议，方才议定了几条大纲。还算运气。第一条，估定山东铁路的总价值，依照德国的估价为五千三百四十万六千一百四十一金马克，分十五年还清。第二条，规定在款子未偿清之前，须任日人为运输总管和总会计。第三条，规定铁路财政细则由中、日主管人员在六个月内协定。当时签字的，中国全权代表是王宠惠、顾维钧、施肇基三人，日代表加藤币原和植原两人，美国是国务卿休士和专门委员马莱、皮尔三人，英国是贝尔福和专门委员林森格、惠生等三人。签字都用英文，全文在十一年一月三十一日方才签约，照录如下：

第一条 胶州租地。（一）日本以前属德国胶州租地，交还中国。（二）中日政府各派委员会同清理，移交胶州租地行政及公产等项事宜，并解决一切需乎清理之事。在本条约发生效力后，中日委员应立即齐集。（三）上述移交及清理应赶速办理完竣，无论如何，不能迟至本条约发生效力六个月以后。（四）日本政府愿将胶州租地行政机关之案卷，为移交上及后日行政所必要者，交付中国。此项交付在交付胶州湾土地后行之。

第二条 公产。（一）日本政府允以胶州租地内一切公产，包括土地建筑工程设置等等，无论前属德有或日本管有期内所购得建造者，一律交给中国，唯本条第三款所列者不在此限。（二）移交公产，中国不予任何项赔偿，唯甲日本官厅所购置建造者。乙日官所改修扩增者不在此限。属于甲乙两项者，中国政府，应按日本政府所支出之实费，斟酌继续损耗成数，酌给相当赔费。（三）胶州租地内此等公产，其属于设立日本领事馆所需要者，日本政府得保留之。日人社会所特需之学校寺院墓地等项，亦准日人社会保留之。此条详细事宜，由本条约所规定之中日委员联合办理。

第三条 日本军队。日本军队连同驻防胶济沿路之日本宪兵，应于中国派有兵警接防铁路时，赶即撤退。中国兵警之接防，日军之撤退，可以分段为之。分段撤除日期，应由中日得力官员协订。日军之全部撤清，应赶于签订本条约之三个月内为之。无论如何，不能迟至签订本条约之六个月以后。青岛日守备队，应于移交胶州租地行政权时，同时撤清。万一不及，至迟亦不能过移交行政权之三十日以外。

第四条 海关。（一）本条约发生效力后，青岛海关即完全成为中国海关之一部分。二一千九百十五年八月六日中日所订青岛海关临时合同，本条约发生效力后应即废止。

第五条 胶济铁路。日本以胶济铁路支路，及一切附属财产如码头货栈等项，交还中国。中国以上述铁路财产之确实价值，贴还日本。德人所留铁路财产之确实价值，现估定为五千四百万金马克，中国于贴还此数而外，并贴还日本管路时期中之重大增修实费，唯须酌除损耗计算。上述之码头等项产业，除为日人所增修者外，交还时不须贴费。日人曾作重大之增修者，中日政府各派委员三人共同组成铁路委员会按照上所规定，评定铁路财产价值，并办理移交此等财产事宜。此项移交，应赶速完成之，无论如何，皆当在本条约发生效力之九个月以内。中国在此项移交完成时，同时应以贴还日本之国库证券交给日本。此项证券，以此项铁路财产为担保，分期十五年清偿，但在发行此券满五年后，中国得一次清偿之，唯须于六个月前预为通知。在此项国库证券完全赎回之前，中国应选任一日人为事务长，一日人为会计长，会同中国会计长共同办事。此项日员，统归中国局长指挥管辖监察，有相当理由时得免其职。上述国库证券之详细条款，另定之。本条所列诸事，须由中日当局协定者，应赶速协订之。至迟当以本条约发生效力后六个月内为限。

第六条 胶济支路。高徐、济顺两支路之让权，归国际新银团接受，其余件由中国政府及银团自定之。

第七条 矿山。淄川、坊子、金岭镇矿山之采矿权，前由中国许与德国者，移交于中国政府特许之公司接办。日人在此公司之股本，不得超过中国股本之数。此等办法条件，由中日委员协定之。此项委员，在本条约发生效力后应即齐集。

第八条 开放前属德国之租地。日本政府表示无意设立日本专管或公共居留地于青岛。中国政府表示愿公开前属德国之胶州租地全部，准外人在此区域以内，自由居住经营工商业，及其他合法职业。凡外人在此区域合法公道取得之权利，无论在德国租借时期或日本军事占领时期取得者，皆尊重之。日人所得此等权利之效力与地位问题，由中日联合委员协定之。

第九条 盐场。制盐在中国为政府官业，日本公司日本人沿胶州湾所经营之盐场，统由中国政府备价收回。唯日人对于此等盐场所出者得购买相当数量。另定相当办法办理之。商订此等办法并实行移交盐场由中日委员赶速办理，至迟须本条约发生效力之六个月内竣事。

第十条　海电。日本表示凡前属德人之青岛至烟台及青岛至上海间海电权利之益，均归中国。唯此两线中有一部分为日本利用，作青岛佐世保间之海线者，不在此例。青岛佐世保海电之办法，由中日委员协定之，唯须尊重现在有效之中外条约。

第十一条　无线电台。青岛、济南之日本无线电台，应在该两处日军撤退时交给中国，中国给以相当赔偿，其数由中日委员协订之。

附约如下：按附约电文缺一项

（一）日本表示放弃德国依据一千八百九十八年三月中德条约所取得之供给人才资本材料之优先权。

（二）电灯、电话等事业，概皆交还中国，电灯、屠宰场、洗衣厂在市政机关成立时交还。按中国公司法酌立公司办理，归市政机关监督管理。

（三）电话事业交还中国政府。中国政府对于电话之扩张改进，有关公益者，外人如有请求，中国政府当酌量允行。

（四）中国政府表示凡道路、沟洫、自来水、公园、卫生设备等项公共工程，由日政府交还中国政府者，青岛外侨得举相当代表襄理。

（五）中国政府表示中国海关总税务司，准许青岛日商用日文向海关陈述，并依此趋向选用职员。

（六）胶济铁路中日委员会，对于条约应行协订之事宜，如不能协订者，应由两国政府以外交手续讨之。在决定此等事时，必须参酌三国专门技师之同意。

（七）日本政府表示胶济支线之烟潍铁路，可由中国自行建筑，若用外资，国际新银团可以承借。

山东交涉，到了此时，方算告一段落，到六月二日，方才正式换文。此是后话，按下不提。

却说曹锟见鲁案问题已经解决，方才有些允许出作调人之意。恰好曹锳也来向曹锟关说，曹锟这时又碍于兄弟之情，只得派王承斌出关调停。这时徐世昌也托张景惠向奉张说和，两人便同向张作霖竭力斡旋。恰巧吴佩孚也派车庆云出关接洽，和议空气，一时充满。此之谓回光返照。正是：

　　　　弱国无外交，世事凭强力。

　　未知是否成为事实，且看下回分解。

　　民国成立以来，内阁军阀，往往利用外交为内争之武器，此等计划，在外国亦有之。然外人利用外交，决不失本国之体面，而吾国则不但丢脸，抑且丧失主权，于是引起战事，互相攻击，而人民又受其累。诚所谓内讧外患交迫之秋也。当此时代，唯有人民自身力量，还能震慑外人，鲁案即其明证。若信任政府，倚赖军阀，是直召亡而已，爱国云乎哉！

第十回

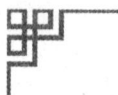

强调停弟兄翻脸
争权利姻娅失欢

却说关外调人麋集，和平空气，弥漫沈辽。谁知张作霖受了梁、叶迷惑，以为有了倒吴的计划，所以不肯答应。而且新近得了广东和浙江方面的联络，已经订立三角同盟。据传三角同盟的内容，是以孙中山先生为总统，段祺瑞为副总统，梁士诒为总理，段芝贵督直，吴佩孚免去直、鲁、豫巡阅副使职，专任两湖巡阅。此事即使实现，亦非久长之计，因奉张与洛吴都是黩武派，中山先生岂能作他傀儡？且以先生之明，深知奉张作用，亦未必真肯登台也。条件的内容，曹锟也有些接洽，不过是否实在，却未可知。张作霖有了这些援助，愈加胆壮气豪，便决定用武力解决。到了二月中旬，梁士诒续假，张作霖便把原驻扎在关内军粮城地方的奉军，一律调出关外，以示决绝。明明要派兵进关，却先把原在关内之兵，调出关外，此正所谓欲取姑与，欲前先却之法，局外人视之，真不知他葫芦里卖什么仙丹。这一来，吓得徐世昌十分不安，立刻派遣孟恩远赶出关去调解。曹锟也仍派王承斌出关，要求张作霖，不要把奉军调出关去，谁知两人到了关外，孟恩远竟连说话地机会也得不到，王承斌虽竭力向张氏挽留，也毫无效果。

这时吴佩孚因兵力散在陕西、两湖，准备未周，所以十分静默，并且屡次通电辟谣，说本人和奉张，决不开战。欲盖弥彰。徐世昌则鉴于国民不满梁氏，乐得去梁以媚吴，又因这时已由梁阁问题，而变为奉、吴的本身问题，梁氏去留，反倒无关大计。所以在二月二十五日，拍发了一个通电，表示去梁士诒，而改任鲍贵卿组阁，因鲍、张有亲，对直方也有好感，或能消弭战祸，也未可知。其实这等计划，并没多大效力。威信不孚，而徒欲借亲情以资联络，宁有济乎？却偏有张景惠、秦华、王承斌、曹锐、孟恩远这些人，竭力的拉拢。至于鲍贵卿呢，因为双方一经开火，自己的总理，便没了希望，更是起劲，也跟着张景惠这班人，去向张作霖恳请。一半为公，一半也带着探探老张对自己的意思如何。谁知老张毫不客气，依然表示强项。鲍贵卿这时仿佛兜头浇了一杓冷水，再也不敢妄想做什么总理，立刻便谢绝了徐世昌。

这时曹锐也在奉天，他对于吴佩孚，本来有些妒忌，所以挽留奉军的意思，十分诚恳，非但希望他不要撤出关外，并且要他增加实力，以保卫京、津治安。奉张因提出几个条件：第一，梁士诒复职；第二，吴氏免职；第三，段芝贵督直；第四，京、津地方完全划归奉军屯驻。一厢情愿，此者亦未免过分。果然把中山先生一说丢置脑后，可见此公非真能崇仰先生者。曹锐满口应承，当时回到保定，曹锟见了这条件，却也有些不高兴道："我现做着直、鲁、豫巡阅使，直督应当由我支配，京、津是我的地盘，怎的让他屯兵，倒不许我干涉？这不仅是倒子玉，简直是和我下不去了。"此语却不懂懂。曹锐道："当时我也是这样想，后来仔细研究了一下，方才悟到雨亭这两个条件，一半倒是为着哥的好。"曹锟道："奇了！这种条件，怎说倒是为我呢？"曹锐道："三哥试想！直系的兵权，差不多全在子玉手里，真可谓巧言如簧。但曹三毕竟不是小孩，岂能如此容易上当？现在要免他的职，如何肯依？假使翻过脸来，连三哥也不认了，三哥岂不要吃他的亏？要是奉军驻扎在京、津一带，子玉肯听三哥的命令便罢，假使不服从时，我们便可派京、津的奉军，去剿除他，却不爽利。"真是哄孩子语，于此可见曹四不但不知爱国爱民，简直对于乃兄，亦不恤廉价拍卖。曹锟想了一想道："且等我斟酌斟酌再说罢！"曹锐不敢多说，就此搁过不谈。

那时张作霖和吴佩孚，均各扣留车辆，预备运兵。双方的情形，更是渐次露骨。各位调人，均已无力进言，一个个敬谢不敏，只得去请出几位老前辈来。两位是属于奉方的，赵尔巽、张锡鉴，一位是直方的，王士珍。还有张绍曾、王占元、孟恩远三位，这几位先生，倒好像专作和事佬的，可惜成绩很不高明。也附着他们三位的骥尾，拍了一个调停的电报，给张作霖和曹锟，原电曰：

71

比年国家多故，政潮迭起，其间主持国是，共维大局，实两公之力为多。近以阁题发生，悠悠之口，遂多揣测。又值双方军队，有换防调防之举，杯蛇市虎，益启惊疑，道路汹汹，几谓战祸即在眉睫。其实奉军入关，据闻仲帅原经同意，雨帅复有奉、直一家，当与曹使商定最后安全办法之谏电。两公和平之主旨，可见一斑。况就大局言之，胶澳接收伊始，正吾国积极整理内政之时，两公任重兼圻，躬负时望，固不肯作内争之导线，重残国脉，贻笑外人。即以私意言之，两公昔同患难，谊属至亲，亦不忍为一人一系之牺牲，自残手足。事理至显，无待烦言。现在京、津人情，震动已极，粮食金融，均呈险象，断非空言所能喻解。非得两公大有力者躬亲晤商，不足杜意外之风谣，定将来之国是。弟等息影林泉，惊心世变，思维匹夫有责之义，重抱栋榱崩折之忧，窃欲于排难解纷之余，更进为长治久安之计，拟请两公约日同莅天津，一堂叙晤，消除隔阂，披剖公诚。一面联电各省，进行统一，弟等虽衰朽残年，亦当不惮驰驱，赴津相候，本其一得之见，借为贡献之资。爱国爱友，人同此心，迫切陈词，敬祈明教。两公如以弟等谬论为然，并请双方将前线军队，先行约退。其后方续进之兵，务祈中止前进，以安人心而维市面。至于电报传论，暂请一概不闻不问，专务远大，是所切祷！

另外又拍了一个电报给吴佩孚，词意大略相类。各方接了这几个电报，也并没有什么表示，在吴佩孚一方，因见各方面情形，愈迫愈紧，知道非一战不能解决，便亲自赶到保定，来见曹锟，请曹锟召集一个会议，付之公决。曹锟也正想借会议来决定和战，便于四月十一日，召集全体军官，开军事会议于保定。吴佩孚、曹锐、曹锳、张福来、王承斌、冯玉祥、张之江等重要高级军官，均各列席。由曹锟亲自主席，吴佩孚、张福来等都主张作战，曹锐和曹锳都主张议和。讨论了许多时候，还没解决。曹锟意存犹豫，张福来愤然说道："老帅愿意仍作直系领袖，不受他人节制呢？还是愿作别人的附庸？如其愿做直系领袖，不受他人节制，除却努力作战，更有何法？如其愿作奉派附庸，也不必更说什么和不和，我们立刻投降了他们，岂不省事？"倒是他爽快。众人听了这几句话，都不禁失色。曹锐、曹锳大怒，一齐起立道："你是什么人，敢说这反叛的话？难道不怕枪毙吗？"说着，都拔出手枪来。何至枪毙。曹四、曹七一味媚张，媚张即所以倒吴也。王承斌慌忙劝住。冯玉祥也起立道："张氏通日卖国，举国痛恨，非声罪致讨，不足以蔽其辜。如不战而和，恐怕全国痛恨之心，将转移到我们身上来了。到了那时，老帅身败名裂，恐怕悔之晚矣。"冯氏善治军，明大体，而勇于有为，只此数言，公义私情，两面均到。曹锟之意稍动，回头看张国熔、吴心田、张锡元等诸将时，只见他们也一齐起立道："非一战不足以尽守土之责，非驱张不足以安国家，谢天下，请老帅下令，我们情愿率领部曲，决一死战。"吴佩孚也道："将士之气如此。请老帅弗再犹豫！"曹锟见众人都如此说，也有些醒悟，那曹锐、曹锳却依旧揎拳掳臂的，在哪里和众人争论。曹锟见两位老弟如此，自觉不好意思，只得放出哥哥样子，把他们喝退，二人都气忿忿的走了。

曹锐久任直隶省长，因在气头上，便要提出辞职，经幕僚再三相劝，方才改辞职为请假，所有职务，都由警务处长杨以德代理。这里吴佩孚等见曹锐、曹锳已去，便重新讨论作战计划，先由他解释现在的形势道："我们以前所以不敢立刻决裂者，第一，因为兵力都散在陕、鄂，二则恐怕粤中出兵攻扰江西、福建，使两省自顾不暇，无力牵制浙江。那时卢永祥之兵，得联络马联甲旧部，扰我后方。更有赵傑首鼠两端，亦可从河南响应奉方，为我们心腹之患。现在粤中孙、陈分裂，决无暇对外，闽、赣便可以专力对付浙江，浙江也决不敢轻易出兵了。马联甲旧部，没有卢氏援应，也就不敢妄动。至于赵傑，我已用优势的兵力，将他监视，料他也决不敢明白表示态度。何况陕西、湖北之兵，现已集中河南，陕西方面，已决意暂弃，如不能一战，哪里去抵补陕西的损失？再则我们财力不足，饷弹匮乏，不易久持，敌方有日本为后援，又经过多年的积蓄，倒皖时，又得了许多军资，饷械都极充足，利于持久，情势确然如此。恐怕日子愈久，局势便要愈坏了。"张福来也道："不说别的，单说他们以前教梁士诒不要发饷给我们，使我们军士无粮，自己溃散的毒计，也无非注意在这上头。吴帅也为这上头，万万不能再忍。总之他们虽利于持久，我们偏要立刻作战，一鼓作气的战败他们，方为上计。"曹锟道："急急应战，是发生问题了。现在你们却说应战的计划给我听。"吴佩孚见曹锟已经决定主张，便将进兵的计划，详细说了一遍。又道："如此作战，使敌方处于三面包围之中，即使一时不能根本消灭，也不怕他们不卷甲而逃。老帅放心，这是有把握的。"此时确有把握，不道将来没把握的日子有咧。所以君子戒好战而慎用兵。曹氏大喜，便立刻下令，吴佩孚为总司令，张国熔为东路司令，王承斌为西路司令，冯玉祥为后方司令，所有直系各人部队，都听吴

冯玉祥办公照

佩孚节制。会议决定之后，便各秣马厉兵，急急前进。

　　这时张作霖的兵，已经从四月九日起，以保卫京畿为名，不绝地向关内输送。*明明说退，暗暗输进，真令人瞧不透葫芦中藏甚妙药。*奉军原在关内的一师三混成旅，都集中在军粮城一带，到了四月初，张作相又率领二十七、二十八两师入关，扎在独流南面，四月十日，奉军暂编第七旅，又入关驻扎津浦路良王庄，卫队旅亦进驻津浦路一带。四月十五日，奉军又进兵两旅，驻扎塘沽、天津一带。次日，李景林又率领万余人开到独流。第二日张作霖又令炮兵四营带了五十四门大炮，进驻马厂，辎重兵进驻芦台。四月二十日，又派马队进驻通州。*逐步写来，罗罗清疏。*一时大军云集，弄得人民东逃西散，恐慌异常。直军第二十六师这时驻扎马厂，原系曹锳所部，那曹锳因曹锟不听他们之言，反加叱责，心中十分气愤，所以在四月十七那天，探得奉军将要前进，便不等命令，竟自退回保定。*有此兄弟，有此部属，曹三之不失败者天也。*这一来，不觉把吴佩孚激得大怒，立刻禀明曹锟，要将他撤换惩办。正是：

　　　　兄弟阋墙，外御其侮。
　　　　蜗角纷争，唯利是务。

　　未知曹锳性命如何，且看下回分解。

　　人谓奉、直战争起于梁阁，固也。然不用梁而用直方所荐之人，则张氏对之，必不满意，亦犹洛吴之于梁阁也。即不然，而用双方均有关系，或两不相干之人，则结果仍不能讨双方之好。靳氏前车，亦可借鉴。总之身为总统，而无用人之权，弊之所及，往往如此，于藩镇又何责哉！

第十一回

启争端兵车络绎
肆辩论函电交驰

　　却说曹锳退回保定，吴佩孚大怒，立刻回明曹锟，要依法惩办。曹锟也很不以曹锳为然，唯因碍于手足之情，只好马虎一点，仅免去曹锳二十六师师长职，委张国熔继任。吴佩孚见内部一切已妥，便即分遣军队，向北前进。这时直方的军队，有王承斌所辖的二十三师，原驻保定附近，张国熔的二十六师，回驻马厂之南，张福来的二十四师，在四月中开驻涿州，第十、第十五两混成旅第二、第三两补充团，本来驻在高碑店，也由吴佩孚令调北上，至琉璃河驻扎，其余如第三师和第十二、第十三、第十四三混成旅，都奉调北上，进驻涿州、良乡、清河等处。冯玉祥一方面，有冯玉祥自统辖的第十一师，胡景翼的暂编十一师，吴心田的第七师，刘镇华的镇嵩军，张之江的第二十二混成旅，张锡元的一旅，陕西陆军第一、第二两混成旅，也都出潼关进驻郑州一带，军势非常壮盛。*上回写奉方派兵，此处纪直派遣将，遥遥对照，热闹中却极整齐。*前卫哨兵，和奉军愈接愈近，大有一触即发之势。吴佩孚自己在保定指挥调度，也觉十分勤劳。一天，正在军书旁午之间，忽然接到张作霖四月十九日发出的一通电报道：

　　　　民国肇造，已逾十年，东北纷争，西南傲扰，兵戈水火，民不聊生，大好河山，自为分裂。党争借口，以法律事实为标题，军阀弄权，据土地人民为私有。扰攘不已，安望治平？谁生厉阶？至今为梗。况自华府会议以后，已为友邦视线所集，阋墙未息，外侮频来。匹夫横行，昔人所耻，作霖不敏，恧焉心捣。戎马半生，饱经忧患，数年内乱，无丝毫权利之心，一秉至诚，唯国家人民是念。睹邪说暴行之日甚，觉榱崩栋折之堪虞。窃谓统一无期，则国家永无宁日，障碍不去，则统一终属无期。是以简率师徒，入关屯驻，期以武力为统一之后盾。凡有害民病国，结党营私，乱政干纪，剽劫国帑者，均视为统一和平之障碍物，愿即执殳先驱，与众共弃。此心此志，海内贤达，谅必具有同情。至于统一进行，如何公开会议，如何确定制度，当由全国之耆年硕德，政治名流，共同讨论，非霖之愚，所能妄参末议，但以国利民福为心，或有起靡振颓之望。作霖此举，悉本于良心主宰，爱国热诚，共谋统一者为同志，破坏统一者为仇雠，决不背公义而庇护一人一党，亦决不挟私忿而仇视一党一人。耿耿此心，天日共鉴。倘使统一完成，国事宁息，甚愿解甲归田，享此共和幸福。唯国难未平，匹夫有责，披坚执锐，所不敢辞。兵发在途，远道传闻，恐多误会，用特披沥奉告，敬希鉴察是幸！

吴佩孚见了这个电报，笑道："胡贼欲以武力统一中国，可谓太不知自量。自古说：'兵凶战危。'照他这样好武黩兵，岂有不败之理？"可谓知言，然何以后日又蹈张之覆辙乎？因吩咐秘书白坚武道："咱们不必理他，那天直隶省议会不是也有一个电报吗？你只做一个回答省议会的电报，表明我们的态度就得啦。"那秘书便起了一个草稿，送给佩孚复核。佩孚看那电文道：

接直隶省议会电：以"奉军入关，谣言纷起，将见兵戈，民情惶恐，纷纷来会，恳代请命，务恳双方捐除成见，免启衅端，本会代表三千万人民，九顿首以请"等语。当复一电，文曰："兵凶战危，自古为戒。余独何心，敢背斯义。佩孚攻击梁氏，纯为其祸国媚外而发，并无他种作用，孰是孰非，具有公论。至对于奉军，佩孚上月蒸日通电，业已明白表示，是否退让，昭昭在人耳目。乃直军未越雷池一步，而奉军大举入关，节节进逼，就为和平，尤为共见共闻之事。贵会爱重和平，竭诚劝告，佩孚与曹巡阅使，均极端赞同。但奉军不入关，战事无从而生。诸君企望和平，应请要求奉军一律退出关外。直军以礼让为先，对于奉军向无畛域之见，现双方既处于嫌疑，并应要求将驻京奉军司令部同时撤消，以谋永久之和平。至京师及近畿治安，自有各机关负责，毋庸奉军越俎。从此各尽守土之责，各奉中央号令，直军决不出关寻衅。否则我直军忍无可忍，至不得已时，唯有出于自卫之一途。战事应由何方负责，诸君明哲，必能辨之。抑佩孚更有言者：年来中央政局，均由奉张把持，佩孚向不干涉，即曹巡阅使亦从无绝对之主张。此次梁氏恃有奉张保镖，遂不惜祸国媚外，倒行逆施。梁氏如此，而为之保镖者，犹不许人民之呼吁，他人之评发，专与国民心理背道而驰，谁纵天骄，而一意孤行若是？诸君应知中国之分裂，自洪宪始，洪宪帝制之主张，以梁氏为渠魁。丙辰以来，国库负债，增至十余万万，人民一身不足以负担，已贻及于子孙矣，乃犹以为未足，必庇护此祸国殃民之蟊贼，使实施其最后之拍卖，至不惜以兵威相迫胁，推其居心，直以国家为私产，人民为猪仔，必将此一线生机，根本铲除而后已。夫以人民之膏血养兵，复以所养之兵，保护民赋，为殃民之后盾。事之不平，孰有甚于此者？诸君代表直省三千万人民请命，佩孚窃愿代表全国四万万人请命也。敢布区区，唯诸君垂教焉。"等语，谨闻。

看毕笑道："这电文很合我的意思，就教他们赶紧拍出去罢。张胡的电文，也不用我复他，不如请老帅回他几句就得了。"谈笑从容，与张胡之剑拔弩张不同，胜负之数，已兆于此。因又回顾参谋道："咱们的兵，差不多已调齐了，应该赶紧决战才是。我想另外拟一个电稿，拍给江苏、江西、湖北、山东、河南、陕西各督和焕章，叫他们跟我连名拍一个通电，催张胡立刻和我们决战，你看对不对？"参谋秘书等都唯唯称是。佩孚便又教白秘书拟了一个电报道：

慨自军阀肆虐，盗匪横行，殃民乱国，盗名欺世，不曰去障碍，即曰谋统一，究竟统一谁谋，障碍谁属？孰以法律事实为标题？孰据土地人民为私有？弄权者何人？阅者安在？中外具瞻，全国共观，当必有能辨之者。是故道义之言，以盗匪之口发之，则天下见其邪，邪者不见其正。大诰之篇，入于王莽之笔，则为奸说。统一之言，出诸盗匪之口，则为欺世。言道义而行盗匪，自以为举世可欺，听其言而观其行，殊不知肺肝如见，事实俱在，欲盖弥彰，徒形其心劳日拙也。佩孚等忝列戎行，以身许国，比年来去国锄奸，止戈定乱，无非为谋和平求统一耳。区区此心，中外共见。无论朝野耆硕，南北名流，如有嘉谟嘉猷而可以促进和平者，无不降心以从。其有借口谋统一而先破统一，托词去障碍而自为障碍者，佩孚等外体友邦劝告之诚，内拯国民水火之痛，唯有尽我天职，扶持正义。彼以武力为后盾，我以公理为前驱，得道多助，失道寡助，试问害民病国者何人？结党营私者何人？乱政干纪，剽劫国帑者又何人？舆论即为裁制，功罪自有定评。蟊贼不除，永无宁日。为民国保庄严，为华族存人格，凡我袍泽，责任所在，除暴安民，义无反顾。敢布腹心，唯海内察之！

这电报拍出去后，不一日，冯玉祥和江西的陈光远，江苏的齐燮元，陕西的刘镇华，河南的赵倜，山东的田中玉，湖北的萧耀南，都纷纷复电赞同，这通电便于四月二十一日发了出去。一面分配兵力，这时直军动员的已有十二万人，在洛阳的是陆军第三师，在琉璃河的是第九师，在陇海东的是十一师，在洛、郑间的有第二十和二十四两师，二十三师在涿州、良乡一带，二十五师在武胜关，二十六师在德州、保定一带，第五混成旅在郑州、山东一带，十二、十三、十四三混成旅在保定、涿州等处，一、二、三、四师补充团在涿州、良乡等处，共计有八师五混成旅三团的兵力。吴佩孚因决定以洛阳为根据地，大队集中郑州，分作三路进兵：第一路沿京汉路向保定前进，迎击长辛店一路的奉军，以京、津为目的地；第二路侧重陇海路，联络江苏的兵力，以防止安徽马联甲的旧部和浙江卢永祥的袭击，却又分出一支沿津浦路北上，和东路张国熔联络，攻击奉军的根本地；第三路是冯玉祥的部队和陕军，集中郑、洛一带，坚守根据地，兼为各方援兵。

调度已毕，忽又接得间谍报告说："奉军因战线太长，业已改变战略，大队集中军粮城，总司令部设于落垡，总司令由张作霖自己兼任，副总司令是孙烈臣，东路军在京奉、津浦一带，向静海前进，又分为三梯队：东路第一梯队司令张作相，率领的军队，就是自己的二十七师，集中廊房；东路第二梯队司令是张学良，率领的军队，除却自己的第三旅外，还有一个第四混成旅，集中静海；东路第三梯队司令李景林，所领的军队，除自己的第七旅外，还有一个第八旅，向马厂前进。西路军沿京汉路前进，兵力也分为三个梯队：第一梯队司令是张景惠，率领暂编奉军第一师，集中南苑；第十六师师长邹芬，率领自己的一部分步兵，和第六混成旅，集中长辛店；第二混成旅长郑殿升，率领本部兵马和第九混成旅为第三梯队，向卢沟桥前进。永定河一带，还有援军甚众，据闻有五个补充旅，九个混成旅之多。总算兵力，有十二万五千人，都打着镇威军的旗号，向南方前进。此处又将双方兵力，作个总结，因事实烦复，不如此不能醒目也。吴佩孚见奉军已改变战略，自己也不得不将直军的布置，略为更动。正在沉吟斟酌之中，忽然曹锟又送来一个回答张作霖的电稿，令吴佩孚斟酌。吴佩孚只得先展开那通电报看道：

民国肇建，战祸频仍，国本飘摇，民生凋敝。华府会议以来，内政外交，艰难倍昔，存亡之机，间不容发。国内一举一动，皆为世界所注目。近者奉军队伍，无故入关，既无中央明令，又不知会地方官长，长驱直入，环布京、津。锟以事出仓卒，恐有误会，是以竭力容忍，多方迁让。乃陆续进行，有加无已，铁路左右，星罗棋布，如小站、马厂、大沽、新城、朝宗桥、惠丰桥、烧烟盆、良王庄、独流、杨柳青、王庆坪、静海以及长辛店等处，皆据险列戍，以致人民奔徙，行旅断绝，海内惊疑，友邦骇怪。锟有守土安民之责，何词以谢国家？何颜以对人民耶？向者国家多故，兵争迭起，人民痛苦，不堪言喻。设兵事无端再起，不惟我父老子弟，惨遭锋镝，国基倾覆，即在目前。言念及此，痛心切骨。项据张巡阅使皓日通电，谓："统一无期，则国家永无宁日，障碍不去，则统一终属无期，是以简率师徒，入关屯兵，期以武力为统一之后盾。"锟愚窃谓：统一专以和平为主干，万不可以武力为标准。方今人心厌乱已极，主张武力，必失人心，人心既失，则统一无期，可以断言。皓电又谓："统一进行，如何公开会议，如何确定制度，当由全国耆年硕德，政治名流，共同讨论。"似此则解决纠纷，必须听之公论，若以武力督迫其后，则公论将为武力所指挥，海内人心，岂能悦服？总之张巡阅使若以和平为统一之主干，此正锟数年来抱定之宗旨，在今日尤为极端赞同。尤望张巡阅使迅令入关队伍，仍回关外原防，静听国内耆年硕德政治名流之相与共同讨论。若以武力为统一之后盾，则前此持武力统一主义者，不乏其人，覆辙相寻，可为殷鉴，锟决不敢赞同，抑更不愿张巡阅使之持此宗旨也。锟老矣！一介武夫，于国家大计，何敢轻于主张？诸公爱国之诚，谋国之忠，远倍于锟，迫切陈词，仁候明教。

吴佩孚见措辞很妥当，便命回复老帅，照此拍发，不必再有什么更改了。一面便继续调拨兵马，自己的总司令部，设在保定，自不必说。依照前次的军事会议，命张国熔为东路司令，率领本部的二十六师，葛豪的十二混成旅，彭寿莘的十四混成旅，董政国的十三混成旅，吴佩孚自己的第三师的一旅，防守子牙河、大城、任邱等处。命王承斌为西路司令，率领本部的二十三师，张福来的二十四师，孙岳的十五混成旅，张克瑶的第一混成旅，吴佩孚自己所部第三师的一部分，和直隶陆军三个混成旅，防守固安、琉璃河一带。命冯玉祥为后方司令，率领阎治堂所辖的两师，并河南、湖北各一师，一混成旅，保守郑、洛，为各方呼应。布置既毕，忽接大总统徐世昌来了一道命令，正是：

方看军将纷纭去，又见调和命令来。

未知命令中说的什么话，且看下文分解。

奉、直初战，直胜奉败，吴氏所持理由，亦颇合国人心理，故奉、直并列，而文字上则暗暗以吴为主，张为宾，非作者有私于吴，以作者为国民一分子，不得不以国民之是非为是非也。夫使吴氏能于一战胜奉之后，善保其兵凶战危之言，息事宁人，爱民爱国，扶助政府，处处向轨道上走去，则令誉益彰，民情爱戴，安知今日之吴佩孚，不犹曩时之华盛顿也？乃一战而骄，欲以力征经营天下，卒之旋踵之间，一败涂地，本人且不免为民国之罪人，不亦大可哀哉！

第十二回

警告频施使团作对
空言无补总统为难

却说奉、直战事愈迫愈紧的时候，其中最着急的，要算河南数千万小百姓，因禁不住军队的搅扰摧残，少不得奔走呼号，求免兵燹之苦。此外便是大总统徐世昌，因自己地位关系，倒也确实有些着急。军阀政客之言和平者，大率类此。还有各国公使，恐怕战事影响治安，累及外人，接连向外交部递了三个警告书，第一个警告，是四月十四日提出的，内容是：

外交团顷悉中国武装军队拟占据秦皇岛火车站，又塘沽警察长六号通知，该处奉军司令官拟占据该处火车站。查一九〇一年条约第九条，中政府让与各国驻兵某某数处之权利，以期维持北京至海通道。各公使以此系一种专独权利，故中国武装军队，如占据此种地点，即系破坏上述条约之规定。本公使声明此层时，又鉴于华盛顿会议第六号议决案之关于驻华军队问题，应同时请贵总长严重注意于因此破坏条约举动而发生之结果。并希将此种结果，警告有关系之司令部为盼！

第二个警告是四月二十日提出的，大约说：

外交团曾于一九二〇年七月八日，以领衔公使名义，致照会于外交总长，兹特抄附于此，应请贵总长注意。因中国北部及北京城附近，现有中国军队调动，外交团特再声明，必将坚持上述照会之条件，并向贵总长为最严重之申告。如因乱事致外侨生命财产，遭受损失，中国政府负其责任。为此外交团盼望中国政府，应有极严厉之设备，以杜武装军队搅入北京，及用飞机由空中轰击京城之事。为此照请贵总长查照。

第三个警告，也是四月二十日送出的，大概说：

兹因中国各省军队调动一事，外交团认为应请中国政府注意本公使一九二一年八月三十日致贵总长之照会。该照会内开："外交团特向中国政府提出警告。年来每次内战，必受外人多少讪笑责备，真是自取其辱。凡外人所受损失，无论其出于军队之行动，或因其放弃责任所致，定唯该管区之上级军官是问。各国必坚持请中国政府责令该上级军官，个人单独负其责任。"等因。兹特再为声明此态度，相应照请查照。

徐世昌一则逼于外人的警告，二则逼于国民的责备，怕外交团警告是真，怕国民责备是假。在无可如何之中，只得下了一道命令道：

近日直隶、奉天等处军队移调，递致近畿一带，人情惶惑，闾阎骚动，粮食腾踊，商民呼吁，情急词哀。迭据曹锟、张作霖等电呈声明移调军队情形，览之深为恻然。国家养兵，所以卫民，非以扰民也。比岁以政局未能统一之故，庶政多有阙失，民生久伤憔悴，力谋拯救之不遑，何忍斫伤而不已？本大总统德薄能鲜，不能为国为民，共谋福利，而区区靳向和平之愿，则历久不渝。该巡阅使等相从宣力有年，为国家柱石之寄，应知有所举动，民具尔瞻，大之为国家元气所关，小之亦地方治安所系。念生民之涂炭，矢报国之忠诚，自有正道可由，岂待兵戎相见？特颁明令着即各将近日移调军队，凡两方接近地点，一律撤退。对于国家要政，尽可切实敷陈，以求至中至当之归。其各协恭匡济，奠定邦基，有厚望焉！此令。

按自民国六年以后，历任总统的命令，久已不出都门。现当奉、直双方，兵连祸结之时，这等一纸空言，还有什么效力？此老亦自取其辱。何况这时奉、直虽然反对，至于痛恶徐氏之心，却不谋而合，不约而同，奉方想拥出段祺瑞，直方想捧起黎黄陂，为后文黄陂复职伏线。各有各的计划，谁还顾到徐大总统四个字儿？这命令下后的第二天，两军不但不肯撤退，而且愈加接近，同时张作霖宣战的电报也到了，大约说：

窃以国事纠纷，数年不解，作霖僻处关外，一切均听北洋团体中诸领袖之主张，向使同心合力，无论前年衡阳一役，可以乘胜促统一之速成，即不然，而团体固结，不自摧残，亦可成美洲十三洲之局。乃一人为梗，大局益棼，至今日而愈烈，长此相持，不特全国商民受其痛苦，即外人商业停顿，亦复亏损甚巨，啧有烦言。作霖所以隐忍不言者，诚不欲使一般自私自利之徒，借口污蔑也，不料因此竟无故招谤，遂拟将国内奉军，悉数调回，乃蒙大总统派鲍总长到奉挽留，曹省长亲来，亦以保卫京、津，不可撤回为请。而驻军地点商会挽留之电，相继而至，万不得已，始有入关换防，酌增军队，与曹使协谋统一之举。又以华府会议，适有中、交两行挤现之事，共管之声浪益高，国势之欺危益甚，作霖又不惜以巨款救济之，所以牺牲一切，以维持国家者，自问可告无罪。若再统一无期，则神州陆沉，可立而待，因一面为京畿之保障，一面促统一之进行，所有进兵宗旨暨详情，业于皓日漾日通告海内。凡有血气者，睹情形之危迫，痛丧乱之频成，应如何破除私见，共同挽救。乃吴佩孚者狡黠性成，殃民祸国，醉心利禄，反复无常。顿衡阳之兵，干法乱纪；致成慎于死，卖友欺心；决金口之堤，直以民命为草芥；截铁路之款，俨同强盗之横行。蔑视外交，则劫夺盐款；不顾国土，则贿卖铜山。逐王使于荆、襄，首破坏北洋团体；骗各方之款项，专鼓动大局风潮。盘踞洛阳，甘作中原之梗；弄兵湘、鄂，显为蚕食之谋。迫胁中、交两行，掠人民之血本；勒捐武汉商会，竭阛阓之脂膏。涂炭生灵，较闯、献为更甚；强梁罪状，比安、史而尤浮。唯利是图，无恶不作，实破坏和平之妖孽，障碍统一之神奸。天地之所不容，神人之所共怒。作霖当仁不让，嫉恶如仇，犹复忍耐含容，但得和平统一，不愿以干戈相见。不意曹使养电，吴氏马电，相继逼迫，甘为戎首，宣战前未，自不能不简率师徒，相与周旋，以励相我国家。事定之后，所有统一办法，谨当随同大总统及各省军民长官之后，与海内耆年硕德，政治名流，开会讨论公决。作霖本天良之主宰，掬诚恫以宣言，既不敢存争权争利之野心，亦绝无为一人一党之成见。皇天后土，共鉴血忱。作霖不敢以一人欺天下，披沥以闻，伏维公鉴！

　　张作霖这一个通电发出后，第二天夜里，西路便在长辛店开火了。接着东路马厂，中路固安，也一齐发生激战。吴佩孚因见战事重心在西路，便亲赴长辛店督战。前敌指挥董政国，见总司令亲来，格外猛烈进攻，士气也倍觉勇壮。奉军张景惠见直军勇猛，传令炮兵队用排炮扫射，却不料吴佩孚早已有了准备，教军士们都埋伏在树林之中。那炮火虽烈，却也不能怎样加直军以损害。双方鏖战了一日一夜，奉军把所有的炮弹，已完全放完，*此次战役，西人观战，皆谓各国战争，从无用炮火如奉军此次之厉害者，可见奉军致败之因，而其炮火之猛烈亦可见。*后方接济又没有到，炮火便突然稀少起来。吴佩孚因向董政国道："敌方的炮火已尽，我们不乘此机会进攻，更待何时？"董政国得令，便命掌号兵士，吹起冲锋号来。一时间直军都奋勇而进，奉军死命敌住，双方又战够多时。奉方看看抵敌不住，兵心已见慌张。直军见敌军阵线将破，加倍奋勇，奉军正要退却，恰好张作霖因恐张景惠有失，派遣梁朝栋带同大队援军赶到，奉军声势顿壮。梁朝栋令兵士用机关枪向直军扫射，直军死伤甚多。吴佩孚传令急退，奉军乘势追赶，追到良乡相近，直军早已退进城去。

　　奉军想过去抄击，不料刚到城边，忽然地雷炸发，把奉军炸死了好几百，伤的更众。*以吴氏之勇，安得轻易退却，此中显能有诈，而奉军不知，冒昧追袭，宜有此役，此用兵所以贵知彼知己也。*张景惠慌忙传令，退回长辛店。吴佩孚见奉军退去，正想反攻，恰巧援军赶到，不觉大喜，立即传令进攻，想不到奉军大队援军，又从侧面攻击过来，吴佩孚因唤董政国道："敌军气势正盛，炮火又烈，我们且暂时退回良乡，再设计破他罢！"又退兵，却是奇怪。董政国虽不知他什么意思，只是军令所在，怎敢违抗，自然遵令而退，改取守势。张景惠乘势进逼，吴佩孚又传令退军涿州。

　　这时恰好王承斌从中路赶到，原来王承斌虽是西路司令，因吴佩孚在西路督战，所以兼顾中路。这时听说西路屡退，连夜赶来。吴佩孚见了承斌，便笑道："我军正待胜敌，你来干什么？"*从容谈笑，指挥若定，以此作战，安得不胜？*王承斌怔了一怔，不觉也笑道："特来庆贺。"吴佩孚不觉大笑，因握着王承斌的手道："你道我何故屡退？因我探得敌军的军实弹械，都在三家店，所以诈退诱敌，一面却分兵去三家店，焚烧他的辎重，使他救应不及。我们再从正面向前急攻，岂有不能破敌之理？现在你来恰好，可代我当住正面，我自己领兵去破三家店。"*此公毕竟多谋。*承斌十分佩服，自己率领士兵，和张景惠接战，却让吴佩孚去打三家店。

张景惠以为直军屡败之余，涿州必然旦夕可下，进攻得十分猛烈。王承斌也是直方一员战将，自然竭力抵抗，不让奉军得一些便宜。支持了两日，忽见奉军急退，知道吴佩孚攻击三家店已经得手，张景惠要回去救援，故此急退，便传令追击。奉军支持不住，不觉大败，仍然退回长辛店。王承斌克复良乡，正要前进，忽见北面远远有一彪队伍到来，十分疑讶，连忙着人哨探，方知是吴总司令的军队，从三家店回来，不觉十分惊疑。两人见了面，承斌便问三家店事情如何？吴佩孚道："我军已围三家店，正要攻下，却不防敌军第二十七师全部从丰台开来，我军两面受敌，损失不少咧。*攻三家店之计虽未售，而胜张景惠之计则已偿，可谓一半成功。*且喜良乡已经克服，我军正好乘此战胜之威，分作三路进攻，以防敌军夹击。"商议已定，便命董政国率领本部队伍为左翼，进攻三家店，王承斌为右翼，进攻丰台，自己担任中锋，进攻长辛店。

这时张景惠率领一师之众，扼守长辛店，忽报吴佩孚亲自督队进攻，便和梁朝栋、邹芬奋勇抵抗。梁朝栋更是奋不顾身，指挥兵士冲击，想不到炮火无情，忽然一颗子弹飞来，向梁朝栋地前心穿进，自背后穿出，梁朝栋一声啊呀，就此哀哉尚飨。主将一死，队伍自乱，*此中不无天意。*吴佩孚乘势冲锋，奉军纷纷溃退。张景惠止遏不住，只得拍马而走。邹芬还想死战，不料左股也中了一弹，也便负伤而逃。直军大获全胜，占了长辛店。*第一次直、奉战争，此次亦系战争最烈之事。*张景惠退到卢沟桥扎住，查点将士，梁朝栋已死，邹芬带伤，其余士兵死伤的更多，十分伤感愤激，因又抽调了几旅援军，誓死要夺回长辛店。真是一人拼死，万夫莫当，一场恶战，果然把直军击退，克复长辛。吴佩孚退了几十里路，到大灰场扎住，探听左翼，还在相持之中，不能抽调，自己军队又少，怎生支持得住？若从别处调兵，又恐远水救不得近火，止在徘徊无计，忽报冯玉祥率领本部队伍到来，*此中不无天意。*不觉大喜。冯玉祥见了佩孚，动问战争情形，佩孚说了一遍，玉祥沉吟了一回道："敌军骁勇，非用抄袭之计不能胜，如敌军来攻，请总司令在对面抵抗，我率领所部，从侧面抄过去夹击，可好吗？"吴佩孚大喜道："如用抄袭之计，最好从榆垡过去，可惜哪里的地势，我还不甚熟悉，最好你替我在这里应付一切，让我到榆垡察看形势，再作计较。"冯玉祥允诺。吴佩孚便至榆垡察看了一回，回到大灰场，双方已战了一日，这时刚才休息。吴佩孚因对冯玉祥道："榆垡形势很好，如由此渡河，包围奉军，必胜无疑。只可惜王承斌已由我派去援助中路张福来，上文只言左翼尚在相持之中，不及右翼，初疑漏笔，读此始恍然。一时不克调回，再则奉军炮火太烈，我军进攻亦很不容易，不知焕章可有万全之策么？"正是：

欲使三军能胜敌，全须大将出奇谋。

未知冯玉样如何决策破敌，且看下回分解。

奉胜则必去徐而拥段，直胜亦必去徐而拥黎，故直、奉之战，无论孰胜，皆于徐不利，灼然可见也。徐既明知之，故处心积虑，必使奉、直免于一战，庶己得于均势之下，保留其地位，故其调停之念，实出至诚，然而私也。事势至此，竭忠诚之心，未必可以感人，况以公言济其私，而欲使悍将骄兵，俯首受命，宁非痴人说梦乎？徐氏素称圆滑，圆滑之极，往往弄得两不讨好，一败涂地，可笑亦正可怜也已。

第十三回

唱凯旋终息战祸
说法统又起政潮

　　却说吴佩孚问冯玉祥有什么计策破敌？冯玉祥想了一想道："奉军炮火虽烈，然不能持久，我们不妨以计诱之，可令我带来之老弱残兵为先锋，敌人见了，必然轻进，等他们身入重地，炮弹不断，然后请大帅抄袭到他背后去，那时敌人前后不能救应，必然大败，我们乘势进攻，就可以复夺长辛了。"吴佩孚称善，当下依计而行。

此时能用冯氏，后来又不能合作，何也？两军交绥，奉军见直军人甚少，战斗力又弱，果然仗着炮火之威，拼命前进，一点不作准备。直军且战且退，已退了好几十里。这边吴佩孚抄到奉军背后，前后夹攻，奉军大败，急急冲出重围，逃奔丰台。吴佩孚克复了长辛店，不想张作霖又加派了几旅救兵，使张景惠重夺长辛。吴佩孚奋勇抵御，一日之间，屡进屡退，长辛店得而复失者九次，终究因吴、冯二人都是武勇绝伦的大将，张景惠抵挡不住，仍复败退。恰好奉军中路失败，许兰洲阵亡，张作相虽称善战，终究不是王承斌、张福来的敌手，因此节节败退，西路也被牵动，不能复战。张景惠只得率领本部第一师，和第二十八师退往南苑，被驻京的一、九两师遣散。

　　还有奉军东路，初时虽屡次得利，连占大城、青县、霸县等处，无奈因张学良受伤，不能猛进，等到西路战事失败的消息到后，士无斗志，俱各溃散。李景林只得率领全军二万余人，退保良王庄、独流等处。不料直军进占落垡，乘势进攻，李景林支持不住，只得溃退，中途又遇直军用炮火截击，损失甚重，等到退回山海关时，已所余无几。张作霖见战事之一败涂地，民国以来，战事往往一败即溃，此非训练不精，实缘无主义之战，兵心不服，故胜则要功而猛进，败则一溃而难收，军阀家犹恃其武力，不知觉悟，可哀也。只得把司令部移到滦州，以图再举。以开平为第一道防线，令李景林扼守，古冶为第二道防线，令张作相防守，滦州为第三道防线，张作霖自己防守，昌乐为第四道防线，令孙烈臣扼守。一面收拾残军，一面补充军实。

吴佩孚探得消息，便也集中兵力，以胥吾庄为第一道防线，由彭寿莘担任，芦台为第二道防线，令穆旅担任，军粮城为第三道防线，由王承斌担任。前锋和奉军小接触了几次，阵阵胜利，滦州附近的地方，倒也占领了不少，一面又由海军总司令杜锡珪截击奉军的归路。原来杜锡珪本不决定助吴，后因萨镇冰南下，说蒋拯北上讨奉，蒋拯欣然答应，所以海军便加入了直方。前此奉方张宗昌想率兵乘舰，由青岛登陆，海军也曾帮助田中玉迎击，一面由田中玉通告日本，禁止奉军登陆。张宗昌的计策，方才完全失败。所以我国的海军力虽然很薄弱，然而在内战时，却也很有些用处。薄弱的海军，偏有利于内战，此二句言之痛心。闲话休提。

再说张作霖在没有战败以前，知道徐世昌屈伏于直军武力之下，与自己必无利益，便已通电独立，东三省政事，由东省人民自主，不受政府节制，与长江及西南各省取一致行动。一面又暗地联络河南赵倜、赵杰兄弟，教他们独立。赵倜因河南的直军尚多，恐怕画虎不成反类犬，一时不敢轻动，但是又怕将来直军战败，对不住奉方，不好见面。左思右想，只得宣告中立，以免得罪一方。不想刚在宣告中立的一日，奉军便已败退军粮城，赵倜十分懊悔，唯恐吴佩孚要和自己下不去，正在惶惑无主的时候，忽接报告说：“中央查办奉、直战争中罪魁的命令已下。”打落水狗。赵倜不知查办的是些什么人，急忙要来一看，却有两道命令，第一道是敕令奉军出关的，原文道：

前以直隶、奉天等处，军队移调，至近畿一带，迭经令饬分别饬退，乃延不遵行，竟至激成战斗。近数日来，枪炮之声，不间昼夜，难民伤兵，络绎于道。间阎震惊，生灵涂炭，兵凶战危，言之痛心。特再申令，着即严饬所部，停止攻击。奉天军队，即日撤出关外，直隶各军，亦应退回原驻各地点，均候中央命令解决，务各凛遵！此令。

第二道命令，才是查办罪魁的，原文道：

此次近畿发生战事，残害生灵，折伤军士，皆由于叶恭绰等构煽酝酿而成。祸国殃民，实属罪无可逭。叶恭绰、梁士诒、张弧，均着即行褫职，并褫夺勋位勋章，逮交法庭，依法讯办！此令。

赵倜看完，把命令一掷，叹了口气道："事无曲直，兵败即罪，叶、梁等都是奉方的人，使直方战败，恐怕都是功臣了。"此公忽然作此公论，令人发笑。他话虽如此说，却已知奉方不足恃，竭力想和直派联络，因恐赵杰不知进退，有些意外的举动，以致挽回不来，便急忙拍了个电报给赵杰，教他不要妄动。想不到赵杰在前一天已经闯下了一场大祸。原来靳云鹗的军队，原驻郑州，因直、奉大战，形势吃紧，所以开拔北上助战，料不到刚到和尚桥地方，便遇着赵杰的军队，一阵邀击，靳云鹗出其不意，如何抵敌得住？抵抗了一阵，便败退待援。等到赵倜电报到时，已经不及。那靳云鹗声至武胜关后，立即电告曹锟、吴佩孚以及直系各督军乞援。吴佩孚见了这电报，便批交冯玉祥相机办理。其余田中玉、陈光远、张文生、齐燮元等，也分电冯玉祥和赵倜，愿出任调停。那冯玉祥知道赵氏兄弟已为奉方所收买，决不肯善罢甘休，所以一面请赵倜制止赵杰进攻，一面派兵救援靳云鹗。那赵倜见事已决裂，因和左右商议道："冯玉祥如果真心调停，就不该派兵前来，这显然已不放心我了。却也聪明。要是由他削平老二，我的势力愈孤，他必然再行大举攻我，那时悔之何及。倒不如乘他不防，暗地在半路袭击，打他一个措手不及，岂不强如坐以待毙？"一厢情愿，所谓知己而不知人也。左右也都怂恿他用武力解决，赵倜意决，便派兵埋伏在中牟附近，专等冯玉祥的军队厮杀。冯玉祥原是近代智勇名将，如何不防？此所谓知彼知己也。他一面派兵前进，一方早已另派精锐，绕出中牟之后，以备万一。赵军如何知道？一见冯军，便枪炮齐发，不防冯军的别动队，从后包抄过来，两面夹攻，赵军抵挡不住，败回开封。这时曹锟、吴佩孚还不曾知道赵倜邀击冯军的事情，所以在电呈徐世昌的时候，并不曾说及。那徐世昌已在直军全权支配之下，见了电报，自然巴结，当即下了一个命令道：

据直、鲁、豫巡阅使曹锟电呈："据驻郑旅长靳云鹗、王为蔚等报称：'河南第一师师长赵杰，率领所部，袭攻郑州，职旅迫不得已，竭力抵御'等情。查郑防向由该两旅驻守，赵杰竟敢声言驱逐，径行袭击，已电饬该旅长等，固守原防，弗得轻进，请即将赵杰褫夺官勋，并免去本兼各职，交河南督军，依法讯办"等语。豫省地方紧要，该师长赵杰身为将领，岂容任意称兵，扰乱防境，着即行褫夺官职，并勋位勋章，交河南督军赵倜，依法讯办，以肃军纪。此令。

这命令刚才发表，赵倜截击冯玉祥的报告又到，徐世昌只得也下令查办。改任冯玉祥为河南督军，递遗陕西督军缺，由刘镇华兼署。查办张作霖的命令，也在同日颁布。蒙疆经略使、东三省巡阅使等职，一律裁撤。并调吴俊升为奉天督军，冯德麟为黑龙江督军，袁金铠为奉天省长，史纪常为黑龙江省长。至于河南方面，赵倜、赵杰的实力已完全消灭，自然毫无抵抗，逃之夭夭。所晦气的，只有开封商民，未免又要搜刮些盘费，给他使用，这原是近来普通之事，倒也用不着大惊小怪。*极沉痛语，偏作趣话，作者未免忍心。*丢下这边。

再说张作霖虽然战败，在东三省的实力，并未消灭。*奉方屡仆屡起，虽曰人谋，要亦地势使然。*徐总统一纸公文如何中用？不到一天，东三省的省议会商会农会工会等团体领袖，因要巴结张胡，立刻发电，否认张作霖免职命令，那吴俊升、冯德麟、袁金铠、史纪常等，自不消说，当然也通电否认。可是张胡在滦州一方面，因前锋屡败，海军又图谋袭击后方，不敢逗留，支持了几日，便退出滦州。直军乘势占领古冶、开平、洼尔里等处，因吴佩孚此时目光，已从军事移到政治方面，也不大举进攻。*倘能从此不用武力，岂不大妙？*初时曹锟想请王士珍出来组阁，曾由曹锟领衔，和吴佩孚、田中玉、陈光远、李厚基、萧耀南、齐燮元、冯玉祥、刘镇华、陆洪涛等联名请王士珍出山，收拾时局。王士珍虽非绝意功名的人，因鉴于时局的纠纷，并未全解，吴佩孚又尚有别种作用，辞谢不允。吴佩孚因和左右商议，拥护黎元洪出山，以恢复法统为名，庶几可以号召天下。旧参议院议长王家襄，众议院议长吴景濂，见国会有复活的希望，自然欢喜。这班议员先生，也阴干得可怜了。他们在吴佩孚门下，活动已久，此时见他要恢复法统，王家襄便竭力撺掇道："南北的分裂，实起于法统问题，大帅主张恢复法统，实是谋国的不二妙计。国会恢复，黄陂复职，南方护法的目的已达，当然只好归命中央，那时统一中国的首功，除了大帅，谁还当得上？便算美国华盛顿的功劳，也不过如此罢咧。"吴景濂也道："大帅在战前本已想奉黄陂复位，因为外交团恐怕增加一重纠纷，表示反对，大帅才没有实行。现在奉军已一败涂地，中央的事情，只要大帅一开口，谁还敢说半个不字？何况恢复法统，原是为国为民，并不是为自己谋利益，国民正求之不得呢。大帅果肯做这样的义举，全国人民，竭力拥护还不够，谁还肯反对吗？"吴佩孚道："我早已想过，恢复法统有两件最重要的，一件是恢复国会，一件是请黄陂复职，只不知先做哪件才好。"吴景濂道："这不用说，自然要先恢复国会。自然公的地位顶要紧，一笑。总统是由国会产生的，不恢复国会，总统便没根据了。"吴佩孚道："这件事，我已示意长江上游总司令孙馨远，请他做个发起人，他已拍过一次通电，你们见过没有？"王家襄道："我是吴议长向我说的，却不曾见过原电。"吴佩孚便把孙传芳的原电找出来，递给王家襄，王家襄接来看道：

> 巩固民国，宜先统一，南北统一之破裂，既以法律问题为厉阶，统一之归来，即当以恢复法统为捷径。应请黎黄陂复位，召集六年旧国会，速制宪典，共选副座，非常政府，原由护法而兴，法统既复，异帜可消，倘有扰乱之徒，应在共弃之列。

家襄看完电又道："这也奇怪，馨远这电报，说得很切实，为什么竟一些应响也没有？"吴佩孚道："这也无怪其然。你想我们内部自己也没决定确当办法，怎样有人注意？既你们两位都赞成先复国会，等我禀命老帅，和各省督军，联名发一个通电，征求国民对于恢复国会的意见就是了。"吴景濂笑道："这是好事，谁肯不赞成？何必征及别人意见。"此公向来专擅。老毛病至今不改。吴佩孚道："话虽如此说，做总不能这样做。而且我主张发电时，还不能单说恢复国会，须要夹在召集新国会和国民会议联省自治一起说，方才不落痕迹。"王家襄、吴景濂都唯唯称是。王家襄又道："北方的事情，总算告一段落了，南方的事情，也须注意才好。在事实必有此语，在文章亦不可不有此伏笔。听说广东政府已下令，教李烈钧等实行攻赣，大帅也该电饬老陈加紧准备才好。"吴佩孚道："不打紧，南政府免了陈炯明的职，陈炯明难道就此罢手不成？你看着，不要多久，广东必然发生内争，那时他们对内还没工夫，还能打江西吗？"吴氏料事雪亮，不愧能人。吴景濂忙答道："大帅是料敌如神的，当然不得有错，我们哪里见的到呢。"家襄忙道："你我要是见的到此，虽不能和大帅一般威震四海，也不致默默无闻了。"说得吴氏哈哈大笑。两个恭维得不要脸。一个竟居之不疑，都不是真正人才。彼此商议了一回，吴、王方才辞出，在一处商议道："大帅不肯单提恢复国会，恐怕将来还有变卦，我们须要上紧设法才好。"两人商量多时，便决定再去见曹锟，请他先准议员自行集会。曹锟问子玉的意见怎样？吴景濂道："吴大帅非常赞成，不过要我们先禀明老帅，老帅不答应，他是不敢教我们做的。"曹锟听了这话，欢喜道："他就是我，我就是他，我俩原是不分彼此的。曹三一生做事，昏聩无能，偏能深信吴子玉，不可谓非绝大本领。既他这样说，你们只管先去集会便得，何必再来问我。"吴、王两人得了这两句话，十分欢喜，便又同去见吴佩孚，说老帅教我们先行集会。堂堂议长，一味奔走权门，谄媚军阀，如此国民代表，辱没煞人。正是：

　　反覆全凭能拍马，纵横应得学吹牛。

　　未知吴佩孚如何回答，且看下回分解。

　　当奉、直初战之时，实粤中北伐之好机会也。乃陈炯明天良丧尽，叛国叛党，并叛身受提挈之中山先生，以致坐失事机，久羁革命，不免为吴佩孚所笑，此伧伧之肉，其足食乎？此中山先生所以深致恨于陈氏，盖非为私愤，而实为革命前途悲也。

第十四回

徐东海被迫下野
黎黄陂受拥上台

却说吴景濂、王家襄对吴佩孚说曹锟叫他们先行集会，吴佩孚听说是老帅的意见，自然没有话说，叫他们到天津去自行召集了。这时李烈钧、许崇智、梁鸿楷、黄大伟等，奉了广东革命政府的命令，誓师北伐，可惜已迟。江西省内，被他们攻克的地方，已经不少。吴佩孚虽明知他们必有内争，也不敢十分大意，便根据陈光远告急的电报，请政府令蔡成勋为援赣总司令，率领本部军队南下。不过这种事情，吴佩孚并不怎样放在心上，骄气深矣。他所注意的，仍在政治方面。恰好孙传芳因五月十五的电报，无人注意，又打了一个电报给孙中山和徐世昌，原电大约道：

自法统破裂，政局分崩，南则集合旧国会议员，选举孙大总统，组织广东政府，以资号召，北则改选新国会议员，选举徐大总统，依据北京政府，以为抵制。谁为合法？谁为违法？天下后世，自有公论。唯长此南北背驰，各走极端，连年内争，视同敌国，阋墙煮豆，祸乱相寻，民生凋敝，国本动摇，颠覆危亡，迫在眉睫。推原祸始，何莫非解散国会，破坏法律，阶之厉也。传芳删日通电，主张恢复法统，促进统一，救亡图存，别无长策，近得各方复电，多数赞同。人之爱国，同此心理，既得正轨，进行无阻。统一之期，殆将不远。唯念法律神圣，不容假借，事实障碍，应早化除。广东孙大总统，原于护法，法统已复，功成身退，有何留连？北京徐大总统，新会选出，旧会召集，新会无凭，连带问题，同时失效。所望两先生体天之德，视民如伤，敝屣尊荣，及时引退，中国幸甚！

徐世昌接了这电报，还不十分注意，不想第二天又接江苏督军齐燮元，来了一个电报道：

我大总统本以救国之心，出膺艰巨，频年以来，艰难干运，宵旰殷忧，无非以法治为精神，以统一为薪向。乃不幸值国家之多故，遂因应之俱穷，因国是而召内讧，因内讧而构兵衅，国人之苦怨愈深，友邦之希望将绝。今则关外之干戈未定，而西南又告警矣。兵连祸结，靡有已时，火热水深，于今为烈。窃以为种种痛苦，由于统一无期，统一无期，由于国是未定。群疑众难，责望交丛。旷观大势所趋，人心所向，对于政府，欲其鼎新革故，不得不出于改弦易辙之途，欲其长治久安，不得不谋根本之解决。今则恢复国统，已成国是，万喙同声，群情一致。伏思我大总统为民为国，敝屣尊荣，本其素志，倦勤有待，屡闻德音，虚己待贤，匪伊朝夕。若能俯从民意之请愿，仍本救国之初心，慷慨宣言，功成身退，既昭德让，复示大公，进退维公，无善于此。

徐世昌见了这两个电报，知道已不是马虎得过去的事情，便和周自齐商量办法，周自齐道："事已至此，总统要不声不响的过去，是万万办不到的了，不如借着孙传芳的电报，发一个通电，探探各督军的意见，各督军当然不能贸然决定办法，往返电商，交换意见，必然还要许多日子，捱得一天是一天。我们大可乘此转圜，现在便说得冠冕些，又怕什么？"徐世昌见他说得有理，便也发了一个通电道：

阅孙传芳勘电，所陈忠言快论，实获我心。果能如此进行，使亿众一心，悉除逆诈，免斯民涂炭之苦，跻国家磐石之安，政治修明，日臻强盛。鄙人虽居草野，得以余年而享太平，其乐无穷，胜于今日十倍。况斡旋运数，挽济危亡，本系鄙人初志。鄙人力不能逮，群贤协谋以成其意，更属求之而不得之举。一有合宜办法，便即束身

而退，决无希恋。

徐世昌发这通电的时候，正是五月三十一日，第二天旧国会的宣言也到了，那宣言的原文道：

民国宪法未成以前，国家根本组织，厥唯临时约法。依据临时约法，大总统无解散国会之权，则六年六月十二日解散参、众两院之令，当然无效。又查临时约法第二十八条，参议院以国会成立之日解散，其职权由国会行之，则国会成立以后，不容再有参议院发生，亦无疑义。乃两院既经非法解散，旋又组织参议院，循是而有七年之非法国会，以及同年之非法大总统选举会。徐世昌之任大总统，既系选自非法，大总统选举会显属篡窃行为，应即宣告无效。自今日始，应由国会完全行使职权，再由合法大总统，依法组织政府，护法大业，亦已告成。其西南各省，因护法而成立之一切特别组织，自应于此终结。至徐世昌窃位数年，祸国殃民，障碍统一，不忠共和，黩货营私，种种罪恶，举国痛心，更无俟同人等一一列举也。六载分崩，扰攘不止，拨乱反正，惟此一途。凡我国人，同此心理，特此宣言。

当王、吴二氏率领一百多位议员，发表宣言的时候，冯玉祥和刘镇华也有电报请徐世昌辞职，把个徐世昌弄得六神无主，坐立不安，正在欲住不能，欲去不舍的时候，一尝鸡肋风味。忽保定方面，派张国淦来京，有要事见总统。世昌十分忧疑，急教请见。两人见了面，略谈了几句，国淦便开言道："近日孙馨远、冯焕章各督军的电报，和国会的宣言，徐先生都见到吗？"**不称总统而称先生，不承认其为总统之意，在于言外，咄咄逼人。**世昌呐呐地说道："都见到，都见到。"国淦道："既都见到，不知道尊意如何？"世昌勉强笑了一笑道："我久想辞职，苦于没有机会，今日能够脱卸仔肩，是最好没有的了。就是当初，我也何曾愿意负这个巨责，都只为曹、吴两帅和雨亭极力劝驾，所以勉强上台，这并非个人私言。张先生洞烛事理，想必知道。"国淦道："已往之事，可不必再提，徐先生既愿辞职，不知何日让出公府？"**咄咄逼人。**世昌听了，不觉一怔，接着又笑道："我也很想早些出京，只恨尚有几件事情未了，待布置了再走何如？"国淦道："曹、吴两帅吩咐，说得异常响亮。愈速愈好，徐先生倘迟疑不决，多延时日，恐有不利。"一边卑词哀告，一边咄咄逼人。世昌道："决不过久，一两日内，必当离京。"至此亦决不能不说此语矣。国淦道："既然如此，明日再来讨取回信。"说毕辞去。

世昌忧愤交集，无法可施，因想现今掌兵权的，只有京畿卫戍司令王怀庆，彼此还有些交谊，不如请他来商量商量，看有什么计较。主意打定，便急忙派人把王怀庆请到公府里，把张国淦的说话，如此如彼的，说了一遍，请他代为想法。王怀庆想了半晌，方才说道："这件事，直方要人，都已接洽一致，实在已到无可挽回的地步，我看总统还是让步些，免得惹气。"世昌见王怀庆也如此说，更觉忧愤，想了一会，又忽然道："当初并不是我自己愿意干这牢什子的总统，原是他们怂恿我出来的，现在又这样逼我，其实难忍，此军阀之傀儡所以不易为也。我偏不走，看他们怎样奈何我？"王怀庆不做声，想当初亦在劝驾之列。半晌，方才冷笑道："我看菊老还是见机些罢。他们原不和你讲什么前情，你要不走，他们老实说，合法总统已经复位，用武力来对付你，你怎样抵挡的住，到那时仍免不了一走，还坏了感情，失了面子，何苦呢！倒不如趁早让位，倒冠冕得多了。"徐世昌仰首无话，良久，方才叹了一口气道："我走后，他们难保不仍要和我为难，为后文伏线。与其走而仍不讨好，倒不如现在硬挺了。"王怀庆道："总统如其果愿下野，所有生命财产，我当负保护全责。"世昌默然不语。王怀庆再三相劝，徐世昌方才答应，当日拟好了一道辞职命令道：

查大总统选举法第五条内，载大总统因故不能执行职务时，以副总统代理之。又载副总统同时缺位时，由国务院摄行其职务各等语。本大总统现因怀病，宣告辞职，依法应由国务院摄行职务。此令。

这命令用印发表后，便由王怀庆保护，悄悄出京去了。国务总理周自齐得了这道命令，便也下了一道院令道：

本日徐大总统宣告辞职，令由国务院依法摄行职务，所有各官署公务，均仍照常进行。京师地方，治安关系重要，应由京畿卫戍总司令督同步军统领、京兆尹、警察总监妥慎办理。此令。

一面，又由阁员联名致参、众两院一电，大略道：

自齐等遭逢世变，权领部曹，谨举此权，奉还国会，用尊法统，暂以国民资格，维持一切，听候接收。

黎元洪处，也去了一电道：

国事重要，首座不可虚悬，自齐等暂维现状，未便久摄，敬请钧座，即日莅京视事，并推恩洪明日来津迎迓。

谁知徐世昌虽去，黎元洪却并不曾允许复职。原来黎元洪隐居天津，日子已久，自从奉、直交恶，直方要人和旧国会议员，纷纷向他接洽，他门下的政客，也分头向各方活动。自从恢复法统之呼声一起，素来冷落的黎宅门口，顿时车马骈集，十分热闹起来。每日催他复职的电报，总有几十起，吴佩孚的电报尤多。各方的代表和国会议员，汽车马车，日夜往来不绝。黎氏因怕蹈覆辙，不肯轻易允诺。谁知在这万众欢迎的当儿，忽然接到一份出人意外的反对电报，那电报的原文道：

徐总统冬电，借悉元首辞职赴津，无任惶惑。大总统对于民国为公仆，对外为政府代表，决不因少数爱憎为进退，亦不容个人便利卸职任。虽约法上代理协行，各有规定，而按诸政治现状，均有未合。即追溯民国往事，亦苦无先例可援。项城大故，黄陂辞职，河间代任期满，系在国会解散，复辟乱平以后。以故新旧追遭，匕鬯不惊。今则南北分驰，四郊多垒，中枢尤破缺不全，既无副座，复无合法之国务院，则约法四十二条大总统选举法第五条，代行摄行之规定，自不适用。乃仅以假借约法之命令，付诸现内阁，内阁复任意还诸国会，不唯无以对国民，试问此种免职行动，何以见重于友邦？此不得不望吾国民慎重考虑者一也。闻有人建议以恢复法统为言，并请黄陂复位，国人善忘，竟有率尔附和者。永祥等反复思维，殊不得其解。盖既主张法统，则宜持有统系之法律见解，断不容随感情为选择。二三武人之议论，固不足变更法律，二三议员之通电，更不足代表国会。此理既明，则约法之解释援用，自无聚讼之余地。约法上只有因故去职，暨不能视事二语，并无辞职条文，则当然黄陂辞职，自不发生法律问题。河间为旧国会选举之合法总统，则依法代理，应至本任期满为止，毫无疑议。大总统选举法，规定任期五年，河间代理期满，即是黄陂法定任期终了，在法律上，成为公民，早已无任可复，强而行之，则第一步须认河间代理为不法。试问此代理期内之行为，是否有效？想国人决不忍为此一大翻案，再增益国家纠纷。如此则黄陂复位之说，适陷于非法，以黄陂之德望，若将来依法被选，吾侪所馨香祷祝，若此时矫法以梏之，诉诸天良，实有所不忍，此不得不望吾国民慎重考虑者又一也。迩者，民治大进，今非昔比，方寸稍有偏私，肺肝早已共见。伪造民意者，已覆辙相寻，戢法自便者，亦屡试不清。孙帅传芳删电："所谓以一人爱恶为取舍，更张不以其道，前者既失，后乱渐纷"云云，诚属惩前毖后之论。顾曲形终无直影，收获先问耕耘，设明知陷阱而故蹈之，于卫国则不仁，于自卫则不智。永祥等怵目横流，积忧成瘭，凤有栋折榱崩之瘭，敢有推抱敛手之心？临崖勒马，犹有坦途，倘陷深渊，驷追曷及？伏祈海内贤达，准法平情，各抒谠论，本悲悯之素怀，定救亡之大计。宁使多数负一人，勿使一人负多数。永祥等当视力之所及，以尽国民自卫之天职，决不忍坐视四万万人民共有之国家，作少数人之孤注也。

这电报是六月三日，卢永祥从浙江拍发的。其余如上海护军使何丰林，以及主张联省自治的褚辅成、孙洪伊等，也都纷纷表示反对。黎氏本人，因此愈加消极了。这时他门下的政客张耀曾等发起急来，也发了一个通电道：

约法及总统选举法之规定，总理在任期中，离职之情形，只有三种：一曰死亡缺位，二曰弹劾去职，三曰因故不能执行职务。三者有一，即为合法离职。三者以外，总统不让职于他人，他人不得以离职要总统，若其有之，是非法也。黎大总统于六年七月，被逼离职，尚余任期一年三月有余，其离职原因，与前述第一第二两事无关，即与因故不能执行职务，亦属毫不相涉。盖我大总统选举法第五条二项，所谓因故不能执行职务者，本师美宪前例，专指总统精神丧失而言。纵谓文义浑括，强为宽解，则所谓故者，当然依限于总统本身，所谓不能者，当然限于总统自动。譬如总统久罹重病，或因公远赴异国，援引适用，尚属可通。至于事故之生，出自他人，不能之原，由于压迫，如凭借兵威，使总统不能在职，不敢复职者，是私擅废黜总统耳，非法律上所谓因故不能执行职务也。私擅废除总统，本为法所不许，即当然不在法定因故不能执行职务之列。藉曰不然，则总统选举法第五条二项之规定，不啻明诏为副总统者，时时可驱除总统而代之。败纪奖乱，莫甚于此。立法本意，断断不然。故从法律上立论，自民国六年七月黎大总统之离职，推之法定三种原因，无一而当，是其离职，乃事实上之离职，非法律上之离职也。非法律上之离职，故不发生法律上之效力，唯其离职无效，故冯副总统之代理，乃事实上之代理，非法律上之代理也。非法律上之代理，故亦无法律之效力。在昔大法摧毁，事实相尚，舍法言权，夫复何说？今则尊崇法统，万事资以判断，而法律上固赫然昭示，黄陂黎公，仍在大总统之位，而其行使职权时间，尚有一年三个月有余也。黄陂离职无效，一旦障碍既去，当然继续开会。黄陂继任应竟其未尽之期，亦犹国会续开，应满其前此未满之任。法理彰明，决非曲解，此则愿吾人共加注意者也。兹事体大，解释疑义，权固属于国会，敷陈常理，责仍在于学人。耀曾依法言法，自信无他，国人崇法护法，谅有同感。

这电发表，各方的议论愈多，但在时势情理各方面说起来，黎元洪实有不能不复位之势。当时黎氏原有这样一个通电：

自引咎辞职，蛰处数年，思过不惶，敢有他念，以速官谤？果使摩顶放踵，可利天下，犹可解释，乃才轻力薄，自觉勿胜，诸公又何爱焉？前车已覆，来日大难，大位之推，如临冰谷。

可见他辞意本来很坚，无奈直方各人，已成欲罢不能之势，如国务院代表高恩洪，京兆尹刘梦庚，商界代表张维镛、安迪生，曹锟代表熊炳琦，吴佩孚代表李单率，以及各省代表，共四十余人，都纷纷赴黎宅请黎复职，正是：

大运忽回春气象，寒门又似市廛中。

未知黎氏肯答应否，且看下回分解。

　　黄陂起义武昌，首创民国，论革命之功，自属千秋不朽，即以人格而论，民国十余年来，自总统以迄军阀，亦未有洁身自好如黄陂者。故以功业言，以道德论，均不得不为民国完人。惜其才识稍短，不免受人利用，遂以退隐之身，再作一度傀儡，几致身名两败，性命不保。读史至此，不能不哀黄陂之长厚，而痛恨军阀政客之无赖也。

第十五回

受拥戴黎公复职
议撤兵张氏求和

　　却说曹、吴和各团体各省的代表，纷纷赴黎宅请黎元洪复位。黎元洪被逼不过，只得说道："我亦是中华民国国民一分子，各方迫于救国热忱，要我出来复职，我亦岂能再事高蹈？但现在国事的症结，在于各省督军拥兵自卫，如能废督裁兵，我自当牺牲个人之前途，以从诸公之后。"措词却亦得体。因又发出一个长电，洋洋数千言，不但文辞很佳，意思亦极恳到。原电如下：

　　前读第一届国会参议院王议长众议院吴议长等宣言，由合法总统，依法组织政府。并承曹、吴两巡阅使等十省区冬电，请依法复位，以维国本。曾经复电辞谢，顷复奉齐督军等十五省区冬电，及海军萨上将各总司令等江电，京省各议会、教育会、商会等来电，均请旋京复职。又承两位议长及各省区各团体代表敦促，佥以回复法统，责无旁贷，众意所趋，情词迫至，人非木石，能无动怀？第念元洪对于国会，负疚已深，当时恐京畿喋血，曲徇众请，国会改选，以救地方，所以纾一时之难，总统辞职，以谢国会，所以严万世之防，亦既引咎避位，昭告国人。方殷思过之心，敢重食言之罪？纵国会诸公，矜而复戢，我独不愧于心钦？抑诸公所以推元洪者，谓其能统一也。十年以还，兵祸不绝，积骸齐阜，流血成川，断手削足之惨状，孤儿寡妇之哭声，扶吊未终，死伤又至。必谓恢复法统，便可立消兵气，永杜争端，虽三尺童子，未敢妄信。毋亦为医者入手之方，而症结固别有在乎？症结唯何？督军制之召乱而已。民军崛兴，首置都督，北方因之，遂成定制。名号屡易，权力未移，千夫所指，久为国病。举其大害，厥有五端：练兵定额，基于国防，欧战既终，皆缩军备，亦实见军国主义，自促危亡。独我国积贫，甲于世界，兵额之众，竟骇听闻，友邦之劝告不闻，人民之呼吁弗恤。强者拥以益地，弱者倚以负嵎，虽连年以来，或请裁兵，或被缴械，卒之前省后增，此损彼益，一遣一招，糜费更多。遣之则兵散为匪，招之则匪聚为兵，势必至无人不兵，无兵不匪。谁实为之，至于此极，一也。度支原则，出入相权，自拥兵为雄，日事聚敛，始挪省税，终截国赋，中央以外债为天源，而典质皆绝，文吏以横征为上选，而罗掘俱穷。弁髦定章，蹂躏预算，预征至及于数载，重纳又限于崇朝。以言节流，则校署空虚，以言开源，则市廛萧条，卖女鬻儿，祸延数世，怨气所积，天怒人恫，二也。军位既尊，争端遂起，下放其上，时所有闻。婚媾凶终，师友义绝。翻云覆雨，人道荡然。或乃暗煽他人，先行内乱，此希后利，彼背前盟，始基不端，部属离二。各为雄长，瓜剖豆分，失势之人，不图报复，阴结仇敌，济其欲心。祸乱循环，党仇百变。秦镜不能烛其险，禹鼎不能铸其奸，覆亡相寻，僭不怨悔，宰制一省，复冀兼圻。地过八州，权逾二伯，扼据要塞，侵夺邻封。猜忌既生，杀机愈烈，始则强与弱争，继则强与强争，终则合众弱与一强争，均可泄其私仇，宁以国为孤注。下民何辜，供其荼毒，三也。共和精神，首重民治，吾国地大物博，交通阻滞，虽有中枢，鞭长莫及，匪厉行民治，教育实业，皆难图功。自督军制兴，滥用威权，干涉政治，囊括赋税，变更官吏，有利于私者，弊政必留，有害于私者，善政必阻。省长皆其姻娅，议员皆其重僮，官治已难，遑问民治。忧时之士，创为省宪，冀制狂澜。西南各省，迎合潮流，首易为总司令，复拟易为军务院，隶属省长；北方明哲，亦有拟改为军长，直属中央者，顾按其实际，以为积重难返之势，今之总司令，固犹昔日之督军也。异之省长、军长，亦犹今之总司令也。易汤沿药，根本不除，虽有省宪，将焉用之？假联省自治之名，行藩镇剖分之实，鱼肉我民，而重欺之，孑遗几何，抑胡太忍，四也。立宪必有政党，政党必有政争，果由轨道，则政争愈烈，真义愈明，亦复何害。顾大权所集，既在督军，政党争权，遂思凭借。二年之役，则政党挟督军为后盾，六年之役，则政党倚督军为中心。自是厥后，南与南争，北与北争，一省之内，分数区焉，一人之下，分数系焉。政客借实力以自雄，军人假名流以为重，纵横捭阖，各戴一尊，使全国人民，涂肝醢脑于三端之下，恶若蛇蝎，畏若虎狼，而反键飞钳，方鸣得计，卒至树倒猢散，城崩狐迁，军人身徇，政客他适，受其害者，又另有人。斩艾无遗，终于自杀，怒潮推演，可为寒心，五也。其余诸祸害，尚有不胜枚举者。元洪当首义之时，原定军民分治，即行废督，方其子身入都，岂不知身入危地，顾欲求国家统一，不得不首解兵柄，为群帅倡。祸患之来，听之天命，轻车骤出，江河晏然。督军之无关治安，前事具在。项城不德，帝制自私，利用劝进，授人以柄，荏苒至今，竟成踣庋。今日国家危亡，已迫眉睫，非即行废督，无以国存，若犹观望徘徊，国民以生死所关，亦必起而自谋。恐督军身受之祸，将不忍言。为大局求解决，为个人策安全，莫甚于此。或谓："兹事体大，旦夕难行，必须于一省军事，妥筹收束，徐议更张。"不知陆军一部，责有专司，各地独立，师旅皆自有长官统率，与督军存废，景向无关。督军果自行解职，但须收束本署，旬日已足。此外独立师旅，暂驻原地，直接中央，他日军制问题，悉听军部统筹，全局妥为编制，此不足虑者一。或谓："师族直属，恐饷项无出，激成变端。"不知其军饷皆取国赋，非损私财，督军虽废，国赋自在，且漫无考核之军事费，先行消灭，比较今日欠饷，或不至若是之巨，此不足虑者二。或谓："仓卒废督，恐部属疑惧，危机立生。"不知督军易人，党系不得，恐遭遣散，心怀反侧，诚或有之。若督军既废，咸辖中央，陆军部为全国最高机关，昭然大公，何分畛域？万一他日裁兵，偶然退伍，军部亦易于安置，何惧投闲？督军果凯切劝导，当可涣然冰释，此不足虑者三。或谓："督军皆望重功高，国人托命，一旦废除，殊乖崇报。"不知所废者制，并非废人，督军多首创民国，与同休戚，投艰遗大，重任正多。望崇者，国人必有特别之报酬，功伟者，国人亦有相当之付托。果肯自行解职，国人更感激不暇，宁忍听其优游？否则民意所趋，发生误会，恐有不能相谅者。人情莫不去危而就安，避祸而求福，督军之明，抑岂见不及此？此不足虑者四。或谓："战事方剧，兵祸未平，猝言废督，必至统率无人，益形危险。"不知全军司令，并非尽倚重督军。且年来战争，皆此省与彼省，此系与彼系耳。即或号召名义，彼善于此，国人皆漠然视之，所谓春秋无义战也。若既统一，中央当一视同仁，不分畛域，从前误解，悉可消融；万一怙恶不悛，征伐之权，出自政府，亦觉师直为壮，此不足虑者五。或谓："中央此时已无政府，稽留时日，牵动外交。"不知阁员摄行，已可负责，且法统中绝，已及五年，国人淡然若亡。久侪元洪于编户，此元洪法律不负咎也。元洪所述，论既至公，事犹易举，久延不决，责有所归，此元洪事实之不负责也。况华府会议，外人以友谊劝告，久有成言，各公使旁观既熟，高义久敦，当必恤此阽危，力为赞助，此不足虑者六。或谓："总统不负责任，废督与否，应俟内阁主持。"不知出处之道，不可不慎，量而后入，古有明箴。以今日积弱之政府，号令不出国门，使非督军自行觉悟，则废督之事，万非内阁所能奏功，彼时内阁可引咎辞职，总统何以自处？若督军自行觉悟，放刀成佛，指顾间耳，嗣后中央行政，亦易措施。此为内阁计，应先决者一。或谓："东海去位，京畿空虚，一再迟延，恐生他变。"不知国无元首，匪自今始，总统一职，名存实亡，空籍纵久，何关轻重？京畿责任，自有长官，必可以维持秩序，果有其变，元洪无一兵一卒，又何能为？若督军不废，他日京畿战祸，能保其不续见乎？此为地方计，应先决者二。或谓："督军爱戴，反欲废之，以怨报德，非所宜出。"不知督军请复位者，为有利国家也，元洪请废督军，亦有利国家也，目的既同，肺腑互谅。元洪与各督军，分同袍泽，情逾骨肉，十年患难，存者几人？他日共治天下，胥各督军自赖，既倚重之，必保全之。此为督军计，应选决者三。督军诸公，如果力求统一，即请俯听刍言，立释兵柄，上至巡阅，下至护军，皆刻日解职，侍元洪于都门之下，共筹国是，微特变形易貌之总司令，不能存留，即欲划分军区，扩充疆域，变形易貌之巡阅使，尤当杜绝。国会及地方团体，如必欲敦促元洪，亦请先以诚恳之心。为民请命，劝告各督，先令实行。果能各省一致，迅行结束，通告国人，元洪当不避艰险，不计期间，从督军之后，慨然入都。且愿请国会诸公绳以从前解散这罪，以为异日违法者戒。奴隶牛马，万劫不复，元洪虽求为平民，且不可得，总统云乎哉？方将老死于津海之滨，不忍与世人相见。白河明月，实式凭之，废不能遍，图不能尽，腼然出山，神所弗福。救国者众人之责，非一人之力也，死无所恨。若众必欲留国家障碍之官，而以坐视不救之罪，责退职五年之前总统，不其惑欤？诸公公忠谋国，当鉴此心，如以实权为难舍，以虚号为可娱，则解释法律，正复多端，亦各行其志而已。痛哭陈词，伏希矜纳。黎元洪鱼叩。

通电发后，曹、吴复电，首先赞成，愿即废督裁兵，为天下倡，请黎早日赴京负责。其余如河南冯玉祥、陕西刘镇华、湖北萧耀南和孙传芳、四川刘湘、山东田中玉、安徽张文生、江西陈光远、江苏齐耀珊、海军杜锡珪、萨镇冰等也纷纷复电赞成，此皆所谓令之投机家也。力请黎氏即日晋京。更兼黎派政家，也都纷纷催促，以为机不可失，于是黎元洪在六月十日连发两电，一电谓："各督复电允废督裁兵，谨于十一日入都。"一电谓："入都暂行摄行大总统职权，俟国会开会，听候解决。"到了次日，由各省代表人等，奉迎入都，摄行大总统职权，明令撤销六年六月十二日之解散国会令，兼国务总理署教育总长周自齐、外交总长颜惠庆、内务总长高凌蔚、财政总长董康、陆军总长鲍贵卿、海军总长李鼎新、司法总长王宠惠、农商总长齐耀珊、署交通总长高恩洪等，均准免去本兼各职。特任颜惠庆为国务总理、兼外交总长。谭延闿署内务总长，董康署财政总长，吴佩孚署陆军总长，李鼎新署海军总长，王宠惠署司法总长，黄炎培署教育总长，张国淦署农商总长，高恩洪署交通总长，谭未到前，由张国淦兼代，黄炎培未到前，由高恩洪兼代，一切政事，也很有更张。国内报章腾载，全国欢呼，各省人民，顿时都有一种希望承平之象，以为从此可入统一太平时期。论到黎氏为人，虽则才力不足，却颇有平民气象，不说别的，单论公府中的卫队，以前总有这么二三营陆军，驻扎白宫内外。到了黎氏复职，便一律裁撤，只用一百多个警察维持。单举卫队一事，即为后文公府被围张本。即此一端，其他也可想见了。此自是持平之论。闲话休提。

却说黎氏复职以后，不但直派各督，一致拥戴，便是素持反对，如卢永祥、何丰林等，也都电京承认。这时直、奉战争，还未完全解决，东三省省议会联合会，特电黎氏，主张奉、直停战，并陈办法四条：（一）请直军退驻留守营，奉军即开始撤退出关，于七日内撤尽，以保双方安全。（二）请中央派一双方都有友谊的大员，并双方各派公正人，共同监视双方撤退，以期妥协。（三）谓督军巡阅之废止，全国一致，东三省不能独异。（四）撤兵后京奉路即恢复原状。黎氏接到这电报后，一面转交吴佩孚、曹锟，一面电复东三省，征求切实意见。那东三省联合会的电报，原由张作霖授意而发的，得了黎氏复电自然还去和张作霖商议。

这时张作霖已改称东三省保安司令，他自滦州退出后，因战争失败，影响到东省市面，不但人心恐慌，银根更十分吃紧，纸币的折扣，逐渐低落，因此张学良等，主张与直派议和，请英国传教师德古脱氏运动外交团出来调停。德古脱因张学良也是教徒，当然允许帮忙，想不到外交团反因怕受干涉中国内政嫌疑，大都不肯接受这个提议。张学良无法，只得仍请德古脱以私人资格，介绍自己和直军直接谈判。此时直军司令部已移至秦皇岛，吴佩孚自己却在保定，陆军总长一职，也未就任，司令部的事情，完全由彭寿莘在哪里处理，所以德古脱氏先介绍张学良到秦皇岛和彭寿莘相会。两人谈了一回，意思非常接近。当下彭寿莘特电陈明吴佩孚，双方订定于六月十一日提议具体办法。学良回去和作霖说明，作霖当时也没有什么话说。

也是活该山海关附近小百姓的灾星未退，到了那日，奉、直两军又发生一次冲突，奉方偏得一个小小胜利，张宗昌等便撺掇张作霖乘胜反攻。作霖认为妙计，无论别人如何阻止，也不肯听，立刻加派大队，大举进攻。直军乘战胜余威，如何肯服输，不消说，当然也是猛烈反攻。奉军究竟是丧败之余，如何抵抗得住？战了一昼夜，大败而退。直军长驱直进，正在得意非常，料不到震天价一声响，地雷触发，把前锋军士，炸死了几百，急忙退回阵线，奉军又乘势反攻，直军正抵抗不住，幸喜援军开到的快，没有失败。奉军也因人数尚少，不能取胜，又添了一师生力军队，两方就此剧战起来。相持了三日三夜，双方死伤，均达数千。吴佩孚此时已命张福来回防岳州，听这个消息，急忙和王承斌同到阵线上来观察。看了一回，便和王承斌定计道："如此作战，损失既多，胜利又不可必，不如派军队过九门口，绕到长城北面，攻敌军之背，敌军首尾受敌，可获大利。"王承斌欣然愿领兵前往，当日领了本部军队，悄悄过了九门口来到奉军背后。

奉军正和直军死战，想不到一阵枪炮，纷纷从背后飞来，只道是自己军队倒戈，军心立刻涣散，纷纷溃退。副总司令孙烈臣，正在亲自督队，见了这情形，知道止遏不住，只得败退。想不到王承斌的军队沿途截击，不但士兵死伤极多，连自己也身中流弹，不能作战。张作霖经此大战，知道已届非讲和不可的时候，只得又叫张学良央求德古脱运动外交团调解。张学良不肯道："当初原劝父亲暂时忍耐，息战讲和，也好养精蓄锐，等他们有隙可寻时，再图以逸待劳，必然可以报此大仇。父亲偏要听别人的话，要乘势反攻，才有今日之败。*老张非执拗也，总是不服气耳。*德古脱原和他们约定十一日，商订具体办法，我们已失了信，再去求他，如何肯答应？"张作霖变色道："你是我的儿子，怎敢摘我短处？*只好摆出老爹爹架子来了。*没了你，难道我就不能讲和不成？"学良碰了一个钉子，只得仍和德古脱去商议。德古脱果然不肯答应，说："已经失信了一遭，无脸再去见人。"学良回报张作霖。张作霖无法，这才授意东三省省议会联合会，向北京政府求和。方得到黎氏回电要提出切实办法，便又回电，愿派张学良、孙烈臣为代表，入关讲和。吴佩孚便派前线的王承斌和彭寿莘为代表。双方磋商了几日，方才订定和约，划出中立地点，双方各不驻兵，并请王占元、宋小濂监视撤兵。到了六月二十八日，双方军队，都撤退完毕，直军调回洛阳，秦皇岛的司令部，到七月四日撤销。第二日，京奉路完全通车，一场大战，就算从此了结。不过换了一个总统，几个阁员，双方除却损折些械弹粮饷和将士的生命而外，也并没什么大不了的利益，痛语可作军阀棒喝。却冤枉小百姓多负担了几千万的战债，几千万的战时损失，万千百条的性命，岂不可叹？沉痛之至。闲话休提。

却说吴佩孚自黎氏入京就职后，以为大功告成，南北之争，就此可免。因此电请孙中山、伍廷芳、李烈钧等北上，共议国事。正是：

要决国家大计，端须南北同谋。

未知中山先生等，究肯北上否，且看下回分解。

一场大战，极五花八门之观，自有中华民国以来，兵连祸结，未有若斯之盛也。究其开战之由，与战事结果，败者固垂头丧气，胜者亦所获凡何。善夫，作者之言曰：双方除损兵折将丢械伤财外，都无利益可言，徒然为国家增负担，为小民毁身家而已。嗟夫！不亦大可已哉！不亦大可已哉！

第十六回

围公府陈逆干纪
避军舰总理蒙尘

却说孙中山先生在广西预备对北用兵，屡次电嘱陈炯明筹饷，谁知陈炯明此时已暗和吴佩孚通款，不但不肯遵命，而且克扣饷械，布散流言，唯恐北伐军不败。中山虽念他以前的劳绩，不忍重惩，但为革命前途起见，又不得不将其停职，所以在四月二十一日那天，护法政府下令，罢免陈炯明广东省长及粤军总司令本兼各职，所遗广东省长一职，以伍廷芳继任，并将粤军总司令一职裁撤。陈炯明得了这个命令，便带领本部军队，连夜开到惠州驻扎，自己避到香港去了。第二天中山先生和许崇智、胡汉民等，回到广州，和伍廷芳诸人说起这件事，彼此嗟叹不已。此时陈炯明虽去，广州治安，并无变动，更兼中山自己回来布置了一回，越觉四平八妥。

有人说陈炯明军队，并未解决，恐怕接连北方军阀，为内顾之忧，须要根本划除才好。*却非过虑。*中山先生向来是忠厚待人的，听了这话，便道："竞存虽然根性恶劣，决不至做反噬之事。*此之谓以君子之心，测小人之腹。*何况其部下不少明理的人，岂有异动？"因又和伍廷芳、廖仲恺等商议："内部的事情虽多，北伐却万不可中止，我意欲即令李协和率师攻赣，你们以为何如？"*虽在危急多事之秋，而无一时忘却北伐，为国之忠，令人感泣。*廖仲恺道："总统日夜忧勤，无非为着护法，想解除北方人民被军阀压迫的痛苦，北伐不成功，护法的目的不能贯彻，北方的人民不能解除痛苦，总统的计划，自是虑得重要。"伍廷芳也很赞成此说。中山大喜，便下令饬李协和攻赣，一面又派许崇智、梁鸿楷两军，同时出发，攻击赣南。许、梁奉令，当即厉兵秣马，纷纷出动，赣南的守备很弱，如何当得北伐军的精锐，一见北伐军的旗号，便相率溃退，因此许、梁两人，兵不血刃的，得了成南、虔南两县，略为布置，便继续推进。

此时陈炯明部队，也陆续由桂返粤，到广州以后，便向护法政府提出要求，一要求恢复陈炯明的广东省长和粤军总司令两职，促其归国；二罢免胡汉民。中山先生见了这两项要求，想起陈炯明以前的功绩，很觉惋惜，便又令他办理两广军务，所有两广地方军队，均准节制调遣。像总统这样仁慈宽大，若在别人，不知道要如何的感激，知人则哲，唯帝其难。本来知人是最不容易的，但孙先生之于陈竞存，却不能以此相比，因先生非不知陈氏的为人者，当时所以收容之故，必有难言之隐，不得已暂以相忍为政耳。谁知陈炯明受了吴佩孚的通款，竟忘了革命的天职，不但不肯就职，而且暗地嘱使部将叶举等通电请孙总统下野，一面派兵围攻总统府，占领行政各机关，并派兵进驻韶关，遏阻北伐军的归路。孙总统本是仁厚宽大之人，除却心心念念，在于革命救国外，其余的事情，不甚放在意中。近因叠报黄大伟占领崇义，许崇智占领信丰、南康、赣州，李烈钧占领大庾，十分高兴，因出师未久，江西已半入护法政府管辖之下，不能没有统辖的官吏，便下令任命谢远涵为江西省长，徐元诰为政务厅长。

后来又据报北政府所派的援赣总司令蔡功勋，虽于六月十三日到南昌，却和陈光远不睦，倾轧甚烈，陈光远愤而辞职，北政府已下令废除江西督军，以蔡成勋节制江西全省军队。江西省长杨庆鋆原是陈光远的私人，当然连带去职。北政府为要见好护法政府起见，不委别人，竟以谢远涵继任。也算苦心，一笑。这消息刚好和吴佩孚邀请中山先生北上的电报齐到，中山见了吴佩孚的电报，只付之一笑，并不回答，只催促北伐军赶紧前进。

想不到六月十五日的晚上十点钟，中山正在批阅军牍，忽然接到一个军官的电话报告，说今夜粤军将有变动，请总统赶紧离府。中山不信，原是不肯逆诈工夫。批阅军牍如故。又过了两个钟头，忽见秘书林直勉匆匆的进来，向中山行了一个礼，便忙忙地说道："报告总统，今夜消息很不好，请总统赶快离开公府，暂时避一避！"中山等他说完，很从容地说道："请你先说明白，怎样一个不好消息？"林直勉道：

"据确实的报告，粤军准定在今夜发动，围攻公府，请总统赶快暂避。"中山微笑道："竞存便险恶，也决不至做出这种灭伦反常的事情，何况其部下又都是我久共患难的同志，就使竞存确有此心，他们也未见得肯助桀为虐。你听得的，莫非是些谣言罢？"正说着，参军林树巍也惊慌失色地走了进来。中山方要询问，林树巍已启口说道："请总统赶紧离开公府，粤军要来围攻公府了。"中山道："你们不必惊疑，这必是不逞之徒，在哪里造谣，诸君万一信以为实，反使粤军生疑，倒是激之成变了。"林直勉道："粤军素来蛮不讲理，总统决不可以常情度之。如其果有不利于总统时，总统将怎样办呢？"中山慨然道："广州的警卫军，我已全部调赴韶关，即此便可见我并没有一点疑忌彼等之心，就使他们要不利于我，也何必出此下策。自是仁人长者，明哲之见，其如直勉所言，不可以常理度之何？如敢明目张胆，谋叛作乱，以兵力加我，则其罪等于灭伦反常，乱臣贼子，人人得而诛之。何况我身当其冲，岂可不重职守，临时退缩，屈服于暴力之下，贻笑中外，污辱民国，轻弃我人民付托的重任吗？性命轻而体制重，先生可谓见大持重。我在今日，唯有为国除暴，讨平叛乱，以正国典，生死成败，非所计也。"其言慷慨，可泣鬼神。林直勉、林树巍等见先生决心如此，不敢强劝，只得太息而退。

中山因时候已迟，便也退入私室就寝。谁知刚好睡倒，各处的电话，接连不断的，都来报告这事，请中山速速离开公府。中山神态镇定，一些也不变更。到了二点多钟，粤军又有军官潜自出来报告，说："粤军各营，炊事已毕，约定两点出发，并备好现金二十万，以为谋害总统的赏金。并且约定事成之后，准各营兵士，大放假三日。"按大放假为粤军大抢劫之暗号。以大抢三天为攻击先生之报酬，先生足以千古，而陈氏之罪恶不法，上通于天矣。中山听了这话，还不肯十分相信，正待解说，忽听一声很尖厉的号声，远远地飞入耳，接着到处也掌起号来，不一刻，号声由模糊而渐渐清楚，方知粤军确已发动，因即传令卫队，准备防御，那军官也告辞而去。这时已有三点多钟，林直勉、林树巍等，又来苦劝中山暂离公府。中山厉声道："竞存果敢谋逆作战，则戡乱平逆，是我的责任，岂可胆小畏避，放弃职守。万一力不从心，亦唯有一死殉国，以谢国民，怎说暂避的话？"数言可贯金石，今日读之，犹觉生气食虎。第一次慨然，第二次厉声，其意志愈坚矣。林直勉等再三相劝，中山只是执意不从。树巍见他坚决如此，知道不是言语所可争，也不管什么，便上前挽住中山的手，想用强力扶他老人家出去。一人作倡，人人应和，一时间七手八脚的把一位镇定不屈的中山先生，四面扶住，用力挽出公府。中山先生挣扎不脱，只得和他们同走。*先生不屈于强暴凶横的威势，却屈于忠心恳挚的武力，为之一笑。*

这时路上已布满了粤军的步哨，见了中山一行人，莫不仔细盘诘。幸喜林直勉口才很好，才得通过。刚到财政厅前，粤军的大队已经到来，众人因被盘诘的厉害，不能通过，中山先生只得单身杂在粤军之中，一同行走。先生向来非常镇定，临到大事的时候，更是从容不迫，粤军只道是自己队伍中人，并不疑心，比及到了永汉马路出口，方才脱险，便走到长堤海珠的海军总司令部。海军总司令温树德听说中山到来，又惊又喜，惊的是粤军必然确已发动，喜的是总统幸脱虎口，当下忙忙地迎接到里面，谈了几句。树德道："此地无险可守，万一叛军大队攻击，必又发生危险，不如到楚豫舰上，召集各舰长，商议一个讨贼的计划罢。"中山然其言，便和他一同到楚豫舰上，召集各舰长商议平逆之策。各舰长不消说，自然义愤填膺，誓死拥护。*十室之邑，必有忠信。*

第三天，有人从公府逃出，向中山陈诉粤军的残暴。中山先问五十多个卫队的情形，那人道："卫队在观音山粤秀楼附近，对抗了三四个钟头，叛军冲锋十多次，都被卫队用手机关枪击退。死伤的数目，总在三四百以上。后来因为子弹缺乏，才被叛军缴械。还有守卫公府的警卫团，和叛军抵抗了十多个钟头，后来子弹告绝，全被缴械。缴械以后，叛军又用机关枪扫射，全都被害了。"*真可谓竭狠毒之能事，尽残忍之大观。*中山太息不已，那人又道："叛军初时用速射炮注射公府，后来恐总统还在粤秀楼，又用煤油烧断通公府的桥，以防总统出险。沿路伏着的叛军更多，专等总统的汽车出来，突出截击。后来始终没见总统出府，还仔细搜检了一回呢。"中山点头微喟，挥手令退。

那人去后，忽报外交总长伍廷芳和卫戍司令魏邦平来见。中山立刻传见，两人进内见了中山，便议论讨平叛逆的事情。中山令魏邦平将所部集中大沙头，策应海军进攻陆上的叛军，恢复广州防地。魏邦平唯唯遵命，中山又向伍廷芳道："今天我必须带领舰队，讨平叛军，否则中外人士，必定要笑我没有戡乱之方，而且不知我行踪所在，更易使革命志士涣散。*始终见大持重，不断断于小节。*假如畏惧暴力，蛰伏黄埔，不尽讨贼职守，徒为个人避难苟安之计，将怎样晓示天下呢？"伍廷芳听了非常赞服，立刻出舰登陆，通告各国驻粤领事，严守中立。魏邦平也告辞而去。

中山当即统率永丰、永翔、楚豫、豫章、同安、广玉、宝璧各舰出动，由黄埔经过车歪炮台，驶至白鹅潭，当令各舰对大沙头、白云山、沙河、观音山、五层楼等处的粤军发炮。粤军因没有障阻，不能抵抗，死伤的约达六七百人，大部顿时溃走。舰队沿长堤向东前进，不料魏邦平所部陆军，竟不能如期策应，粤军乘势复合，发炮抵抗。中山知道乱事不能即平，只得暂时率舰回至黄埔，商量第二次进剿方法。那陈炯明见海军拥护中山，知道不收买海军，决不能消灭中山的活动能力，便进行运动海军中立。因海军正在愤激的时候，急切未见效果，便勒军广州城内，实行其大放假的预约，抢掠烧杀，愈久愈烈，甚至白昼奸淫，肆无忌惮。有女子轮奸至五六次之多，腹胀如鼓而死者。残酷的情形，令人闻之发指。中山在舰上听见这些消息，愈加伤感，因陆军力量薄弱，当即写信给前敌李协和、许崇智、朱培德、黄大伟、梁鸿楷等，教他们迅速回粤平乱，有"坚守待援，以图海陆夹攻，歼此叛逆，以彰法典"等语。自己又从楚豫舰移到永丰舰办公。

此时各处起义的军队颇多，在黄埔一带的，有徐树荣、李天德、李安邦等所部约一千多人，军威稍振。中山正思攻取鱼珠、牛山各炮台，为扫灭叛军的预备。忽然有人进来报说："伍总长廷芳逝世。"不觉吃了一惊，把手中的笔，跌落地上，因流泪向左右说道："本月十四日，廖仲恺被赴陈炯明惠州之约，不想被扣石龙，生死未卜，已使我十分伤感，现在伍总长忽弃民众托付的重任，先我而逝，岂不可伤？"海军将士听了，也十分悲愤，誓必讨贼。*廖仲恺被扣事，亦属重要，述诸总理口中，亦省笔之法也。*并全体填写誓约，加入中华革命党，表示服从总统，始终不渝的决心。这时粤军运动海军，正在猛进，故各舰中的不良官长，已颇有不稳的举动，因此也有带兵来问中山道："我们官长和叛军订立条约，是不是已得到总统的许可？"中山不好明言，又不愿追问，只微微点头而已。*此等处不但显见中山之仁厚宽大，其智虑亦非常人所及。盖如一追问或明言己所不许，则事必立刻决裂矣。*海圻各舰兵士，以此都疑心温司令有不利中山之举，要想拒绝司令回舰。中山闻知，再三调解，方才没有实现。其实这时的海陆军有显明从逆的，有态度暧昧，主张中立的，不过尚在酝酿之中，尚未完全成为事实。所以中山唯出以镇静，全以至诚示人，大义感人，以期众人感动，不为贼用。陈炯明此时本在暗中操纵指示叛军的行动，并不曾公然露面，但是舆论上已唾骂的非常厉害。陈炯明没法，只得差钟惶可带了自己的亲笔信，到永丰舰上，晋谒总统，恳求和解。原信道：

大总统钧鉴：国事至此，痛心何极！炯虽下野，万难辞咎。自十六日奉到钧谕，而省变已作，挽救无及矣。连日焦思苦虑，不得其道而行。唯念十年患难相从，此心未敢丝毫有负钧座，不图兵柄现已解除，此正怨尤语也。而事变之来，仍集一身，处境至此，亦云苦矣。现惟恳请开示一途，俾得遵行，庶北征部队，免至相戕，保全人道，以召天和。国难方殷，此后图报，为日正长也。嵩此即请钧安。陈炯明敬启。六月二十九日晚。

中山见了这封信，还没下什么断语，忽然魏邦平来见，中山便把这封信交给他看。魏邦平把信看了一遍道："看他这封信，也还说得很恳切，或者有些诚意，不知总统可准调解？"中山正色道："当初宋亡的时候，陆秀夫恐帝受辱，甚至负之投水而死。魏同志！今日之事，不可让先烈专美于前，我虽才疏，也不敢不以文天祥自勉。宋代之亡，尚有文、陆，明代之亡，也有史可法等，如民国亡的时候，没有文天祥、陆秀夫这样的人，怎样对得住为民国而死的无数同志？作将来国民的模范。既自污民国十一年来庄严灿烂的历史，又自负三十年来效死民国的初心，还成什么话？"声裂金石，语惊鬼神。魏邦平见中山说得十分严正，不觉勃然变色，正是：

正语忽闻严斧钺，最颜应须冷冰霜。

未知他如何回答，且看下回分解。

以中山先生之仁厚宽大，而竟有利用其仁厚宽大，以逞其干法乱纪悖逆不道之事者，则信乎叔世人心之不足恃，而君子之不易为也。然而盘根错节，正以造成伟大人物之伟大历史，而最后胜利亦终操于伟大人物之手。彼阴贼险狠之小人，徒为名教罪人，天壤魔蠹而已。吾人观于先生与陈氏之事，乃又觉君子不易为而可为，小人可为而终不可为也。

第十七回

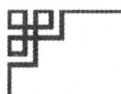

三军舰背义离黄埔
陆战队附逆陷长洲

却说魏邦平听了中山先生一席说话，不觉变色逊谢。邦平去后，海军的消息，日渐恶劣，纷传海圻、海琛、肇和三大舰，将私离黄埔，任听鱼珠、牛山各炮台炮击各舰，不肯相助。一时人心极为惶恐，中山仍是处之泰然，非常镇定，在此危疑震撼之秋，吾不屑责陈炯明，又何忍责三舰，先生之意，殆亦如此。因此浮言渐息。过了几天，钟惶可又代陈炯明至永丰舰，向中山求和。中山笑道："陈炯明对我毫无诚意，求和的话，岂能深信？况且本系我的部队，此次举动，实是反叛行为，所以他只能向我悔过自首，决不能说求和。"名不正则言不顺，先生以正名为言，亦是见大务远。钟惶可还待再说，忽然魏邦平派人来见中山，中山传见，问其来意。来人道："魏司令对陈炯明愿任调停之责，拟定了三个条件，先来请总统的示下。"中山问他怎样三个条件？来人道："第一条是逆军退出省城；第二是恢复政府；第三是请北伐军停止南下。"中山斟酌了一会，方才答应。钟惶可见中山已经答应，便和魏邦平派来的代表，一齐告退。

两人去后，忽然又有粤军旅长李云复派代表姜定邦来见。中山回顾幕僚道："你们猜李云复派代表到这里来，是什么意思？"秘书张侠夫对道："大概是求和之意。"中山点头道："所见与我略同，就派你代表我见他罢！你跟我多年，说话必能

孙中山在永丰舰上

体会我的意思,也不用我嘱咐了。"张侠夫应诺,便出来招待姜定邦,问其来意。姜定邦道:"此次事件,实出误会,陈总司令事前毫未知情,近来知道了这件事,十分愧恨,情愿来向总统请罪,务乞张秘书转达总统海涵,狗对厕坑赌咒。李旅长愿以身家性命,担保陈炯明以后断无叛逆行为。也请转达总统。"张侠夫道:"李旅长如果能附义讨贼,则总统必嘉奖优容,毫无芥蒂,断无见罪之意。至陈炯明实为此次事变的祸首,亦即民国的罪魁,如何赦免,那么反复无常的叛徒,谁不起而效尤,还有什么典型法纪可言。"其言亦颇得体。姜定邦再三请张侠夫向总统进言劝解,侠夫道:"转言断没有不可以的,至于答应不答应,总统自有权衡,兄弟也不敢专擅。"定邦笑道:"只要张同志肯向总统善言,兄弟就感激不尽了。"说毕,又再三恳托而去。

张侠夫回报中山,中山道:"陈炯明请罪,既无诚意,却偏有许多人来说话,难免别有奸计,我们还当赶紧催促前敌各将士回粤平乱,不可中了他缓兵之计。"林直勉等,这时也在左右,当下插言道:"在目下状况之中,这回师计划,实在非常重要而且急迫。听说温司令因受败类何某等挟制,态度非常暧昧,海圻、海琛、肇和三大舰,也受了叛军运动,不日就要离开黄埔。如三舰果去,则其余各舰,直对鱼珠,都在炮台的监视之下,如炮台发炮射击,各舰没有掩护,必然不能再抗,那时前进既为炮台所阻,要绕离黄埔,则海心冈的水势又浅,各舰决不能通过,那时各舰既不为炮火所毁,也必被他们封锁,不能活动,束手待毙,总统也须预先布置才好。"中山微笑道:"我们既抱为国牺牲的决心,死生须当置之度外,方寸既决,叛军还有什么法子?种种谣言,何足尽信。处处出之以镇静,非抱极大智慧人,何足以语此。在此危疑震撼的时候,我们只有明断果决,支持这个危局,不必更问其他了。"

到了晚上,三大舰突然熄灯,人心倍加惶惑。看中山时,依旧起居如常,如屹立之泰山,不可摇动,尽皆叹服,心思也就略为安定,在危难之时,如主帅一有恐惧扰乱现象,则军心立散。然众人知此而未必能知戒而镇定,较上者亦属出之勉强,中山盖纯粹出之自然,故能成伟业也。单等魏邦平调停的条件实现。到了第二天,陈炯明的部将洪兆麟派陈家鼎拿着亲笔信来见中山。信中的意思,大概说:"自己拟与陈炯明同来谢罪,请总统回省,组织政府后,再任陈炯明为总司令。"中山当时便写了一封回信给洪兆麟,信中所写,无非责以大义,却一句也不提及陈炯明。这天,魏邦平又来见,中山问他,逆军为什么还不退出广州?魏邦平顿了一顿,方才说道:"这事还没有十分接洽妥当,最好请总统发表一个和六月六日相同的宣言,责备陈军各将领,不该轻举妄动,那么陈军必然根据这个宣言,拥护总统,再组政府。"原来中山先生订于六月六日在广州宣言,要求两件事情:一件是惩办民国六年乱法的罪魁,二件是实行兵工制,所以魏邦平有此请求。中山因他事出离奇,便道:"魏同志的话,真令我不懂,陈军甘心叛逆,何必去责备他。如果他们确有悔祸的诚意,我自当另外给他们一条自新之路,可先教他们把广州附近的军队,让出百里之外,以免殃及百姓,把他们完全交与政府,方才谈到别的。"魏邦平默然。半晌,才道:"现今事机危迫,总统何妨略为迁就一点,庶几使陈军有拥护总统的机会,也未始不是民国之福咧。"中山正色道:"如其不能先教逆军退出广州,则我也宁甘玉碎,不愿瓦全,我系国会选举出来的总统,决不能做叛军拥护的总统。请魏同志努力训练士兵,看我讨平叛逆。"魏邦平道:"总统固执如此,恐有后悔。"中山断然道:"古时帝王殉社稷,总统是应死民国,何悔之有?"*先贤云:"临难,毋苟免",能厉行此语者其唯中山乎?*魏邦平乃默然而去。

次日,林直勉听了这些话,不觉太息道:"时局危迫如此,竭诚拥护总统者,究有几人,魏司令不足责也。只不知北伐军队,到什么时候才能南返咧。"正在感叹,忽然有人进来,仿佛很惊遽似的,倒使直勉吃了一惊。急忙看时,原来是林树巍。树巍见了直勉,卒然说道:"林同志可知祸在旦夕吗?"直勉惊讶道:"拯民兄为什么说这话?"树巍道:"顷得可靠消息,三大舰决于今日驶离黄埔,留下的尽是些小舰队,我们前无掩护,后无退路,岂非危机日迫了吗?"林直勉道:"这消息果然确实吗?"树巍正色道:"这事非同儿戏,哪里有不确实的道理?"林直勉笑道:"此事我早已料到,不过在今日实现,未免太早耳。"说着,便和林树巍一同来见中山。中山见了林直勉和林树巍,便拿了一封信及一个手令给他们看。两人看那封信时,原来是许崇智由南雄发来的。*春云忽展,沉闷略消。*大略道:

陈逆叛变,围攻公府,令人切齿痛恨。北伐各军,业已集中南雄,指日进攻韶关,誓必讨平叛逆。朱总司令所部滇军,尤为奋勇,业已开拔前进,想叛军不足当其一击也。

　　读完，不觉眉头稍展，说道："北伐军回省，叛军想不日可以讨平了。"中山道："最后胜利，自必在革命军队，叛逆的必败，何消说得。今日果应其言。你们且再看我的手令！"林直勉果然拿起手令一看，原来是令饬各舰由黄埔上游，经海心冈，驶往新造村附近，掩护长洲要塞的，不禁疑讶道："总统为什么要下此令？"中山道："此令还待斟酌，并非即刻就要发表的，你们可不必向人提及。"林树巍道："命令没有发表，我们如何敢泄漏。但总统还没知道三大舰已变节附逆，要离开黄埔了。"中山泰然道："我刚也接到这个报告，所以有驶往新造村的决心。"林直勉道："海心冈的水甚浅，舰队怎样通得过？"中山不答，两个怀疑而退。

　　到了晚上，海圻、海琛、肇和三大舰，果然升火起锚，驶离黄埔。中山得报，立刻下手令，教其余各舰经海心冈驶往新造村附近。各舰长得令，都派人来禀道："海心冈水浅，如何得过？"中山道："不必担心，我自有方法可以通过，否则我怎么肯下这令？"各舰长只得遵令前进。到了海心冈，果然安然而过，并不觉得水浅。众皆惊喜，不解其故。我亦不解，读者将谓中山有何法力矣。中山向他们解释道："我当时虽不信三舰即时叛变，然而早已防到退路，军事胜负，原难一定，深恐一有蹉跌，便被叛军封锁，所以暗地时时派人去测量海心冈的深浅，据报总在十五尺以上，所以我毫不在意。当时所以不告你们，恐怕万一泄漏，为逆军所知道，在海心冈一带，增加炮兵截击，则我们通过时，未免又要多费周折了。"见中山之镇定，原有计划，非一般忠厚有余，智力不足，所可比拟万一。众皆叹服。

　　中山到长洲后，即传令长洲要塞司令马伯麟戒备，以防叛军袭击。或请中山驶入省河，乘叛军之不备而攻之，可获胜利。中山叹道："我非不知此举可以获胜，但恐累及人民，于心何安？先看此句，则知后文中山之入省河，实出万不得已，而叛军之殃民，亦益觉可恶可恨。我们现在所应注意的，是叛军探知我们离开黄埔，必然派队来袭击，不可不防。"正说时，忽然枪炮之声大作，探报鱼珠炮台之叛军钟景棠所部，渡河来袭，我要塞司令所部，已出动应战。众皆骇然。中山即时出外眺望，并令各舰开炮助战。钟部因无掩护，死伤甚众，纷纷溃退。中山见马伯麟正在指挥部下追击，心中甚喜。忽见自己队伍中飘出几面白旗来，不觉心中大惊，急忙用望远镜仔细审视，只见几面白旗，在着海军陆战队的队伍中飞扬。可杀可恨。队长孙祥夫指挥部下兵士，反身向马伯麟冲击。钟景棠部乘势反攻，马伯麟抵御不住，兵士大半溃散。中山顿足道："不幸又伤我如许爱国士兵，真是可痛。"说着，便下令教各舰集中新造西方，收容要塞溃兵。

马伯麟登永丰舰向中山谢罪。中山抚慰他道："马同志忠勇可嘉，使人人皆如马同志，则叛军早已讨平。今日的败衄，由于孙祥夫的背叛，马同志何罪之有？"马伯麟逊谢。中山又道："今长洲要塞既失，我欲令各舰攻占车歪炮台，以为海军根据地，未知马同志以为如何？"马伯麟道："车歪炮台，形势非常险恶，炮队密布，要想攻克他果然很难，便想通过也绝不容易，似乎不如把舰队驶到西江去活动，还比较妥当。"中山笑道："马君只知其一，不知其二。我们如往西江，必须经过牛山、鱼珠各炮台，更兼三大舰驻在沙路港口，监视我们各航行动，便算我们能够冲过牛山、鱼珠，三大舰也必阻止我们通过，到那时我们反而进退两难了。所以我们这时除出袭取车歪炮台，驶入省河一个计划之外，更没有别的妥当方法了。"众人听了，方才恍然，尽皆拜服。

于是中山率领永丰、楚豫、豫章、广玉、宝璧各舰，由海心冈开到三山江口，已经天色微明，各舰先向车歪炮台粤军的阵地进攻。粤军发炮还击。当时舰队炮少，粤军布置既密，大炮又多，各舰长虽然进攻，而甚为惶恐，进退莫决。中山奋然曰："民国存亡，在此一举，今日之事，有进无退。"*意气振山岳*。说完，即令座舰先进，再令各舰继续往前奋勇冲突。不料舰队刚到炮台附近，粤军预先布置在哪里的两营野炮队，立即炮弹齐发，向舰队注射。舰队猛攻多时，总因陆上的部队太少，只攻克东廊一岸。各舰通过时，都受微伤，只有座舰，连中六弹，受伤最重。士兵死伤更多，不能久持，只得直开到白鹅潭，准备召集各舰，以图再举。

恰好又有永翔、同安各舰来附义讨逆，中山甚喜。当时商人恐怕在此开战，颇生恐慌。税务司夏竹和西人惠尔来见中山，相见毕，夏竹先问道："总统来此，是否避难？"中山正容道："我是中华民国的总统，此地是中华民国的领土，我当然可以自由往来，怎么说是避难？*心能持重，语自得体*。你说的什么话，真使我丝毫不懂了。"*题目正大*。夏竹支吾道："并非多问，因此地是通商港，接近沙面，唯恐一旦发生战事，牵动外国战舰，发生交涉，所以我请总统不如暂时离开广州，可以不使商业发生影响。"*此辈但知奉承资本家、帝国主义耳，他何所知*。中山怫然道："这话是你所应说的吗？我生平只知公理和正义，不畏强权，不服暴力，决不怕无理的干涉的。"刚和夏竹卑鄙的心理相反。夏竹默然。惠尔在旁看了，不觉肃然起敬道："总统真中国人中之爱国奇男子，谁说中国没有人才呢！我今日才见总统的大无畏精神咧。"真心佩服。夏竹听了这话，更觉惭愧，便和惠尔一同致敬而退。两人去后，又有海军总长汤廷光来信，请求准予调解。中山当时便写了一封回信，大略说道：

> 专制时代，君主尚能死社稷，今日共和国家，总统死民国，分所应尔。如叛徒果有悔祸之心，则和平解决，吾亦所愿也。

第二天，中山正在慰劳海军将士，忽接汤廷光送来议和条件，完全以敌体相视，并以次日十二点钟为限。中山毅然令秘书起草，复绝调停。信内有最扼要的几句话道：

> 叶逆等如无悔过痛改的诚意，即如来函所称，准以明日十二时为限可也。

各士兵听了这事，十分愤激，争着要见中山，情愿出死力讨贼。中山慰谕道："昨天各舰通过车歪炮台时，忠勇奋发，殊堪嘉尚。中国海军，如都能够像昨天那样勇往直前，杀敌致果，则前途实有无穷希望。现在虽在危迫之中，还能如此勇敢向义，叛逆之徒，必然被我们讨平。不过时间问题，诸君何必急急于一战咧。"能使军人如此，先生之德行，岂易多见？各兵士始含愤而退。

此时又有水上警察厅所辖的广亨、广贞两舰，前来效顺。不料开到车歪炮台附近，被粤军炮火截住，两舰抵抗了几个钟头，因舰力薄弱，不能通过，只得和东廊附近陆上的各部队，一齐退到江门。中山得了这消息，正和幕僚谈论赞叹，忽然汪精卫来见，中山问他有什么事？精卫道："刚才得到一个确实的消息，据说叛军在韶关大败，我滇军确已占领芙蓉山、帽子峰等要害，推进甚速，所向无敌……"精卫刚想说下去，忽然张侠夫匆匆进来说道："奇怪之至！刚来附义的永翔舰，不知如何，又升火要离开这里了。又不先来禀白一声，不知是何道理？"精卫道："我刚进来时，听说是温司令来召他去的，不知道是否确实？"张侠夫道："我们该截留住他，别让他离开为是。"中山道："他既称有温总司令的命令，且由他去罢，不必阻挡。"先生一味从容。又回顾精卫道："你且说你韶关的消息。"精卫道："我军的飞机队，听说也已经飞过韶关，在马霸、河头等地方抛掷炸弹，命中的很多。现在省城叛党，都有遁逃的现象，韶关大概指日便可被我军克复了。"正是：

　　　　岁寒方知松柏劲，世平安识忠臣心。

未知此说究竟可靠与否，且看下回分解。

　　智者每流于刻，仁者恒失之愚。中山处事，果敢敏决，待物尤极宽仁。而待物宽仁之中，又常含智计；而果敢敏决之中，亦常含宽仁。如言不究叶、李已往之罪，智计也，而有宽仁在焉；其不泥永翔之行，与含容温树德，不欲士兵拒之，宽仁也，而有智计在焉。读者苟能细细绎之，则虽不能亲炙中山，而其兼有智仁勇之伟大人格，亦可于想象中得之矣。

第十八回

离广州乘桴论时务
到上海护法发宣言

　　却说李烈钧、许崇智、梁鸿楷、黄大伟、朱培德各部军队，在江西的战事，本来节节胜利，已经占领赣南各地，蔡成勋虽代陈光远节制江西军队，也无法抵抗。孙中山发信催促回军平乱的那日，李烈钧正在猛攻吉安，和沈鸿英的部队剧战，以后蔡成勋、周荫人等部队，也加入前线，北军陡然增加了许多生力军，气势大振，因此北伐军不能长驱直上。好在湖南陆军第六混成旅长陈嘉祐所部的一旅，也帮着李军助攻，还能维持个势均力敌，想不到广州政局变动的消息传来，顿时使北伐军生了内顾之忧，只得撤退回粤。*陈氏之肉，真不足食也。* 周荫人部乘势追击，陈嘉祐部被打得大败亏输，因此回不得湖南，只得退入广东，助北伐军讨伐陈炯明。朱培德、李烈钧、许崇智等退到边境，大家商议道："我军一齐撤退，北军乘势进逼，则腹背受敌，必难取胜。何况我们饷械的接济，已经断绝，势不能延久，不如留一部分军队，坚守赣南，分一部分军力去讨伐陈逆，方有救应。大家便决定先由朱培德、许崇智、黄大伟等南下，其余暂留赣南，防北军追击。许崇智的部队担任中路，进攻仁化；黄大伟担任东路，进攻始兴；朱培德担任西路，进攻乐昌。双方剧战多日，互有胜负。李烈钧这时正在防守赣州，也和蔡成勋、周荫人等部剧战。李烈钧虽是智勇兼备的军事家，无奈人数既少，又是久战的疲卒，饷械又无处筹划，因此抵抗了半个多月，*已是大不*

容易。便支持不住，被北军夺了赣州。

恰好这日听说许崇智等的军队，也吃了败仗。南雄、始兴等处，都被陈炯明占领，许崇智等残部，陆续由闽边退去，知道已不能退到韶关一带去，便分向湖南、广东交界的地方退却了。韶关那面，许崇智、黄大伟两部军队，战败退往闽边，朱培德、陈嘉祐等部，还在仁化、乐昌一带剧战，无如子弹缺乏，只得也同时退却，朱培德退向广西边境，陈嘉祐仍回湖南去了。所有北伐部队，到此总算已完全失败。大书特书，所以直诛陈氏之罪也。

这消息传到广州，中山还不肯深信，程潜、居正等都请中山离粤，中山不从道："这种战报，都出之敌方，岂可尽信？万一前方并未失败，而我先离广州，又将何以对前敌与舰队之将士？"苦心孤诣。如此者已非一日，到了八月九日那天，各处败耗，方才证实，中山当即召集各舰舰长，开军事会议，决定大计。各舰长齐声道："赣南既已失陷，南雄又复不保，前方腹背受敌，战事决难顺利。总统株守省河，有损无益，不如暂时到上海去，慢慢地再图讨伐叛逆之计，较为妥当。"中山深知在此无益，便决定离粤赴沪，一面又通告各国领事，说明总统即日离粤的事情，一面又叫人向商轮公司，预定舱位。幕僚一齐谏止道："总统一身，关系民国存亡，何可行此冒险之事？万一叛军有什么阴谋，岂不危险？"中山侃然道："我本中华民国之总统，一切当示人以公正伟大，仍是不肯言逃之意，读之令人起敬。岂可鬼鬼祟祟，学末路政客、失败军阀的样子，秘密动身吗？"是能见到大处，非专以大言欺人者比。幕僚再三婉谏，总未得中山许可。

众人正在为难，恰好英领事托人回报说："孙总统如果决意离粤，我可派炮舰摩汉号，护送总统往香港，不必另搭商轮。而且明天还有俄国皇后号邮船，由香港往上海，如孙总统往上海，请于下午三点钟乘摩汉炮舰到香港，我可以电知香港，预备舱位。"众幕僚听了，都大喜道："难得英领事盛意，总统不可辜负了他。"中山沉吟未答，那回报的人道："英领事此举，非常诚意，总统无论在邦交上着想，或友谊上着想，都不可辜负他。"中山方才应诺，到了下午三时，带了幕僚，登摩汉舰离开广州，舰队的善后事宜，委托秘书林直勉，和参军李章达两人代为办理，并发恩饷一月，以奖励官长士兵忠勇勤劳的功绩。

到了四点钟，摩汉号出发，七时出虎门要塞，中山在船上向众人说道："想不到我们今日竟得脱险，一息尚存，此志不懈，民国责任，仍在我们身上，万万不可轻弃，负了初心。"*读之令人起敬，还令人下泪*。林树巍道："总统忠于祖国，对于世界政治情形，观察得尤其透彻，不知道中国究要怎样才能富强，脱离次殖民地的地位？"中山素来是沉默庄严的，此日却和往日不同，议论风生，很有悲歌慷慨的样子，当时便回答道："中国要求自由平等，脱离列强的压迫，除却革命而外，自然更没有第二条路可走。*大声疾呼*。至如联省自治之说，不过是军阀割据的一种变相，万万不可实行，而且是决不能实行的。"张侠夫道："美利坚、德意志不都是联邦制吗？为什么在他们行之，便可以致富强，在中国便不能实行呢？"中山道："你们可谓知一不知二。美德各国，本来没有军阀割据的事实，而且他们的领土较小，不能单独存在，所以可行。至于中国，不但土地比世界各国要大，就是人民也比各国为多，假使准许各省自治，则各省无论在财力兵力上以及其他，都可脱离中央而独立。军阀假自治之名，行割据之实，决不能免，所以不如分县自治，较为妥当。因为县的范围有限，一乡一县的事情，人民容易见到，该兴该革的地方，亦容易实行，可以不至如省自治制的大而无当也。"*主联省自治者，未尝不言之成理，惜皆知其一不知其二耳*。张侠夫道："总统伟论，我们都明白了。但此是内政问题，若就外交而论，又当联络哪一国呢？"中山道："这也未可执一而论，须看他们的情形。"众人齐声道："请总统不妨把各国的情形，解释给我们听听，看中国该学哪一国？该联络哪一国？"中山道："美国人素重感情，主持人道，法国尊重主权，又尚道义，英国外交、则专重利害，不过他的主张，中正不偏，又能识别是非，主持公理，所以对外态度，总不失其大国之风。现在我国的外交，该学英国公正的态度，美国远大的规权，法国爱国的精神，*即尊重主权，盖尊重本国之主权，即爱国之表现也*。以立我们民国千百年永久之大计。至于在国际地位上言之，和我们中国利害相同，又毫无侵略顾忌，而又能提携互助，策进两国利益的，却只有德国。可惜我国人不明白他的真相，因他大战失败，便以为不足齿列，不知道他们的人才学问，都可以资助我国，发展实业，建设国家之用。所以此后我国的外交，对于海军国，固然应当注重，不过对于欧、亚大陆的俄、德两国，更不能不特别留意。不可盲从他国，反被别人利用咧。"*今日之外交家，应以此语为针言*。众人听了，都各欣然。彼此往复讨论，直到后半夜两点钟，方才各自就寝。

天明六点钟，摩汉舰已到香港，香港政府即时派人来照料搬过俄国皇后邮船。到了正午十二时，邮船开行。次日，又接到广州英领事的无线电，报告白鹅潭海军，和保护人员离粤赴港的情形。中山复电感谢。一行人在邮船住了五天，无非讨论些国家世界的事情，和谈论广州的事变而已。到了八月十四日上午，邮船开到上海，中山在吴淞口登陆。其时上海各团体代表在岸上欢迎的足有好几千人，中山听说他们在风雨中，已鹄候了好几日，真是难得。十分感谢。落了寓所后，在下半天便召集中华革命党的同志，讨论国会和时局问题，第二天便发表了一个护法宣言。这宣言的稿子，是中山在邮船上决定的。原文道：

六年以来，国内战争，为护法与非法之争，文不忍艰难创造之民国，赝于非法者之手，倡率同志，奋斗不息。中间变故迭起，护法事业，蹉跎数载，未有成就，而民国政府，遂以虚悬。国会知非行权无以济变，故开非常会议，以建立政府之大任，属之于文。文为贯彻护法计，受而不辞。就职以来，激励将士，出师北向，以与非法者战。最近数月，赣中告捷，军势远振，而北军将士，复于此时为尊重护法之表示，文以为北军将士有此表示，则可使分崩离析之局，归于一统，故有六月六日之宣言，愿与北军将士提携，以谋统一之进行。不图六月十六日，护法首都，突遭兵变，政府毁于炮火，国会遂以流离，出征诸军，远在赣中，文仅率军舰，仓卒应变，而陆地为变兵所据，四面环攻，益以炮垒水雷，进袭不已。文受国会付托之重，护法责任，系于一身，决不屈于暴力，以失所守，故冒险犯难，孤力坚持，至于两月之久，变兵卒不得逞。而军舰力竭，株守省河，于事无济，故以靖乱之任，付之各处援师，而自来上海，与国人共谋统一之进行。回念两月以来，文武将佐，相从患难，死伤枕藉，故外交总长伍廷芳，为国元老，忧劳之余，竟以身殉，尤深怆恻。文之不德，统驭无才，以至变生肘腋，咎无可辞。自兵变以来，已不能行使职权，当向国会辞职，而国会流离颠沛之余，未能集会，无从提出。至于此次兵变，文实不知其所由起，据兵变主谋陈炯明及诸从乱者所称说，其辞皆支离不可究诘。谓护法告成，文当下野耶？六月六日文对于统一计划，已有宣言，为天下所共见。文受国会付托之重，虽北军将士有尊重护法之表示，犹必当审察其是非与诚伪，为国家谋长治久安之道，岂有率尔弃职而去之理？陈炯明于政府中为内务总长，陆军总长，至兵变时，犹为陆军总长，果有请文下野之意，何妨建议，建议无效，与文脱离，犹将谅之。乃兵变以前，默无所言，事后始为此说，其为饰辞，肺肝如见。按当日事实，陈炯明于六月十五日，已出次石龙，嗾使第二师于昏夜发难，枪击不已，继以发炮，继以纵火，务使政府成为煨烬，而置文于死地。盖第二师士兵，皆为湘籍，其所深疾，果使谋杀事成，即将归罪以自掩其谋，而兼去其患。乃文能出险，不如所期，始造为请文下野之言。观其于文在军舰时，所上手书，称大总统如何，可证其欲盖弥彰已。陈炯明以免职而修怨，叶举等以饬回防地而谋生变耶？无论以怨望而谋不轨，为法所不容，即以事实言之，文于昨年十月，率师次于桂林，属陈炯明以后方接济之任。陈炯明不唯断绝接济，且从而阻挠，文待至四月之杪，始不得已改道出师，于陈炯明呈请辞职之时，犹念其前劳，不忍暴其罪状，仍留陆军总长之任，慰勉有加，待之岂云过苛？叶举等所部，已指定肇、阳、罗、高、雷、钦、廉、梧州、郁林一带为其防地，乃辄率所部，进驻省垣，骚扰万状。前敌军心，因以摇动，饬之回防，讵云激变？可知凡此种种，亦非本怀，徒以平日处心积虑，唯知割据以便私图，于国事非其所恤，故始而阻挠出师，终而阴谋盘踞，不惜倒行逆施，以求一逞。诚所谓苟患失之，无所不至者。且即使陈炯明之对于文积不能平，至于倒戈，则所欲得而甘心者，文一人之生命而已，而人民何与？乃自六月十六日以后，纵兵淫掠，使广州省会人民之生命财产，悉受蹂躏，至今不戢；且纵其凶锋，及于北江各处，近省各县，所至洗劫一空。人民何辜，遭此荼毒，言之痛心。向来不法军队，于攻城得地之后，为暴于一时，已冒天下之大不韪，今则肆虐至于两月。护法以来，各省虽有因不幸而遭兵燹，未有如广东今日所处之酷者。北军之加兵于西南，军纪虽弛，有时犹识忌惮。龙济光、陆荣廷驻军广东，虽尝以骚扰失民心，犹未敢公然纵掠，而此次变兵，则悍然为之。闻其致此之由，以主谋者诱兵为变时，兵怵于乱贼之名，惮不敢应，主谋者窘迫无术，乃以事成纵掠为条件，兵始从之为乱。似此煽扬凶德，泪没人道，文偶闻野蛮部落为此等事，犹深恶而痛绝之，不图为此者，即出于同国之人，且出于统率之军队，可胜愤慨！文夙以陈炯明久附同志，愿为国事驰驱，故以军事全权付托。今者甘心作乱，纵兵殃民，一至于此。文之任用非人，诚不能辞国人之责督者也。此次兵变，主谋及诸从乱者所为，不唯自绝于同国，且自绝于人类，为国法计，固当诛此罪人，为人道计，亦当去此蟊贼。凡有血气，当群起以攻，绝其根本，勿使滋蔓。否则流毒所播，效尤踵起，国事愈不可为矣。以上所述，为广州兵变始末，至于国事，则护法问题，当以合法国会自由集会，行使职权为达到目的，如此则非常之局，自当收束。继此以往，当为民国谋长治久安之道。文于六月六日宣言中所陈工兵计划，自信为救时良药，其他如国民经济问题，则当发展实业，以厚民生，务使家给人足，使得休养生息于竞争之世。如政治问题，则当尊重自治，以发舒民力，唯自治者全国人民共有共治共享之谓，非军阀托自治之名，阴行割据，所得而借口。凡此荦荦诸端，皆建国之最大方略，文当悉其能力，以求贯彻。自维奔走革命，三十余年，创立民国，实所躬亲。今当本此资格，以为民国尽力。凡忠于民国者，则引为友，不忠于民国者，则引为敌。义之所在，并力以赴。危难非所顾，威力非所畏，务完成中华民国之建设，俾国民皆蒙福利，责任始尽。耿耿此诚，唯国人共鉴之！

此项宣言发表以后，南北人民，才晓然于广东兵变之内幕，都痛恨陈炯明，斥为国家之贼，社会之蠹，而对于中山先生的信仰心，却益发深切坚固，认他宣言的方略，为救国唯一之良猷，即认定先生为现代唯一救世主者。曾几何时，叛逆者终为世弃，而先生革命大业，不久即告成功。可见民心向背，端的关系匪轻。我人论史至此，唯有引用尚书"作伪作德，劳逸拙休"两语，为感叹奋励资料罢了。正是：

　　　　君子乐得为君子，小人何苦为小人。

南方兵变事，至此告一段落，同时北方也有几件大事，容俟下回分解。

民国以来，战争靡已，鸡虫得失，蜗角纷持，主事者认为大事，旁观者久已齿冷。浸至弹雨枪林，都成司空见惯，有识者且置为无足评论之问题。唯有一事，足予吾人以确当之教训者，则民心向背，可为胜败之标准，历试皆验，无一或爽。故以广东事变而论，自陈氏背叛，而国人对于中山先生之信仰愈坚，即为革命事业生色不少。是陈氏之所以害先生者，乃适以厚先生耳。小人作祟，虽能逞志一朝，结果每以成全君子之事功。若陈氏所为，不蕃然与？不蕃然与？嗟夫！彼野心军阀，可以悟矣。

第十九回

失名城杨师战败
兴大狱罗氏蒙嫌

却说民国十一年，除却北方的奉直大战，和南方的陈炯明叛变以外，四川也正在枪林弹雨之中。**逐回写来，令人目迷神眩，得此总束，精神百倍。**这时四川督军兼省长刘湘，已经通电辞职，所有军民政务，交由他部下王陵基、向楚成两人代拆代行。至于他所以辞职的缘因，大概是由刘成勋逼迫之故。此时四川有实力的军阀，除出刘湘以外，还有川军第一军军长但懋辛，第二军军长杨森，第三军军长刘成勋，都势力很强，而尤以刘成勋的实力最为雄厚。如邓锡侯、赖心辉、田颂尧、刘斌等都听他指挥的。在本年七月初，杨森与但懋辛，又因防地冲突，发生意见。杨森自恃势力较强，竟率兵进迫忠州。忠州原是但懋辛的防地，见杨森大军临境，少不得派兵迎敌。无奈杨森兵多械精，但懋辛如何抵敌得住？只支持了一天，便败退梁山。那梁山是一个小县，在忠州的西北，地当群山之中，形势尚属险要。但懋辛退到梁山，当时便召集部下，开紧急军事会议，商议应付之策。部下军官齐声道："梁山地势险要，进攻不易，我们愿竭死力应战。"但懋辛道："现在我军兵少械缺，饷弹不继，决难持久，不如暂退绥定，一面电成都代表联络刘成勋，协同对杨，方能计出万全。如其困守梁山，再打一败仗，那就不可收拾了。"部下各军官听得有理，便立即开拔，退到绥定，一面电知成都代表，向刘成勋接洽一切。刘成勋本来也怕杨森势力日渐膨胀，很想驱除他离开四川，无奈一时没有机会，只得隐忍。这时听说杨、但开战，第一军战败，立刻召集赖心辉、邓锡侯一班人，商议道："杨森若战败但懋辛，又得了忠州、万县等地方，势力益强，将来难免侵略我们，不如乘此时机，帮助但懋辛，攻击重庆、泸州，使他首尾不能救应，一则使但懋辛感激，此后可以收为我用，二则可以乘势占领重庆、泸州等地，也可多一筹饷之地，*军阀争地以战之目的，不过如此而已，彼辈岂能知大义哉？* 三则去了腹心之患。"众人一致赞成，正待发电讨杨，恰好但懋辛的代表前来，接洽请救。刘成勋大喜，虚己接纳，十分优待。当由一三两军，共推刘成勋为川军总司令，讨伐杨森。刘成勋即日就职，分派邓锡侯、赖心辉、田颂尧、刘斌各军，往攻重庆、泸州各地，一面电知但懋辛。

此时但懋辛已退到遂宁，得到这个消息，便南下进攻泸州。杨森听说刘、但联军来战，不敢轻敌，在永川、泸州等处，严密防守。但懋辛一则报仇心切，二则得了刘成勋所助饷弹，军势顿壮，三则杨森兵力已分，反成了此众彼寡，因此激战了几次，杨军节节败退，竟被但军占了泸州。杨森便集中兵力，在永川壁山一方面，并力攻击刘成勋的军队。刘军方面的前敌总指挥邓锡侯，是第三军中最善战斗的师长，本不难一鼓击败杨森，却因杨森把所有的兵力，大部都在这里，拼命的抵御，所以激战了几次，都不曾得手。

邓锡侯焦躁，思得一计，自己向壁山敌阵，猛扑了两次，却急忙退守铜梁去了。杨森只道他要渡嘉陵江，取包抄的战略，便分兵防守这一面。隔日果然探报第一军渡江的很多，杨森急忙把壁山的兵力，调到青木关，一方面却把永川方面的军队，退到来凤驿，使战线缩短，以便救应壁山。不料第三军渡嘉陵江的，不过一部分，大部还在全德场，得了调救青木关、麻柳坪一带的消息，便乘胜袭击。杨军防守人少，又不曾预备，支持不住，立刻溃退。等来凤驿的救兵来时，邓锡侯早已占了壁山。

在永川一方面的第三军，是赖心辉所部的队伍，得了邓锡侯的约会，也乘势猛攻。杨森这时，先得了壁山不守的消息，此时又得了这方面的报告，便又传令来凤驿的军队，退守白市，以便互相救应。

但懋辛自得了泸州后，随即进兵占领合江、江津、綦江等处，这时又下了南川，正待向涪州进攻。杨森恐怕后路有失，急忙分兵去救涪州。重庆方面的兵力，愈加薄弱，邓锡侯、赖心辉等乘势猛攻，杨森大败，退守忠州，连防守涪州的军队，也受了影响，连夜退到石砫去了。邓锡侯等得了重庆以后，立即领兵追击，探报田颂尧克了大竹，刘斌攻克东乡，前进更猛。杨森见忠州已在包围之中，知道难守，便又放弃阵地，退守万县。但懋辛得了石砫，并不休息，立刻前进，在涂井渡江，进扑万县，一、二两军又在怀渡开火，一方是累败之卒，一方仗战胜之威，只支持了半天，二军杨森所部，便大败而退。但懋辛乘势进攻，占了万县，第三军的大队，也陆续到来。休息了几天，又继续前进，和杨森的军队在庙基滩开火。杨森此时已存背城借一之心，所以勉励部下，努力死战，绝不退却。双方激战了几夜，终究众寡势异，渐渐抵挡不住。一、三两军乘势猛扑，杨森顿时大败，士兵纷纷溃散，一部退至湖北施南一带，杨森自己逃到宜昌，向长江上游总司令孙传芳要求收编。孙传芳不敢专擅，电询吴佩孚的意见。吴佩孚正因胜了奉天，陈炯明又逼走了中山，在哪里做武力统一的迷梦，*吴佩孚武力统一的迷梦，确由此时起。*得了这消息，自然极愿收留杨森，为自己将来武力取川的向导，所以立刻电令孙传芳收编，不愿改编的，资遣回籍。孙传芳准此办理，共得了一混成旅之众。吴佩孚仍令驻防鄂边，听长江上游总司令节制调遣。

刘成勋、但懋辛、邓锡侯等自逐出杨森以后，便组织了一个省宪会议筹备会，自己担任筹备员，进行四川自治省宪事宜，以便永久割据。*凡赞成或提倡联治者，除却希咽军阀余沥之政客而外，皆军阀之存此心理者也。*然川、鄂边境一面，因追击杨军之故，时时有与鄂军开火之虑，所以形势也非常严重。后来经孙传芳和刘成勋各派代表，议定了三条和约：（一）川、鄂军同时撤退，两不相犯。（二）渝、宜交通，立即恢复。（三）川、鄂联防条件，继续有效。方才双方撤兵，言归于好。

吴佩孚自收了杨森之后，教他积极训练士兵，一面又替他补充军械，以备再举，*民国以来的失败军阀，只要有一成一旅的余众，不上几时，便又恢复势力，再成军阀。*因此兵额虽少，力量倒还充实，吴佩孚自是欢喜。不过此时北方又有直、奉备战的消息，人心非常恐慌。幸喜鲍贵卿竭力调和，又经奉、直当局，通电否认，人心方安。想不到一波方平，一波又起，直、奉战争的谣言方息，北京又发生了一件惊天动地的大案子。却说民国十一年十一月十八日那天晚上，大总统黎元洪，正在批阅文件，忽有众议院议长吴景濂，副议长张伯烈，说有紧要机密事要见。黎元洪很是疑讶，即命请见。吴景濂见了黎元洪，走上前一步，悄悄地说道："有一件机密事儿，和总统接洽。"黎元洪诧问什么事？吴景濂道："财政总长罗文干，订立奥国借款合同，有纳贿情事，请总统即下手谕，命步军统领捕送地方检察厅讯办，以维官纪。这是众议院的公函，这件事情，完全由景濂等负举发之责。"黎元洪接过公函，看了一遍，不觉勃然大怒，黎氏本称廉洁，对于官吏受贿，自应震怒，但此事却不免又受人利用了。立刻下了一个手谕，给步军统领，着将罗文干逮交法庭讯办。步兵统领得了这个紧急手谕，当然不敢怠慢，立派排长王得贵，带领全排士兵，武装实弹的赶到罗文干的公馆里，把士兵四散埋伏了，自己只带了两个人，上去叫开了大门，只推说有要紧事要亲见总长，问总长可在家？门上不明就里，便老实告诉了他。王得贵更不说什么，竟冲将进去。门上拦不住，只得也跟了进来。

罗文干这时正抱着他的爱妾，在哪里沉酣于好梦之中。忽听得房门外有人叫唤，不觉惊醒，怒道："什么人，这时候还有什么事？"王得贵道："总长果然在家，我们奉了大总统和统领的紧要命令，特来请总长去商议要事。"罗文干怒道："这早晚还有什么事？你去回复总统，说我明天早晨，再来商议罢。"王得贵道："这不行！统领说过，今天非请总长一到不行。"罗文干更怒道："什么话？我不去，他待怎样？"他的爱妾这时已被他惊醒，见罗文干发怒，忙劝道："人家这样要紧来请你，定有了不得的急事，你不去，岂不误了事啦？"罗文干闻着美人口中一丝丝的香气，吹到鼻孔中来，不觉酥了半边，立刻很温柔的笑道："一时生气，却把你惊醒了，这又是谁的不是啦？"他那爱妾也斜着眼道："别胡说啦，还不起来，别误了国家的紧要事呢！"罗文干被催不过，只得勉强着衣下床，开出门来，只见房门口立着三个军人，和自己一个门房。不觉又发怒，骂那门房道："什么人，也不问个明白，也不先来请示，就糊里糊涂的带进来。"门上应了几个是道："小的和他说过，再三拦他不住咧。"罗文干又很生气的看着王得贵道："你说有什么事？"王得贵行了一个军礼道："统领教咱来请总长即刻过去。"罗文干道："什么事？这样要紧，你回去说，夜深了，有什么事，请你们统领明天到部里来找我罢！"王得贵道："这不行，我们统领奉了大总统的命令，说非请到总长不可。"罗文干又怒又奇地说道："什么话！非去不可！你们统领奉了大总统的命令，干我甚？我又不奉到大总统什么命令，非去不可，这不是笑话吗？"王得贵道："回总长的话，大总统的命令，就是教总长非去不可的。"罗文干道："我不懂你的话，你说……"罗文干说到你说两个字，便沉吟着，看着王得贵，等王得贵回话。王得贵知道不和他说个明白，他是不肯去的，便掏出一张公文来道:"请总长瞧这一张公文,就知道了。"罗文干拿着公文看时,只见上面写着两行字道:"奉大总统手谕,准众议院议长吴景濂、副议长张伯烈函开:'财政总长罗文干,订立奥国借款展期合同,有纳贿情事,请求谕饬步兵统领,捕送地方检察厅讯办。'等由,准此,仰该统领即便遵照,将该总长捕送京师地方检察厅拘押,听候讯办。此谕等因,奉此,合亟令仰该排长即便前往将罗文干一名拘捕前来,听候函送检厅讯办,切切毋延!此令。"罗文干看完,方才恍然大悟道:"好好!原来有这么一桩事,好好!我就和你同走。"说着,便叫人备汽车,和王得贵一同到了步军统领衙门里,步军统领连夜就备文把他送到地方检察厅里去了。还有一位财政部的库藏司长黄体濂,同时也被捕送检察厅。

第二天,国务总理王宠惠,外交总长顾维钧,内务总长孙丹林,陆军总长张绍曾,农商总长高凌霨,交通总长高恩洪等,得了这个消息,真是物伤其类,彼此备位阁员,却无端被总统捕去了一个,如何不愤怒着急?立刻相互打电话,商议了一回,便开了一个府院联席会议,在会议席上,先请黎总统宣布经过事实。黎总统把事情说过以后,高恩洪首先起立说道:"这件事实是总统违法,无论总长犯了什么罪,除却司法机关以外,总统怎么可以叫步军统领捕人?*此却是据理而言。*何况现行的是责任内阁制,假使大总统随意可以捕人,我们这阁员还干得了吗?"高恩洪坐下以后,孙丹林、顾维钧等也先后站立起来发言,责备黎元洪,以为总统违法。黎总统原是个忠厚长者,被他们群起而攻的责备起来,竟一句也不会分辩。张绍曾看不过意,便立身起来排解道:"事情已经过去,这时说也无益,不如大家讨论一个补救的办法罢!"高恩洪道:"怎样补救?我们内阁总辞职就完了。"顾维钧道:"现在也没别的法儿,吴、张既为告密,当然该负责任,只请总统下一个命令,叫法庭依法办理,实则严惩,虚则反坐,看他们敢不敢担当?"众皆赞成。当下便照此意拟了一个命令,请黎总统盖印发表。

联席会议刚散,这消息已给吴景濂、张伯烈知道,连忙又赶到公府里来,阻止黎总统盖印。黎总统这时,已弄得全无主见,听了这面好,听了那面也好。吴、张如此说,便把命令搁下不发表了。这件事别的不打紧,却触怒了一位太岁爷吴佩孚将军,立刻拍电痛斥黎总统违法。张绍曾先提出辞职,王宠惠、顾维钧、孙丹林、汤尔和、李鼎新、高恩洪等虽不辞职,却拍了一个通电,大略道:

总统违法，拘捕阁员，十九日府院联席会议所拟命令，又因议员包围总统，不令盖印。责任内阁制完全破坏，待罗案解决，即全体辞职，以谢国民。

罗文干在狱中，也呈请总统，将吴景濂告密案，下令交法庭办理。黎总统对于别的，倒不甚注意，只有吴太岁爷这一电，却有些受不住。隔了一天，便派孙宝琦、汪大燮、黄开文、荫昌四位大老，亲到地方检察厅里，把这位罗总长从狱里迎接到公府礼官处居住。想不到这位太岁爷的恩主曹锟，偏似和这位太岁故意为难似的，反而发了一个电报，列举罗文干五罪，请中央组织特别法庭，或移转审讯，彻底根究。还有如王承斌、齐燮元、熊炳琦、马福祥、卢永祥等，也纷纷响应，发电攻击罗氏。黎总统有了这位曹老帅撑腰，胆气陡壮，立刻发了一个电报，指斥吴氏。吴佩孚见恩主曹老帅和许多督军的电报，都和自己的电报意思相反，正在懊悔事情做得太卤莽，偏又来了大总统指斥的电报，此时无可如何，只得又发电声明拥护总统，服从曹帅，对罗案不再置喙，所有太岁爷的威风，此时真减削了不知多少。此等地方，我却认老吴还算一个忠厚人。

黎元洪对于这件案子的真相，也曾发电声明，并且反对组织特别法庭，又因曹锟和各督，尽皆攻击罗氏，料道罗氏强不到哪里去，便又送到狱里去，教这位赫赫的总长，重去尝尝牢狱风味。王宠惠、顾维钧、孙丹林、李鼎新、汤尔和、高恩洪等人，便一齐提出辞职，并通电声明："各方举动，不由正规，无力维持，即行辞职，不到部院。唯罗案倘有牵涉之处，仍当束身待讯，决不游移。"黎元洪接了这个辞呈，当即批准，并即特任汪大燮为国务总理，王正廷为外交，高凌霨为内务，汪大燮又兼财政，张绍曾为陆军，李鼎新为海军，许世英为司法，彭允彝为教育，李根源署农商，高恩洪署交通，这件内阁的风潮，总算过去了。闲话少说，书归正传。

却说罗文干下狱以后，到了十二月十一日，经检察厅宣告罗文干案证据不足，免予起诉，方才和黄体濂一同出狱。无奈这件事又引起了议员方面的反对。此时的黎总统，真叫作四面楚歌，双方为难。此时的内阁总理汪大燮，已因军阀政客的反对而辞职，黎总统另任张绍曾为总理，施肇基为外交，高凌霨为内务，刘恩源长财政，张绍曾兼陆军，李鼎新长海军，王正廷长司法，彭允彝长教育，李根源长农商，吴毓麟长交通。一国的内阁总长，废置如弈棋，国事安得不坏。这几位新总长，因恐怕国会投同意票时，遭了否决，竭力拉拢讨好，免不得又询国会的意见，由彭允彝在阁议中提出议决，将罗文干再交法庭审讯，因此又激起了一次大学潮。北京大学校长蔡元培宣言彭允彝干涉司法，羞与为伍，辞职出京，北京于是发生了一个留蔡驱彭的运动，整整闹了两个月。正是：

国家之败由官邪，政以贿成世乃乱。

这次学潮结束的时候，孙中山已回广东，详细情形怎样，且看下回分解。

军阀之离合，大率以利害为断，利害相同则仇雠亦合，利害冲突则夙好亦离，刘成勋之助但懋辛，特以杨之力足为己敌也，使但强而杨弱，则杨可以不走。然则祸福相倚，盛衰相伏之理，岂虚言哉？

第二十回

朱培德羊城胜敌
许崇智福建麾兵

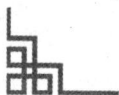

　　却说广东自孙中山先生赴上海后，陈炯明便于八月十五日回广州，在白云山总指挥处开了一个军事会议。叶举、洪兆麟、尹骥和新近归附的林虎等都以筹饷为言。陈炯明因请接近银行界的陈席儒担任广东省长之职。到了第二个月，自己也恢复了粤军总司令的名称，以叶举兼参谋长。此时李烈钧已抛弃军事，绕道长沙，赴上海养病，陈嘉祐部在湖南已被宋鹤庚部改编，许崇智、黄大伟、李福林等部在福建联络王永泉、徐树铮、臧致平等图攻李厚基，李明扬、朱培德、赖世璜等部经湖南退入广西，梁鸿楷部降了陈炯明。至于广西那面的情形，也很复杂。刘镇寰既通电就广西各军总司令职，而广西自治军韩彩凤据柳州，梁华堂据桂林，陆福祥在桂边，都和刘氏不相统属。陆荣廷又在龙州，就广西边防督办职。沈鸿英也在赣南发出通电，班师回桂，这时西南的情形，真可谓乱得一团糟了。*两广此时情形，真萦若乱丝，更过汉末群雄割据时候。*

　　却说滇军朱培德，赣军李明扬、赖世璜等，自从江西退到湖南，湖南边防顿时十分吃紧。赵恒惕派人敦劝，朱培德等明知久留湖南，也属非计，故于九月中，又退入广西，占领全县，向桂林进展。在桂林的梁华堂，得了这个消息，一面布置防线，一面联络柳州韩彩凤，协力抵抗。韩彩凤自从驱逐卢焘，占领柳州后，势力大张，得了梁华堂的联络，更觉气势十倍，以为朱、赖屡败之军，不足以当一击，所以不甚经意。梁华堂等候韩彩凤的救兵不到，只得独力抵御。只一仗，便大败而退，把一座桂林城，轻轻送给朱、赖了。

恰好这时沈鸿英也班师回桂，假道湖南边境，到了桂林附近。讲起沈鸿英军，原和北军合作，抵抗北伐军的，这时因岑春煊蛰伏沪滨，愿和中山先生联络，所以冤家变为亲家，不但彼此合作起来，而且还加入了一个张开儒，彼此又暂时决定，先由沈鸿英向西南柳州进展，扫除韩彩凤。那韩彩凤见滇、赣军占了桂林，重新又来了一个沈鸿英，才觉有些恐惧，不等兵临城下，先自在雒容布防严守。沈鸿英的前队到了雒容，双方开火，因后队尚未赶到，人数很少，抵抗不住，传令后退。韩彩凤以为沈军如此不经战，何足畏惧，便乘势轻进。不料沈鸿英大队到来，奋勇反攻，韩彩凤不过是些乌合的民军，如何抵御，当即大败而走，退回柳州。沈鸿英派师长何才杰追击，又夺了柳州。

韩彩凤失了根据地，真个弄得无路可奔，只得以唇亡齿寒之说，向陆福祥告急。陆福祥知道韩彩凤失败后，自己也决不能免，不如先发制人，所以并不迟疑，立刻派兵和韩彩凤合军，复夺柳州。沈鸿英急忙带队来救，已是不及，只得又退守雒容。韩彩凤乘胜进攻雒容，何才杰接住剧战，沈鸿英早悄悄带了一团多人，绕到韩彩凤阵后，两面夹攻，韩军又大败而退。沈鸿英乘势前进，又占柳州。韩彩凤退到凤凰岭，依险而守，一面向割据南宁的陆云高求救。陆云高见梁华堂、韩彩凤等屡败，恐怕自己也不免，急忙派队驰救，倚仗人多，把沈军驱出柳州，重新占领。不料沈鸿英的退却，本属一种战略，出城时，城里早已埋伏了许多便衣兵士，韩彩凤黑夜进城，如何知道，刚才天色微明，沈鸿英已经反攻过来。韩彩凤正待出城抵御，忽然几处火起，沈鸿英的便衣军纷纷发作，和韩彩凤的自治军巷战起来。韩彩凤听说沈鸿英的军队已经入城，只吓得胆战魂飞，更不管三七二十一，早走上了三十六策的最上策。不料刚到南门，便被沈军的便衣队捉住，韩军无主，不战自溃，纷纷缴械。沈鸿英入城，部下解到韩彩凤，沈鸿英笑道："他已全军覆没，不过一个常人而已，何必杀他。"当下便传令释放。韩彩凤赧然感谢而去。沈鸿英一面布告安民，一面因陆福祥帮助韩氏，电陆荣廷请撤惩陆福祥和林廷俊，否则限十日退出南宁，陆荣廷也没有圆满答复。**此老末路，也着实可怜。**

其时朱培德正在运动驻扎梧州的粤军刘震寰，对广州宣告独立，讨伐陈炯明，并宣言拥护孙中山先生。在梧州粤军中，有一部分不愿讨陈的军队，连夜逃出梧州，退守封川口，以图反攻。陈炯明得了这个消息，急忙派参谋长叶举为总指挥，带领亲信军队三十营，由肇庆向梧州反攻。真是兵精势锐，十分了得。滇、桂、粤联军竭力抵抗，还觉支持不住。朱培德情知不可力敌，变更战略，一方以攻为守，一面请沈鸿英带领所部，取道怀广，去攻陈军的侧面，一方面设法运动陈部在后方的军队和海军倒戈。那叶举正在向梧州猛攻，忽报沈鸿英部攻击四会，方才分兵去救，忽然又报后方梁鸿楷部已附联军，不觉大惊道："梁鸿楷断我们的后路，倘不急退，恐怕要求退而不可得了。"当下一面通知前军，一面急忙退到三水防守。在前敌的各军，得了撤退的命令，方想退时，后路早被沈鸿英、梁鸿楷等截断，当下溃散的溃散，缴械的缴械，只剩得少数部队，退往罗定等处了。叶举退到三水以后，急忙调集北江援军，折入河口，防阻滇、桂联军的东下。无奈军无斗志，屡战屡败，省城震动，一时人心非常恐慌，各团体纷纷派代表谒见陈炯明，请陈下野。到了十二年一月十五那天，情势更紧，部下都主张退保东江。陈炯明尚在犹豫未决，忽报海军总司令温树德已和滇、桂军取一致行动，魏邦平也态度不明，知道事已无可挽回，只得长叹一声道："大势至此，只好退保东江，一切事情，由你们斟酌做去，我就徇了人民之请罢！"亏他老面皮。当日便通电下野，领兵退出广州，往守惠州根据地，一部分退往北方韶关一带，以便和吴佩孚派往援闽、师次江西的孙传芳部队联络。综计六月十五通电请孙中山下野，到十二年一月十五，陈炯明自己通电下野，整整不过七个月，距八月十五复回广州，不过五个足月。真是何苦。设陈氏能预知如此短促，当亦不复甘冒此叛变之名矣。作者于此，特地将他日仔细算一番，调侃不少。陈部洪兆麟的军队，原属湘军，并非陈氏嫡系，这时见陈氏失败，便在汕头宣告独立，欢迎孙中山、许崇智回粤。陈氏叛变，洪兆麟最为卖力，此时叛背陈氏，亦最起劲，此辈心目中，固未尝知有信义也。孙中山此时尚在上海，许崇智则在福州，他从韶关战败后，便和黄大伟、李福林等退入福建，因福建督军李厚基祸国害民，致电声讨。恰好这时徐树铮到闽，暗地运动李厚基部的旅长王永泉和许崇智联络，反对李厚基，并通告设立建国军制置府，限李厚基于二十四小时内退出福州。李厚基见了这个电报，勃然大怒，即刻率领亲信部队，到水口来和王永泉决战。双方支持了几天，未见胜负。许崇智探得福州空虚，便派黄大伟和李福林，连夜前往袭取，福州既无守备，自难抵御，因此黄、李两人，不费吹灰之力，便得了福州。李厚基听说福州已陷，无心作战，王永泉乘势进攻，李军抵敌不住，立刻溃散。李厚基急忙逃入日本籍的台湾银行，第二天又逃入中国军舰。海军中人，对李厚基原无好感，当时便把他监视起来了。他还有留下的亲信军队史廷飏部，想复夺福州，再去声讨王永泉，不想也敌不过黄、李部队，只一仗，便大败而退，也被海军陆战队，截留遣散。

许崇智与徐树铮、王永泉，进了福州，便商量建设计划。徐树铮毫不客气，何必客气。决定依照自己所著的建国真诠，设官分职，以制置府名义，任王永泉为福建总抚，统辖军民两政。这些消息，传入陈炯明和北京政府当局的耳朵里，尽皆担心。此时陈炯明虎踞广州，正是全盛时代，立刻便派洪兆麟为援闽总司令，尹骥为总指挥，率部讨伐许崇智。洪兆麟虽则接受此项命令，但到了汕头，便不肯前进，所以此路军队，和许崇智并未接触。北京政府所患的，却不在许而在徐，所以也派江西的常德盛师为援闽总司令，入闽讨伐徐树铮。常德盛进兵以后，又派李厚基为福建讨逆总司令，萨镇冰为副司令，高全忠为闽军总指挥。萨镇冰原属海军中人物，得北京政府的好处，便竭力为李厚基想法，因此李厚基得脱离海军监视，赴南京求援。

许崇智等在福州得了这个消息，便开会讨论。李福林道："孙总统昨天电任我们为东路讨贼军一二三路司令，并说前福建第二师长臧致平，已经回到厦门，一定有所活动，南路可以无忧。常德盛未必肯死战，我们只派队堵截，也不必十分担忧。至于高全忠并无大不了实力，也不足虑。我们现在要留意的，只有海军一方面罢了。"许崇智等都称是，便决定防守西北路，一面向海军疏通，教他们不要帮助北京政府，至少的限度，要守中立。一面又通电，就东路讨贼军司令职。

许崇智部许济，奉了许崇智的命令，在杉关防守，常德盛的军队到了杉关，许济不战而退。常德盛兵占了杉关，又向光泽进展。许济接住，稍稍抵抗了一回，便退守邵武，常德盛觉得非常奇怪，反而不敢轻进，竟在光泽逗留住，改攻势为守势了。许济得了这消息，立刻电报许崇智，许崇智大笑，和黄大伟又商量了一条密计，只过了两日，黄大伟便领着原部，投西北路上去了。

一日，忽然徐树铮来访，二人谈了一回军情，忽然说起制置府的事情。许崇智道："制置府的存废，现在并无问题，只有总抚，闽人却非常反对，还是设法改变的好。"徐树铮默然，半晌，方道："我改任王永泉为总司令，林森为省长，军民分治如何？"许崇智道："这也是救急之法，不妨如此决定。"次日，徐树铮果然下令，裁撤总抚，改任王永泉为福建总司令，林森为省长。王永泉初时还不知是怎样一回事，后来听说是许崇智的意思，十分不悦，王永泉之反对许崇智，盖种因于此。对徐树铮的态度，也渐不如前。徐树铮见机，于十一月二日，离开福州去了。许崇智和王永泉，却仍似往日一般共事。

其时李厚基在南京得了齐燮元的帮助，携着巨款，到厦门和高全忠商量，要想反攻福州，谁料臧致平的旧部，已经接洽妥当，在夜间一齐发动，围攻高全忠。高全忠大败，和李厚基一齐逃到鼓浪屿去了。常德盛部此时已占领邵武，听了这个消息，一面又探报黄大伟已领兵到泰宁，将绕攻后路，便不战而退，竟连杉关也完全放弃。许济即跟踪前进，收复了杉关。吴佩孚听说援闽各军屡败，十分震怒，又令长江上游总司令孙传芳为援闽总司令，移兵入闽，一面又令驻扎江西的周荫人为总指挥。周荫人奉令，便带领一混成旅军队，开入邵武。孙传芳也运兵由武穴入赣，转入福建，准备厮杀。不料孙传芳军队，到得福建时，许崇智已由孙中山任命为广东总司令，拔队回粤。王永泉本已与许崇智不和，当时便联络萨镇冰、刘冠雄等，电致中央，声明拥护。孙传芳得了这报告，也电呈中央和曹、吴请示。吴佩孚知道他的意思，当即电请中央下令道：

迭据萨镇冰、刘冠雄电呈及臧致平、王永泉一再来电，详述前此不得已之情形，及拥护中央之赤忱，所有前此讨逆军总副司令名义，应即撤销，其援闽军队，着即停止进行。所有闽境主客各军善后事宜，即责成萨镇冰、刘冠雄、孙传芳妥为协商办理。总期彼此相安，毋再发生枝节，以重民生。此令。

除这一个命令以外，还有三道明令，同日颁布。一道是令李厚基来京，另候任用，一道是裁撤福建督军缺，一道是取消王永泉的通缉。比及孙传芳的军队到了福州，北京政府又下了一大批命令，一是特派沈鸿英督理广东军务善后事宜，一是特派杨希闵帮办广东军善后事宜，一是任命林虎为潮梅护军使，兼任粤军总指挥，一是任命陈炯明为广东陆军第一师师长，一是任命钟景棠为广东陆军第二师师长，一是任命黄业兴为广东陆军第一混成旅旅长，一是任命王定华为广东陆军第二混成旅旅长，一是任命温树德为驻粤海军舰队司令，一是特派孙传芳督理福建军务善后事宜，一是特派王永泉帮办福建军务善后事宜，任命臧致平为漳厦护军使。孙传芳等得了这命令，便通电就职，福建的事情，总算告了一个段落，暂且按下不提。

再说许崇智部不曾回到广东之前，广州各军，共同设立了一个海陆军警联合维持治安办事处，推魏邦平为主任，不料在海珠会议席上，朱培德因魏邦平前此曾经附和过陈炯明，言语之间，彼此发生冲突起来。滇、桂军恐怕他反动，索性将他扣留，一面将他所部陆军第三师缴械遣散，以前附和过陈炯明的粤军和刘震寰的部队，都离开广州去了。沈鸿英把自己的部队，也开到广州城外，通电欢迎孙中山先生回粤，主持善后，一面又电促许崇智急速回粤。许崇智率队到了大埔，不知怎样，和洪兆麟的军队，又发生冲突起来。洪兆麟不愿和许氏发生战祸，至危及自己的地位，传令部下退让。许崇智因此得通过饶平，到达潮州。这时尹骥的部队，驻扎汕头，正想派队堵截，忽又听说商会已接到许崇智的电报，勒令供饷二十万，不觉大怒，立刻派兵向许崇智进攻。因此许崇智军，不能直接回到广州。正是：

未见岭南弭战事，又睹闽海起风云。

未知后事如何，且看下回分解。

自陆、莫相继失败，孙先生回粤主政，不但西南人民，喁喁望治，即全国人心，亦深盼北伐早成，以遂来苏之愿。不图陈氏叛党，喋血省垣，致革命事业，为之停顿，孙先生亦不得已蒙尘离粤，暂避凶锋。数月之间，内乱复起，各派纷争，甚且蔓延桂闽湘赣，同受兵灾。主将既倏离倏合，各派亦忽战忽和，而究其离合和战之故，虽个中人且不能自解，遑论其他。要之害民伤财，折兵损械，则为不可掩之事实，谁为祸首，贻此鞠凶，诚不能不深恨陈逆之狼子野心，祸延各地也。

第二十一回

发宣言孙中山回粤
战北江杨希闵奏功

却说许崇智回到潮阳的时候，孙中山先生已由上海回到广东，重任大元帅，派胡汉民、孙洪伊、汪精卫、徐谦四人驻沪，为办理和平统一的代表，任命徐绍桢为广东省长，沈鸿英为桂军总司令，杨希闵为粤军总司令，一面又发表一篇宣言道：

文曩在上海，于一月二十六日宣言和平统一及裁兵纲要，并列举实力诸派，藉共提携，推诚相与，以酬国人殷殷望治之盛心。其后迭得芝泉、雨亭、子嘉、宋卿、敬舆诸公先后复电，均荷赞同。文亦以叛陈既讨，统一可期，虽滇、桂、粤海诸将及人民代表，屡电吁请还粤主持，文仍复迟回，思以其时为谋统一良好机会；又以沪上交通亦便利，各方接洽亦最适宜，故陈去已将弥月，而文之返粤，固尚未有期也。不图以统筹全国之殷，致小失抚宁一方之雅。江防司令部会议之变，即上回海珠会议决裂，魏邦平被扣之事。哄动一时，黠者妄思从而利用，间文心腹，飞短流长，以惑蔽国人耳目，以致黎、张南下代表，因而中止，全为浅薄，已可慨叹。文之谋国，岂或以一隅胜负，断其得失也？而直系诸将，据有国内武力之一，乃独于文裁兵主张，久付暗默，怀疑之端，亦无表示。报纸所传，竟谓洛吴于自治诸省，均欲以武力削平，以平昔信使往还，推之当世要贤，不容独有此迷梦。贤者固不可测，文于今日，犹未忍遽

树人兄惠存

孙文

孙中山在广东就任大元帅后的戎装照

以不肖之心待之，而深冀其有最终之一悟也。抑文诚信尚未孚于国人，致今此唯一救国之谟，或反疑为相对责难之举。藉非然者，何推之浙卢、奉张而准，而于举国人心厌乱之时，复有一二军阀，乘此潮流而趋，而至于悍然不顾一切也？以文与西南护法诸将，讨贼伐暴之初志，固有大梗，何难重整义师，相与周旋？顾国人苦兵久矣，频年牺牲，已为至巨，而代价复渺然不可必得，文诚思之心悸。万不获已，唯有先行裁兵，以为国倡。古人有言："请自隗始。"以是之故，断然回粤，决裁粤兵之半，以昭示天下。文兹于今月二十一日十二年二月，重莅广州矣，抚辑将士，绥靖地方外，首期践文裁兵之言。同时复从事建设，以与吾民更始。庶几文十余年来苦心经营之建国方略，一一征诸实现。以吾地广人众之中华民国，卒与列强共跻大同之域，共和幸福，乃非虚语。天相中国，能进而推之西南诸省，以暨全国，其为长愿岂以企仗？胜一隅之与全国，渐进之与顿改，其图功之利钝，收效之速缓，昭然未可同日而语，称铢而计。故文之愚，尤以纯一为能，立供国民以福利，遂不惜举当世所碍之武力，以为攘窃权利之具者，躬自减削，以导国人。亦冀拥节诸公，翻然憬悟，知今日而言图治，舍裁兵，实无二法。文倡于前，诸公继之，吾民馨香之祷，岂有涯涘？若必恃暴力以压国人，横决之来，殊可危惧。诸公之明，当不出此。披沥陈言，鹄候裁教。孙文敬印。

此时恰值李烈钧回粤，孙中山便任为闽、赣边防督办，并令他收编潮汕陈炯明旧部，移驻闽边，所遗潮汕防地，让给许崇智填驻。不久，北京政府又有特派沈鸿英、杨希闵等督理广东军务善后事务的命令，沈、杨此时既已归心中山，当然谢绝不受。*初志未尝不佳。*中山见他们不肯接受北京政府的命令，自是欢喜，但因广州城驻兵太多，未免骚扰地方，因此着沈鸿英移防西江。沈鸿英奉了中山命令，也自不容推诿，便在四月一日出动，把所部分次运到三水、肇庆等地。其实沈氏此次移防，并不愿意，很有反抗异谋，只因自己布置，并未十分周到，只得暂时隐忍。再则北方曹、吴之徒，唯恐中山在广东站住脚根，使他们地位发生危险，屡次派人向沈鸿英游说。主要的说词，是说："你们这些部队，并非孙氏嫡系，无论如何忠于孙氏，总未必能使孙氏信任，将来冲锋陷阵的苦差使，固然轮得着，至于权利，休想分润一点。只看中山对人谈论时，每说唯有许崇智的部队，才是我的亲信嫡系，其余都是靠不住的，就可见他的态度了。现在正好归顺中央，驱逐孙氏，自居广东督理，那时大权在握，岂不胜似寄人篱下？替人家拼死力的做事，还要听人家的指挥，受人家的闲气。"这种说话，不知在沈鸿英耳朵边，说了多少次。

沈鸿英原是个野心家，听了这话，如何不动心？苟此公坚贞如一，何能闻此荒谬之语？要之沈氏反复之流，不足以语大义也。便要求曹、吴的代表，转请洛吴帮助，洛吴哪有不肯之理？当时便派张克瑶、方本仁、岳兆麟等部队，驻扎赣南，相机援助。沈鸿英这才大喜，便借移防为名，把军队在韶关、新街一带集中，一面借与北军联络，一面作两面包围广州之计，设总司令部于新街。到了四月十六日，便在新街就北京政府所派的督理广东军务职，一面效法陈炯明故智，堪称陈逆第二。通电请孙中山离粤。这电报发出后，便由所部在广州攻击杨希闵的滇军。中山令杨希闵、朱培德等滇、桂、粤各军，合力抵御。沈鸿英也加调大队救应，双方支持了几日，沈军不敌，败回新街。如此不经战，何苦作祟，亦唯此等专能作祟而不经战之军队，正该逐一划除，方能成革命大功。杨希闵进兵追击，沈鸿英守不住新街，又退守源潭，和杨希闵相持。沈军留驻肇庆的张希栻部，也和孙中山系的陈天太部开战。一时间，各方的风云都紧急起来。

中山先生内拟建设，外应军事，十分忙碌。肇庆开战那一天，中山正在计划军事，忽报陈策、周之贞来觐，中山即令传见。二人行礼已毕，问起军情。中山道："北江现有大军，只在月内，必能消灭沈鸿英的势力，只有肇庆一面，陈天太一人，现在虽报战胜，张希栻已退禄步，但天太为人素极躁直，部下反对已久，恐怕不是张希栻的对手。"中山先生可谓知人。陈策、周之贞齐声道："既然如此，大元帅何不派策等率领本部军队，和张希栻一战。策等虽然不材，料想一个张希栻，只在期日之间，便可荡平。"中山大喜，即时令陈、周克日西征。陈、周各率所部，向肇庆进发，在路得报，陈天太被部下所逐，张希栻重占肇庆，便急电报中山。中山即批令兼程前进。陈、周两人奉令，火速前进，到了高要，正和张军接着。陈、周乘着一股锐气，奋勇猛攻。张希栻抵敌不住，只得放弃了肇庆，仍复退守禄步师。陈策和周之贞占了肇庆，又向禄步进迫。张希栻竭力抵御，正在危急之时，恰好梧州方面的援军开到，人多势众，又把陈、周战败，重复夺回肇庆。陈策、周之贞退守横槎，向中山求救。中山又派了一团人，前去助攻。陈、周得了援兵，又向肇庆进逼。双方在后沥汛先开了一次火，张希杖败退，入城固守。陈策、周之贞传令围攻，张希杖也竭力死守，维持了十多日，城内饷弹两竭，只得放弃肇庆，突围而出，带着残军，逃奔梧州去了。

杨希闵自从击走沈鸿英，在源潭又支持了多天，急切未能攻下，却是中山授与密计，教他分兵攻击清远，断他和西路张希杖军的联络。杨希闵得令，便派队占了清远，把守清远的沈荣光击溃，一面又联络桂、粤各部，先用全力，向沿粤汉路一带的沈军进攻。沈鸿英因听说清远被攻，急忙分了一大部队，前往夺回清远，因此花县一带，兵力甚为单薄。结果清远虽则夺回，沿铁路的部队，却被联军击得大败而退。联军乘胜进逼，连克源潭、英德、琵琶江等地。沈军大为失势，只得放弃前线，退保韶关。联军跟踪进逼，双方又激战了一日夜，沈军屡败之余，气势不振，自是支持不住，只得又放弃韶关，退保南雄，向北军方本仁等求救。

这方本仁原奉吴佩孚的命令，为援粤而来的，怎敢怠慢？当下派遣部队，帮助沈鸿英反攻。沈鸿英得了北军的援助，正待进兵，忽然粤军谢文炳，率领一师军队，前来助战。沈鸿英大喜，便令为右翼主军，自任中路，以北军为左翼。一时军势大振，沿路抢劫奸淫的，向韶关进攻。杨希闵等一面拒敌，一面电报中山，请示机宜。中山得了此电，便宣示左右，商议抵御之策。左右都道："沈、谢屡败之余，必不能作战，北军虽勇，地势不熟，我军倘能奋勇进击，一鼓可服。"中山笑道："话虽如此说，但是沈鸿英、谢文炳报仇心急，北军南来，气势正旺，如用力敌，胜负未可必，而我军损失已多。不如令杨希闵等暂时退守，不可力战，以骄敌军的气焰。等到敌军气衰，然后反攻，那时方一鼓可破。"左右都赞服。人人说孙先生是政治家，其实革命伟人，断无不兼擅军事者，观孙先生可知。中山便将此意电示杨希闵。杨希闵遵令，并不力战，全师而退。因此沈鸿英军又占领韶关，进占英德。

北军见屡次胜利，极其骄横，有时连沈鸿英和谢文炳的部下兵士，也受他们凌虐。谢、沈的部下，略有反抗，北军便道："你们没有咱们来救，早做了广州的俘虏，打了靶咧。军队谓枪毙曰打靶，受伤曰戴花。现在不谢咱们，倒敢和咱们强嘴！"沈、谢的部下，回去禀告长官，长官又得了高级长官的命令，只教部下士兵退让，不准反抗，得罪北军。因此谢、沈部下士兵，十分怨望，都说："这里既然只用几个北军便够了，何必再要辛苦我们作战，我们乐得舒服舒服，让北老拼命去。"这话一人传十，十人传百，大家都怀着怨愤之意，毫无斗志。却早在先生算计中。这消息被杨希闵探听了去，便召集将士讨论进攻。将士都请一战，杨希闵道："敌军重兵，都在韶关一方，英德只有谢文炳部防守，我们不如先出其不意，攻破英德，解决了谢文炳，然后以全力进攻源潭、韶关，可操必胜。"知彼知己，也是将才。议定之后，当下领了本部军队，去袭英德。一来谢文炳不曾防备，二来士无斗志，所以杨军一到，谢军便不战而溃，纷纷缴械。谢文炳带领残军，由阳山、连山一带，退入湖南，谁知湘省政府，不许逗留，谢文炳只得把残部交与湘省改编，自己由长沙转赴上海去了。

杨希闵占领英德以后，又请部下师长赵成梁商议道："韶关东面的平圃司，是韶关往南雄的要道，你可率领本部将士，走枫树坳小路，在平圃司左近埋伏，等我进攻韶关，敌军必然竭全力来和我激战，你那时可乘虚攻占平圃司，向大桥墟一面进逼。敌人见后方不妥，必然慌乱，我军乘势进逼，韶关不难一鼓而下。"赵成梁得令而去。杨希闵自己带领一万多人，向韶关进发。沈鸿英在韶关，听报英德已失，谢文炳溃入湖南，十分惊讶，连夜便在韶关南面掘壕备战，一面又把后路兵力，全部调到韶关，果然着了杨希闵的道儿。以备一战击退杨军。两军接触以后，杨军进攻甚猛，幸喜北军十分勇悍，虽大敌当前，绝不畏缩。支持了几日，赵成梁师已到平圃，就近地方虽还有些沈军，力量十分薄弱，如何够得赵成梁一击。沈军放弃了平圃、大桥一带，急忙飞报韶关。沈鸿英得报，惊讶道："这倒是我失算了。"部将听说后方有失，都请回兵救应。沈鸿英道："我若回救平圃，敌人乘势进攻，刚好中了他的计策，我们不如拼力死战，打败了杨希闵，赵成梁如何敢孤军深入？不必我们回救，自然退走咧。"却也有算计，鸿英固不如彩凤之愚。诸将信服，一齐奋勇进攻。

杨希闵刚才也得报，赵成梁占领平圃、大桥，方以为沈军必退，现在见他不但不退，反而反攻得十分猛烈，惊疑不置，和幕僚讨论了一回，都说："必然沈鸿英想先行打破我们，再回去救援平圃、大桥，我们不如诈败而退，却留些部队埋伏在左近，他如进追，可用以抄袭敌人后路；如回救平圃，又可出其不意的袭取韶关，倒是一举两得之计。"杨希闵依言，便派一部分人，在左近埋伏，自己率队向小坑方面且战且退。沈鸿英部下将士，见杨军败退，都主张追击。沈鸿英道："放弃东面阵地，只一味前进，固然也是一种战略，但东路敌人如向韶关进逼，正面的敌人又伏兵抄我后路，则我军进退两难，必然全部败溃。不如派兵东去，名为回救平圃，且走小路在新岑塘扎住，如东路敌人听说正面战败，自己退去，不必说；要是向西进展，便可用作抄袭后路。如正面敌人乘我分兵回救，全力反攻，又可用以攻击敌人侧面，分一军而有两军之用，方是妙计。"确是妙计，其如天不能容，反以致败何？商议已定，便分拨一支军队，向东进发。

不料赵成梁得到正面败退的消息，既不退去，又不向西进攻，倒从大桥一路，来救应正面，想抄袭沈军的后方。到了新岑塘，刚好遇见了沈军，双方便开起火来。那杨希闵埋伏下的军队，见沈军向西移动，向韶关袭击。沈军接住激战，杨希闵重新反攻，一面派队去救应赵成梁。到了新岑塘，恰好赵、沈两军，在哪里激战，当下便奋勇向沈军后方进攻。可笑这路沈军，本打算抄袭两路敌人的，谁知反被两面敌人夹攻，战不多时，便即溃退。赵成梁等乘势追击，来攻韶关的侧面。沈鸿英军知道东路军队战败，后路已绝，顿时军心大乱，不战而溃。沈鸿英只得率领残部，绕道仁化，退到南雄去了。杨希闵克了韶关，又向南雄进逼。沈鸿英军损失太重，情知不能再战，只得跟着北军，退入江西大庾去了。北江的战事，至此方算结束，但东江的战事，却正在十分激烈咧。正是：

> 皮之不存，毛将焉附？
> 师出无名，徒然自苦。

欲知究竟，且看下回分解。

军阀之势，易盛亦易倒者，何也？盖其盛也，非其力之所能，徒以吸收杂色队伍而成，杂色队伍即所称乌合之众也，既无纪律，又不耐战，故不久即仍被他人吸收以去，而瓦解之势成矣。西南自陈逆背叛，各军效尤，纷攘杂作，互相雄长，此皆所谓乌合而杂色者也。使终隶孙先生部下，则孙先生亦不且近乎军阀也哉？天诱其衷，此属陆续叛变，使先生得假手嫡军，一一荡平。内部既清，方能对外，革命功成，实基于此。人谓陈、沈辈无良，吾谓天佑中国，实有以促其叛变而使之同归于尽，以造成先生之伟业也，于诸军乎何尤？

第二十二回

臧致平困守厦门
孙中山讨伐东江

　　却说陈炯明的部队，自从退出广州后，除却退北江的谢文炳一师外，其余大部俱在惠州。初时粤军因布置未周，不曾发动，到了五月九日十二年，叶举通电诬斥中山在广州纵烟开赌，卖产勒捐，两军方才渐至实行接触。其时北方的反直一派，极望中山和陈炯明和平解决，合力反直，因此吴光新等，纷纷在广州、惠州两地活动，劝他们言归于好，共同北伐。双方虽未必听他的话，战局却和缓下来。不料陈氏乘孙军不备，袭取博罗，进窥石龙，一面又运动海军反孙。温树德因前此曾经附陈，现虽在孙中山部下，心中不安，受了陈炯明运动，立刻允许反孙，为里应外合之计。消息传入中山耳中，不觉震怒，立刻下令免温树德海军总司令职，并饬各炮台加紧戒备，并改换各舰长，由大元帅直接指挥。因此陈炯明的逆谋，完全失败。

　　中山把广州的事情，布置停当，立命各军向惠州进攻。其中只许崇智在潮州、汕头一带，被林虎战败，退守揭阳，此时并不在围攻惠州各军之中。这时陈炯明守惠州的是杨坤如，虽则屡次战败，却不肯放弃，只是一味死守，因此孙军急切未能攻下。中山集众将商议道："李烈钧收编的两旅，现在又为林虎所收，敌势愈强，好在厦门臧致平已联络许总司令的留闽余部，和闽南自治军，南图潮、汕，现在已克饶平、黄冈，如能攻克潮、汕，消灭林虎、洪兆麟等的势力，然后出其全力来攻惠州后方，则惠州腹背受敌,其亡可立而待。所以我们此时还是以攻为守,静待攻克潮、汕,再行猛攻不迟。"这计划虽是如此决定,不料滇军内部各派,竞争总司令地位,一部分竟发生通北嫌疑。其嫌疑最重的,当推师长杨如轩、杨池生两人。杨希闵不待他们谋逆,便下令驱逐。两杨立不住足,带领残部,投江西去了。

中山因滇军太纠纷了,下令废除总司令,将所有滇军,改编为四军,任杨希闵、范石生、蒋光亮、朱培德四人为一、二、三、四军长,这件事方算解决,只静候臧、许攻克潮、汕,便可以夹攻惠州。不料林虎、洪兆麟向饶平反攻,臧军竟被击退。林虎占了饶平,便向平和进展。臧致平一面派兵坚守平和、治安、云霄一带,一面要顾北面王永泉部的南下,一面又要防备到海军杜锡珪、杨树庄等的袭击,十分吃力。此时臧致平确不易应付。其时孙传芳已在福州就督理职,吴佩孚屡次电令解决臧致平。孙传芳前次因初到福建,布置尚未十分周密,所以迟迟不发;等到臧致平实行对省独立,南图潮、汕,方才下了武力解决的决心。一面令王永泉南下夹攻,抚臧致平之背;一面请杜锡珪令杨树庄率舰队和陆战队进攻厦门。臧致平因此各方吃紧,不能专顾南路,被林虎攻入了平和,云霄、诏安也相继失守,漳州吃紧。臧致平正想派兵堵截,忽报海军陆战队,已在金门登陆,舰队已入嵩屿,厦门吃紧,不觉大惊道:"厦门为我根据地,如被海军占领,则此后饷械都无所出。我军虽不被攻击,也不能在福建立足了。我当自往救之,宁失十漳州,不可失一厦门也。"因尽领漳州的军队,来救厦门:一面派使,假与海军议和,一面乘各舰不曾防备,开炮轰击。命中的很多,各舰带伤的不少,要想发炮还击,又被外舰干涉,只得和陆战队一齐退出。

这一回虽侥幸胜利,那漳州因留下的只刘长胜一部,兵力十分单薄,林虎乘虚进攻,刘长胜素闻林虎勇悍善战,心中怯惧,不曾交锋,先自逃走。部下无主将指挥,不战而溃。林虎既得漳州,便进逼厦门,恰好王永泉军也从同安来攻,因此厦门数面受敌,形势甚危。臧致平连接警报,闷闷不乐的回到公馆里。他夫人见了他这忧愤的样子,知道一定是前方失利的缘故,着实慰解了一回。臧致平叹道:"你不知道现在厦门危险的情形,还是这般宽心。可知同安、漳州,俱已失守,王永泉、林虎,围攻厦门,海军虽暂退去,必然复来,厦门三面受敌,必不能坚守,你教我怎不忧愁?"臧夫人道:"既然如此,你何不索性放弃了厦门,带领家小,到上海去居住,也免得在这里惊恐担心。"臧致平道:"你们这些女子,未免太不懂事。你想!我奉了孙中山先生的重托，把厦门一方的责任，全交与我负责，我现在既不能克敌，又不能死敌，见着危险，也不筹度一下，便带着家小，躲到上海去了，不但将来见不得人，便连死在前敌的将士，也如何对得住？古人说：'城存与存，城亡与亡。'这方尽得守土之责，我现在决定死守，决不轻易放弃。**此一段话，颇有丈夫之气。**至于你们这些人，并没有什么责任，可先送你们到租界上去居住。"臧夫人再三相劝，臧致平总是不肯。第二天，果然令人把家小送到租界上去，自己又召集了各团体的代表开会。各团体不敢不来，到齐以后，臧致平便向众人宣言道："现在王永泉、林虎夹攻厦门，我军虽不曾失战斗力，但亦不能在三五天内，击退敌人。希望敌人被我击退，不但是厦门一地之幸，也是国家之福。万一不能打退，我唯遵守古人城亡与亡，城存与存的两句话，决不轻言放弃。至于地方上治安，我当竭力维持，如有不守本分，骚扰商民的兵士，一经查出，立即枪毙，以肃军纪。但军饷一事，却不能不希望地方上帮忙筹集。"各团体代表，面面相觑，不敢回答，唯唯而退。**臧致平在军阀中犹为较佳者，而其威犹使人民结舌不敢言其所苦，则其他军阀可知，其他强梁悍恶之军阀更可知。**

林虎和王永泉攻了很久，因臧致平一味死守，不能攻下，只得电请海军助战。马江方面的海军，因又带着大批舰队和陆战队，来攻厦门，先占领金门，作为根据地，然后向厦门进逼。臧致平少不得分兵拒敌，形势愈危。也是厦门人民，该多受几天战事影响，偏生陈炯明在惠州，被孙中山先生围攻，屡次战败，中山先生此时已将许崇智等部队，调到石龙一面，着着进逼。惠州情形，十分危逼，陈炯明心中十分忧急，一日数电，调攻厦门的军队回救。林虎、洪兆麟等见东江如此紧急，不敢逗留，只得放弃厦门阵地，回救惠州，因此厦门的形势，得略见松动。按下不提。

却说陈炯明自从听说惠州杨坤如被围，便亲从香港赶来指挥，已和中山先生激战多次，虽屡有胜负，而惠州之围，终不能解。吴佩孚派来救援的北军，又在南雄，被滇军赵成梁扼住，丝毫不能进展。孙中山见惠州久攻不下，便令右翼滇军猛攻，占领平山，向汕尾、海丰、陆丰等地进攻。惠州南面的交通，顿被隔断。陈炯明大惊，急忙抽调右翼军队，亲自带往救应汕尾，方得转危为安。同时中山先生听说林虎、洪兆麟等回救惠州，参加东江战事，便也把西北江的军队，尽行调到东江，全力猛攻，并率领古应芬、赵宝贤等亲自赴前敌指挥，设大本营于石龙，以大南洋轮船为座驾。这只轮船，本系内河小轮，十分湫隘，中山所居的办公室，只有几尺见方，在这阳历八月的天气中，正是溽暑，十分难熬，中山先生却披图握管，决策定计，昼夜不息，一些也不在意。到了石龙以后，许崇智从博罗前敌来谒，中山先询问了一回战情，方道："你却回去指挥部队进攻，明天我当亲自前来察看。"许崇智劝道："大元帅进止，关系重要，岂可冒险轻进？依崇智的愚见，还是在石龙驻跸为是。"中山笑而不答。许崇智因前方紧急，告辞而去。

第三天早晨，中山令轮船向博罗前方出动，将到博罗，许崇智得报，又带着滇军师长杨廷培来迎接。中山见了许崇智，又问起敌军情形，许崇智道："刚才接到警报，说逆军分三路来袭，李易标带领一千多人，已到汤村，离博罗只有二十里，陈修爵部也将赶到，双方开火在即，想不到大元帅竟冒险到这里来咧。"中山奖慰了一番，又授了一些应战机宜，两人方始辞去。中山办公到晚上十一点钟，方才就寝。

古应芬等见中山休息，也悄悄退到自己卧室里解衣而睡。正在朦胧入睡之际，忽觉有人在旁边喊他，急忙睁开眼睛看时，原来是许崇智和团长邓演达，因忙忙坐了起来，问许总司令有什么要紧事这时候还来？许崇智向四面瞧了瞧，又走近一步，握着古应芬的手，悄悄说道："大元帅已经就寝，我也不惊动他了。现在有一件要紧事，要和你说的，因为李逆易标的军队，已过汤村，我决定带着各部军队，用全力去攻击，一到天明，河沿两岸，便有炮火，你务必恳请大元帅离开这里。"古应芬点头道："好，我理会得。还有别的事没有？"许崇智道："还有一句话，大元帅整天劳苦，这时刚才睡下，不必去惊动他，让他稍为休息一回，养一养神，在四点钟左右开船也不迟，其余也没别的事了，我们再见罢！"说着走了。古应芬恐怕睡着失晓，误了时候，便坐着等到三点钟，悄悄地走到大元帅寝室门口，只见里面灯火很明，知道中山已在哪里办公，想见其贤劳与治事之勤。便进去行了一个礼。中山问有什么事？古应芬道："十二点钟的时候，许总司令曾来过一次，因大元帅刚才就寝，不敢惊动，临去的时候，对应芬说：'天明就要开火，河岸两旁，不甚安全，务请大元帅离开此地'。"中山点头道："我也并非故意喜欢冒险，忘了重大的责任，只因本人不到前方，总觉心里不大安稳，既然他这样说，你可传我的命令，就把船开下去罢！"古应芬遵令办理。大南洋轮船便顺水开行，约莫过了三四里路，忽又停留不进了。古应芬诧异，忙出去查问，方知因水浅，被搁住了。众人想了许多法子，用了许多力量，方得继续驶进。博罗城下的枪炮声，已经连珠价由东南风送到耳边来。

到了十一点钟，轮船到了石龙，便接得两个报告，一是博罗因兵力单薄，退守飞鹅岭，请拨调救兵的，一是增城报告，林虎带领大队来攻，请求派队救应的。中山一面电令张民达旅猛攻平山，以分博罗之敌，一面又命用飞机传令广州滇军，去救增城。第二天，又接许崇智的急电道：

飞鹅岭失守，敌已占铜鼓岭、北岭一带高地，北门已被围，城中兵力单薄，粮弹将尽，请即派队救援。

中山见了这电报，急命拨飞机一架，飞往博罗城上巡视一周。古应芬道："大元帅为什么不发一个电报去，却放飞机巡视，是什么意思？"中山道："博罗待援甚急，就发电去，也未必可使守城将士，能够相信救兵便到。如见飞机飞到，他们必疑是救兵特地教去侦察形势的，才安心死守咧。"中山不但人格伟大，其处事之机智，亦不易及。应芬大服。中山又道："只有粮弹一项，却极重要，须派差遣舰冒险送去才好。这件事，你可以去办一办，我再备一封亲笔信，教舰长顺便带给许总司令，也可教他安心。"古应芬遵令而去。中山写好了信，也交给舰长带去。差遣舰上驶以后，古应芬仍来大元帅室，中山又嘱他再发电给广州滇军第三军军长蒋光亮，令他火速发兵。

一连发了几个电报，等了一日，还不见有动静，中山正在焦急，忽报博罗许总司令行营参谋陈翰誉，间道到石龙请见，报告军情。中山急教传见，问其详细。陈翰誉道："博罗东西北三门，都已受逆军包围，只有南岸还没有敌兵，可和惠州飞鹅岭按飞鹅岭蜿蜒甚长，此是惠州城外之飞鹅岭，非博罗北门外之飞鹅岭也。刘总司令行营通点消息。城里粮弹两竭，情形较昨日更是危险，如再无救应，恐怕博罗不能再守了。"中山听了，沉思不语，半晌，方对古应芬说道："我已连发数电，催促援军火速前进，措词不为不切，为什么只有准备的回电，却总不见兵来？此地只滇军有一旅人在这里，你可曾催他前进吗？"古应芬道："如何不催他？他说不曾得到军长命令，不好前进哩。"中山又想了一想道："香芹！古应芬字。你可亲到广州去一趟，催促各部队伍，火速出动，要是蒋光亮定要有饷才出发，不能马上开拔，可先调福军和吴铁城的部队，即刻到前敌去，除拨出铁城一团，去救增城以外，其余可俱教去救博罗，万万不可再误。"应芬领诺，即时到广州去了。

中山教陈参谋也退下去休息，自己在办公室里办一会事，又站起来走一回，这天的风雨又非常之大，船身受了风浪的摆簸，时常摇动，水势也渐渐涨起来，潺潺作响。中山听了，倍觉忧虑。这天晚上，也没有好好地休息一回，只眼巴巴地望广州的援军到来。第二天早晨，古应芬赶回石龙复命，中山急问接洽情形怎样？古应芬道："昨天四点钟到省，在一家洋行的楼上，见到蒋军长，他一见我，就说：'博罗的危急，我已完全知道，就使大元帅没有命令，我的军队，也应赶去救应，所以我已决定在今天晚上出发，只不知道有没有火车咧。'我听了这话，即刻到大沙头车站去查问，知道各军的专车，都已预备妥当，立刻便派人去通知他。福军和吴铁城部，也都答应立刻出发了。"正说间，忽报福军前部，奉令开到，吴铁城部已开抵增城，并另外派了几十名马队来供侦察之用。军长李福林、朱培德，财政次长郑洪年来觐。中山大喜，都即传见。谈了一会，李福林和朱培德先行辞去。中山问郑洪年筹办军饷的情形，郑洪年道："各种财政权，都被各军霸占，财部已毫无收入，借债既难，费用又无从减省，近来前方军事紧急，需饷更殷，财部虽则东西罗掘，也属无法应付。昨天运使邓泽如解来一万元，因听说行营所带万元，已经用完，正想提解，谁知又被蒋军长光亮支完，连移动也不曾移动咧。"看此一事，见蒋氏不但霸占财权，而吸收中央固有收入之款，亦无微不至。中山听了摇头，想了一想，又回头向古应芬道："他又得了一万元饷，曰又得者，见其得饷已非一次，既曰非得饷不来，则已得饷矣，何以又不来？见其不来，非为饷也，特托辞耳。不然，许、李各军何以战哉？总该出动了罢！"郑洪年辞去以后，等到天晚，还不见蒋光亮一兵一卒到来，那雨也越下越大，淅沥之声不绝。中山心头烦闷，依然坐下，计划军事，因刚好看到刘震寰从惠州飞鹅岭告急的电报，便亲自草了一个复电道：

　　敌人当然有计划，所幸其数不多，自易击灭。绍基已亲率五千精锐，出击淡水，兄之后方，断无危险。少泉闻博罗被围，非常焦急，已征集所有，赶紧出发，大约两日后可到。倍之亦以全部来援，大约三日后，其他西北江各队，亦陆续调来。今日省城已运到米粮四十余万斤，当陆续运来。此次东江之事，无人不焦急万分，断无见危不救。孙公之为此语，非真不能知人也，盖其一，仁恕性成，不欲以不肖之心待人也；其二，深明兵法不欲使前敌将士，知内有不愿应救之兵，以懈其心也。想不出十日，贼必消灭。我俟各军出发后，当再来梅湖，亲督攻城。故望兄急调一队，渡白沙堆，一以绝敌人后路，一可保我航线。闻敌人粮食辎重，皆在风门坳附近，若兄能照此行事，可悉夺之，则博围可解，我军实亦加利莫大也。幸速图之！

中山草了这一封电信，交副官拿去拍发以后，便命大南洋开赴苏村。谁知风雨既大，水流又急，到了铁冈，便被阻不能前进。吴铁城部的马队和福军，也被风雨所阻，只得停止休息。到了第二天，方才到达目的地。镇天盼望的蒋光亮部，却只到了四百多人，蒋光亮自己不必说，当然没有来。好在博罗城外水深数尺，陈军不能逼近攻击，只能在北门外高地上，用大炮远远的射击，所以没有什么大损害。次日，又进至第七礅，已占地势上的优点，可惜蒋光亮部只到石龙，并不进前。前敌兵力单薄，未能计出万全，只得又派人到石龙督促。差人到得石龙，滇军第三军的大队已经开到，但是蒋光亮自己仍没有来。中山只得先传他的参谋禄国藩来商议军事。禄国藩进来谒见已毕，中山便催令前进。禄国藩道："兵行以粮饷为重，现在饷也没有，教我们如何前进？"桀骜可杀。中山道："你的话果然不错，但也须分个缓急，若在前敌不甚吃紧之时，要求发清全饷，也还有理，婉转之极。中山愈婉转，则愈觉蒋、禄之可杀。但现在博罗十分危急，倘固执要饷，岂不误了兵机？等到博罗一失，必然牵动全局战事，那时广州未必可保，何处再容索饷？恐怕连现在这般的支领，也未必可恃了。"不但词婉意严，而且理甚确当，虽蠢极之人，亦当领受，禄固犹人，而乃终不能听耶？此所以古人有谈经可以点顽石之头，而操琴不足以回吴牛之听之叹欤。禄国藩笑道："要是这样长久下去，还不如现在决撒了好。我们有了子弹就是粮，难道还愁拿不到饷？"可杀可杀，此辈因粮于民，固不愁无饷也。中山道："我现在还是要你前进，你肯去吗？我是大元帅，你敢违抗我的命令？硬一句。一味软，则失中山身份矣。你如肯去，我可更给你便宜指挥之权。动之以权。解了博罗之围，再额外给你重赏，歆之以利，小人非权利不行，中山盖审之熟矣。你去也不去？"禄国藩笑道：笑得可恶可杀。"正经的饷银也拿不到，还希望什么赏银？中山权利双许，而禄只着眼在利，盖此辈之要权，亦无非为利耳。便胜了敌，也不是一场空？我不去，我只要饷。"桀骜至此，可杀可杀。小人见权利必趋，至权利亦不能动，则必有非分异谋矣，蒋、禄之不能善终，已伏于此。中山怒道："军法具在，何敢无礼？*不得不硬。*我今不要你去，教你的军长去，看你如何再违抗？"禄国藩道："教我去要饷，不教我去也要饷。*桀骜至此，可杀可剐。*我又没说不肯去，只要把饷发齐，我自然开拔了，要饷糈是不犯军法的。"*偏有无理之理，益发可杀。*

中山正待训斥，却早激怒了侍立的一位英雄，他瞧了这禄国藩那样的不驯样子，早已气破胸膛，此时忍耐不住，便走上几步，向禄国藩一指道："禄同志！请问你是不是大元帅部下的一员军官？是不是做的中华民国公职？是不是吃的全国国民的公禄？"禄国藩倒吃了一惊，问道："你贵姓？"古应芬在旁介绍道："这是参谋赵宝贤同志。"禄国藩说道："赵同志如何说这话？这样浅近的问题，还打量我不知道吗？"赵宝贤道："你既然知道，就好说了，请禄同志想一想，国家为什么要用我们这班军人？人民为什么要把辛苦挣出来的钱，供给我们？大元帅令我们去作战，是替什么人做事？*三个问题以后，又提出三个问题，遥遥针对，而又互相错落，气势滂沛，自足以折禄氏桀骜之气。*须知大元帅并不是自己喜欢多事，甘冒危难，无非为着受了国民的托付，不得不勠力讨贼，为国除害，庶不有负重大职守。*此一段先说中山之用兵不得已，是宾。*我们所以相从至此，也无非为了大义。*再综合一句，引起下文。*既然彼此的结合行动，全为大义，就不能单在利害方面讲了。*断定一句，意思渐显。然还不曾明白说出，是主中宾。*有饷，我们固然作战，没有饷，我们也要作战。*意思到此，方明白，是主。*我们是为大义而听大元帅的指挥，并不是因私谊而受孙中山先生的命令。我们是为大义而战，并不是为饷而战。*自己又作解释，意思倍显，为饷而战一句，极其尖刻。*假如仅仅是为饷而战，我们将自处于何等地位？*反跌一句，尖刻之至，使禄氏不能不折服。*国家要我们这些军人何用？人民何必拿出这些钱来供给我们。*又反问两句，一句逼紧一句。*禄同志是深明大义熟知去就的人，所以甘从大元帅，从困难中致力，不愿附和陈氏，替北方军阀做走狗。现在单只替士兵在饷糈上面着想，忘了前线的吃紧，和自己的天职，岂不可惜？"*既恭维他几句，使他不致因下不来台而决裂，又替他遮饰一句，使他得自己转圜，语语有分寸。所谓替他遮饰者，盖只饷糈上加士兵两字，盖替士兵争饷糈，亦将士分中之事也。一段说话，说得义理谨严，气势浩沛，使蓄异谋者丧胆。*正是：

　　大义凛然严斧钺，丹心滂沛贯乾坤。

　未知禄国藩听了这番说话，如何回答，且看下回分解。

　　赵宝贤之责禄国藩也，几于一字一泪，一字一血，不独当时闻者为之肃然起敬，慨然自奋已也，即今日有述及其当时为大义所激之状者，犹同此观念焉。嗟夫！人谁不欲为善，其不为善者，非真不能为，不欲为也，特为利害物欲所蔽，欲自救援而不可得耳。观于禄国藩骤闻赵君之语，未尝不怵然而惧，懔然而惭者，盖良知之说，确有可信者焉。然其虽能感悟一时，而终不克自拔者，则利害物欲之为蔽也。呜呼！惜哉！

第二十三回

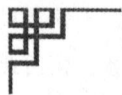

战博罗许崇智受困
截追骑范小泉建功

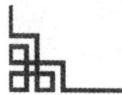

却说禄国藩听了赵宝贤一番议论，一时良心激发，十分不安，便笑道："赵同志的话，自是不错，我也并非不愿前进，实在为着士兵没饷，不肯出发，也叫无可如何。就借士兵两字收场，方见饷糈上特加士兵二字妙处。现在大元帅既有命令，明天当先设法调一部分上前敌去，只是饷银一项，仍要请大元帅竭力筹划。"古应芬在旁说道："禄同志放心。大元帅自当令饷军需处竭力筹拨，贵部只请前进就得啦。"禄国藩欣然而去。古应芬私下和赵宝贤商议道："禄国藩虽一时被同志言语所激，答应出兵，过后必然翻悔，恐怕仍旧靠不住。"赵宝贤道："不独如此也，我看他今天这种狂悖桀骜的样子，目中哪里还有大元帅在？这分明是蒋光亮授意而来。要不然，一个参谋，如何敢在大元帅前这般放肆？就使他自己不翻悔，只怕蒋光亮也不见得肯答应呢。"见得很透，中山之所以不予以惩办者，亦为此耳。不然，中山虽仁厚，岂肯为军法曲宥？古应芬道："博罗被围已急，如再无救兵，必不能保，博罗一失，全局便都完了，如何是好？"赵宝贤也愁思无法。半晌，古应芬又道："我想滇三军是不必希望了，还是由我拍电给胡展堂总参议，飞檄调粤军第一师来候令，你看如何？"赵宝贤道："这也不见得妥当罢。刚才帅座因左翼指挥胡谦方来电告急，已经电第一师卓旅往救增城，现在再令开到石龙，如何办得到？"古应芬道："除此以外，也没有别的法子，只好照此试一试再说了。"

两人正在议论，忽传大元帅请赵参谋。赵宝贤到了大元帅室，中山见了他，便道："现在水已大退，逆军必然乘势攻击，若再不赶紧去救，博罗一定难守，好在福军已全部开到，滇军第四师亦已到着，我想即日分三路攻击前进，你看可好？"赵宝贤道："进兵救博罗，自是要紧，只未知淡水、平山方面的战事如何？倘然不得手，恐怕难免还要分兵助战咧。"中山道："刚才张民达来过，说淡水方面战事大胜，平山方面，因受了雨水的影响，一时不能得手，现在天气晴正，水势已退，平山大概也旦夕可下，我们不必忧虑。"说完，便发令教禄国藩部为右翼，向雄鸡拍翼前进。福军为左翼，向义和墟前进，和博罗城内各军，取夹击之势，以滇军第四师为救应。

这命令刚下，忽报第四师，因索饷没有，已经全队退回广州去了，中山大惊，急忙传令制止，已经不及。中山大愤，投笔于地道："此辈尚有面目对国人吗？"*此辈久已不要面目，中山过虑矣。*一面又传禄国藩和福军照旧进展，不可因第四师的退回而生怀疑不进之意。两军得令，分左右两路前进。右翼禄国藩部到了第七碉阵地，忽又不待命令，便退回石龙。这时右翼福军，未曾知道，依然丛阵待敌。中山得这消息，十分懊丧，一会儿在室内踱来踱去，一会儿伏在案上，疾草命令，有时凝神苦想，想不出一个方法、一条头绪时，又时常用拳头在头上乱敲。古应芬、赵宝贤等，都从旁劝慰。中山叹道："我所虑的，因水势既退，如逆军大举攻城，博罗必不能守，博罗失守则石龙危，广州也震动了。我的北伐事业，岂不大受影响？*武侯南征，是为北伐，中山要北伐，亦先必东征，盖未有心腹之患未除，而能出师有功者也。两公惮心为国，鞠躬尽瘁而后已之概，亦仿佛。*我决计亲自往第七碉察看一回，再定计较，或者还有个挽救。"古应芬、赵宝贤均竭力劝阻，中山道："我一生累犯艰危，方才创成中华民国，今日情势更急，如我也退缩，则中华民国亡矣，我岂能策个人之安全，忘却国家的使命？我意已决，你们不必多言！"*中山一生多冒险，武侯一生惟谨慎，谨慎难，冒险更难，盖谨慎守常，冒险达变也，二者易地则皆然。*当下便传令，把轮船开到第七碉，命飞机出发侦察。到了傍晚，飞机回报，说逆军还在博罗东北角山地，并未和我军接触。中山稍为放心，便教把船泊在第七碉南岸。

入夜，中山带了古应芬等一众幕僚，上岸闲步，*在危急中，犹有此逸兴，非学养功深，而又志行恬淡者，不能致也。*见蔚蓝的天空上，众星罗列，一道银河，如烟似雾，平视则峰峦叠秀，烟树迷离。彼此走了几步，便在河边席地而坐。中山仰望天空道："古人说：'为将者必须知道天文'，诸君都深知军事，以为这句话有无意义？"众人都笑道："懂天文不懂天文，和军事有何关？古人说什么这是某分野的星，那又是某分野的星，如何有风，如何有雨，都是些迷信之谈，何足凭信？"中山笑道："古人说这句话，必有他的意思，决不是像诸君所说那样简单的。天文和军事，怎说无关系呢？"众人都道："不知有何关系？帅座何妨指教我们一些。"中山笑道："此理甚长，一时哪能讲得明白？我所说的，也不过几件小事而已。例如黑夜行军，失去了指南针的时候，往往分不出东西南北，找不到一条路径，假如懂得些天文，就可看星辰的所在，定出方向，程度稍高的，并可定出时间来。辛亥革命以前，我在两广，每至黑夜用兵，往往要借重星月，做我的指南针。从此看来，天文和军事，已经有许多密切的关系了。可见事无巨细，必有所用，特粗心人不曾理会耳。这不过据我所能说的而言，其事很小，此外还有许多关系，说他不完咧。"众人都各恍然，因笑道："这些地方，我们倒不曾留心。"中山却又指着北斗七星笑道："你们认识吗？这是什么星？"众人都笑说："不知道。"中山道："这就是北斗七星，你们只要辨得出他，方向便容易知道了。"接着彼此又谈了些军事，方才回船。极热闹中间，忽然来此一件清冷之事，可谓好整以暇。

第二天，义和墟福军已经和陈军千余人接触，田钟谷带着滇军三百人，和粤军第一师卓旅所部的张弛团一营，登雄鸡拍翼山岭，中山兼率侍从，登山督战。时左翼的福军，进到了义和墟，初时得些胜利，正在追击，不料陈军大队到来，乘势压迫。福军抵敌不住，只得退却。陈军趁机大进，沿义和墟赶向苏村，谋断义师归路。中山尚欲指挥部下死战，左右苦谏，始命大南洋座船退却。刚到苏村，只见一队兵士，列在河上，沿风飘展的旗帜，现出招抚使姚的四个大字。原来姚招抚使名雨平，中山由博罗回到石龙时，因其指陈援敌之策，颇有些见地，所以给他一个招抚使名义，令他发兵救应博罗。他的队伍开到苏村，便不曾前进，至今还在苏村驻扎。当时中山见姚雨平的部队，尚在这里好好儿的驻扎，知道敌军尚未压境，派人询问，果然尚不见敌人踪迹。古应芬急促轮船开回石龙，才到菉兰，又在昏黑中，见一艘艘的兵船，接连不绝的逆流而上。急忙探问，方知是粤军第一师所属的卓旅。中山大喜，急命加紧开赴苏村，探险登陆。大南洋船，仍然开回石龙驻泊。

第二天又带了杨廷培的一部，由石龙开拔，到了苏村时，卓旅和福军已联络追逐义和墟敌人，攻击前进。中山即令杨部加入作战，军势愈盛。陈军抵敌不住，节节败退。中山登山瞭望，见卓旅、福军、杨部冲击甚勇，节节胜利，十分欢喜。博罗城内被围军队，见救兵大队已到，乘势冲出，合攻铜鼓岭的陈军，陈军大败，死伤甚众，向派尾、响水退却。铜鼓岭仍被城内的义军夺回，博罗之围已解。陈军三路俱败，闻风而逃。中山传令休息，自己入城抚慰军民，特奖滇军师长杨廷培部万元，彰其守城和破敌之功，其余也各论等行赏。一面又令卓旅五团追向派尾，邓演达攻师阳，福军攻击响水。只杨廷培的一师，因死伤太重，着回广州休息。分拨已毕，自己又到梅湖去看重炮阵地，亲发五弹。此时增城的敌军，也被朱、吴各部击退，前方各军，俱皆胜利，东江战事，总算转危为安，可告一小小结束。

中山因广州等他解决的事情很多，便趁机回去了一趟，只一日工夫，便又重行出发。在这一回一出之中，别的并无改动，只有他自己的幕僚中，却又添了马晓军、王柏龄等几个人。轮船到了白沙堆驻泊，中山亲自到飞鹅岭刘震寰营中，商议攻破惠州之策。桂军各上级军官，听说大元帅驾临，一齐来迎，先到炮兵阵地察看。这时惠州城上的陈军，用望远镜探看，见中山亲来察看阵势，便教炮兵瞄准中山开炮。颗颗炮弹，都向着中山飞来。有离开中山身前只有丈许光景的，轰然一声，地上的木石纷飞，地皮也乌焦了。众人见了，都替中山担心，劝中山不要再留。我亦代为担心。中山笑道："你们不必惊恐，敌军的表尺已完全用尽，凡枪炮均有表尺，用以瞄准，测量远近之用。表尺用尽，则不能更远，虽密发不能及我矣。即使他密集注射，也决不能射及我们所立的地点咧。我们尽管商量破城的计划罢！"有见识，有胆量，有经验，岂庸流所能企及？桂军总司令刘震寰道："逆军的杨坤如，最善于守城，我们屡次猛攻，都不能得手，真是没有办法。"不说自己不善攻，倒说别人善守，也算善于解嘲。中山道："我此来带有一船鱼雷，可用此物作攻城之具，炸毁城基，如城基崩坏，惠州即日便可克复了。"刘震寰唯唯称是。中山又道："我定今天仍回梅湖，特留程部长潜和参谋赵宝贤在这里，和兄商议一切。事不宜迟，明天便可下总攻击令了。"刘震寰领诺。

中山见布置已定，仍旧坐了大南洋轮船，回转梅湖。轮船刚到中途，忽听得轰然一声，仿佛船都震动，不知什么地方炸裂了东西。彼此正在惊讶，忽然侦缉员赶来报告道："驻泊白沙堆的轮船失事，所带鱼雷，完全爆炸。飞机队长杨仙逸，长洲要塞司令苏丛山，鱼雷局长谢铁良，同时遇难。"中山大惊，悲痛不已。王柏龄等，齐声慰解，中山拭泪道："杨、苏、谢三同志，从我多年，积功甚伟，一旦为国牺牲，不但国家受了人材的损失，就是我们此番攻城之计划，也大受打击咧，使我如何不伤心呢？"当下命人仍至广州运带鱼雷等攻城之具，一面下令赠杨仙逸陆军中将，与谢、苏两人，均各厚恤，自己并亲赴遇难地点察看，只见血肉模糊，惨不忍睹，不禁加倍伤心，即令设坛致祭，亲自致奠。祭毕，仍回梅湖阵地。

广州的鱼雷既到，仍命程潜在飞鹅岭主持攻城之事，并定九月二十三日下总攻击令，于夜间十二时，先以鱼雷炸城基，各部队冲锋前进，飞机则在前敌侦察敌情，抛掷炸弹。布置既定，如期发动。前锋冲锋前进，一面发射鱼雷，鱼雷的炸力虽大，无奈惠州的城垣，建筑得十分牢固，一时如何攻得破。彼此炮往弹来，激战了许多时候，忽然轰的一声，城垣已被鱼雷轰坍了好几丈。城内的陈军大惊，杨坤如急令堵塞，那刘震寰的桂军，素来胆怯，在城垣没有攻破之前，倒还踊跃呐喊，谁知城已攻破，倒反怔住了，不敢冲进去。等到程潜得报知道，急来指挥时，已过了二小时之久，如此胆怯，尚可作战耶？陈军早筑好了一层新城，把缺口堵住了。因此白牺牲了许多士兵，毫无效果，城上倒反用机关枪密集扫射，桂军死伤甚众，只得退回。中山得了这个消息，十分不悦，只得鼓励将士，重作第二次总攻击，自己回到博罗。

许崇智听说中山在博罗，也从横沥来会商全部军事计划。中山即命为中央军总指挥，并以杨希闵为右翼总指挥，朱培德为左翼总指挥。部署既定，又回广州，只留程潜在博罗，支应一切。中山这一回广州，可不好了，没到两天，河源、平山两地，都被陈军攻陷，洪兆麟迫平湖，林虎攻柏塘、派尾。恰好许崇智这时正在派尾，听说逆军来攻，便令部下各族联合朱、李各军，奋勇逆击。林虎大败，兵士纷纷缴械的，足有千余。洪兆麟也被范石生击败，只有逗留石龙的蒋光亮部，因此时已和陈炯明默契，所以始终按兵不动，未曾作过一次战，应过一次敌。更可笑的，还有围攻惠州的桂军刘震寰，因平山、河源失守，防到后路被截，便急急地退出飞鹅岭，放弃了惠州阵地。中山听了这个消息，恐怕惠州袭攻博罗，倘又失陷，便要牵动全局。二则又闻各军都逗留不进，未免耽误军机，急忙改乘专车，和参谋长李烈钧等，同到石龙，召集各军长胡思舜、卢师谛、范石生、蒋光亮等，会议军事。胡、卢、范等，都立刻应召而来，蒋光亮直到会议将完，方才来到。中山看着他入席以后，方道："贵部在石龙已久，现在前敌军事紧急，为什么不前进？"蒋光亮默然不答。中山道："现在的军事，较前更紧急了，你怎能按兵不动，自己不惭愧吗？限你今夜，必须出动，攻击惠州。"蒋光亮答道："今天我有紧要事情，必须返省，明天当再来。"中山怒道："今天只有军令，你若今天回省，我除以军法处你以外，决无第二句话。"蒋光亮又默然。胡思舜、李烈钧等忙着解劝，请求中山宽容，一面又向蒋光亮道："蒋同志就遵大元帅的命令，不必返省，立刻前进罢！"蒋光亮唯唯。此时不敢倔强矣，使人快然。众皆不欢而散。

次日天微明，中山传令各军出发，因蒋光亮已经回广州，卢师谛的部队素同儿戏，不足一战，所以只用范、胡、许、刘各部，以范石生部主力军，肃清沿铁路的敌人，向平湖进展。令胡思舜合东路一支队，溯河岸横达博罗，和许崇智、刘震寰各军联络。支配妥当后，正要出发，恰好敌将钟景棠、熊略，率领所部，来犯平山。范石生部奋勇迎击，激战了一个钟头，钟、熊抵敌不住，向后退去。范石生指挥部下追赶，到了张坑，钟、熊忽又回身接战，范石生所部奋勇冲突，正在激战之间，忽然背后枪声大起，原来是钟、熊的伏兵杀来。范石生两面受敌，正在着急，忽觉抄袭后路的敌军，纷纷溃散，不解其故。不一时，接到探报，方知是西江李根沄部开到。这消息报到中山哪里，十分欢喜，亲自至前线，察看了一回，令各军继续追击，自己仍回石龙，才知胡思舜部尚不曾出发，中山也不深究，当下又令罗翼群从水路赴苏村，梁国一部出菉兰赴博罗。

布置刚毕，忽报林虎率领精兵一千，占领龙门，进犯增城。陈策、李天德部不战而退。中山大怒，急令朱培德、胡思舜赴援，一面电陈策、李天德严饬反攻。支配毕，因回顾李烈钧道："我本想回广州一转，不料增城的战况又复如此，未免令我忧虑。广州之行，只好暂缓了。"谋国之难如此，可为一叹。李烈钧也叹道："帅座军事计划，处处可操胜算，无奈各军不肯用命，至九仞之功，往往亏于一篑，前功尽弃，岂不可惜！东江之战，大率如此，令人慨叹。还有一事，卢师谛部虽不耐战，然用之亦足以壮威，帅座何以不令作战？"中山道："此理我非不知，唯因其战斗力太弱，万一失利，必致牵动全局，所以我只令往驱除深州之敌，也非全置不用。"正讨论间，忽得博罗许崇智来电告捷，邓演达占回石龙，右翼已达樟木头。李根沄得鸭仔步，卢师谛克深州，中山大喜，即刻动身回到广州。

只隔了一日，忽报中路及左翼军为敌所乘，退出博罗，许崇智回石龙，滇、桂军相继退却。中山大惊，急和李烈钧乘车到石龙来指挥。此时滇军已退到狗仔潭，东西路许、刘各部已退到菉兰，中山严令制止，一面召集开会，讨论反攻之计。李烈钧道："刚才得报，范石生部已攻克鸭仔步，不如令鼓勇进攻惠城，牵制敌人的后方，使敌人不能专顾正面。"范石生亦颇骁勇善战。中山从之，赏范石生部万元，令向惠城进展。又赏杨希闵、朱培德部各五千元，令反攻。一面收容东西路溃兵，一面传令再退却者枪决。在此极忙极乱之中，而处置各方，井井有条，非好整以暇者不办。部署方毕，传令进驻石滩。恰巧逆将钟景棠、熊略、杨坤如、洪兆麟各率贼众，进犯菉兰，中山令前锋暂取守势，定于明日分三路反攻，一面又令李济琛赴援增城。次日天微明，便听得增城方面炮声断续而起。中山恐怕中央军朱部的李师、王师不进，令古应芬前去催促。古应芬遵令赶到石滩村，方知李师已经出发，王师的参谋长凌霄，亦已上了马，正在督队前进。应芬大喜，又去和罗翼群向增城方面沿路探看。过了石滩村，大约有三五里光景，便是一座小山，有两三个滇军的步哨，在哪里瞭望，应芬问他，此地可有敌人踪迹？步哨道："敌人刚才已经逼近，后来被我军击退，现在我军正在向前追击哩。"古应芬和罗翼群侧耳细听，果然枪炮声渐渐自近而远，将大败，先有此小胜。心中甚喜。古应芬便寻路回转，路中只听得东北方面枪炮声极其激烈，知道菉兰、铁墙方面，已在激战之中，急忙回到车站，报告中山。中山道："此一路军事，虽然可以不忧，菉兰、铁墙方面的战事，刚才得石龙、赵宝贤的报告，却有不能支持之势。我已令在石龙的李根沄部，向石湾前进，并令邓副官彦华，运了一车米去，分给各军，但不知结果究竟如何咧？"

正说间，忽报前方有兵数车，向这里很快的开来，不知是何人的部队？众人正在疑讶，那兵车已经开到站里，原来是李根沄所部的兵士。中山甚喜。李根沄随即晋谒中山，请示机宜。中山奖勉了几句，便令仍向石湾攻击前进。李根沄遵令，即时出动，刚到石湾，菉兰、铁墙方面的各军，已纷纷溃退。李根沄的部队被他们冲动，不能驻扎，只得也跟着溃退。大部分都溃到石滩。中山得报，急忙和李烈钧、古应芬下车制止，只见沿铁路都是溃兵，既分不出是什么人的部队，也不知道他们因何而退，询问他们的长官在哪里，又都不知所在。各军溃兵初时溃奔得非常慌忙，此时见大元帅下令喝止，始各站住，不敢再逃。**各兵亦尚能守令。**不一时李根沄的全队亦退到，中山便和他说道："武城，李根沄之字。你应当率队严守此间河岸，以图反攻。"李根沄唯唯遵令。

正说间，忽有溃兵所乘的火车开到，刚好和中山的座车，在同一条轨道上，因此座车也被他冲得逆行。中山刚好上车，便如风驰电卷的走了。古应芬等上车不及，只得沿铁路随着追赶。各溃兵见了这情形，便又大奔，中山派往石龙的副官邓彦华，见了这情形，不觉大惊，因听说范小泉的部队，尚在横沥，急忙赶到横沥，报告败耗，请其回军救应。范小泉正待举炊，听了这话，也不待吃饭，便急令部下开拔，赶到石龙。恰好陈军的先锋洪兆麟，紧紧追赶中山，已到石龙。范小泉也不待开枪，便令冲锋，自己奋勇前进。洪兆麟虽仗战胜之威，无奈范军勇悍难当，只一小时，便大败而溃。洪兆麟恐被追及，急急渡江，不料船小人多，到了江中，一震荡间，那只船已翻转身来，把洪兆麟等都溺在水里。**读至此，为之一快。**众人慌忙把他救过对岸时，已吃了好几口水，狼狈不堪，急忙带着残兵，向东退去。

却说古应芬等，因追兵被范军截住，安然到了新塘，上了火车时，方知中山已乘了机关车返省，心中甚觉安慰。只是想到此次溃退的士兵，不止一万，如一到省城，商民必受损失，又没法可以处置，甚是担心。到了省城时，市面竟安堵如常，大为奇异。打听之后，方知中山到省后，即派兵一部，在大沙头堵截，所有散兵，已全被缴械，所以广州毫无影响。综计此次东江战事，始于五月，至这时九月，已有四月之久，此次义师挫败，退回广州，总算告一小小结束。我这支笔，便也要掉转来，写些别处的事情。要说北方在本年中，除却平常的政变和战争以外，还有一件惊天动地，震动全世界的大事情，正是：

战争喋血寻常时，别有奇峰天外来。

未知究系何事，且看下回分解。

中山从事革命事业数十年，生平历危涉险，不知凡几，苟举其荦荦大者而言，则除伦敦、白鹅潭两役而外，唯此次东江之战而已。盖当时可用之兵，唯许崇智部及少数之滇、粤军，若刘震寰、杨希闵、蒋光亮各部，则除索饷要械而外，其兵殆不堪一战，甚者与逆军通款协谋，以危中山，其处境之险，岂下于白鹅潭哉？然观其从容处事，未尝因消息之可惊而惶恐失措，处置困难而颓丧灰心，其学养工夫，与坚忍不拔之志，岂寻常人所能及其万一哉？

第二十四回

昧先机津浦车遭劫
急兄仇抱犊崮被围

却说民国十二年五月五日那一天，津浦路客车隆隆北上，将到临城的那一天，滕县忽然起了一个谣风，说抱犊崮的土匪，将到临城。滕县警备总队长杜兆麟，闻得这个消息，急忙赶到临城，想报告驻防于该地的陆军六旅一团一营营副颜世清。颜世清听说滕县警备总队长来见，不知道什么事，想正在酣睡中耳。不然，贼将临门，何尚弗知？写得梦梦，可笑。又不便拒绝，只得请见。杜兆麟一见颜世清，略为寒暄了几句，便开口说道："有一个很重要消息，不知道营副已经知道没有？"颜世清问是什么消息？杜兆麟道："据敝队的侦探员报告，抱犊崮土匪，有大队将到临城，兄弟恐怕贵营还不曾知道，特地赶来报告，须设法堵截才好。"颜世清变色道："胡说！正不知是谁胡说？抱犊崮的土匪，现被官兵围得水泄不通，哪里能下山？便生着翅膀儿，未见得能飞到这里。若说真有这事，难道就只你有侦探，能够先知道，我便没有侦探，便不能知道了。"一味负气语，总是料其决不能来耳。杜兆麟道："不是如此说，抱犊崮虽则被围，难保没有和他联络的杆匪，再则或有秘密路儿可下山，怎说生了翅膀儿也飞不到这里？这是地方的公事，也是国家的公事，须分不得彼此，或许你没有知道，我先知道的，也许我没知道，你先知道的，大家总该互相通个消息才是。"颜世清怒道："我为什么要通报你？我也用不着你通报，料你几个警备队儿，干得甚事？

167

敢在我面前吹牛！"杜兆麟见他不懂理，要待发作，却又忍住，因微微冷笑了一声道："我们几个警备队儿，本来没有什么用，哪里敢和老兄的雄兵作比。滕县有什么事，都要全仗老兄了。"说着，告辞而去。颜世清也不送客，只气呼呼的坐在一旁，瞧着他走了。又向站岗的兵士，和值日的排长发作道："为什么让这妄人进来混闹？也不替我挡一声儿驾。"

正闹着，忽报有个本村的乡人，又有紧要机密事来报告。颜世清怒道："又有什么紧要机密事报告了，准定又是造谣，权且叫他进来，说得好时便罢，否则叫他瞧瞧老子的手段。"说着，喝令叫进来。不一会，乡人已到面前站下。颜世清没好气，喝问报告什么事？那乡下人见了颜世清这样子，早唬矮了半截，半晌说不出话来。颜世清愈加生气，骂道："村狗子！问你怎么不说了？谁和你寻开心吗？"乡下人见军官生气，才吓出一句话来道："抱犊崮的土匪，离这里只有七八里路了。"颜世清听了这话，立刻跳起来，向他当胸就是一拳，骂道："混账忘八蛋！你敢捏造谣言，来扰我的军心，我知道你是杜兆麟指使来的，你仗着杜兆麟的势力，当是我不敢奈何你吗？我偏要把你关起来，办你一个煽惑军心的罪名。"说着，又骂勤务兵，为什么不给我关起来。几个勤务兵应了一声，赶上前，如狼似虎地抓起这乡下人，先掌了几个嘴，又骂道："忘八羔子！你敢来诓我们的营副，吃了豹子胆了。"一行骂，一行打的，提到空房间里去关起来了。军阀时代，北军之蛮横，常有此种光景。

这是这日下午的事情，到了晚上十二点钟，北上的特别快车，开到临城的附近，一众客人，正在酣寝的时候，忽觉有极激烈巨大的砰的一声，火车立刻停止了，有几节车便倒了下来。一众乘客，从梦中惊醒，正在骇疑，忽然有啪啪噼噼的枪声，连珠价响起来，一时间把车子的乘客，吓的妇哭儿号，声震四野，男子之中，也有穿着衬衣，跳窗出去，躲在车子底下的，也有扒上车顶上去的，也有躲到床底下去的，一时间乱地天翻地覆。不多一会，枪声稍停，车中跳上了许多土匪，大多衣履破碎，手执军械，把众人的行李乱翻，只要稍值钱的东西，便都老实不客气的代为收藏了。抢劫了一会，所有贵重些的东西，已全入了土匪的袋儿里，方才把一众客人驱逐下车，把中西乘客分作两行排立，问明姓名、籍贯、年龄，一一记在簿上，又查明客票等级，分别记明，这才宣布道："敝军军饷不足，暂请诸位捐助，三等客人每人二千元，二等客一万元，头等客三万元，西人每名五万元，请各位写信回家，备款来赎。"说完，便赶着众人教他们跟着同走。有走不动的，未免还要吃些零碎苦头。原来这些乘客，总计三百多个人，里面却有二十多个西人。

这乱子的消息，传到颜世清耳朵里，只吓得手足无措。此时不知是谁报告，亦曾饱以老拳，治以煽惑军心之罪否？急急令排长带领一排人，去截留乘客。排长不允道："土匪有几千人，只一排人如何去得？何况这样泼天般大的事情，我也干不了，营副该亲自把这两连人全带了去才好。"颜世清怒道："你说什么话？你敢不依？你敢不去吗？"那排长见营副发怒，不敢多说，只得退下来，抱着满肚皮的不愿意，带着本排兵士，慢吞吞地到了肇事地点，下令散开。其时土匪刚好押解着三百多肉票，向东缓缓而行，见了官兵，也不开枪。官兵见了土匪，也不追赶。盖此时匪之视兵，几如无物，兵之视匪，有若同行矣。不一时，驻扎韩庄的陆军第六旅，听了这个警报，派了大队士兵，前来邀击，这才和土匪开战起来。土匪带了肉票，一路上且战且走。官兵是紧紧追赶，倒也夺下了肉票不少。那些土匪一直奔逃到一座山顶，山顶外面有大石围绕，极易防守，这时土匪已经精疲力尽，只得坐下休息，并叫中西肉票，也列坐于围石之中。一面，各人都拿出掳来的赃物，陈列着，请肉票代为作价。

却说肉票当中有一个名叫顾克瑶的，和一个西人名叫亨利的，两人最为顽皮，见了这些东西，随口乱说，并无半句实话。有一个土匪，拿出一枚大钻戒，请亨利评价，亨利看那钻戒，原来是穆安素的，因操着英语，做着手势道："这东西毫无价值，只值二三角钱。"土匪不懂，只顾看着他发怔。顾克瑶替他解释了一会，土匪方才领悟，甚是丧气道："我想一枚金戒，也至少值三五块钱，这样一颗亮晶晶有亮光的东西，至少也值上八块十块，不料倒这么不值钱。"说着，没精打采的戴在指上，又叹了一口气。另一个土匪笑道："你的是黄铜戒指，自然不值钱，这原是自己运气不好，何必叹气。"殆俗语所谓运去黄金减色欤？说着，又回头问顾克瑶道："客人！土匪谓所绑之票曰客人。你是懂得外国话的，可代我们问问这位外国古董客人，评评我们这些东西，可不是我这手表顶值钱吗？"顾克瑶向亨利传译了，只听得亨利又做着手势，叽里咕噜地说了一阵。顾克瑶向土匪笑道："他说呢，这些东西，统都是没价值的。你的手表，虽则比他们的东西略贵，也不过值五块钱。"众人听了，都十分扫兴，纷纷把东西捡了起来，口里却叽咕道："难为这些客人，都带着这么值钱的东西，也算我们晦气。"又一个站着的土匪道："得咧得咧，我们不提这话罢。"说着，又走近一步，指着亨利旁边的穆安素，向顾克瑶道："听说这胖大的洋人，是一个外国督军。中国有督军，外国亦必有督军，此辈心中固应有此想也。你懂得洋鬼子话，可知道他是不是？"顾克瑶笑道："他是外国的巡阅使呢。"有督军则又必有巡阅使，无巡阅使何以安插太上督军乎？顾君之言是也。说着，又指着《密勒氏评论报》的主笔鲍惠尔道："这位就是他的秘书长。你贵姓？"那土匪道："我姓郭，叫郭其才。"说着，向穆安素和鲍惠尔打量了一番，露出很佩服，又带着些踌躇满志的样子。一会儿，又向顾克瑶道："请你和外国督军说，叫他赶快写信给官兵，警戒他们，叫他们不要再攻击，若不是这样的话，我必得把外国人全数杀了，也不当什么外国督军，西洋巡阅咧。"中国之最贵者，督军巡阅也，外国又中国之所畏也，然则外国督军，外国巡阅，非世界至高无上之大人与？土匪乃得而生杀之，则土匪权威，又非世界至高无极者乎？一笑。说到外国人的样子，虽则很像凛凛乎不可轻犯，然而一听到一个杀字，却也和我们中国人一样的害怕，所以顾克瑶替郭其才一传译，外国人就顿时恐慌起来，立刻便推鲍惠尔起草写信。想因他是报馆主笔喜欢掉文之故。同一动笔，平时臧否人物，指摘时政，何等威风，今日又何等丧气。又经顾克瑶译为华文，大约说道：

　　被难旅客，除华人外，有属英、美、法、意、墨诸国之侨民四十余人。全书中，此句最是重要，盖此次劫车，如无西人，则仅一普通劫案耳，政府必不注意，官兵亦必不肯用心追击也。盖衮衮诸公之斗大眼睛中，唯有外国人乃屹然如山耳，我数百小民之性命，自诸公视之，直细若毫芒，岂足回其一盼哉？警告官兵，弗追击太巫，致不利于被掳者之生命。

　　郭其才拿了这信，便差了个小喽罗送去，果然有好几小时，不曾攻击。匪众正在欢喜，不料下午又开起火来。郭其才依旧来找顾克瑶道："官兵只停了几小时，不曾攻击，现在为什么又开火了？你快叫外国巡阅再着秘书长写信去，倘官兵仍不停止攻击，我立刻便将所有外国人，全数送到火线上去，让他们尝几颗子弹的滋味，将来外国人死了，这杀外国人的责任，是要官兵负的。"妙哉郭其才。单推外人而不及华人，非有爱于华人，而不令吃几颗子弹也，盖官兵目中，初未尝有几百老百姓的性命在意中，土匪知之深，故独挟外国人以自重。盖政府怕外国人者也，如外国人被戕，必责在役之官兵，在役之官兵畏责，必不敢攻击矣。顾克瑶依言转达，书备好后，仍由郭其才差匪专送。

顾克瑶见书虽送去，不过暂顾目前，自己不知何日才能回家，心中十分烦闷，因在山边彷徨散步，暂解愁怀。忽见有一个八九岁的女孩，衣履不全，坐在石崖旁边，情致楚楚，十分可怜，禁不住上前问她的姓名。那女孩见有人问她，便哭起来道："我姓许，叫许凤宝，我跟我的母亲从上海到天津去，那天强盗把我的母亲抢去，把我丢下，我舍不得母亲，跟强盗到这里来寻我的母亲，又不知道母亲在哪里。"真是可怜。一行说，一行哭，十分凄楚，听得的人，都代为流泪。众人正在安慰她，忽然一个外国人叫作佛利门的，走将过来，因不懂中国话，疑心众人在这里欺哄孩子。顾克瑶看出他的意思，便把详细情形告诉了他，佛利门点头道："这孩子可怜得很，我带她到维利亚夫人哪里去，暂时住着再说罢。"说着，便和顾克瑶两人带了许凤宝，同到维利亚夫人哪里，给与她衣服鞋履。那许凤宝年幼心热，见顾克瑶等这般待她，十分感激，便赶着他们很亲热的叫着叔叔，这话按下不提。

却说这天晚上，兵匪又复开火，当时天昏地黑，狂风怒号，不一时，鸡卵一般的雹，纷纷从天上落将下来，打着人，痛不可当，更兼大雨交加，淋得众人如落汤鸡一般，十分苦楚。郭其才等知道这地不可久居，便带着一众肉票，度过山顶，奔了十多里路，转入山边一个村庄中躲避。一面叫老百姓土匪称不做强盗之居民为老百姓。打酒烧火，煎高粱饼，煮绿豆汤，分给各人充饥。那饼的质地既糙，味道又坏，十分难吃。一住两日，都是如此，甚是苦楚。顾克瑶觅个空，诈作出恭的样子，步出庄门，想乘机脱逃。刚走了几步，便遇着一中年村妇，忽然转到一个念头，便站住问道："从这里去可有土匪？"那妇人向他打量了一番说道："先生是这次遭难的客人，要想脱逃吗？"顾克瑶道："正是呢，你想可得脱身？"那妇人摇头道："难难难，我劝先生还是除了这念头罢。从这里去，哪里没土匪！你这一去，不但逃不出，倘然遇见凶恶些的土匪，恐怕连性命也没咧。"山东此时，可称之谓匪世界。顾克瑶听了这话，十分丧气，只得死了这条心，慢吞吞地踱将回来。刚想坐下，忽听说官兵来攻，郭其才等，又命带着肉票，往山里奔逃。顾克瑶一路颠蹶着，拼命地跑，倒是那外国巡阅，十分写意，坐着一把椅子，四个土匪抬着走，好似赛会中的尊神。假外国巡阅，在土匪中尚如此受用，真督军下了台，宜其在租界中快活也。

奔了半日，方才又到一座山上。顾克瑶和穆安素、佛利门、亨利、鲍惠尔等，都住在一个破庙里，只有穆安素一人，睡在破榻上面，其余的人，尽皆席地而睡。

那亨利十分顽皮，时时和郭其才说笑，有时又伸着拇指，恭维郭其才是中国第一流人，因此郭其才也很喜欢他，时常和顾克瑶说："亨利这人，很老实可靠，不同别的洋鬼子一样，倒很难得。"被亨利戴上高帽子了。土匪原来也喜戴高帽。顾克瑶也笑着附和而已。一天，郭其才特地宰了一头牛，大飨西宾。顾克瑶等因要做通事，所以得陪末座。英语有此大用处，无怪学者之众也。那牛肉因只在破锅中滚了一转，尚不甚熟，所以味道也不甚好，可是在这时候，已不啻吃到山珍海味了。彼此带吃带说之间，顾克瑶因想探问他们内中情形，便问他们的大首领叫什么名字？怎样出身？郭其才喝了一口酒，竖起一个拇指来道："论起我们的大当家，却真是个顶天立地的奇男子，他既不是穷无所归，然后来做土匪，也不是真在这里发财，才来干这门营生。多只因想报仇雪恨，和贪官污吏做对，所以才来落草。我们这大当家，姓孙名美瑶，号玉峰，今年只有二十五岁，本省山东峄县人，有兄弟五个，孙当家最小，所以乡人都称作孙五。他有个哥哥，名叫美珠，号明甫，也是我们以前的大当家，本是毛思忠部下的营长，毛思忠的军队解散以后，他也退伍回家。这也是他有了几个钱不好，信然哉，有了钱真是不好也。谚藏海盗，古人先言之矣。因为有了几个钱，便把当地的军队警察看的眼红，时时带着大队人，到他家去敲诈，指他们是匪党。这么一门好好的世家财主，不上几月，便把七八顷良田，都断送在这些军警手中了。我读此而不暇为孙氏悲，何也？如此者不止一家也。现在的孙当家的大哥，这口气，几乎气得成病，当即召集了四位弟弟，向他们说道：'我们做着安分良民，反而要受官兵的侵逼欺凌，倒不如索性落草，还可和做官的反抗。左右我们的田产已光，将来的日子也未见得过的去。做了强盗，或者反能图个出身，建些功业，不知诸位兄弟的意思如何？'众人初时都默然不答。他们的大哥重又说道：'我不过这样和兄弟商量，万一有不愿意的，也不妨直说，我也决不勉强。'他这般声明过以后，二、三、四三位兄弟才都说：'不愿意落草，愿意出外谋生。'他们大哥不禁叹了口气道：'想不到许多兄弟中，竟没有一个人和我志气相同的，也罢！我只当父母生我只有一个，我也不敢累你们，你们各自营生去罢。'此反激语也，然着眼不在老五一人。这句话，却激动了我们这位孙大当家，他年纪虽小，按孙美瑶此时，年仅弱冠。志气却高，当强盗有何志气，然在强盗口中，自不得不如此说也。立刻一拍胸膛，也是强盗样子。上前说道：'大哥！诸位哥哥都愿别做营生，我却情愿跟哥哥落草，万死亦所不惧。'虽是强盗老口吻，然其志亦壮。初时不说，已在踌躇之中，经美珠说话一激，就直逼出来矣。他大哥听了他这几句话，顿时大喜，说道：'我有这样一个英雄的兄弟，已经够了，比着别人，虽有十个八个兄弟，紧要时却没一个的，不知胜过多少咧。'半若为自己解嘲，半似为慰藉美瑶，而实乃是反映三弟也。美珠亦善辞令。当下变卖余产，得了四五千元，把房屋完全烧掉，亦具破釜沉舟之心。一面又拿出五百块钱，给他的妻子崔氏道：'你是名门之女，总不肯随着我去的，我现在给你五百块钱，嫁不嫁，悉听你自己的便，总之，此生倘不得志，休想再见了。'做得决绝，颇有丈夫气概。把这些事情做好以后，便把剩下的几千元，仿着宋江的大兴梁山，招兵买马，两月之内，便招集了四千多人，占据豹子谷为老巢。那时兄弟已在他老大哥的部下，彼此公推他老大哥为大都督。现在的大当家，和周当家天伦为左右副都督，就是兄弟和诸当家思振等，也都做了各路司令。"不胜荣耀之至。说着，举起一杯酒来，一饮而空，大有顾盼自豪之概。

顾克瑶笑道："后来呢？为什么又让给现在的孙大当家做总司令了？"郭其才慢慢放下杯子，微微叹了口气道："真所谓大丈夫视死如归，死生也算不得一件大事。"顾克瑶忙又接口道："想是你这位老大哥死了。"郭其才又突然兴奋起来道："是啊！他在去年战死以后，我们因见兄弟们已有八千多人，枪枝也已有六千，便改名为建国自治军，推现在的孙大当家为总司令，周当家为副司令，誓与故去的孙大当家复仇，所以去年这里一带地方，闹的最凶，谁想到官兵竟认起真来，把个抱犊崮围得水泄不通，这倒也是我们始料所不及的呢。"此语由表面观之，乃是讶其现在剿治之认真，而骨子里，却包含着以前之放纵也。众西人不知道他们叽里咕噜地说什么，我们见西人说话，以为叽里咕噜，西人见我们说话，亦以我为叽里咕噜也。都拉着顾克瑶询问，顾克瑶摇了摇头，也不回答，便笑着问郭其才道："你们孙大当家，有了这么大的势力，大概也不怕谁了，为什么这次被围在抱犊崮，竟一筹莫展呢？"郭其才笑道："那是我们的总柜，所以不愿放弃。不然，带起弟兄们一走，他们也未见得能怎样奈何我们咧。"顾克瑶问怎样叫作总柜？郭其才道："你不知道我们绿林中的规矩，所以不懂了。我们这里的规矩和胡匪不同，胡匪做着生意，便立时分散走开，等到钱用完了，便再干一下子，我们的规矩就不是这样。兄弟们无论得一点什么，都须交柜，交柜者说是把财物交给首领，外面称作杆首，我们自己有时却称作掌柜。柜有大小，小柜有得多时，须送交大柜，大柜有得多时，须送交总柜。抱犊崮就是我们总柜所在的地方，你懂了吗？"顾克瑶笑道："我懂得咧。你们首领里面，除却孙大当家以外，你老兄大概也算重要的了。但是我看你也不像干这门营生的人，定然也因着什么事，出于不得已，才投到这里来的。"郭其才听了这话，突然跳将起来，眼睛里几乎爆出火来。众人都吓了一跳，都疑心顾克瑶言语冒失，触犯了郭其才了。正是：

虎窟清谈提往事，亡家旧恨忽伤心。

未知顾克瑶是否有性命之忧，却看下文分解。

兵，外所以御侮，内所以平乱也。今中国之兵，外不足以御侮矣，内亦能平乱否耶？方其未乱也，则务扰之使为乱，方其无匪也，则务迫之使为匪。及其乱生而匪炽，则借其事以为利，如捕之养盗然，使之劫而分润其所得，仿佛兵之所以养也。匪来，则委其事若弗知，使得大掠而去，又岂但不能平乱已哉？然则颜世清之不知匪之来劫也，果不知耶？抑熟知之而故为弗知者耶？观其派兵而弗击，吾思过半矣，呜呼！

第二十五回

避追剿肉票受累
因外交官匪议和

却说郭其才听了顾克瑶的话,一时引起旧恨,不禁咬牙切齿,愤怒万分,突然跳起来,把胸膛一拍道:"说起这件事来,真气死我也。诸位不曾知道,我父亲是滕县的大绅士,生平最恶土匪,创办警备队,征剿十分出力,因此引起了土匪的仇视。在大前年的元旦,乘着我父亲不曾防备,纠集三四百人,杀入敝村,把我一家十七人全行杀死,只剩我一人在外,不曾被害。我报官请求缉捕,当地官兵,不但不为缉捕,而且骂我不识时务。山东匪世界也,在匪世界中,而欲与匪为仇,岂非不识时务?诸位想想! 这时家中只有我独自一个,如何不想报仇? 东奔西走,务要请他们缉捕。他们不曾缉捕之前,先要赏号,我急于报仇,就不惜立刻把家产卖尽,拿来犒赏官兵。谁知白忙了一场,到头还是毫无着落。这时我仇既报不成,家产又都光了,想要低头下去,也是生活为难,我这才无可如何,投奔已故的孙大当家部下,充个头目,于今也总算做到了土匪中的大首领,可是杀父之仇,不知何日方能报得咧。"实迫处此情形,虽与孙美瑶不同,而同因官兵之逼迫则相似也。顾克瑶等几个中国人,听了这些话,都感叹不已。

在这山中住了两日,又搬到龙门关白庄,郭其才在途中和顾克瑶、亨利等人说道:"这几天苦了你们,现在给你们找到了一个好地方了,哪里的房子又大又好,比

175

外国的洋房更不知道要好上多少倍呢？"众人听了，都不知道是怎样一个好去处，都巴不得立刻到了，好休息一下子。到了白庄以后，郭其才和他们一处走着，到了一所大庙门口，郭其才便踱将进去，穆安素、佛利门、鲍惠尔、亨利、顾克瑶等，也跟了进去。郭其才指着庙里，向顾克瑶笑道："你看！这庙宇多么大，多么敞朗，就是外国人住的大洋房，恐怕也赶不上咧。"此殆俗语所谓小鬼不曾见过大馒头乎？众人一看，只见屋虽高大，却因年久失修，破坏不堪，六七尊佛像，也是金落粉残，现出一种萧索气象，除以此外，就只有几垛墙壁了，不觉哑然失笑。其实可笑。郭其才也笑道："如何？我说的话不错吗？"亨利道："好是好，可惜没有床铺，一样还要席地而睡。"郭其才听了克瑶的传译，忙道："有有有，还不曾办到呢！等一会，就可送来了。"正说着，只见一个小喽罗，带着一个黑汉子寻将进来，郭其才问什么事？那小喽罗道："奉孙总司令的命令，把这姓郭的，也并入八连，听当家的发落。"郭其才道："知道了，就叫他住在这里罢。"顾克瑶看那姓郭的，手面俱极粗黑，下颌的胡子也足有寸许长，穿着破旧的短袄，神气竟和土匪一般无二，不禁暗暗称奇，为下文潜逃张本。因上前和他拉拉手，问他的名字、籍贯、职业。那黑汉道："我本地人，名叫鸿逵，就是这次津浦车车上的车手。"郭其才道："你能够写字吗？"郭鸿逵道："懂得些。普通文件，也还能写。"郭其才大喜道："我正少一个书记，你就住在这里，替我当个书记罢。"郭鸿逵领诺。

不一时，小喽罗们送进许多高粱梗来，铺作床垫，又搬进一只破锅，放在阶沿上。鲍惠尔笑道："我在村中时，恐怕山间没有茶壶，顺手牵羊，在庄家带了一只洋铁茶壶在此，诸君看还适用吗？"说着，果然掏出一只洋铁茶壶来，众皆大笑。亨利道："我虽没有这么的茶壶，却有四只茶杯在这里，正好配对。"他一面说，一面果然也掏出四只茶杯来。郭鸿逵笑道："你们这些东西，都不及我在山下拾得的破洋铁罐，用途更广。"说着，拿出一只破洋铁罐来。众都问何用？郭鸿逵道："用途多咧。平时可以贮清水，要吃饭时可以煮饭，要吃茶时可以炖开水，质地既轻，水容易滚，又省柴火，岂不是用途更广吗？"废物之用如此，在平时何能想到，甚矣，忧患之不可不经也。众人听了，俱又大笑。

顾克瑶等在这破庙里住了数日，忽见一个小喽罗领着一个小女孩进来，众人看时，正是许凤宝，顾克瑶问她来做什么？凤宝道："今朝有个外国先生外国先生未知比外国巡阅如何？要到上海去，他们都叫带了我去呢。我怕妈妈在这里，找不到我，叔叔看见她，请告诉她一声，说我回上海去了，叫她别挂念。"*真是孩子话，然而我奇其天真。*顾克瑶诧异道："我又不认识你妈妈，叫我和谁说去？"许凤宝呆了一呆，郭鸿逵也笑起来了。顾克瑶忙又抚摩着她的头，安慰了几句，方才依依不舍地，迟回而去。鲍惠尔等见了这情形，都问顾克瑶什么事？顾克瑶说了一遍，众人疑道："不知是谁下山去了？为什么我们竟没知道？"顾克瑶道："你们要知道谁下山去，也容易，只问郭其才便知道了。"说话时，恰好郭其才进来，顾克瑶便问他道："听说有个外国人下山去了，那人叫什么名字？怎么可以随便下去的？"郭其才笑道："他立誓在一星期内回山，才准他下山去的呢，怎说随便可以下去？那是个法国人，名字叫作什么斐而倍，我也记不清楚了。"顾克瑶便把这话传译给穆安素等人听。穆安素道："我正想发一个电报给罗马意政府，催他们向中国政府严重交涉，只可惜没人能带下山去拍发。密斯脱顾能向郭匪商量，准我们这里也派一个人下去吗？"佛利门、鲍惠尔也忙道："我们也很想和外面通个消息呢。无论如何，总要要求郭匪，派个人下去才好。"顾克瑶因回头和郭其才道："这几位外国客人，都想和外面通个信，派个人下山去，干完了事情便回山，不知道可不可以？"郭其才想了一想道："事情是可以的。但是下山去的人，须由我指定，不能由他们自己随意派的。"顾克瑶把这意思向穆安素等说明。穆安素等都道："只要能够和外面通信就得了，谁下去我们可以不管。"众人写好了信和电报，再请顾克瑶和郭其才接洽。郭其才便指定顾克瑶和亨利一同下去，又再三吩咐明日务必回山。

　　亨利在路上和顾克瑶说道："明天我们无论如何，必须回山去，不可失信于匪。"顾克瑶听了这话，一声不响，自己思量道："土匪并不是讲什么信义的，就失信于他们，也并没有什么要紧。假使我的回去，能够使被难的同胞得益，倒也不去管他，可是我看土匪的情形，对于外人，因想假以要挟政府所以十分重视，至于对我们本国人，少一个多一个，并不十分稀罕，我何必多此一举呢。至于亨利他是个外国人，一方面，有外交团竭力营救，一方面，中国政府因怕此案迁延不决，酿成国际上之重大交涉，不惜纡尊降贵，向土匪求和，所以外国人的释放，不过迟早问题，亨利回山，可保必无危险，像我们这些中国人，百十条性命，哪里值得政府的一顾？将来能否回家，尚属问题，我假如回山，真个是自投罗网的了。亨利所以定要我回去，无

177

非为着我能说外国话，我假如走了，他们就要感着不便咧……"他一面想，一面胡乱答应亨利，到了山下以后，各种事情办妥当以后，亨利屡次催促顾克瑶回山，顾克瑶委决不下，去和几家报馆里的记者商议。那些记者，都以为并无返山的必要，顾克瑶便决定南旋，先由枣庄乘车到临城，在临城车站买了张特别快车的票子，正在候车，忽见有两个人匆匆忙忙地赶来，向车站上的人乱问。车站上的人用手向自己一指，那两个人便向自己这边走来。顾克瑶正在怀疑，那两人已到了面前，打了个招呼道："这位就是顾克瑶先生吗？"顾克瑶一看，那两人并不认识，因请问他们尊姓。一个中材的道："我姓史，是交通部派来的代表。"顾克瑶问他有什么事？姓史的道："我们部长因听说顾先生已经南旋，所以赶派我们赶来，劝顾先生回去。"顾克瑶道："我已经下山，还要回去做什么？难道苦没有受够，还要再去找些添头吗？"姓史的笑道："并非如此说，现在政府和土匪，正在交涉之中，假使失信于他，一定要影响外交，无论如何，总要请顾先生保持信用，顾全大局。"倒也亏他说得婉转。顾克瑶正色道："政府于国有铁道上，不能尽保护人民的生命财产安全的责任，以致出了这件空前劫案，国家威信，早已扫地无余，还靠我区区一个国民的力量，来弥补大局吗？"姓史的再三道歉，非促顾克瑶立刻回山不可。顾克瑶推却不得，只好回枣庄，和亨利一同回山。

恰好这天江宁交涉员温世珍和总统府顾问安迪生也要进山商量条件，彼此便一路同行。进山以后，郭其才见顾克瑶，喜的握住他的手笑道："你两位真是信义之人，我想你假如不回来，这里便缺少一个翻译了，岂不糟糕？"几乎做了不是信义之人，一笑。顾克瑶笑了一笑，也不回答。温世珍请郭其才介绍和孙美瑶商议释放外人条件，只提释放外人，果如顾君之语。彼此商议了好多时，还无结果。安迪生道："照这样讨论，很不易接近，不如双方早些各派正式代表，速谋解决方好。"孙美瑶道："这件事我个人也未便擅主，须等召集各地头目，各派代表，开会讨论，才好改派正式代表商议条件。"安迪生催他早些进行，孙美瑶答应在两日内召集。

温、安两人去后，顾克瑶把这消息去报告穆安素等，大家欢喜。正说话间忽见郭其才匆匆进来，叫众人赶紧预备搬场，众人吃了一惊。顾克瑶道："刚才双方商量的条件，不是已很接近了吗？为什么又要搬？"郭其才道："他们要我们释放外人，必须先解抱犊崮的围，现在抱犊崮的兵，依旧紧紧地围地水泄不通，谁相信他们是诚意的。"一面说，一面催他们快走。众人只得遵命搬到北庄。顾克瑶知道必有变卦，因装做不甚经意的和郭其才谈及条件问题。据郭其才的意思，必须官兵先撤抱犊崮之围，退兵三十里外，再将所有土匪编为国军，给发枪械，方可议和。倘官兵敢放一枪打我们，我们就杀一外国人，看他们怎样？顾克瑶探得他的意思，便和郭鸿逵去悄悄商议道："匪首的态度，十分强硬，看来这和议一时必不能成功，我们不知何日方能出险，倒不如现在私下逃走了罢。"郭鸿逵道："除此以外，也没第二个办法了，好在他们对我两个，素来不甚注意，更兼我的样子，又很像土匪，或者可以逃的出罢。"两人议定，便悄悄地步出庄门。顾克瑶走在前面，郭鸿逵把蒲帽遮下些，压住眉心，掮着一根木棍，在后面紧紧跟着，装做监视的样子。两人很随便大踏步往前趱路，偶然给几个土匪看见，也误认郭鸿逵是自己队中人，绝不盘诘。走了半个钟头，已不见土匪的踪迹，方使出全身气力，往前狂奔，意急心慌，也不知跌了几个筋斗，一连奔跑了四个钟头，方才跑出山外，两人换过一口气来，休息了三五分钟，方才慢慢地走。

到了中兴煤矿公司的车站上，恰巧遇见那天催他回山的交通部代表，那姓史的见了顾克瑶，忙着贺喜道："顾先生！恭喜脱险了。做事情要这样有头有尾，方不愧是个大丈夫。"顾克瑶道："倘然不幸而至于有头无尾，你又有什么说？"姓史的嘿然。彼此又说了些别的话，姓史的方作别而去。*报告总长大人去矣*。顾克瑶两人到了枣庄，就有气概轩昂的军官来寻他们，说总长叫他们去问话。顾克瑶和郭鸿逵，就跟着那军官，到了一部辉煌宏丽的蓝色座车里面，只见坐着约有十多个人，都气度昂然，有不可一世之概。*可惜只能在车子里称雄*。顾克瑶、郭鸿逵两人暗暗估量，大概就是什么总长等等，现在政治舞台上的重要人物了。他俩一面想，一面向他们行了一鞠躬礼。那些人把手往旁边一伸，也不站起来，只向顾克瑶点了点头道："你就是顾君吗？请坐下谈谈！"顾克瑶遵命坐下，郭鸿逵就站在顾克瑶的背后。那些人把山中的情形和匪首的态度，问了一个详细，*也算难为他们能这样的费心*。方令退出。*真好威风的总长大人*。顾克瑶到了临城，要搭津浦车南下，*不怕再被俘耶？*郭鸿逵住在济南，两人将要分手，想起共患难的情形，十分依依不舍，彼此大哭而别，*此一哭，倒是真情*。按下不提。

却说顾克瑶所见的十几个人，都是这时官匪交涉中的重要人物，就是田中玉、吴毓麟、杨以德、张树元、刘懋政、安迪生、陈调元、温世珍、钱锡霖、何锋钰、冯国勋这一批人。当顾克瑶出去以后，又商量一会招抚的办法。田中玉道："委任状我都已吩咐他们预备好了，明天可教丁振之、郭胜泰再去一趟，顺便把委任状带给他们，他们才不该再闹什么了。"众人都各无话。次日丁振之、刘胜泰二人，带了委任状进山，到了匪巢里面，只见孙美瑶、郭其才、褚思振等都高高坐着，并不理睬，也不说话。丁振之就把委任状交给褚思振，褚思振把委任状向旁边一丢，气忿忿地说道："兵也没有退，一纸空文，有什么用？老实说句话，你们非将军队退尽，决不能开议，今天可回去对田督说，限三天之内把兵退尽，否则就请田督下哀的美敦书，彼此宣战好咧。"丁振之、郭胜泰说不得话，只得把这情形回禀田中玉。田中玉大怒道："他妈的！我怕他吗？既这么说，我就剿他一个畅快。"众人劝阻再商量，田中玉犹自怒气不息。

这消息传入滕、峄两县的绅士的耳朵中，恐怕兵匪开战，累及平民，十分着急，当有刘子干、徐莲泉、金醒臣、梁子瀛、田冠五、刘玉德、陈家斗、陈正荣等二十多个人，开会讨论补救办法，*或云此所谓皇帝不急急杀太监，然唯太监处处吃亏，乃不得不急耳。*决定推刘玉德、陈家斗、陈正荣三个人为代表，入山和土匪商议就抚办法。谁知土匪依旧十分强硬，刘玉德等再三解释，褚思振才说："外国人已答应给款千万，所有的人，编成四混成旅，预先发饷六个月，明天由外人派代表向官厅交涉，用不着你们来说。"刘玉德等没法，只得又去见官厅方面的人物。其时田中玉已经免职，山东督军，已派郑士琦代理，所以刘玉德等便向郑士琦接洽。郑士琦道："他们既然这样强硬，不必再和他说什么招抚了。"刘玉德听了这话，吓了一大跳，忙道："打仗不要紧，岂不又苦了我们滕、峄两县的百姓？总求督理设法收抚才好。"*可谓哀鸣。*郑士琦笑道："也并非我要剿，实在那些土匪太刁诈可恶了。看在两县百姓脸上，暂时缓几天，你们试再说说看罢！"刘玉德等只得又进山去和匪首商议，这样闹了好多天，条件方才渐渐有些接近。最后由安迪生、陈调元两人入山交涉，孙美瑶等恐怕被剿，不敢再硬，只要求剿匪的主力军旅长吴长植入山一会。吴长植因恐谈判再决裂，遂也慨然答应入山，又商量了多天，方才决定编为一旅，以孙美瑶为旅长，周天松、郭其才两人为团长，先放西票，后释华票，一件惊天动地的劫案方才解决。然而外交团到底还向中国政府提出了许多要求，中国政府对他道歉以外，还要赔偿损失。孙美瑶后来也仍被山东军队枪决，一场大案子，不过晦气百姓受些损失，国家丢个面子而已，说来岂不可叹？正是：

　　官家剿匪寻常事，百姓遭兵大可哀。

欲知后事如何，且看下回分解。

　　各国之为政也，为人民谋利益，于外人则损焉。我华侨在日，在菲，在南洋，在美，固尝受当地军警之虐杀，士民之攻击，匪徒之架劫矣，我国对之除一纸抗议空文而外，未尝见各国有何赔偿与保障，盖其保护本国人之利益，尝盛于保护外人也。我国则不然，于国人之兵灾匪劫，每视属无睹，倘涉及一二外人，则无有不张皇失措，竭力以营救之者。盖政府之畏外人，常过于国内之人民也。使抱犊崮中无外人，吾恐数百华票，至今犹在匪窟中，吾人且淡焉忘之矣。呜呼！中国之为政者！

第二十六回

吴佩孚派兵入四川
熊克武驰军袭大足

　　却说杨森自兵败退鄂，无日不想回川报仇，吴佩孚也很想联络他收服四川，完成他武力统一的一部分计划，所以暗令长江上游总司令王汝勤，竭力补助他的给养和军械。杨森因此得补充军实，休养士卒，如此数月，实力已经复原，便向吴佩孚献计收川，自己愿为前部。吴佩孚因川中局势稳定，认为时机未至，一面令他待机而动，一面令人暗地运动刘成勋部下的健将邓锡侯、陈国栋，和杨森联络，共倒刘成勋。邓锡侯等当时虽不曾完全答应，然而也未免稍事敷衍，双方时有信使往还，因而惹起了刘成勋的疑窦，因猜疑而成为嫌隙。到了十二年二月中，便因防地和军饷问题，双方竟至决裂起来。武人之反复无常，向来如此，而错综变化，无可究诘者，尤莫如四川之武人焉。邓锡侯一面和陈国栋向成都猛攻，一面又电催吴佩孚派杨森迅速入川，解决时局。有前此之助刘成勋猛攻杨森，又有此时之催杨森入川以攻刘成勋，武人反复，固未尝引为异事。吴佩孚认为时机已至，便立即电令杨森入川，攻击川东的但懋辛军，免得但军去攻邓、陈的后路。一面又令卢金山为援川军总指挥，王汝勤为援川军总司令，入川助杨攻刘。

　　但懋辛原不经战，如何当得起杨、卢的生力军队。几次接触，便由万县而退重庆。杨森克了万县，继续向重庆进展，但懋辛不敢迎战，只是死守，盼望刘成勋打败邓锡侯后，分兵来救。不料刘成勋初时虽然胜利，到底因军心不固，被邓锡侯一个努力反攻，便节节败退，困守成都。邓锡侯等四面攻打，彻夜不绝，两方枪炮并用，噼啪砰轰之声，吓得城内百姓，个个胆战心惊，哀求中立派军队刘文辉、陈洪范等出任调停。刘文辉为见好川民起见，当下派代表向两方接洽，请刘成勋自动退出成都，邓锡侯的军队也不曾追击。*倒是个两全之法，成民大幸。*但懋辛得了这消息，不禁大惊，又闻得敌军新加入赵荣华一旅北军，攻击更猛，料道重庆不能再守，只得放弃，退守泸州，一面派代表向杨森求和。杨森得了重庆，正待休息，所以也不追击，因此四川各方面的战事，忽然沉寂起来。

也是川民灾难未满，忽然潜伏多时的熊克武，也在这时候出现起来。他联络了周西成、汤子模、颜德基等军队，开到泸州，助但懋辛反攻杨森。此时邓锡侯已受同派军队的推戴，自任为川军总司令，驻兵成都，想不到熊克武忽然来攻。邓军开出抗御，双方战了一昼夜，却被赖心辉从侧面猛攻，因此支持不住，只得把刚从刘成勋手里夺得的成都，奉送给熊克武。*驱刘氏而代之，尚不满两月，即已为人所驱，想来亦复何苦。*川东方面，却互有胜负，旅进旅退的不知道牺牲了多少平民。*可为长太息。*这时川军的实力派，大可分为三派：第一派便是倾向南政府的熊克武派，占有成都、泸州等地，刘成勋、赖心辉、石青阳、周西成、汤子模、颜德基、但懋辛等，都是熊氏一派的。第二派是受吴佩孚嗾使的杨森派，如邓锡侯、陈国栋、袁祖铭、赵荣华、卢金山、王汝勤以及在川北的刘存厚、田颂尧等，都是这一派的。第三派如刘湘、刘文辉、陈洪范等，虽则号称中立，其实却接近杨森，所以后来也竟加入杨森一派，和熊克武实行宣战了。

熊克武原属老同盟会员，很信仰中山先生，所以在川中用兵的时候，就通款先生，先生便任他为四川讨贼军总司令。那面杨森一派，便也公推刘湘为四川善后督办，以为对抗之计。彼此战争了几个月，还没有得到解决。在七月中旬的时候，杨森曾经吃过一个大败仗，重庆被周西成围困了好几日，后来虽经击退，人心已经十分不安，所以不能大举进攻。至于熊克武一方面，有颜德基、汤子模、周西成各军，在南川、涪陵、垫江一带，和邓锡侯相持，也不能长驱直进。杨森方面主持前敌的是袁祖铭，见屡攻不能得手，十分焦急，便改变方针，分三路进攻成都：以杨森和其他川军任左翼，由叙州、嘉定进攻；自己所部的黔军任右翼，分四路由安岳、遂宁、邻水、武胜取道金堂，向成都进攻；以北军卢金山等任中路，在资州以下暂取守势。又恐怕大军进攻后，周西成再来抄攻后路，所以仍命邓锡侯坚拒周西成等，不使东下。为谨慎起见，更令赵荣华守重庆后路，以防意外。**战略也可谓精密得巨细无遗了，然而终于战败者，盖智力尚未足为熊氏之敌。**原来这三路中间，从资、简进攻成都，须经过铜钟、河茶、店子、龙泉驿等险要，十分难攻，所以教卢金山暂取守势。左路仁寿、黄龙溪，右路雅州、金堂，都是平坦大道，进攻甚易，所以杨森自己进攻。**到底还是存着私心。**

这消息传到成都，熊克武忙召集部下讨论抗御之计。石青阳这时恰在成都，当下向熊克武献计道："敌人三路来攻，声势甚大，不易力敌，不如待我写信给杨森的旅长贺龙，使他倒戈攻杨，杨军回救后路，则此一路可以不忧，仅须专力对付北中两路，便不怕不能取胜了。"**亦是一种计划，但犹属侥幸之计。**熊克武笑道："此计虽妙，尚未美全。贺龙虽然和你交好，假如竟不听你的话，不肯倒戈，那时杨森得长驱而来，岂不全盘俱败？我现在有一万全之策，一面，只依你所言计划，去游说贺龙，使他倒戈攻杨，他肯听你的话，果然很好，不听你的话，也和我们的计划上，不生什么影响，岂不更觉妥当？"石青阳问是怎样一个计划？熊克武便把自己的战略，向他细细说了一遍。石青阳鼓掌道："此计妙极，我想袁祖铭虽能用兵，此一番，必然又教他倒绷孩儿了。"**诚如尊论。**计议已定，自去分头进行。

却说杨森带了本部军队，从叙州出发，连克犍为、嘉定等处，浩浩荡荡的，杀奔成都而来，直到合江场，中途并不曾遇到一个敌军，十分惊异。唯恐熊克武有计，不敢再进，只得暂且按兵不动，静待中右两路的消息，再定攻守之计。正扎下营，忽报周西成绕越合江，已从泸州方面，向我军后路逆袭，声势甚锐，不日便要来攻打叙州了。杨森得报大惊，急命分兵救应。部下参谋廖光道："周西成莫非是虚张声势，我们如分兵回救，岂不中了他的计策？"杨森道："我也知道他是虚张声势，然而总不能置之不理。假如我们一味前进，他也不妨弄假成真，真个逆袭，那时我军前后受敌，必败无疑，如何可以不回救？"正讨论间，忽然又报："驻扎丰都的贺龙，忽然叛变，降顺了熊克武，现已领了本部军队，进攻长寿。赵荣华屡战屡败，重庆震动，请即回兵救应。"杨森顿足道："完了，我们现在须作速由威远、隆昌，退回重庆，如仍去叙州，不但多费时日，而且周西成倘来堵截，未免又要多受损失了。"廖光称是，当下传令全军俱走威远，放弃嘉定，退回重庆去了。一面电知大足方面，教卢金山格外小心。

卢金山因北路袁祖铭军节节胜利，毫不在意，每日只在司令部中，征花侑酒，打牌消遣。一天晚上，正和幕僚中人，吃得醉醺醺地在哪里打牌，忽然有人报说："熊克武已率领大队来攻，现在将到三驱场了。"卢金山怒道："袁总指挥现在金堂一带，节节胜利，熊克武哪里还有工夫到这面来？这话分明是敌人故意编出来的谣言，你如何敢代为散布，扰乱我的军心？吩咐捆起来。"幕僚代为讨饶，方才叱退。*如此安得不败？*以后别人有了什么消息，唯恐触怒获罪，都不敢禀报。*如此安得不败？*卢金山打牌打到天色微明，酒意已解，人也困倦了，正待散场睡觉，忽听得枪炮声一阵阵的自远而近，不觉大惊，急忙追问，这枪炮声是什么地方来的？已经迟了。众人不敢直说，都面面相觑，推做不知。*其积威可想，治军如此，安得不败？*卢金山怒道："你们干的什么事？问你的话，为什么都不做声了？"其中有一个幕僚道："听说熊克武只派了些小部队来袭，不知是真是假。"*至此犹不敢实说，积威可想，如此治军，焉得不败？*卢金山急教传值日营长问话，值日营长来到，卢金山见了他，十分生气道："敌人来攻城，如何不通报我？想是你不要这颗脑袋了。"值日营长道："报告总指挥，昨晚已经报告，因总指挥正在看牌，不曾理会，并非没有通报。"卢金山更怒道："你敢笑我好赌误公吗？吩咐捆起来，让我打退了敌人，恐怕难了。再和你算账。"*这账恐怕不易算清*幕僚们再三谏阻，卢金山只是不听，传令遗下营长职务，由营副代理。

全营士兵知道了这件事，十分不平，卢金山如何知道，当下传令把所有军队，全数开拔出城御敌。出城只三四里，便和熊军接触，略略战了一两个小时，熊军忽然退去。卢金山回顾幕僚道："如何！我说川军极不耐战，果然一战就败了。"*我亦曰：我说卢金山不善用兵，果然一战就败了。*幕僚忙道："他们听了大帅的威名，早已吓走了，哪里还敢对敌？"卢金山大喜，传令尽量追击，追了十多里路，熊军忽然大队反攻过来，枪炮并发，势头非常猛烈。卢金山虽然无谋，却也是直军中一员战将，见了这情形，便令部下拼死抵抗。无奈熊军甚众，炮火又烈，战了二三个时辰，忽然左角上枪炮大震，熊军又从西南侧面攻击过来。卢军虽勇，因无心作战，刚撤换营长的一营人便退了下来，熊军便乘着此处阵线单薄，奋勇冲击，向卢军后面包抄过来。卢军抵敌不住，顿时大败。刚到得大足城边时，忽然城内又枪炮齐发，原来熊军别动队已入了城，正在扫除卢军的少数留守部队咧。卢金山不敢入城，带领少数残军，向北绕过城垣，逃奔重庆去了。果然一战就败了。

却说袁祖铭的北路，开到遂宁时，只遇见少数敌军，不曾一战，便已退出。袁祖铭兵不血刃的得了遂宁，也不休息，连夜便向射洪进展。不料防守射洪的熊军，依然甚少，仍复望风而退。如此一直到了中江，仍不见熊军大队。袁祖铭十分狐疑，猜不出他的主力军在哪一方面。部下也有疑心熊克武已退出成都的，也有疑心别有埋伏，诱我们进攻，却来两面夹击的。袁祖铭都不做理会。想了半天，忽然大悟道："是了！熊克武素称善能用兵，一定见我黔军气锐，不敢力敌，却用全力去压退中路，使我有后顾之忧，不敢不退，但是这算计如何瞒得过我？"却也瞒了几天。部下的将士道："倘然中路果然败退，我们倒也不能不退了。"应下文。袁祖铭道："卢金山素称勇悍，至少也必能守个十天半月，熊克武轻易如何败得他。我今绕道而进，攻下金堂后，只一天便可直攻成都，那时他根据地已经摇动，还能专顾中路吗？"部下称是。

袁祖铭正待下令进兵，忽报金堂现有大队敌军防守，工程极其完固，听是刘成勋的部队。袁祖铭击桌而起道："现在除却猛攻金堂而外，更没有他计。无论金堂守御如何坚固，我也务必攻克他了。"当下传令会集各军，向金堂猛扑。谁知熊军十分镇定，袁军屡次冲锋，都被用炮火和机关枪逼回。袁祖铭焦灼，正要传令死攻，忽报内江、富顺被赖心辉占领，此一段上文所无。贺龙在丰都叛变，归降熊氏。此一段上文所有。忠州的防军也响应贺龙，分兵去攻长寿了。此一段上文所无。袁祖铭惊道："如此后方已危，如不急急攻下成都，恐怕全军俱要败绩了。"听了后方吃紧，不但不肯退，反要进攻，袁氏亦勇。当下传令急攻。所部兵士几番冲锋，都被熊军猛烈的炮火逼退，不但不曾占得一分便宜，而且折了好些兵士，心中气闷，暂令停攻，拟想一条比较妥当的计策，再行攻击。正在沉吟之时，忽又接到报告，周西成乘邓锡侯回救长寿，后路空虚，回兵向杨森逆袭。此段一半上文所无，一半为上文所有。杨森已率军向咸远方面急急退去，此段为上文所有。刘湘部队，因被但懋辛牵制，不能活动，南路又完全失败了。此段又上文所无。袁祖铭顿足道："如此一来，我原定三路齐进的计划，完全失败了。如中路再有意外，则我的后路，也将发生危险，事已如此，不能不先好好的防备了。"当下传令把军队分作三路，缓缓地退下五十里驻扎，以便进退。此时已作退计，不似前此之勇敢矣。熊军也不追赶，过了一日，忽报："熊克武自己带领大队生力军，袭败了卢金山军，占了大足，此一半是事实，上文所有。卢金山阵亡，所部已完全消灭了。"此一半是谣言，上文所无。以上一段虚一段实，互相错综，一半图省笔，一半却为要文章变化不板也。袁祖铭听了这话，立刻传令退兵。到了岳池、定远、合州一带驻扎，自己赶回重庆，商议战守计划。到得重庆时，只见城内军垒累累，攻城甚急，甚为吃惊，问杨森道："我在路时，听说周西成三次来袭重庆，却不知详细情形，和现在的胜负怎样？"杨森道："周西成初在泸州一带，因知道邓锡侯、陈国栋的军队，向下游长寿、丰都一带开拔，便集合了颜德基、汤子模等四团之众，乘虚袭取了南岸铜元局，向城内猛扑。我军丧败之余，屡战不利，长寿方面又胜负未决，看来重庆决不能守。我意欲暂时放弃，因不曾和你商量，所以还不曾决定。"袁祖铭拍案道："你们未免太不耐战了。区区一周西成也不能击退他，还想平定四川全省，便你们要退，我决计主守。"杨森道："并非我主张退，实因兵无斗志，要想守也守不住了。"袁祖铭道："我在前敌时，听说卢师长已经战死，到了遂宁，方知此话不确。他现在还驻防壁山，如何不来助战？"杨森道："他也主张放弃重庆哩。"袁祖铭冷笑道："好，你们便都退尽，只剩了我一个，也务必把周西成击退。"说着，便回到自己司令部内，立刻电令前敌各军，即日回到重庆，和周西成激战。

周西成见袁祖铭的军队已回到重庆，知道暂时不能夺取，便全师而退。杨森、邓锡侯、卢金山、赵荣华，见周西成果然被袁祖铭打败，十分惭愧，当下公推袁祖铭为前敌总司令，支持一切。袁祖铭也老实不客气，即便就职了。此时袁祖铭大有睥睨一世之概。杨森因战事劳顿，又受了感冒，身子十分不适意，和袁祖铭商量，暂留重庆养病，不问军事。袁祖铭道："你大部军队，尚在泸州，要在重庆养病，也须先去整顿一下。现在刘文辉虽曾差人来求和，我看来熊克武未必肯依，你须作速回泸州去，提备着些。"正照后文。杨森领诺，当日便回泸州去了。按下不提。

却说熊克武因刘文辉屡次派人来调和，欲要应允他，又因中立派军，都是倾向杨森的，自己未免吃亏，欲待不应允他，又怕冒破坏和平的罪名。寻思多时，忽然得了一计，便对着刘文辉的代表，满口答应，教刘文辉只去富顺和赖心辉商议调和办法，自己无所不可。刘文辉得了代表还报，便亲自至富顺和赖心辉商量。赖心辉此时已接到熊克武的密令，一面敷衍刘文辉，一面调集三四师的兵力，向泸州进袭。恰好此时杨森已回泸州，因袁祖铭吩咐提备，所以准备的十分周到，这时一听赖心辉率兵来袭，立即派队应战。两军将要接触，刘文辉、陈洪范两人急急调集了三旅兵力，将双方的战线隔断，当即宣言，哪一方面先开火，便是哪一方面破坏和平，中立军队便先打他。熊克武见袭取泸州的计划失败，只得改变态度，当即派了两个代表，分头去见刘湘、刘文辉、陈洪范等人，说明此次冲突，实出误会，现在当把军队撤回成都，议和的事情，全听三位主持，鄙人等无不乐从。虽云兵不厌诈，然而也太诈的厉害了。刘湘等不能责难，只得罢了。熊克武一方面派代表向他们接洽，一方面令赖心辉率军北退，自己赶到内江等候。两人见了面，熊克武便秘密和他讨论军事计划，赖心辉道："中立各军，本来偏向杨森、袁祖铭一面，如果我们先发动，他们势必联络杨、袁，向我们攻击，岂不是平白地又要增加许多敌人？"熊克武笑道："话虽是如此说，但是我们先要看准刘湘等几个人，是否能够永久中立，不向我们攻击？他们果然能够永久维持中立，不攻击我们，我们这样顾虑，还有理由，可是在事实上说来，他们无论如何，总有加入敌方之一日，我们何必如此顾虑，失了目下千载难遇的好机会呢。"赖心辉问道："如何是千载难遇的机会？"熊克武道："这时正因日本轮宜阳丸有帮助敌人的举动，被周西成劫了宜阳丸，俘了日本船主和北军军官，累得驻扎重庆的卢金山、邓锡侯等各军，十分发急，用全力向涪陵周西成进攻，重庆十分空虚。黔军虽已移防大足，但人数尚不足两师，我们现在如调集三师以上的兵力，暗地往袭，可以一鼓而平，重庆城便在我们掌握之中了。敌人的根据地既失，便使刘湘等帮助敌人，亦何足惧哉？"熊氏战略，确非此中诸子所及。赖心辉大喜道："果然好计划，事不宜迟，我们便可前进，莫使黔军有了准备，不易攻克。"商议已定，便衮夜进兵，倍道而行。

大足的黔军，果然毫无准备，等到发觉时，已被熊军围了四五重，黔军四面受敌，死伤甚众。袁祖铭此时急得五脏生烟，两目生火，督率着部下，拼命的冲突，总不能脱！袁祖铭能料熊之攻泸，而不能料其攻己，岂谓熊无此胆量与？何明于远而昧于近也？血战了好几日夜，子弹将竭，熊军又愈逼愈紧，袁祖铭把帽子向地下一掷，大呼道："我黔军素称勇悍善战，今日被熊克武围困在这里，冲突了五日五夜，竟还冲突不出，这黔军的威名何在？"反激得很好。部下将士，听得此话，传将开去，都十分气愤，一齐大呼道："我们誓死须杀出重围，再和敌人见个高下。"一齐喊杀，全军士兵，便如潮水似的涌将出去。熊军的火线虽密，也拦挡不住，竟被他冲出重围，向铜梁败退。熊军随后紧紧追赶，一点不肯放松，黔军不敢再战，继续放弃铜梁，向壁山退却。熊军也紧紧的追来，袁祖铭教把队伍扎住，向众将士训语道："祖铭自从和诸位入川以来，战无不胜，从未有过这等大败，不想今天被敌人追得这等狼狈，甚至不敢反攻一阵，黔军的威名，从此扫地无余，我还有什么面目和诸君相见？诸君只顾向重庆退却，我个人情愿留在壁山，被敌人打死，也见我是个英雄豪杰，不是怕死之辈。"一方说自己不是怕死之辈，明明是说别人是怕死之辈，反激得妙。部下的将士听了这话，又一齐大呼，情愿和敌军拼死。袁祖铭再三相劝，将士不肯，定要作战。袁祖铭道："你们既然定要作战，可就此散开，杀他一个不提防。"将士们应诺，当即四散排开。等得熊军追到，反突起反攻，熊军也奋勇冲击，两下又死战起来。熊克武在高阜处望见，忙即传令退却，一面又令赖心辉如此这般。赖心辉领命而去。黔军见熊军退却，十分高兴，立即令军追击，约莫追了十多里，熊军又忽然反攻过来，气势较前更猛。黔军抵敌不住，只得退却。刚退了三四里，忽然后面枪炮大作，赖心辉已从后方攻击过来。袁祖铭大惊，急令拼命冲过时，士兵已死伤甚众。大家都不敢逗留，急急向重庆奔逃。正走之间，忽然前面一彪军队杀来，不觉把袁祖铭吓得胆战心惊，正是：

壁山才得脱重围，又遇敌兵扑面来。

进退两难行不得，而今惭愧济时才。

欲知袁祖铭性命如何，且看下回分解。

军阀在实力膨胀之时，无有不思扩展其势力于原有地盘之外者，况以武力统一为目的者乎？吴佩孚自一战胜皖，再战胜奉，遂谓强大若彼两军阀，犹不足当我一击，则若浙之卢，晋之阎，滇之唐，粤之孙，何能我抗？遂自谓无敌于天下。一方经营湖南，收赵恒惕为己用，一方利用杨森，以发展其势力，欲借川湘之兵，以定西南，其志诚不可为不壮，其计诚不可为不雄矣。而不知武力终不可恃，以战胜虎视天下者，终以战败而立足无地。观于杨森、刘湘，以数倍之兵，而卒败于熊克武之手者，已足悟武力之不可卒恃，何必至一逐于鄂，再逐于湘，漂流蜀境，始觉武力政策之非计哉！

189

第二十七回

杨春芳降敌陷泸州
川黔军力竭失重庆

却说袁祖铭正在奔逃之际，忽遇前面又有大队兵士，扑面而来，不觉大惊。急忙探询，方知是刘湘的军队，心中稍宽。两人见面以后，袁祖铭问刘湘何故来此？刘湘道："熊克武虽然答应讲和，未必真心，前次暗袭泸州，便是一个证据。我恐怕他假说退兵，暗地却来袭取重庆，果如所料。所以特地带领本部军队，到重庆来调查东面两军停战议和的情形。听说两军又在大足冲突，因此赶来，但不知何以又有此场血战呢？"袁祖铭把上项事情说了一遍，刘湘大怒道："此人果然毫无信义，便是不肯议和，也不该诈骗我们，他既然蓄意破坏和平，也难怪我助你定川了。兄请暂退重庆休息，让我来对付这厮。"*卷入旋涡中了。观此语，可见熊克武如不诈骗调人，刘湘等或不至即行加入战团也。*袁祖铭称谢不置。*此时老袁亦大坍其台。*又道："熊克武善能用兵，而且兵多势锐，兄宜小心，不可轻敌。"刘湘领诺，便命部下掘壕备战，袁祖铭自退回重庆去了。

却说熊克武正在追赶黔军，忽报刘湘率领本部全军，现在前面掘壕备战，急教军队停止前进，一面请赖心辉、但懋辛商议道："刘湘素称善战，现在又怀怒待我，不可轻敌，须用计胜之！*袁祖铭防熊克武，熊克武亦防刘湘。*你们两人可领队左右两路包抄，我由正面进攻，刘湘方在盛怒之下，必不防我算计他。*盛怒最为坏事，刘湘此次*

之败，盖即坏在这个怒字上。三面夹攻，必然可获大胜。我们能够打败刘湘，刘文辉、陈洪范两人必不敢再动，重庆一城，便在我们掌握中了。"此着可谓莫遗刘、陈。赖心辉、但懋辛俱各赞成，当下分兵去了。

却说刘湘等了两日，见熊克武并不来攻，十分愤怒，传令拔队前进，先向熊军冲击。熊军自然照样回敬，彼此一来一往，炮火和枪弹齐发。双方鏖战多时，赖心辉和但懋辛已从侧面攻击前进。刘湘的兵力既薄，又处于四面包围之中，如何支持得住。便算支持一时，也恐蹈袁祖铭的覆辙，以此不敢恋战，急急败回重庆。袁祖铭见了，彼此愁闷。刘湘问袁祖铭有何计较？袁祖铭道："为今之计，只有分电杨森、邓锡侯、卢金山等回救，一面请刘文辉、陈洪范、刘存厚等，分别在南北两面活动，敌兵前进既然不能克有重兵守护的重庆，后路又须顾到刘存厚的北路和刘文辉的南路，必然不能持久。我们等他士气懈倦时，再行攻之，当可必胜。"袁祖铭非毫不知兵者，何竟作此单方面之算计？其殆以刘湘初加入，不欲使其遽尔灰心，乃出此万不得已之计划，聊以相慰乎？刘湘默默想了一会道："这战略虽然很好，但在事实上还有许多困难，涪陵方面的邓、卢各军，现在方和周西成激战，如其撤回重庆，周西成必然联合汤子模等，再来攻袭铜元局。杨军现守泸州，地位也极重要，假使回救重庆，赖心辉留在富顺的吕超所部，必然袭攻泸州。泸州倘然失去，则我们掎角之势失去，重庆更危险了。至于刘、陈两人，虽肯帮助我们，宗旨却未决定，现在见我们战败，必然更是犹豫，决不肯轻动。此种人最多，不独刘文辉、陈洪范而已。刘存厚在川北，毫无实力，也靠不住。刘湘亦颇能知兵，观此一席话，于各方面均一一料到，亦可想见。所以你的战略虽好，实行起来，必有阻碍。"岂止？袁祖铭道："那么怎样办呢？敌军气势甚锐，兵力又厚，我军屡次战败，如何抵抗的住？"袁祖铭此时也急了。刘湘道："就是如此说。现在实逼处此，除却用你这个战略，来救一救眼前之急，也无别法了。"火烧眉毛，且顾眼下。

正商议间，忽报杨军长率领本部军队，从泸州赶到，刘湘和袁祖铭俱各大喜。袁祖铭就把刚才自己两人的议论告诉了他，杨森道："泸州方面，我现留有杨春芳在哪里防守，可以放心，何况还有刘、陈的中立军在富顺一带，把双方的战线已经隔断，吕超便要攻泸，在事实上也行不过去。此方就现在局势之常理论之耳。然事常有出于意外者，其将如之何？只有涪陵方面的周西成一路军队，却十分惹厌。"刘湘目视袁祖铭道："他为什么要倒戈攻你？"袁祖铭摇头道："你不要再提这话罢。人有良心，狗不吃屎，现在的人，哪里还有什么信义？"以国家所设职官，为私人割据争夺之利器，以人民膏血所养之士兵，为割据争夺之工具，上以危累国家，下以残虐百姓，公等所行如此，所谓信义者安在？孟子云："万乘之国，弑其君者，必千乘之家，千乘之国，弑其君者，必百乘之家。"在上下相交争利之局面中，固必然之现象也。公既误国害民，又何能独责部下以信义。昧于责己，明于责人，至于如此乎？杨森道："在眼前的局面看起来，战线愈短愈妙。邓、卢各军，总以调回重庆为上计。"此时欲求一中计而不可得，何处更可得一上计？刘湘道："邓、卢两军，调不调回，在于两可之间，不必多所讨论，只须拍一电报给他，通知他目下重庆的战事形势，回不回来，还让他斟酌情形，自己决定为妥。我们现有三路军队，用以防守一个重庆，当不至再有闪失。"有袁祖铭之三路攻成都，乃有熊克武的三路攻重庆，有熊克武之三路攻重庆，乃有刘、袁、杨三路之守重庆，更不料攻重庆之部队，于熊、赖、但三路以外，更有周西成、胡若愚、何光烈三路，战局之变化，岂容易捉摸者哉？当下彼此决定，刘湘任中路，对付熊克武。好。袁祖铭任右翼，对付赖心辉。好。杨森任左翼，对付但懋辛。好。如此捉对厮杀，可谓不是冤家不聚头。等得熊克武军队赶到，双方便开起火来，一个是用全力猛攻，有灭此朝食之概，一个是誓死力拒，有与城俱亡之心。激战数日，未分胜负，按下不提。

却说邓锡侯、卢金山等，在涪陵方面和周西成激战，正恨未能得手，忽传熊克武留刘成勋守成都，刘成勋下落在此处补见。自己和赖心辉、但懋辛，率领三师兵力，暗袭重庆。黔军在大足方面，被熊军杀得大败，刘湘来救，也遭损失，现已退守重庆，形势十分吃紧，不觉大惊。急请卢金山商议："涪陵尚未攻克，重庆偏又告警，根据要地，不能不救，烦兄独立对付周军，只要能坚守阵地，不望克城，等我击退熊军，再来助兄猛攻，不怕涪陵不下。未知我兄以为怎样？"卢金山道："贺龙军队，现在彭水、石柱之间，倘然绕道武隆，在涪陵之南。来攻我侧面，那时我兵力既薄，决不能兼顾，如之奈何？"邓锡侯道："赵荣华现在忠州，贺军决不敢西进，万一你果然守不住，便退守乐温山也好。"在涪陵、重庆之间。卢金山应允。邓锡侯正待退军，忽接刘湘、杨森、袁祖铭三人来电道：

熊军进薄重庆，铭、湘均失利，森于今日申开到，议定誓必坚守。中路阵地白市，由湖防守，南路浮图关，由森防守，北路悦来场，由铭防守。地名在此处补出，为上文所无。兵力相当，想不致再挫。唯闻赵部在忠州，有退守万县之意，不悉确否？如确有其事，乞卢师长电阻。此又上文所无。顺庆方面第五师，自何光烈被监视后，全部已在旅长李伯阶之手，近闻其有南下助熊之意，殊为可忧。此又上文所无。我兄方面战情如何？是否回兵救后，希斟酌敌情而行！

卢金山见了这电报，便道："重庆既有杨、袁、刘三位在哪里，兵力已不止三师，用以抵御久战远来的三师熊军，想来总不致再挫，兄似不必急急回救了。"想是不敢独力对付周西成。邓锡侯沉吟道："赵军退守万县，这消息不知道是从哪里来的？如果此说确实，重庆的后路空虚了。"卢金山道："来电原说闻他有这意思，并非说确有这举动，怕什么的？"邓锡侯道："话虽如此说，总该拍个电报给他，劝他坚守才是。"卢金山答应。邓锡侯又道："重庆一方面，看来电所说，似已十分吃紧，我无论如何，不能不去。"卢金山道："要退，大家齐退如何？"北军太不耐战。邓锡侯想了一想，只得答应，当下全军悄悄地退回重庆去了。周西成守了一日，见邓锡侯并不来攻，方知他已回救重庆，便也急急率军追赶，到了重庆南岸铜元局，追个正着，邓锡侯也因铜元局地方重要，不能不守，两军便就此激战起来。此时重庆南有周西成，西有熊克武，都扑攻得十分激烈，虽则守者较逸，也十分吃力。

刘湘、袁祖铭等因战局危险，十分烦闷，这时偏又有两桩不祥消息，接踵而来：第一件是泸州失守。若说泸州一地，虽只有杨春芳一人主持防守，却因和富顺敌人方面，还夹有中立军队，吕超虽勇，决不能学飞将军的自空而下，越过中立军，来攻泸州，所以在杨森一方面看来，总想到一时决不会有失陷之事。不料熊克武料定战局延长，刘文辉等中立军队，必将加入敌军，若是能够占领泸州，则南路局面已固，刘文辉必不敢动，此亦势所必然之事。所以使石青阳竭力运动杨春芳倒戈。那杨春芳一则碍于友谊，是宾。二则惑于利益，三则见杨、刘、袁等局势已危，是主。便决定投降吕超，白旗一竖，泸州便入了熊军之手。重庆的左臂既断，形势愈觉危险。刘文辉等又入了两面监视之中，更不敢轻动了。杨春芳之投降吕超，实重庆失守之一大原因。

这消息报到重庆，人心更觉浮动。杨森一面急电宜昌告急，一面请刘湘、袁祖铭、邓锡侯、陈国栋、卢金山等商议道："泸州既失，刘文辉等决不敢再动，我们原是希望坚守几日，等敌军后方发生变化，再行反攻的计划，已经完全失败了。刘存厚、田颂尧又始终未见发动，想来也决无希望了。照这种情形看起来，我们的援救已绝，而在顺庆的第五师，本来接近敌方，所以久不发动者，不过因看不定谁胜谁负，不敢冒昧耳。此种情形，亦和刘文辉仿佛。现在我们被围重庆，胜负之势已决，不久必然也来攻击。俗所谓看顺风行船，打落水狗也。久守于此，必非善策。我意欲暂时放弃，退守夔、万，和赵荣华的意见不谋而合，岂亦所谓英雄所见乎？等宜昌救到，再行反攻，似乎较有把握。"刘湘道："退之一字，万万说不得，多守几日，等真个守不住时，再行退却，也不见得会受更大的损失。"城破再逃，亦不为迟，刘湘之言是也。我真不懂近时武人闻风而逃者，系何心理？袁祖铭道："光是死守，也不能说是计之得者。"卢金山抢着道："我也不赞成守。"你老兄自然不赞成。刘湘问道："兄为什么也不赞成守？"为怕性命出脱耳。卢金山道："现在困守重庆，四面受敌，应付不易，一也；是。离宜昌太远，接济不便，中途有被劫夺之忧，二也；是。如旷日持久，顺庆的李伯阶，攻我于北，胡若愚所率滇军攻于南，贺龙截我退路，俱为后文伏线。那时必至欲退无路，势不至全军覆没不止，三也。是。说来又很有道理，我直无以难之。这是困守的三害。假如退守夔、万，却有三利：战线缩短，兼顾便利，一也；现在的战线，也未尝不短。接近宜昌，补充迅速，二也；此说似乎有理。敌军补充军实，反因远而不便，反客为主，我得乘其弊而攻之，三也。由渝至万，一苇可杭，也未见得补充不便。有此三利，所以我主张退守。"卢将军还漏说一利，我为补说曰：容易逃到湘北，四也。袁祖铭怒道："你怕战时，便可先退。"袁祖铭尚以谓拒周西成时事乎？可惜现在局势不同了。卢金山也怒道："我好意到这里助你，如何这样无礼？"须不道是奉吴帅之命而来。众人忙都劝解，只有邓锡侯默然，一句话也不说。刘湘问他为什么不说话？邓锡侯道："今日的局面，并非口舌争胜的时候，要战则战，要守则守，何必多说！"独不说退，已见其不赞成卢之主张。刘湘大笑。笑得奇怪。众人都觉奇怪，忙问他为什么大笑？邓锡侯未知亦问否？刘湘道："我现在想了一个三全之计，所以欢喜的大笑。"卢金山问怎样一个三全之计？想是要战者战，要守者守，要退者退乎？刘湘道："我今全依了各位主张，战、守、退，三者并用，所以称作三全之计。"陈国栋怀疑道："怎样三者可以并用？"果然可疑。刘湘道："一味死守，固然一时也未至失机，但是假使敌军再有增加，便难应付，不如以战为守。一件事当两件看。趁着李伯阶、胡若愚等没有来攻，拼力齐出，去攻熊军的北路，一路若败，则中南两路阵势摇动，奋力冲击，必然可破。熊军若败，则其余各路，俱不足虑了。此是战胜于守。如果战败，便不待胡、李两路来攻，可疾忙退守夔、万，此言战不胜，守不住，再退。岂非全依了各位主张？"其实只是战耳，守尚不用也，更何况于退，所谓全依了各位主张，不过敷衍之语而已，然因此而各军不致意见相左，则敷衍之功正不可没。袁祖铭道："这战略很好，我们就何妨依次而行。"众人俱各无话。议定，当即分遣部队，以卢金山守铜元局，陈国栋防守后方，邓锡侯牵制住中南两路熊军，只要死守，不要进攻。只要守得住，便是胜算矣。袁祖铭为前锋，杨森、刘湘为左右翼，以全力突攻北路赖心辉。分拨既定，便悄悄出动。

赖心辉正因战事不能立刻得手，有些焦躁，在哪里努力督促部下进攻，肉搏了几次，黔军渐有不能支持之势。赖心辉正然高兴，忽觉敌兵炮火突然猛烈起来，一声呼杀，便有大队敢死战士，向前冲击，如狂潮怒马，势不可当。赖心辉仗着战胜余威，哪里放在心上，当时亲自督阵，传令奋勇回击。机关枪的子弹，密如雨点一般，黔军冲锋队，便像潮水般倒了下来。袁祖铭大怒，亲自上前领队，士兵见了主将如此，个个奋勇，赖心辉也拼死抵抗，双方死战多时，不分胜负。忽然两旁炮响，杨森、刘湘两路军队，一齐在斜刺里冲杀过来。熊军的阵线，几被突破。赖心辉大惊，急急分兵抵御，一面差急足向熊克武求援。熊克武的军队还不曾到，右侧的阵线，已被刘湘突破，向北包抄过来。赖心辉只得下令退却。刘湘见熊军已败，心中大喜，急教杨森、袁祖铭追击，自己移兵向南，来攻熊军中路的侧面。刘湘确能用兵，其卒能击败熊氏，非偶然也。

却说杨森、袁祖铭正在追击赖心辉，忽然探马飞报，后方东北角有敌人来攻。杨森、袁祖铭不知是何处军队，心中大为惊疑，急由杨森率兵迎战，原来是顺庆李伯阶的军队来袭。双方前锋接触，便开起火来。袁祖铭因后方发生战事，不敢再追，便将阵线的正面移向西北，和杨森成掎角之势。赖心辉乘势反攻，双方又死战起来。同时熊克武见正面敌军的火线忽弱，知道兵力已减，防线单薄，便传令急攻，希望一战突破敌人阵线。谁知邓锡侯死不肯退，冲了十多次锋，终于不能攻破。邓锡侯亦颇难得。熊克武正在疑讶，忽然赖心辉的警报传来，方知刘湘之计，急教石青阳守住阵地，自己带了两团人，来救北路。恰好刘湘来袭击侧面，两个撞个正着，炮火隆隆地又冲突起来。铜元局的周西成，听得西北方面的枪炮声甚密，知道正在激战，便也竭力扑攻。六处战事，都非常激烈，炮声如雷，几乎震破了重庆人民的耳膜。如此激战了三昼夜，尚且胜负未分。南面浮图关一方面，因邓锡侯的兵力较弱，但懋辛进攻甚猛，渐觉不支，邓锡侯着急，急教陈国栋指挥中路，自己赶到浮图关督战。双方激战愈烈，但懋辛见不得手，正在焦灼，忽报后方有大队滇军，前来助战，知道胡若愚已来，大喜，急忙差人迎接。两人见了面，胡若愚问起战事，但懋辛便把久攻不下的情形告诉了他。胡若愚道："我现带着精锐万余人在此，料此重庆城不难攻破，贵部久战辛苦，可稍稍休息，让敝军上前攻击。"但懋辛称谢。胡若愚即令滇军上前冲击，邓锡侯指挥的部队，都属久战的疲卒，如何挡得住生力的滇军。战了半日，便支持不住，滇军渐渐进逼。邓锡侯大败，放弃了阵地，急急退走。这时卢金山已被周西成击败，失了铜元局，南面的战事，已完全失败。西北各路军队，得了这不祥消息，如何还能作战？一齐渐有瓦解之势。刘湘已无力再战，便通知各军，放弃重庆，此方是不得已而退，果然全依了各位战守退的主张，一笑。自己急急退往垫江。在长寿东北。同时袁祖铭也退往长寿，在重庆东北。邓锡侯、陈国栋也率领残兵，退往邻水去了。杨森和卢金山，各率了自己的残部，先跟袁祖铭退到长寿，住了一日，恐怕熊军来追，正图再退万县，不料守忠州、丰都的赵荣华，听说重庆失利，早已退往夔、万，好将军。却被贺龙袭取了丰都。杨森、卢金山因此不敢沿江退走，只好绕垫江梁山小路投奔万县，真是好将军。一面电呈吴佩孚告急。正是：

> 争雄西土成春梦，好向东君乞救兵。

未知吴佩孚如何应付，且看下回分解。

武人多反复，非其本性然也，为物欲所蔽。利害所诱，虽欲贞一其志，而有所不能焉。中以反复变化，朝从乎秦而暮合乎晋，虽本人亦唯被造化播弄颠倒于利害物欲之中，而不能自知其何以至是，滋可悯也。抑武人固善反复，而唯四川之武人，则为尤甚。如邓锡侯，本逐杨森者也，而至此乃为杨森所用，刘湘，始与刘成勋相昵者也，终乃助杨而攻刘，而其后来之变化反复，虽川中之人，亦有莫知其所以然者。总而言之，为物欲利害所蔽，弗克自拔而已，政见主义云乎哉？爱国保民云乎哉？

第二十八回

朱耀华乘虚袭长沙
鲁涤平议和诛袁植

却说吴佩孚自决定武力统一的政策以后，没有一天不想贯彻他的主张，初时因见杨森入川，颇能制胜，心中甚喜，不料如今一败涂地，又来求救，不禁转喜为恼，问帐下谋士张其锽道："杨森这厮，真是不堪造就，我如此帮他的忙，却仍旧不够熊克武的一击，这般无用的人，有甚么用处？只索性由他去罢。"吴秀才发急了。张其锽道："我们既然助他在先，现在他失败了，又毫不在意，一些不顾念他，未免使别人寒心；二则怕他无路可走，降了熊克武，未免为虎添翼，增加敌人的力量；三则旁人或许要疑心我们无力援助，在大局上也有妨碍。如今之计，唯有作速令王汝勤入川援助，免得熊克武的势力，更为膨胀。"吴佩孚道："你的意思虽不错，计划却错了。他败一次，我们派一次援兵，这不是他被我们利用，倒是我被他利用了。他利用你，你也利用他，如今的世界，本是一利用的世界。如今我只嘱咐王汝勤，紧守鄂西，不准熊克武的川军，越雷池一步便得咧。不肯多用力量，以疲自己，确是好计较。张其锽道："大帅难道对于川战，也和湘战一般的不顾问吗？"吴佩孚笑道："岂有不问之理？湖南一方面，你还不曾知道，我已派马济任两湖警备司令部参谋长，去代葛应龙管理入湘北军吗？"张其锽道："既然如此，大帅何不再派王汝勤到四川去？"吴佩孚道："川、湘的情形不同，川省僻在一隅，非用兵必争之地，湖南居鄂、粤之中，我们如得了湖南，进可以窥取两粤，退一步说，也足以保持武汉，倘然湖南为南方所得，则全局震动矣。"*此湖南所以常为南北大战之战场欤？湖南地势之重要，湖南人民之不幸也。*张其锽道："如此说，大帅对于川战，真个完全不管了。"吴佩孚笑道："川亦重地，哪有不管之理？*张先生未知吴将军野心乎？野心未戢，岂有不管之理哉？*我目下只教王汝勤给与杨森饷械，令其补充军实，再行反攻，能够胜利，四川我之有也，即使不胜，不过损失些饷械，在实力也毫无影响，岂不胜如再派兵入川吗？"*比坐观蚌鹬之争，毫无损失者，已觉差了一点。*张其锽大悟道："大帅用兵，果然神妙不可及。"*奉浇麻油一斤。*吴佩孚微笑道："神妙不敢当，不过比别人略能高出一筹耳，然而非兄亦不足知我。"*一个炭篓子戴了去了。*

正说着，恰好马济来请行期，吴佩孚命人接入，对他说道："湘战吃紧，吾兄宜赶紧赴任，倘能湖南得手，长驱南下，以抚粤军之背，广东政府，不难一鼓荡平也。"*军阀所念念不忘者，独一孙中山而已。*马济领诺，又请示了许多机宜，即日到湖南去了。原来湖南这次战争，先发生于湘西，因湘西的沅陵镇守使蔡钜猷，和前湖南督军，现在广东革命政府旗帜下的谭延闿素来接近，湖南省长赵恒惕眼光中最忌的，就只有谭延闿一人。*恐地位不保耳，与吴秀才之忌孙总统，大致仿佛。*其时适值有谭延闿回湘，蔡钜猷约期相应之谣，赵恒惕唯恐成为事实，遗祸将来，便作先发制人之计，下令调任蔡钜猷为讲武堂监督，沅陵镇守使一缺裁撤，所部军队由一、二两师长及宝庆镇守使分别收编。蔡钜猷明知是赵恒惕忌他，故有此举，如何肯低头接受，弃了一方之主不做，倒来赵恒惕矮檐下过生活，因此立刻分配军队，宣告独立，委刘序彝为中路司令，田镇藩为北路司令，周朝武为南路司令，实行讨赵。*弄假成真了。*赵恒惕大怒，即刻要武力讨伐，谁知第一师长宋鹤庚，第二师长鲁涤平，都一致反对，主张调和。赵恒惕无可如何，只得暂时按下一腔怒气。*气闷杀赵恒惕矣。*

这消息传到广东，孙中山见有机会可乘，便委谭延闿为湖南省长，兼湘军总司令职，克日率兵援湘，救湘民于水火之中。谭延闿奉令，便率队赶到湖南衡州就职，组织公署，预备北伐长、岳。赵恒惕闻报，更觉愤怒，当下以谭延闿破坏省宪为名，自称护宪军总指挥，委陈渠珍、唐荣阳、唐生智、贺耀祖、刘铏、叶开鑫、杨源濬为司令，分兵七路，来攻衡州。谭延闿派兵迎击，双方打了一仗，谭军人少，被赵恒惕夺了衡山。谭军退却，保守衡州，一面派人运动驻防湘潭的中立军团长朱耀华攻赵。朱耀华素来也恶赵氏阴险，听了谭氏代表的一席话，便即依允，立刻回兵进袭长沙。长沙这时除却几个警察而外，并无防军，因此朱耀华不费吹灰之力地占了长沙。赵氏听说长沙已失，正要退却，谭军已猛烈地反攻过来。赵军军心已乱，抵敌不住，大败而走。赵恒惕率领残部，逃到醴陵，向江西的北军萧安国乞援。**请北军入湘，是省宪所许可的吗？**

谭军乘势复夺衡山，一面令张辉瓒先入长沙。张辉瓒到了长沙以后，先请任命宋鹤庚的参谋长代理第一军军长，用宋氏名义，招抚西路贺耀祖、唐生智两旅。贺耀祖得了这个消息，拍电给唐生智商议道："刘铏和鲁涤平都是中立军队，决不至为谭利用，叶开鑫现率全军，已和赵省长在株洲会合，现已助谭的，只有唐荣阳一人，我军未见得没有复振的希望，不如暂时退却，以图再举。"唐生智复电赞成，遂即由桃源退军常德。刚把军队扎下，忽然又报唐荣阳来攻，部下两个团长大怒，便要接战。唐生智忙阻住道："长沙失守，士兵已无斗志，倘若恋战，徒受损失，不如全军而退，再作计较。"团长遵命。唐军便向益阳退却，到了中途，又报益阳已被刘序彝占据，只得又绕道退到湘阴。正在忙忙奔走之间，忽见又有一彪军队到来，急忙打探，方知是贺耀祖的军队，两人俱各大喜，当时合兵一处，到湘阴去了。

方鼎英得了这个消息，便与张辉瓒商议办法。张辉瓒道："这是很容易办的。他俩现在已经势穷力竭，我们派人去接收改编，大概没有什么问题了。"方鼎英道："这问题虽然容易解决，但是还有一个问题，也是要解决的。谭总司令现因布置军事，无暇到省，宋鹤庚、林支宇等又不肯来，鲁涤平那厮昨天还来电要求我军退出长沙三十里，这件事应该怎样办呢？"张辉瓒道："这问题也不甚要紧。鲁涤平虽有电报叫我们退出长沙，未见得便来攻击，倒是北军方面，我们要注意些。"方鼎英道："只要中立军没有问题，北军方面，大概是一时不会来的，一现在且丢下再说罢。"

过了一天，派去收编贺、唐两旅的人，被贺、唐赶了回来，方鼎英问他详细情形。那人道："贺、唐两人听说我去收编，勃然大怒，便准备下令来攻长沙，把我赶出。临走时，他还对我说，教我转告军长，速速反正。不然，他们攻下长沙，不好相见。"方鼎英怒道："这厮也太倔强，我难道怕他们不成？"正说时，忽然张辉瓒很匆忙地走了进来，方鼎英见他很有些急遽之色，忙问何故？张辉瓒道："刚才谭总司令有电报来，叫我们支持两日，等东西两路兵到再说，不可便退。"方鼎英诧异道：

"奇了! 你这话我完全不懂, 怎么支持两日, 贺、唐的军队还没到哩。"一说东, 一说西, 各不接头, 趣甚。张辉瓒忙道: "你说什么话? 贺、唐句。你个贺、唐? 可是要攻长沙吗?"方鼎英更觉诧异道: "贺耀祖、唐生智不听收编, 现已出动来攻长沙, 你还不知道吗?"迷离惝恍之至。张辉瓒道: "这真奇绝了, 我竟毫不知道。"

正说时, 朱耀华也走了来, 一见张、方两人, 便道: "你们知道刘铏率着本部军队, 前来攻击我们吗?"突兀之至。张辉瓒道: "我正为着这件事到这里来的, 你也知道了吗?"方鼎英惊疑道: "什么话? 刘铏是中立军队。为什么要来攻击我们?"张辉瓒道: "说来话长呢, 他虽是中立军, 实际上比较和赵恒惕接近, 又因为听得吴佩孚已命萧耀南派第二十五师和江西的萧安国入湘援赵, 恐怕北军一到, 湘省的自治要受影响, 所以想先来驱逐我们, 好阻挡北军的南下。"方鼎莫道: "照现在的情形说来, 长沙已处于四面围困之中了, 我们应该要想法应付才好。"张辉瓒道: "我们在省的兵力很薄, 分兵抵御, 当然是做不到的, 现在唯一的战略, 只有采用各个击破的计划, 先择紧急的一面, 打破了他, 再回军队击别的部队, 如此, 或者还有点希望。此时除此以外, 确无别法。要想守是守不住的, 你知道东西两路的大军, 什么时候能到?"也料得着。朱耀华道: 一论起紧急来, 当然要先攻刘铏了, 一则他兵近势急, 二则易与中路联络, 贺、唐一路, 只可暂时不顾了。"此时以为以专对刘铏, 放弃贺、唐一路耳, 孰知西路之外, 更有叶开鑫一路哉? 方鼎英道: "这个战略很对, 事不宜迟, 我们就出发罢。"议定之后, 当即分别预备, 出发攻刘。刚到半路, 忽然侦察队飞报, 赵军叶开鑫所部蒋、刘两团精旅, 已乘虚袭入长沙。得之毫不费力, 失之亦毫不费力, 可谓水里来, 火里去, 扯个平直, 一若冥冥之中, 确有主之者。张辉瓒等大惊, 不敢再御刘铏, 全军退住宁乡去了。

却说谭延闿到衡山以后, 因赵恒惕尚在醴陵一带, 即继续前进, 恰好赵军精锐部队蒋、刘两团, 已入长沙, 留下的只鄂军夏斗寅部, 如何当得谭军? 所以谭军在一战之后, 便连克攸县、醴陵, 进迫浏阳。不料叶开鑫部的蒋、刘两团得了长沙后, 却把长沙防务, 交与贺耀祖、唐生智两人, 自己仍赶回浏阳作战, 击败谭军, 夺回醴陵。谭军只得退守株洲, 正要反攻, 忽然接到刘铏、鲁涤平两人的联名来函, 大略说道:

湘省自战, 易启外侮, 近闻北军将实行入湘, 蚌鹬相争, 为渔翁者已大有人在。我公爱护桑梓，可不悟乎？涤平等恫念民艰，不忍坐视，窃愿两公俯念下恫，化干戈为玉帛，另附和议具体办法七条，务希采纳。至一切细情，已派代表面详，恕不具赘。

（一）自九月二十二日下午起，至二十九日止，共一星期，为停战期间。

（二）在停战期间内，双方军队各守原防，确定以湘江、渌江为界，彼此不得移动前进。

（三）停战期间，由谢、吴、叶、贺各军长官，就近选派全权代表，先行交换意见。

（四）指定湘潭县姜畬为双方代表交换意见场所，即由该地防军担任保护，所有代表及随从，不得携带武器。

（五）双方代表交换意见后，如认为与事实不是相远，再由双方会函通电约集和平会议，并继续停战若干日。

（六）和平会议办法及地点，由双方代表定之。

（七）第一、第二两条规定之效力，由吴、谢、叶、贺担负责任，如有违反者以破坏和平论。办法亦颇切实。

谭延闿看过以后，问代表，北军入湘的详细情形。代表答道："赵恒惕失长沙时，曾向洛阳吴佩孚乞援，现在吴佩孚已决定派兵入驻岳州，设立两湖警备司令部，自任总司令，萧耀南任副司令，并以湖南人葛应龙为主任，兼军务处长。虽然并没有援湘的名义，实际上却是相机而动，希望规取全湘，所以萧耀南部的四十九旅，已开到桃林黄沙街，五十旅也将入驻云汉，刘佐龙旅开到羊楼司，胡念先旅已到公安、石首，将入常、澧。江西萧安国旅已准备向株、醴进发，局势已十分危急，所以只得议和以图自救了。"持论甚是，惜不能推之国家耳。谭延闿道："这些事情，我也大略知道一些。谭公岂孤行一意者？但是我已声明仍继赵炎午办法，阻止北军南下。萧耀南也因鄂、湘两省的人民反对派兵，已经表示决不侵湘，吴佩孚的计划，或者不至实现，也未可知。"代表道："吴佩孚岂是讲信义的人？他如要扩展地盘，哪里肯顾到这些不关痛痒的事情？"谭延闿道："这办法上面要谢、吴、贺、叶四人负责，谢、吴当然是我前敌的谢国光和吴剑学了，贺、叶可是贺耀祖和叶开鑫？他两人对于这七条办法，可曾表示过什么意见没有？"鲁涤平的代表道："已经另派代表去接洽，想来也决无问题。"

谭延闿请他先回，即时便有电复。一面命人去请谢国光、吴剑学，两人应召而至。谭延闿就把鲁涤平的信给两人观看，谢国光道："我们刚都接了他的电报，据说贺耀祖、叶开鑫已经复电赞成，只要我们答应，便可正式接洽了。我们正要来请总司令的示。"谭延闿道："刘铏前此驱逐长沙的张辉瓒部，明明已经倾向赵军，有他在内，这件却难凭信。"吴剑学笑道："他前星期也为怕人疑他亲赵，特地联合鲁军长，电请赵军离省，让给中立军驻防，以解众疑。*刘铏似亦颇具苦心。*不料赵军全体反对，因此他又离开长沙，到汉口去了。这封信上虽写着他的名字，恐怕他自己还不曾知道咧。"谭延闿道："既然如此，能够和平解决，更好，只要他们能福国利民，我没有不赞成之理，你们就复电赞成果。"两人领诺。谢国光道："湘阴方面的唐荣阳部，攻击长沙的刘叙彝部，和张辉瓒、朱耀华各团，总司令都要电饬他们停战才好。"谭延闿道："这个自然，不须你说。"

谢国光、吴剑学去后，谭延闿当即电饬各路停战，*可谓勇于为善。*谢、吴、叶、贺各派代表，交换了一次意见，尚极接近。一星期的限期易过，瞬息已满，鲁涤平又通电继续停战两星期，双方各派全权代表，开正式会议，讨论议和条件。当时举鲁涤平为正主席，刘铏为副主席，议定赵恒惕任总司令，谭任省长，省宪法也加以修正。叶开鑫得了这个报告，不觉大怒道："省宪法是全省人民所议定的，代表如何可以擅定修改？*说话未尝不是，但借此省宪未必真出全民公意耳。*我派他做代表，原只能代表我的意见，他倒代表起全省人民，来拟修改省宪了。蔑宪违权，莫此为甚。"*此语虽未必全是，然颇足为但知个人不知民众以一手掩天下目者讽也。*当下立时撤回代表，另行改派，再延长停战期限，集会磋议。

鲁涤平见垂成的和议，中途又生波折，十分不悦，因和所部团长袁植道："我为湘省三千万人民计，不能不出任艰难，倡导和议，不料偏有许多波折，令人可叹。"袁植道："本来是多此一举，谭氏破坏省宪，罪有应得，赵军屡次战胜，平定全湘，已非意外之事，偏有什么和议出来，要推谭氏来做省长，便是大家赞成，我也不赞成。"*一味偏护赵氏，岂得谓之公论？*鲁涤平听了默然，袁植也自悔失言，即便告辞而出。鲁涤平亲自起身送他出门，格外比往日恭敬。*心有所不忍欤？抑不认其为部将欤？*袁植亦很觉诧异，走不多远，忽觉前面有人影一闪，袁植正要叱问，只听得啪的几声，子弹咻咻的直射前心，不觉啊呀一声，跌倒在地。随从马弁一齐大惊，急忙寻觅凶手时，已经无影无踪。众马弁无可如何，只得把他抬回团部里，急忙叫军医官来诊视时，早已呜呼哀哉。全团将士，不知被何人所刺，正在忙乱，忽然军号几声，四面的枪弹如雨点似地洒了过来。全团将士大惊，正待探问，枪声忽然停止了。接着跑过几个军官来，一声大喝道："缴枪！"众人这时因袁植已死，无人统领指挥，二则知道已处于四面包围之中，决难抵抗，只得一齐缴械，听其遣散，按下不题。

却说刘铏在姜畲忽然听得袁植被刺的消息，不知何故，十分惊讶。次日，忽报鲁涤平令吴剑学部一团和朱耀华团，袭占湘潭，解散袁植所部，在姜畲的赵方各代表，已都受监视，不觉大怒道："鲁涤平如何敢欺我？他能助谭，我便不能助赵吗？"全不讲顺逆，一味讲意气之争，也不能说是明智。说着，便起身赴省，去见赵恒惕。赵恒惕议和本非出于诚意，不过因兵力已疲，想借此休息补充而已，军阀在战争中而谈和议者，大率类此。所以一方虽在讨论磋商，一方面却积极扩充军备，军阀行径，大率如此。把唐生智、贺耀祖、叶开鑫等都升为师长，所部团长，也都升为旅长，却以军长的空名义，给与宋鹤庚、鲁涤平两人。

这天因马济到湘，正在议论攻谭之事，刚好刘铏赶到，赵恒惕忙问其何故匆匆来省？刘铏就把鲁涤平如此可恶的情形说了一遍，赵恒惕大怒道："既然如此，我即日便进兵交战，看我能击退谭军否？"马济问现在各路的军事布置。赵恒惕道："我军主力，现在东路攸、醴、株洲一带，和敌军成对峙之势，北至湘阴，沿湘江一带，都有敌军，我军要防守的地方太多，军力单薄，尚望贵军助我一臂之力。"马济慨然应允，准定即日回岳，调一团人入长沙，代贺耀祖任防守之责，让贺耀祖到株洲去助唐生智。赵恒惕大喜，刘铏之驱谭军离长沙，借口阻止北军入湘也，今北军且入长沙矣，何以独无一言？当即传令各军向谭军总攻击，正是：

> 只因欲拒门前虎，无奈权亲户后狼。

未知胜负如何，且看下回分解。

鲁涤平之诛袁植也，时论多议鲁处事失当，吾以为是诚管窥蠡测之论也。夫谭之伐赵，赵有可伐之罪，而谭有可伐之权也。何则？赵本属谭，谭民党分子也，不利于野心者之所为，遂利用赵以去谭，谭去而湖南入于军阀之手矣，此赵有可伐之罪者也。中山为创立民国之元勋，而以救国救民为志者也，北伐不成，国不可救，民亦不得救也。赵氏不去，不能贯彻北伐之计划，故谭秉孙令，有伐赵之权也。鲁涤平为谭旧部，附谭而反赵，与情理正谊，皆所应尔，而袁植乃攻谭而附赵，不诛之将何为乎？孟子曰："不揣其本而齐其末，方寸之木，可使高于岑楼。"若断章取义，责鲁不宜出诸诱杀之途，则吾复何言。

第二十九回

救后路衡山失守
争关余外使惊惶

　　却说谭延闿见和议破裂，又入战争时期，和鲁涤平等定下计划，等湘潭的鲁涤平军准备好后，便和长沙对岸的蔡巨猷军的刘叙彝部，以及湘阴、赤竹、株洲各面的军队，齐进以夺长沙。到了赵军下总攻击令的那一天，因鲁军还不曾准备定妥，所以不能一齐发动。谭延闿自己在株洲方面，指挥谢国光部和从广东带来的湘军，攻击唐生智。战了一日，未见胜负。谭延闿因命谢国光部，绕攻唐生智的侧面，以收夹击之效，自己在正面冲击。唐生智自然也督率部下将士，奋勇反攻。两军正在战得起劲，忽然东面枪炮声大作，子弹如雨点一般的向唐生智军洒来。原来谢国光已从侧面攻到，唐生智大惊，急急分兵抵拒。正面的阵线既薄，抵抗力又弱，谭军进攻愈勇，唐生智虽则竭力抵御，当不起谭军三番五次的肉搏冲锋，看看支持不住，正待溃退，忽然后面一队援军，如风掣电卷的赶到，原来是贺耀祖部。唐生智吃惊道："你负着防守长沙的重责，如何到这里来？"贺耀祖道："防守长沙的任务，业已有马济率领一团北军担任，赵总指挥，因听说这方面局面紧急，所以派我来助你。"唐生智大喜，请他担任正面，自己去攻侧面的谢国光。贺耀祖应允，便督队向谭军进攻。谭军战斗已久，况且冲锋多次，兵力已疲，如何还能攻破贺耀祖的阵线？因此本来很得势的战事，又渐渐地失势起来。北军不到长沙，贺耀祖不能调至株洲，则唐生智必败，唐生智败，则长沙危，一也。株洲方面战事不得手，则不能抽调刘、邹劲旅，击退蔡巨猷之兵，二也。谭、蔡两军不退，叶开鑫不能攻克湘潭，三也。湘潭不得，唐荣阳决不反谭助赵，四也。在事实上言之，马济不过助赵以一团兵力担任防守耳，而在战局上，乃有如此重大影响，亦见军事之变化难知，而吴佩孚阻挠义师之罪，实浮于赵也。勉强支持了两日，谢国光部先被唐生智击败，唐军乘势来包抄谭军后路。谭军恐受包围，只得退却。贺、唐追击了一阵，忽然接着赵恒惕的密谕，大略说道：

闻东路得手，谭、谢俱败退，甚喜。唯谭军实力，并未全失，湘潭、靖港即蔡世猷所部军队。敌俱未退，不可远及，重劳后顾，可急令邹振鹏、刘重威两部秘密开省，俟退去蔡军，则湘潭势孤，不难一鼓而下。若得湘潭，东路亦不足忧矣。

贺、唐见了这个密谕，便停止追击，急令邹振鹏、刘重威两部开省。邹、刘遵令回到长沙，来见赵恒惕，恰好赵恒惕和马济在哪里议事，见了邹、刘便道："你们来得很好。这几天湘江的雾很大，明天拂晓。你们可乘雾渡江袭击蔡巨猷军，今天暂时休息罢。"邹振鹏道："蔡巨猷部在对岸的军队，恐怕也不多罢。"马济道："你怎的知道？"邹振鹏道："我们在东路作战，俘获的敌人，里面有不少是蔡巨猷部，蔡部开到对岸的本来不多，现在又分兵去助东路，可见留下的也就有限了。只我所不解的，不知道这些军队，是几时开拔过去的？"赵恒惕道："你还不知道吗？蔡部的开拔到东路，是正在议和的时候哩。"刘重威道："议和的时候，规定各军不得调动，他如何通得过中立军的驻地？"赵恒惕道："鲁涤平原是亲谭的，岂有通不过之理？"*此亦补笔，不必定看作邹振鹏等未知也。*刘重威道："既然如此，也不必我们两部去，还是分一半去攻湘潭罢。"马济道："不必。湘潭方面，有叶都开鑫前去也够了，很用不着你们去，你们还是去休息休息，明天拂晓好渡江进攻。"邹振鹏、刘重威应诺，又道："叶师长何时进兵？"赵恒惕道："你们一得手，他便立刻进扑湘潭了。"

刘重威和邹振鹏等退出以后，各自回营布置。到了次日天未明，便集合渡江，马济亲自赶到炮台上来开炮，此时只听得两面的枪声，连续不绝，隔江的炮火，也非常激烈。邹振鹏等的兵船，几次三番，都被逼退回。马济好生着急，因观察炮火发来的所在，亲自瞄准，放了两炮，又向枪弹最密的所在开了几炮，隔岸的枪炮声便稀疏起来，邹振鹏、刘重威乘势又冲过江去。对岸的蔡军急待抵御时，邹、刘两部早已大半上岸。双方不能再用射击，便各装上刺刀，互相肉搏。邹、刘两部后临大江，不能即退，只得奋勇冲击，此之谓置之死地而复生欤？后队也陆续登陆。人数愈众，进攻愈猛。刘叙彝部，人数甚少，如何抵敌得住？不上三四小时，便大败而走。

叶开鑫得报，立刻从易家湾渡江，进扑湘潭，在湘潭北面，和鲁涤平军开起战来。双方战了一昼夜，兀是胜负未分。忽然西北角上枪炮声大作，邹振鹏旅从靖港赶来助战，向鲁军左侧进攻。鲁军人少势薄，又得了东西两路败退的消息，无心恋战，急急弃了湘潭，全军退走，正想率队去会谭军，忽然有大彪军开到，急加探询，方知谭军已来。鲁涤平大喜，急忙过去谒见谭延闿，动问放弃株洲防线的原因。谭延闿道："我本待反攻，只因接到大元帅的电报，说东江失利，博罗、河源，相继失守，令我即日回军讨伐陈逆；再则听说吴佩孚因赵军失利，令沈鸿英从赣边出郴州，截我后路。我军前线，已经不甚得手，如再后路被截，势必一败涂地，所以不得不急急回军先救宜章，如东江战事已有转机，我们便可反攻长沙，如东江战事紧急，便可即回广州破敌，似乎比较妥当。贵部和我同行？还是保守衡山？可请兄自己决定。"鲁涤平道："我如防守衡山，则你我兵分力薄，反无势力，不如同救宜章。"谭延闿称善。当下两人合兵到宜章来，赵军便乘势收复了衡山、衡阳。

唐荣阳部听说谭军失败，急又倒戈附赵，并派兵攻击常德蔡军，以赎前此暗袭贺、唐于常德之嫌。赵军之失守长沙也，唐荣阳攻贺、唐于常德以助谭，谭之失衡阳，唐荣阳又攻蔡、刘于常德以助赵，同一攻常德也，共用大异，武人之反复无信义，可胜慨哉！赵恒惕对于蔡巨猷军，向来不甚重视，他唯一的战略，是先行打倒湘南谢谢国光吴吴剑学鲁鲁涤平能战的军队，再行围迫湘西，所以没有把谭军尽行驱逐出湘。对于唐荣阳的举动，也不甚留心，鄙薄之至，唐荣阳亦自惭否？只仍然继续攻谭的工作。

其时郴州已被沈鸿英所袭，广州解来接济谭军的子弹饷械，也尽被沈鸿英截了去，因此谭方用全力夺回郴州，把沈军逐回赣边，一面急急召集鲁涤平、方鼎英、谢国光、吴剑学、朱耀华、刘雪轩等，会议此后应战方法。鲁涤平道："我们此时唯一的要着，就要维持湘南、湘西的联络，要维持湘西、湘南的联络，就不能不守永州、宝庆。郴州、宜章，虽然是和粤中来往的要道，却决不可作为根据地，反而和湘西失了联络。"谭延闿道："宝庆已有黄耀祖部在彼防守，似乎一时可保无虞。永州地方，更为重要，不知哪一位愿去负责坚守？"刘雪轩欣然起立道："雪轩愿负此责。"谭延闿道："永州地方，最为重要，永州倘然失去，则和湘西的联络断绝，反攻和呼应，都有种种困难了。"刘雪轩道："总司令放心，雪轩誓死坚守，决不致有些须闪失。"说大话人，往往不能实践。谭延闿道："永州现在还不甚吃紧，暂时由你一人防守，到紧急时，我自调兵助你。"刘雪轩慨然答应，其余各人，也都认定防线，专候赵军前来厮杀。无奈这时子弹缺乏，粮饷又少，因粤方接济，被沈鸿英截留之故也。广州的风声又紧，因此军心不甚坚定。不多时，宝庆、耒阳、祁阳相继失守，刘雪轩见孤城难守，也不向谭氏求救，径集合部属，投降赵军了。可杀。说大话的，原来如此没用。

　　谭延闿见大势已去，孙大元帅回军救粤的命令，又一日数至，便令各军尽都退回粤边。鲁涤平、朱耀华、方鼎英、黄耀祖各部调乐昌，在广东韶关之北。谢国光调仁化、乐昌东。吴剑学部调九峰，乐昌东北，贴近湘这一乡镇。陈嘉祐和蔡巨猷的一部调星子。粤境连州北，紧贴湘边之一乡镇。一面又电令沅陵蔡巨猷猛力冲出湘南，集合粤边。其时蔡巨猷、唐荣阳反戈附赵，陈渠珍又改变中立态度，派兵分攻辰、沅周朝武部，武人之看风使船，其刁猾处尤过于政客，可恨。形势十分吃紧。蔡巨猷自己在溆浦和贺耀祖相持，虽曾用计击破贺军，无奈大势已失，贺部依然集合反攻，不能挽回大局。周朝武屡被戴斗垣所破，提出向赵恒惕要求改编的条件。赵恒惕因他们不日便可消灭，也拒绝不允。后来到底被击败溃散，这些散兵无处可奔，都流为土匪。自此以后，湘西便成为土匪世界，人民被累不堪。此亦不能不谓为赵恒惕拒绝改编之罪。蔡巨猷不能再守，只得退入洪江，派代表和黔边黔军联络，以谋退步，此时得了谭延闿的命令，便又令陶忠洵、陈嘉祐出武冈，周朝武、刘叙彝出安化，奋勇冲突。赵恒惕哪里容得他冲过？立刻把湘南各重兵，分头包围，不令越过雷池一步。蔡巨猷勉强支持了月余，武冈、安化相继失守，大势更加瓦靡。蔡巨猷见形势已十分危急，便通电下野，当刘叙彝、陶忠澄、周朝武等，电请赵军弗再追击，赵恒惕哪里肯听，依旧派兵猛攻，到本年十二年。十二月三十一日，叶开鑫攻下洪江，蔡巨猷只得逃奔贵州，湘西军事，方算解决。只是变为土匪的败兵，却并无收拾的办法，自己地位保住便罢了，土匪骚扰百姓，和自己有何干涉哉？此事却按下不提。

却说谭延闿因广州的战事紧急，奉孙大元帅的命令，即日率部回广州，讨伐东江的陈逆，便集合所部军官会议。鲁涤平、谢国光、吴剑学、朱耀华、方鼎英、张辉瓒等，都请即日回兵讨贼，只有黄耀祖、汪磊两人默然。谭延闿道："既各位都主张即日回军讨贼，希望即去预备一切，分头回广州破贼。"众皆领诺。黄耀祖起立道："讨贼要紧，边防也要紧，我们如全体开往东江，万一湘军来袭，如何抵御？"众人正要回答，江磊也起立道："黄团长所说的话，确是很有理由，我们不可不防。磊虽不才，情愿和黄团长紧守粤边，以防意外。"其言甘者，其中必苦。谭延闿道："如此甚好，所有粤边的防守事宜，就请你们担任罢！"议定以后，众皆散去，只有吴剑学一人留在后面，有心人。悄悄向谭延闿道："我看黄耀祖和汪磊，说话虽然好听，恐怕其中还有秘密，总司令如何准他留守粤边。"谭延闿默然不答。吴剑学固问，谭延闿道："倘然必定要强迫他同走，他抗不受令，又将怎样办理？"吴剑学道："立刻派兵缴他的械。"谭延闿道："这样办就大失算了。他俩既有异心，如何不先做提备？万一攻之不克，兵连祸结，必致耽误东江战事。再则恐怕赵恒惕乘机来攻，更惹出一层外患，岂非失算之至？现在示以坦白，结以恩信，即使他俩果有异心，也决不肯为我们后方之患了。"此等处既仁且智，颇似中山。吴剑学拜服。

次日，大军一齐开拔，向广州进发，在半途便听说黄耀祖、汪磊两人集合部队，投湘南去了。果然不为后方之患。谭延闿唯有太息而已。到得广州时，广州情形已十分严重，谭延闿急急去见中山。中山见了谭氏回来，十分欢喜。谭延闿把湘中的情形，大略讲了一番，便问起战事失败的原因。中山叹息道："此次战事，本来已操胜算，不料石滩之战，刘震寰部忽然哗变，致牵动全局，遭此败衄。假使没有这次变故，惠州也早已攻下了。"致败的原因，至此方才补出。谭延闿道："已往之事，不必深究，只不知逆军在什么时候方能击退咧？"中山笑道："逆军此次作战有两大失计，现在危险时期已过，不出三日，必可反败为胜，再占石滩。"能说必能行，非如徒说大话而不能实行者。谭延闿道："何谓两大失计？"中山道："洪兆麟、杨坤如不等林虎进展，便占石龙，以致不能齐进，这是第一失计；既然得了石龙，又不急急前进，让我得整顿部队，布置防守，这是第二失计。当时退到广州的时候，滇军主张放弃广州，我早已料到逆军必不能立即进迫，所以不肯答应，只有李协和能深得我心，劝我坚守，现在樊钟秀既已反戈附义，已到广州，兄又领兵赶到，何愁逆军不退吗？"确有把握之谈，非毫无主见者。谭延闿尚沉吟未答。中山又道："组庵谭延闿字。不必怀疑，逆军在三日内，我军便不攻击，他必自退。一则进无可取，二则粮食缺乏，香港又不肯运米接济，怎能持久？"谭延闿欣然道："战争确不足虑了。但在军饷方面，也急宜措置方好。不然，即使东江荡平，而粮饷无着，也决不能完成北伐的工作。"中山道："关于这一层，我已筹有办法，决计收回海关税权，将粤海关的关余，全数截留，在本月按此时为十二年十一月。五日，我已正式照会北京外交团，要求将这笔关余，应一例拨交本政府。"自是正当办法。中山一面说，一面命人将原文检出，交给谭延闿观看。照会的大意说道：

敝国关税，除拨偿外债外，所余尚多，此项关余，其中一部分为粤省税款，北政府以取自西南省为祸西南，北政府尝取此款以接济西南各省叛军，如陈炯明之类，以祸人民，故曰为祸西南。揆之事理，岂得为平？况当一九一九与一九二〇年间，因广东护法政府之请求，粤海关税余，应还抵押外债部分外，尝归本政府取用，今特援前例，要求外交团，此后所有关余，应一律由本政府取用，不得复拨交北政府，否则当用直接处决方法。唯在此期间，当静候两星期，以待答复。

谭延闿看完道："外交团可曾答复？"中山道："复文昨天刚由广州的领事团送到。"说着，也叫人检出，送给谭延闿观看。复文的内容，大意是这样：

关余为中国之所有，外交团不过受北京政府之委托，为其保管人，贵处如欲分润，当与北京政府协议，南北方为交战团体，岂有协议可得？复文殊觉滑稽。外交团无直接承诺要求之理。如任何方面果有干涉之举，则外交团为保护海关起见，只有采用相当强迫手段，以为办理。此文完全偏袒北京政府，外交团非有爱于北京政府也，特以南政府为革命政府，如革命成功，则列强即不能复肆侵略，故凡可以妨碍南政府之活动者，无不为之尔。

谭延闿看毕说道："这复文真岂有此理极了。真是岂有此理。我们偏要干涉，看他们如何用强迫手段来办理？"中山道："他们指外交团。现派了许多军舰在广州洋，升火示威哩，我也曾有过宣言，如海关不把关余交给本政府，则本政府当即行撤换税务司，便到万不得已，还可把南方各港，辟为自由贸易港，亦称自由市，一切货物出入，均不须纳税者。以为抑制。言出必行，不畏强御，此时中国悔一人而已。但在这时似乎还不必实行此种计划。且再过几天，等击破陈军以后再说罢。"两人又讨论了一回战事。方才分手。

次日，中山先生令谭延闿、许崇智、樊钟秀等，但各分头向陈军反攻，又令范石生绕出增城，以断林虎的后路。布置定妥，便各分头进攻。陈军此时粮食不济，本来已有退心，再加各义师进攻甚猛，陈军哪里抵抗得住？战不一日，便纷纷败退。各军分头追击，洪兆麟、杨坤如等屡战屡败，石龙、石滩，相继克复。林虎听说中左两路都败，急忙退却，恰被范石生赶到，大杀了一阵。林虎带领残军，逃回增城，和围增城的陈军会合，军势又振，围城如故。不料范石生部蹑踪而来，许崇智部又从石滩来攻，城内被围的军队也乘势冲出，林虎三面受敌，死伤甚众，又大败而退，相度地势，凭险而守。其胜也忽然，其败也突然。陈炯明见战事着着失败，十分懊丧，急忙拍电到洛阳，向吴佩孚求救，陈氏是时，方倚吴佩孚为泰山，而不知吴氏已有冰山易倒之势矣。请吴立即令江西方本仁、湖南唐生智以及沈鸿英军，迅即入粤援助，攻中山之后。正是：

欲摧革命业，更遣虎狼师。

未知吴佩孚是否即令方、唐、沈入粤，方、唐、沈是否肯受命攻粤，且看下回分解。

中山为争关余而致牒于北京使团曰：北京政府，取西南人民所纳之赋税，以祸西南，揆之事理，岂得为平？痛哉言乎！夫帝国主义者，欲肆虐于中国，必先求中国时有内乱，不克自拔，乃得长保其侵略与借为要索权利之机会。欲助长中国之内乱，则非妨碍革命势力之进展，及保持军阀之势力不为功。而欲妨碍及保持两者之有效，则财力之为用尚焉。故务必取西南之关余，以纳诸北京政府之手，使得用之以为祸西南，虽盛派舰队，架炮威吓而亦有所不惮也。呜呼！中山以为事理之所不平者，岂知彼帝国主义者，乃方以为必不可变之手腕乎？

第三十回

发宣言改组国民党
急北伐缓攻陈炯明

却说陈炯明在广州被中山击败后，只得退守博罗等处，一面向吴佩孚乞救。吴佩孚虽然拥兵甚众，无奈鞭长莫及，不能立刻派队援助，只得电令沈鸿英、方本仁、陆荣廷等，火速入粤。那沈鸿英此时已有归附中山，回桂攻陆的意思，对于吴佩孚的命令，如何肯受？忽而叛中山，忽而顺中山，忽而又叛中山，忽而又欲降中山，沈鸿英之反复，在中国武人中，可谓罕与伦比。至方本仁目光，全在赣督一席，早有取蔡而代之之心。蔡成勋对他，也似防贼一般，十分留意。方本仁既不离开江西，至失了乘势而起的机会。蔡成勋更不能接济子弹饷械，为虎添翼。有了这两种原因，吴佩孚的电令，哪里还能发生效力？三路中又去了一路。陆荣廷在广西，不过占得一部分地方，实力有限，也无暇远征。三路全都没用了。三路援军，没有一路可为陈炯明实际上的援助。还有湖南的唐生智，也曾奉到吴令，助攻广东，谁知生智是新派人物，本来反对北军，因时局紧急，自己实力未充，不曾有露骨表示，如今却教他进攻广东，更办不到。这一路也没用了。陈炯明见盼不到救军，只得用离间引诱之法，此公反复小人，应善此等计划。运动杨希闵、刘震寰所部的滇、桂军停止进攻，或竟背叛中山，这一着倒颇有效力。原因中山此时正在全力改组中国国民党，作根本整顿之图，对于东江战事的进行，当然不能十分注意。有了这两层原因，战事便日趋沉寂，仿佛人于停顿之中了。

至此将战局暂时搁起，以后本回全写国民党改组事情。

　　说到中国国民党改组的动机，却在去年民国十二年。秋间，那时有一个名叫高一涵的，在《努力》周报上发表了一篇文字，批评国民党的分子太复杂，和组织的不适当，主张加以改组。中山先生见了这个提议，十分满意，便派汪精卫等着手预备。一面在未改组之先，先在广州开一次谈话会，请党员发表意见，并规定在一月二十日，民国十三年。召集第一次全国代表大会。大会代表由各省党员各选举三人，由总理指派三人，其余如党纲党章以及改组手续等，则一切都俟大局决定，并由中山先生发表一篇改组宣言道：

　　吾党组织，自革命同盟会以至中国国民党，由秘密的团体而为公开的政党，其历史上之经过，垂二十年。其奋斗之生涯，荦荦大者，见于辛亥三月广州之役，同年十月武汉之役，癸丑以往倒袁诸役，丙辰以往护法诸役。党之精英，以个人或团体为主义而捐生命者，不可胜算。当之者摧，撄之者折。其志行之坚，牺牲之大，国中无二。然综十数年已往之成绩，而计效程功，不得不自认为失败。满清鼎革，继有袁氏，洪宪随废，乃生无数专制一方之小朝廷。军阀横行，政客流毒，党人附逆，议员卖身，有如深山蔓草，烧而益生，黄河浊波，激而益溷，使国人遂疑革命不足以政治，吾民族不足以有为，此则目前情形无可为讳者也。窃以中国今日政治不修，经济破产，瓦解土崩之势已兆，贫困剥削之病已深，欲起沉疴，必赖乎有主义有组织有训练之政治团体，本其历史的使命，依民众之热望，为之指导奋斗，而达其所抱政治上之目的。否则民众蠕蠕，不知所向，唯有陷为军阀之牛马，外国经济的帝国主义之牺牲而已。国中政党，言之可羞。朝秦暮楚，宗旨靡定，权利是猎，臣妾可为。凡此派流，不足齿数。而吾党本其三民主义而奋斗者历有年所，中间虽迭更称号，然宗旨主义，未尝或离。顾其所以久而不能成功者，则以组织未备，训练未周之故。夫意志不明，运用不灵，虽有大军，无以取胜。吾党有见于此，本其自知之明，自决之勇，发为改组之宣言，以示其必要。先由总理委任九人，组织临时中央执行委员会以始其事，行将召集海内外全党代表会议，以资讨论。关于党纲章程之草定，务求主义详明，政策切实，而符民众所渴望，而于组织训练之点，则务使上下逮通，有指臂之用。分子淘汰，去恶留良，吾党奋斗之成功，将系乎此，愿与同志共勉之！

中国国民党全国代表大会留影

国民党"一大"会场

到了一月十九日那天，先开了一次预备会，第二天才开正式的代表大会。会期共是十天，到一月三十日闭会。在开会的那一天，各省代表，纷纷出席，议决修改党章，决定政纲，并发表了一篇宣言。那宣言非常之长，共分为中国之现状、国民党之主义、国民党之政纲三大段。现在把中国之现状一段，择要摘录，政纲则全部都录在下面。至国民党之主义，则大家都知道是三民主义了。在这党治之下，大概已经没有不知道的人，在下也不容多费笔墨，来做抄书胥咧。那最前面中国之现状一段的大略道：

中国之革命，发轫于甲午以后，盛于庚子，而成于辛亥，卒颠覆君政。夫革命非能突然发生也，自满洲入据中国以来，民族间不平之气，抑郁已久。海禁既开，列强之帝国主义，如怒潮骤至，武力的掠夺，与经济的压迫，使中国丧失独立，陷于半殖民地之地位。满洲政府既无力以御外侮，而钳制家奴之政策，且行之益厉，适足以侧媚列强。吾党之士，追随本党总理孙先生之后，知非颠覆满洲，无由改造中国，乃奋然而起，为国民前驱，激进不已，以至于辛亥，然后颠覆满洲之举，始告厥成。故知革命之目的，非仅仅在于颠覆满洲而已，乃在于满洲颠覆以后，得从事于改造中国。依当时之趋向，民族方面，由一民族之专横宰制，过渡于诸民族之平等结合；政治方面，由专制制度过渡于民权制度；经济方面，由手工业的生产，过渡于资本制度的生产。循是以进，必能使半殖民地的中国，变而为独立的中国，以屹然于世界。

然而当时之实际，乃适不如所期。革命虽号成功，而革命政府所能实际表现者，仅仅为民族解放主义。曾几何时，已为情势所迫，不得已而与反革命的专制阶级谋妥协。此种妥协，实间接与帝国主义相调和，遂为革命第一次失败之根源。夫当时代表反革命的专制阶级者，实为袁世凯，其所挟持之势力，初非甚强，而革命党人乃不能胜之者，则为当时欲竭力避免国内战争之延长；且尚未能获一有组织，有纪律，能了解本身之职任与目的之政党故也。使当时而有此政党，则必能抵制袁世凯之阴谋，以取得胜利，而必不致为其所乘。夫袁世凯者，北洋军阀之首领，时与列强相勾结，一切反革命的专制阶级，如武人官僚辈，皆依附之以求生存。而革命党人，乃以政权让渡于彼，其致失败，又何待言！

袁世凯既死，革命之事业仍屡遭失败，其结果使国内军阀暴戾恣睢，自为刀俎，而以人民为鱼肉，一切政治上民权主义之建设，皆无可言。不特此也，军阀本身与人民利害相反，不足以自存，故凡为军阀者，莫不与列强之帝国主义发生关系。所谓民国政府，已为军阀所控制。军阀即利用之结欢于列强，以求自固，而列强亦即利用之资以大借款，充其军费，使中国内乱纠缠不已，以攫取利权，各占势力范围。由此点观测，可知中国内乱，实有造于列强。列强在中国利益相冲突，乃假手于军阀，杀吾民以求逞。不特此也，内乱又足以阻滞中国实业之发展，使国内市场，充斥外货。坐是之故，中国之实业，即在中国境内，犹不能与外国资本竞争，其为祸之酷，不止吾国人政治上之生命，为之剥夺，即经济上之生命，亦为之剥夺无余矣。环顾国内，自革命失败以来，中等阶级，频经激变，尤为困苦。小企业家渐趋破产，小手工业者渐致失业，沦为流氓，流为兵匪，农民无力以营本业，至以其土地廉价售人。生活日以昂，租税日以重，如此惨状，触目皆是，犹得不谓已濒绝境乎？由是言之，自辛亥革命以后，以迄于今，中国之情况，不但无进步可言，且有江河日下之势。军阀之专横，列强之侵融，日益加厉，令中国深入半殖民地之泥犁地狱，此全国人民所疾首蹙额，而有识者所以彷徨日夜，急欲为全国人民求一生路者也。吾国民党则夙以国民革命实行三民主义为中国唯一生路，兹综观中国之现状，益知进行国民革命之不可懈，故再详阐主义，发布政纲，以宣告全国。

政纲的全文道：

吾人于党纲，固悉力以求贯彻，顾以道途之远，工程之巨，诚未敢谓咄嗟有成。而中国之现状，危迫已甚，不能不立谋救济。故吾人所以刻刻不忘者，尤在准备实行政纲，为第一步之救济方法。谨列举具体的要求，作为政纲。凡中国以内，有能认国家利益，高出于一人或一派之利益者，幸相与辨明而公行之。

（甲）对外政策。

（一）一切不平等条约，如外人租借地，领事裁判权，外人管理关税权，以及外人在中国境内行使一切政治的权力侵害中国主权者，皆当取消，重订双方平等互尊主权之条约。

（二）凡自愿放弃一切特权之国家，及愿废止破坏中国主权之条约者，中国皆将认为最惠国。

（三）中国与列强所订其他条约有损中国之利益者，须重新审定，务以不害双方主权为原则。

（四）中国所借外债，当在使中国政治上实业上不受损失之范围内保证并偿还之。

（五）庚子赔款，当完全划作教育经费。

（六）中国境内不负责任之政府，如贿选窃僭之北京政府，其所借外债，非以增进人民之幸福，乃为维持军阀之地位，俾得行使贿买侵吞盗用。此等债款，中国人民不负偿还之责任。

（七）召集各省职业团体银行界商会等、社会团体教育机关等组织会议，筹备偿还外债之方法，以求脱离因困顿于债务而陷于国际的半殖民地之地位。

（乙）对内政策。

（一）关于中央及地方之权限，采均权主义。凡事务有全国一致之性质者，划归中央，有因地制宜之性质者，划归地方。不偏于中央集权制，或地方分权制。

（二）各省人民得自定宪法，自举省长，但省宪不得与国宪相抵触。省长一方面为本省自治之监督，一方面受中央指挥以处理国家行政事务。

（三）确定县为自治单位。自治之县，其人民有直接选举及罢免官吏之权，有直接创制及复决法律之权。土地之税收，地价之增益，公地之生产，山林川泽之息，矿产水力之利，皆为地方政府之所有，用以经营地方人民之事业，及应育幼养老济贫救灾卫生等各种公共之需要。各县之天然富源，及大规模之工商事业，本县资力不能发展兴办者，国家当加以协助，其所获纯利，国家与地方均之。各县对于国家之负担，当以县岁入百分之几为国家之收入，其限度不得少于百分之十，不得超过于百分之五十。

（四）实行普通选举制，废除以资产为标准之阶级选举。

（五）厘定各种考试制度，以救选举制度之穷。

（六）确定人民有集会、结社、言论、出版、居住、信仰之完全自由权。

（七）将现时募兵制度，渐改为征兵制度，同时注意改善下级军官及兵士之经济状况，并增进其法律地位，施行军队中之农业教育，及职业教育，严定军官之资格，改革任免军官之方法。

（八）严定田赋地税之法定额，禁止一切额外征收，如厘金等类，当一切废绝之。

（九）清查户口，整理耕地，调整粮食之产销，以谋民食之均足。

（十）改良农村组织，增进农人生活。

（十一）制定劳工法，改良劳动者之生活状况，保障劳工团体，并扶助其发展。

（十二）于法律上、经济上、教育上、社会上，确认男女平等之原则，助进女权之发展。

（十三）励行教育普及，以全力发展儿童本位之教育，整理学制系统，增高教育经费，并保障其独立。

（十四）由国家规定"土地法"、"土地使用法"、"土地征收法"及"地价税法"，私人所有土地，由地主估价，呈报政府，国家就价征税，并于必要时得依报价收买之。

（十五）企业之有独占的性质者，及为私人之力所不能办者，如铁道航路等，当由国家经营管理之。

以上所举细目，皆吾人所认为党纲之最小限度，目前救济中国之第一步方法。

一面通过国民政府的组织案，举出汪精卫、胡汉民、廖仲恺等二十四人为执行委员，以主持大会闭会后，一年内党务的进行，另外选出监察委员五人，以监察党内的一切。这次改组的最大变化，就是容纳共产党和共产主义青年团加入本党。但是因为这样一改组，在精神固是焕然一新，而一般老党员如冯自由、谢英伯、刘成勋等，却大为反对，以致引起外面国民党赤化和国民党新旧冲突的谣言。中山因他们违背大会的决定，便是不守党纪，特向中央执行委员会提出控告。冯自由等不敢再强，只得在中央执行委员会出席声剖自己不曾违背党纪情形，事情便算就此解决了。

改组国民党的问题，既经解决，中山便又用全力来对付东西北三江战事。但因财政为难，同时还有一个关余问题，须尽先解决。为这问题，北京外交团虽曾派舰示威，武力胁迫，但中山先生坚持到底，并不曾因而减少反抗，百余年来，中国对外交涉，无不失败，皆因太怕外人，当局者每为外人武力屈服之故。若如中山先生之强毅不屈，据理力争，虽列强亦不能不降心以相从也。进行的更加激烈。外交团没法，只得由美使调停，和平解决。至于东路方面的军事，因蒋绪亮部滇军王秉钧师，受了陈炯明的运

动，叛孙降陈，*蒋氏军队本不可靠，王师之变，其或蒋氏亦有默契者乎？*颇影响进行。西
路方面，陈天太部也被粤籍各军缴械。北路方面，高凤桂旅既被诱北归，赵成梁部滇
军也被北军诱去两团。从这几点看来，可见中山所部军队内部的团结力，非常缺乏。
但是中山先生平生经过的忧患不知多少，如何肯因此灰心？好在此时陈炯明的内部，
也非常不稳，洪兆麟、林虎均有离陈独立的消息。再有一位桂派旧人沈鸿英，困顿于
广东北边，前进不能，退后无路，饷械的接济又缺乏，正在十分苦恼之时，想来想
去，只有仍然归降中山，带兵回广西，推翻陆荣廷而代之的一计，*以攫得广西地盘为目
的，反正便非本心，日后复叛，何足异乎？*因此屡次派代表和中山先生接洽投诚。*若此所
为，只可谓之投机，安得目为投诚？*中山因他反复已非一次，不敢信任，恰因蒋介石奉
了中山的命令，依照全国代表大会的决议案，在黄埔创办军官学校，这天回来有所禀
白，中山便和他商量此事。蒋介石道："沈鸿英反复性成，他的说话，全不可信。但
现在四面受敌，大有困兽走险之势，拒之太甚，则糜烂地方，不如答应他投诚，令他
依照投诚的条件，克日西征陆荣廷，如此便可抽调西征的军队，去讨伐东江，等东江
的战事一定，沈鸿英便再叛变，也不足忧咧。"中山笑道："我的意思，原是这般，
你我意见既同，我便这样决定了。"蒋介石去后，中山便答应沈鸿英的代表，准他投
诚，但须即日西征，不得在粤境逗留。沈鸿英俱一一遵从，事情定妥后，便拔队向梧
州进发，声讨陆荣廷去了。*陆荣廷有可讨之罪，而沈鸿英非讨陆之人，所以直书声讨者，重
孙中山之命也。*

　　中山见西路军事，已可无虑，便专意对付东江，计分三路出动。中路杨希闵的滇
军，进攻博罗，刘震寰的桂军，则向广九铁路进展，谭延闿的湘军，进攻龙门。陈炯
明因洪兆麟部在闽南与臧致平、杨化昭作战，所部兵力单薄，不敢恋战，稍为抵抗便
走，杨希闵便乘势占领博罗，刘震寰军也连克樟木头、淡水各要隘，进占惠州城外的
飞鹅岭，湘军也深入河源，把个惠州城，困于垓心之中。中山见战事顺手，很想一举
破敌，便令杨希闵向惠州突进。刘震寰留一部分军队监视惠州外，其余军队直绕海陆
丰，截断惠州的后路。*计划自是周密，其如将士之不用命何？*不料杨、刘占领各地，已
觉心满意足，便顿兵观望，不肯前进，*此种军队，真如儿戏。*只让湘军孤军深入，向梅
县方面进展。*谭公自是忠勇。*陈炯明却也料定杨、刘不肯再进，便把中左路的得力军
队，抽调到北路来攻湘军。林虎又用诱敌之计，把湘军困在垓心。湘军奋勇冲出时，

已经被敌军缴去一千多枪械。杨、刘能战，湘军何至于此？陈军乘势前进，经湘军奋勇反攻，勉力堵住。但是中山大包围的计划，未免受了影响，不能进行。幸而陈军力量薄弱，虽得胜利，仍然不能反攻。其后洪兆麟战胜臧、杨，班师回粤，也不肯加入力战，因此双方又成相持之势。到了九月中，东南战事爆发，卢永祥派代表到广东来请中山北伐，中山因反直同盟的关系，当然答应。并说："曹锟毁法贿选，我久已想出师北伐，便没有子嘉的催促，不久也必实行，何况子嘉屡次来电敦促呢。"卢永祥的代表，欣然而去。原来此时曹锟，已是逐去了黄陂，用重金贿赂国会，做了总统，卢永祥因反对贿选，通电讨曹。中山的目的，虽比卢氏更大，但是北伐不成，便不能贯彻救国救民的主张，自然也非讨曹不可，因此一得东南战事发动的消息，便亲自到韶关来指挥北伐事宜。正是：

只因救国怀宏愿，不惜从军受苦辛。

未知曹锟如何贿选，且看下回分解。

民国以来，军阀争雄，如唐代之藩镇，此仆彼起，不可完结。所异者藩镇之势，常亘数十年而不衰，军阀之力，往往盛于藩镇，而一击便破，一破即溃，溃即不能再振。其故何哉？盖军阀之所以成军阀者，非其力之所能，皆由兼并弱小军队而成。此等军队，即所谓杂色部队也。此属皆饥附饱扬之流，既无一定宗旨，更无所谓主义，以无主义无宗旨之军队，所造成之军阀，军阀之势力，尚足恃乎？本回记杨、刘得地以后，顿兵观望，遂令陈逆得乘机蓄养，专攻湘军，因得苟延残喘，贻患多时。此无他，杨、刘非革命基本队伍，只能供利用于一时，不能使作战于永久也。后此蒋氏专征，出师北伐，对于无宗旨主义，专事迎新送旧之杂色部队，概拒收编，而唯恃黄埔亲练之精锐，为战胜攻取之唯一军队，用能奏大功，成大业，革命军之所以统一中国者在此，所以异于军阀者亦如此而已。然使蒋氏稍存私利之心，略现军阀面目，则上行下效，纵有良好部队，正恐未必为用耳。

第三十一回

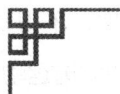

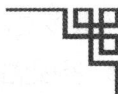

下辣手车站劫印
讲价钱国会争风

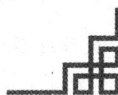

却说曹锟自吴佩孚击败奉军，拥黎复位，事实上差不多已成为太上总统，北方和长江一带的武人，除少数属于他系外，几乎尽归部下；中央政令，只要他说一句，政府就不敢不办。一个人到了这般地位，总可志得意满了。无奈曹三的欲望无穷，觉得光做太上总统，究竟都是间接的事情，还不能十分爽快；再则自己有了可以做大总统的力量，可以做大总统的机会，正该乘机干他一下，爬上这最高位置，也好替爷娘挣口气，便在家谱中讣告上面写着也风光得多。更兼门下一般进进出出，倚附为荣的蝇营狗苟之徒，莫不攀龙附凤，做大官，发大财，所以出竭其拍马之功，尽其撺掇之方，想把他捧上最高的位置，自己好从中取利，因此把个曹三捧得神志不清，想做总统之心，更加热烈。以为这般人都是自己的忠实心腹，一切事情，莫不信托他们去办。**他们做你的忠实心腹，希图你甚么？**论理，黎氏的任期，已经快满，不过再挨几个月工夫，让他自己退职，再行好好的办理大选，也未始不可。无奈他的门下，如高凌霨、吴毓麟、王承斌、吴景濂、熊炳琦、王毓芝诸人，好功心急，巴不得曹三立刻做了皇帝，好裂土分封，尽量搜刮，图个下半世快活，哪里还忍耐得几月的光阴？**小人无有不急功好利，若此辈其显著者也。**无日不哄骗曹三，教他早早下手，赶走了黎代，便可早日上台。

曹锟受了他们的包围，一点自主的能力也没有，东边献的计策也好，西边说的话儿更对。曹三之无用，于此可见。盖曹本粗人，毫无知识，未尝有为恶之能力，造成其罪恶者，皆此一批希图攀龙附凤之走狗也。吁可慨哉！见他们如此说，便满口答应，教他们便宜行事，斟酌进行。其中唯吴佩孚一人，对于他们这种急进办法，甚不满意，却怕触了恩主老帅之怒，不敢多说，唯吩咐自己门下的政客，不得参加而已。吴佩孚之头脑，究比曹三清晰得许多。因此洛派的政客，都没有参加大选运动，无从捞这批外快。津派和保派政客，一则妒忌洛派，二则怕吴佩孚阻止，着实在曹三面前，说吴佩孚许多不是。那王承斌更以军人而兼政客，说话比其余的政客更灵，因此保曹锟时居保定。洛吴佩孚时居洛阳。两方，渐渐有些隔膜，吴佩孚更不敢多说了。直系之失败，由于此次贿选，使吴氏敢言，失败或不至如此之速也。

吴景濂等见洛方已不敢开口，还有甚么讳忌，道德的制裁，良心的责备，国民的反对，外人的诽笑，固皆不在此辈讳避之中。便定下计策，先教张绍曾内阁总辞职，以拆黎之台，使黎不得不知难而退。不料黎元洪看透了他们的计策，见张绍曾辞职，便强邀颜惠庆出来组阁，以遏止张绍曾的野心。熊炳琦等见第一个计划不灵，便又进一步，改用第二个计划，指使北京城内的步军警察总罢岗，涌到黎元洪的公馆里索饷，并且把黎宅的电话，也阻断至六小时之久。黎氏至此，实无办法，只得答应每个机关，先给十万元，其余再尽量筹拨，方才散去。不料这事发生之后，不但受人诽笑，而且因治安关系，引起了外交团的反对。这批人，虽然不怕道德的制裁，良心的责备，国民的反对，旁观的诽笑，而对于洋大人的命令，却十分敬畏，所以外交团照会一到，他们便恭恭敬敬的一体遵从，立刻便命全体军警，照旧复岗。于是这个计划，仍不能把这位黎菩萨迫开北京，因此又步武段祺瑞的老法，拿出钱来，收买些地痞流氓，教他们组织公民团，包围公府，请黎退位。

黎元洪被缠得颠颠倒倒，毫无主意，只得分电曹、吴，声明就任以来，事与愿违之困难，并谓已向国会提出辞职，依法而来，自当依法而去，对于公民团的事件，也要求他们说句公道话。此时之总统，仿佛曹、吴之寄生物。曹锟得了这个电报，询问王毓芝如何办法？毓芝道："老帅休睬他的话！这明明是作弄老帅咧。"曹锟道："瞧这电中语意，也很可怜儿的，怎说是作弄我咧？"曹三尚不失忠厚。毓芝道："老帅不用看他别的，只已向国会辞职和依法而来依法而去几句话，够多么滑头。他向国会辞职，不是还等国会通过，方能说依法而去吗？知道现在的国会，什么时候才能开的成。要是国会一辈子开不成，不是他也一辈子不退位吗？"也说得异常中听，无怪曹三信之也。曹锟道："既这么，怎样答复他呢？"王毓芝道："还睬他干吗？他要想老帅说话，老帅偏不要睬他，看他怎样干下去？"曹锟见说的有理，什么理？殆烧火老太婆脚丫中之理乎？果然依了他话，置之不理。包围公府的公民团，也连日不散。好辣手段。冯玉祥、王怀庆并且在此时递呈辞职，情势愈加险恶。黎氏只得设法召集名流会议，讨论办法。试想中华民国所称为名流的，本不是什么值钱的东西，大军阀既要驱黎，他们如何敢替黎帮忙？便肯帮忙，又有什么用？因此议了半天，依旧毫无结果。

到了第二日，索性连水电的供给也断了，黎氏这时知道已非走不可，便决定出京。先预备了几百张空白命令，把总统大小印十五颗，捡了出来，五颗交给夫人带往法国医院，十颗留在公府；又发了五道命令，一道是免张绍曾职的，一道是令李根源代理国务总理，一道是任命金永炎为陆军总长，一道是遵照复位宣言，裁撤巡阅使、副巡阅使、检阅使、按检阅使者，陆军检阅使也，居此职者，唯冯玉祥一人。督军、督理各职。所有全国陆军，完全归陆军部统辖。一道是申明事变情形，及个人委曲求全之微意。此等命令，不过一种报复政策，即黎亦自知不能发生效力也。五道命令发表后，当即坐了一点十五分的特别快车，动身赴津。刚到天津车站，要想回到自己公馆里去，不料王承斌已在哪里恭候。黎元洪见了王承斌，先吃了一惊，此时之黎元洪，仿佛逍遥津中，忽见曹操带剑上殿之汉献帝也。王承斌也更不客气，立刻向黎氏要印。黎元洪怒道："我是大总统，你是何人？敢向我索印。"还有气骨，菩萨也发怒，其事之可恶可想。王承斌道："你既是总统，如何不在公府办公，却到这里来？"黎元洪道："我是中国的大总统，在中国的境内，有谁可以干涉？"是是。理直者，其气必壮。王承斌道："我没工夫和你讲理，你只把印交给我，便万事全休。不然，休想……"语气未毕。黎氏怒道："休想什么？休想活命吗？你敢枪毙我？"似乎比汉献帝硬朗得许多。王承斌笑道："这种事，我也犯不着做。轻之之辞，也可恶。你把印交出便休，不然，休想出得天津车站。就是要到中华民国的任何地方，也是一万个休想休想。"说着，眼看着身边的马弁示意。马弁们会意，便退去了。去不多久，便拥进几十个丘八太爷来，都是执着枪械，雄赳赳，气昂昂的，站在黎氏面前，怒目而视。黎氏和随从尽皆失色。王承斌突然变色而起，逼进几步道："印匄。在哪里？句。你拿出来，句。

还是不拿出来？"咄咄逼人，其可恶诚有甚于曹瞒者。黎氏默然不答。左右随从忙劝他道："既然如此，总统就把印交给他罢！"先吓软了左右随从。黎元洪依然不做声，王承斌厉声道："快缴出来！谁有这些闲工夫来等你？"咄咄逼人，曹瞒之所不为也。左右们忙道："别发怒！印现不在这里。"王承斌道："放在哪里？"左右们回说："在公府中不曾带来。"次吓出印的下落。王承斌道："这话，不说谎吗？"更紧逼一句，斩钉截铁。左右都道："说什么谎？不信，可以到公府里去搜。"王承斌道："好！句。如此，句。且请暂时住在这里，等北京搜出了印，再来送行。"说着，又叫过一个下级军官来，厉声吩咐道："你带着一连人，替黎总统守卫。何尚称之曰总统？要是有点不妥当，仔细军法。"那下级军官诺诺地应了几声是。王承斌又向黎元洪道了声失陪，方才匆匆走了。

　　黎元洪走动不得，只得怀怒坐在车站里，过了一小时，方见王承斌匆匆地进来，把一通电报向黎氏面前一丢道："公府里只有十颗印，还有五颗印呢？"黎氏冷笑不答。气极而冷笑也。王承斌又道："明亮些！见机些罢！你不交出这五颗印，如何离得车站？"黎元洪愤然道："好！你拿纸笔来！"王承斌命人拿出纸笔，黎元洪立刻拿起笔来，奋然写了几行字，把笔一丢道："你这还不准我走吗？"可怜。王承斌把那几行字读了一遍，不觉一笑道："好！你原来把印交给夫人带往法国医院了，也用不着拿这条子去要。要是把这条子送得去，一来一往，不是要到明天吗？便算我们不怕烦，谅情你也等不住，还是打电报通知她罢。"说话轻薄之至，可恨。黎元洪道："怎样去拿，我不管，这样办，难道还不准我回去？"王承斌道："不能。我知道你的话是真是谎？有心到这里，就请你多坐一会，让北京取得了印，复电到津，再送你回公馆罢。"一点不肯通融，对曹氏则忠矣，其如良心何？说着，又匆匆地去了。等到复电转来，已是深夜。黎元洪道："印已完全交出，还不让我走吗？"王承斌笑道："还有一个电报，请你签字拍发，便可回公馆休息了。"一步紧一步，一丝不漏，凶既凶极，恶亦恶极。黎元洪冷笑一声道："你竟还用得着我签字发电吗？"亦问得很恶。一面说，一面拿过那电稿来看时，原来上面寥寥的写着几行字道：

　　北京国务院鉴：本大总统因故离京，此一故字，耐人深思。已向国会辞职，此却是事实。所有大总统职务，依法由国务院摄行。按《临时约法》规定，大总统因故不能执行职务时，以副总统代之。副总统同时缺位时，由国务院摄行其职务，时无副总统，故依法应由国务院摄行。应即遵照！大总统黎寒印。按黎氏离京为十三日十二年六月，被迫补发此电时，已在十四日后半夜，故用寒字。

看毕，自思不签字，总不得脱身，便冷笑一声，毫不迟疑地挪起笔来签了字，把笔一掷，便大踏步走了。王承斌笑道："怠慢怠慢，后会有期，恕不远送。"一面说，一面吩咐放行。此时无异绑匪。那电报到京后，高凌霨等便据以通电各省，不过此时就在这一个通电上，又引起了许多纠纷。因为此电署名的是高凌霨、张英华、李鼎新、程克、沈瑞麟、金绍曾、孙多钰等七个人，当此电发出后，就有拥护张绍曾的一派人提出反对，谓国务院是以全体阁员组成的，现在张绍曾尚在天津，并未加入，此电当然无效。若说承认已准张辞，则势不能不连带承认李根源的署理，因此主张迎张绍曾入京。本承认十四日黎电为有效，而又否认其十三日所发之命令，时序已颠倒矣。事实不根据于法理，而又欲借法理以文饰其罪恶，适足以增纠纷，岂不谬哉！高凌霨正想独掌大权，如何肯允？自不免唆使出一批人来，拒绝张绍曾回京。其余各派，也都乘机窃动，各有所图。单就津、保两派中人而论，如张志潭是主张急进选举的，研究系因想谋参议院长，也主张急进。边守靖等则又主张缓进。当时以为黎氏一走，大局便可决定的，不意反而格外闹得乌烟瘴气，比黎氏未走之前，更为纷乱。黎氏未去之前，各派方合力以驱黎，黎氏既走，则各图得其所欲得之权利矣，焉得不更纷乱？因此虽有人主张欢迎曹三入京，曹三却也不敢冒昧动身。在外交团一方，也很不直津、保各派所为，公文悉废照会而用公函，表示他们不承认摄阁的地位。津、保派之不洽人心如此。甚至请放盐余，也拒绝不肯答应。如此一来，把个财政部急得不亦乐乎。军人议员，又不肯体谅，索军饷，要岁费，比讨债的更凶。高凌霨等无可如何，只得抵借些零星借款，敷衍各方。除此以外，所谓摄政内阁者，简直不办事。中华民国何幸有此政府？在议员一方面，属国民党的，固然不肯留京，便是政学系及超然派的议员，也都别有所图，纷纷离开北京，有去广东、汉口、洛阳等处的，有转赴上海的，同时东三省方面，也撤回满籍议员，不许干涉选政，因此在京的议员，不但不能足大选的五百八十人之数，便连制宪会议，也不能进行。

黎元洪在天津，又通电否认寒日令国务院摄政的电报，甚而把向国会辞职的咨文也撤回，并通告外交团，声明离京情形，又在津继续行使职权，以俟法律解决的理由。一面又任命唐绍仪为国务总理，未到任前，以农商总长李根源兼署。国会议员褚辅成、焦易堂等又率领二百议员，在上海宣言不承认北京国会和政府。上海各团体也宣言否认。奉天、浙江和西南各省，尤其函电纷驰，竭力反对。高凌霨等却毫不在意。*笑骂由他笑骂，好官我自为之，此辈脸皮之厚，有过之无不及。*或有劝他们稍加注意的，高凌霨便说：“黎菩萨十三日以后的命令，已经国会否认，还注意他怎的？国会原是一个猪窠，议员便是一群猪猡，有了武力，不怕猪猡没买处，人数足不足，也和我们何干。六月十六日参众两院联合会，通过十三日以后黎氏命令无效，次日，又有议员丁佛言、郭同等在天津宣言，十六日两院联合会，人数不足三分之二，以半数付表决，系属违法。至于东三省和浙江等各实力派，便要反对，料情都战不过吴大帅，怕他怎的？”*燕雀处堂，不知大厦将倾。*其余诸人，当然也是一鼻孔出气的，除却争地位权利外，便是竭力运动大选。可是在京的一批猪仔议员，只知要钱，不知其他，有些议员竟说，我们只要有钱，有了钱，叫我选谁便选谁。初时边守靖主张每票五百，议员哪里肯答应，最后由吴景濂向各方疏通，加到每票三千，一众猪仔，方才有些活动。*此辈猪仔，自吾人民视之，不值一文，乃竟有价三千以收买之者，可谓嗜痂有癖。*不料京中收买议员，正在讨价还价，斤斤较量之际，同时保定的候补总统曹三爷，却因大选将成，心窝里充满了欢喜快乐。他从娶刘喜奎一事，失败之后，另外又结识了一个女伶，叫金牡丹的，当有一班从龙功臣，为讨好凑趣起见，花了三万元，将金牡丹买来送与曹三。

　　再说以前刘喜奎嫁崔承炽的时候，京内外曾有承炽替曹三出面，代作新郎之言，并且传说喜奎身价是十万元。其实这等说话，确是好事人造作谣诼，全属乌有子虚。个中真相，以及各方情事，早在本书中叙得明明白白，读者总该记得。现在事过情迁，本无旧事重提之价值，不道这班议员，为要求增价起见，竟将新近嫁曹的金牡丹，和早经嫁崔的刘喜奎，一起拉将起来，作个比例，以为我们的身价，便比不上刘喜奎，何至连金牡丹也赶不上。曹老帅有钱讨女伶，怎么没钱办选举？我们当个议员不容易，也是花了本钱来的。曹老帅果然用着我们，我们也不敢希望比刘喜奎，说什么十万八万，至于三万块一票，是万不能少的了。*自处于优伶妓妾之列，可丑之极。想诸位猪仔，尚自以为漂亮也。*因此把这大选的事情，又搁了起来。

这时又有一事，使高凌霨等十分为难的，原因浙江方面，反直最急，卢永祥竟在天津组织国会议员招待处，运动议员南下，至上海开会。议员赴津报到，南下开会的，非常之多。同时，在京的议员愈弄愈少，高凌霨、吴景濂等非常着急，定了派军警监视的办法，不准议员离京，因此议员要想南下的，非乔装不可。*手段之卑鄙，闻之使人欲呕。*其实这时高凌霨等，虽然进行甚力，什么五百一票，三千一票，喉咙说得怪响，这五百三千的经费，不知出在哪里？曹三既然不肯自己掏腰包，各省答应报效的，也不过是一句空话，哪里抵得实用？因此有人向曹三建议，说老帅功高望重，做总统是本分事，这大选费当然可以列入国家岁出中，作为正式开支。*丧心病狂，不复知人间有羞耻事。*曹三听了这话，更为得意，弄得各位筹办大选的政客，更不敢向曹三开口要钱，忙不迭地叫苦连天，四处张罗，张罗不成，议借外债，外债被拒，方法愈穷。于是有那聪明人，想出一个不花本的办法，是不由选举，改为拥戴。偏偏势力最大的吴佩孚，因拥黎出于直派，不便过于反复，对于此次政变，始终不肯领衔。*吴氏尚有人心，胜王承斌万万矣。*最后还是由边守靖等，竭力张罗费用，一面决定先行制宪，中秋大选，但从事实上说来，议员南下的愈弄愈多，在上海的已有四百多人，在京的反居少数，万不能继续集会。因此温世霖等又主张和广东孙中山先生合作，一正一副，以图吸引南下的议员，由孙洪伊电征中山的同意。中山是何等伟大的人物，除却拥护《约法》而外，怎肯参加这种卑鄙的举动？当即复电谢绝，声明护法而外，他非所知的意思。高凌霨到了这时候，真个束手无策了。

不料在这将成僵局的时候，忽然齐燮元授意吴大头，谓自己可出资百万，办理大选，但有三个条件：（一）选自己为副总统，（二）齐兼苏、皖、赣巡阅使，（三）以陈调元为山东督军，并须先行发表，始能交款。试想曹三既未入京，大选尚未举办，怎能发表？所以这笔款子，到头还是不能实收。在这时候，最着急的，莫过于吴景濂，跟着东奔西走，一直忙到九月底，方由边守靖筹到了大批现款，一面又向国会议员讲好，每票五千元。南下的议员，因在南方没有什么利益，听说北京有五千元可拿，又复纷纷回到北京，因此在十月五日，*按在十二年。*勉强凑足人数，选出曹锟为大总统。十月八日止，制成了一百四十一条宪法，从此所谓国会议员，都被人人骂做猪仔，所得不过五千元的代价，比到刘喜奎十万之说，果然天差地远，就要和金牡丹的三万相比，也只抵到六分之一。人说这批议员，坍尽了我们须眉之台，我却说大批猪仔，丢足了我们人类的脸。思想起来，兀的教人可怜可笑，可叹可恨。正是：

> 选举精神会扫地，金钱魔力可回天。
> 堪怜丢尽须眉脸，不及优伶价卖钱。

未知曹锟何日就职，且看下回分解。

俗谚有云："吃了五谷想六谷，做了皇帝想登仙。"人类欲望之无穷，大抵然矣。曹锟自胜奉而后，中央政治之措置，率可以意裁夺。黎之总统，殆偶像而已。曹之为曹，岂尚不可以已哉？乃必欲求得最高位置，不惜以卑陋无聊之手段，逼当时所拥立之黎氏去位而代之。复以重金为饵，诱纳国会于污流之中，欲望之无餍如此，不重可叹哉？若王承斌者，始则拥黎复职，既则截车夺印，不恤笑骂，其诚所以为曹乎？观二次直奉战后，入新华宫劝曹退位者，又谁也？呜呼！人心如此，吾不暇责王而为曹哀矣。

黎元洪辞职后赴日本养病期间的合影

第三十二回

大打武议长争总理
小报复政客失阁席

却说曹总统贿选成功后，到双十节入京，就职那一天，满路上都铺着黄沙，专制时代帝王所用之礼。步哨从车站一直放到总统府，行人车辆，都不准自由来往。欢迎的要人，一个个乘着汽车，中间夹着一辆曹锟坐的黄色汽车，两旁站着几对卫队，前面坐着两个马弁，后面也背坐着一个马弁，都执着实弹的木壳枪，枪口朝着外面，仿佛就要开放的样子。一路上好不威风热闹，和黎元洪入京时大不相同。又点黎氏入京，相形之下，使人慨然。就职之后，便下了一道谋和平统一的命令。那命令的原文道：

国于天地，所贵能群，唯宏就一之规，斯有和平之治。历稽往牒，异代同符。共和建国，十有二年，而南北睽张，纠纷屡启，始因政见之抵迕，终至兵祸之缠连。哀我国民，无辜受累，甚非所以强国保民之道也。不知何人使国不能强，民不能保也，出诸斯人之口，令吾欲呕。本大总统束发从戎，何不曰束须贸丝乎？即以保护国家为志。兹者谬膺大任，自愧德薄，深恒弗胜，甚欲开诚布公，与海内贤豪更始，共谋和平之盛业，渐入统一之鸿途，巩固邦基，期成民治。着由国务院迅与各省切实筹商，务期各抒伟筹，永祛误惑，庶统一早日实现，即国宪于以奠安。兼使邦人君子，共念本大总统爱护国家，老着脸皮说谎语。薪望郅治之意。此令。

230

其次便是裁撤直隶督军，原系曹自兼。特派王承斌兼督理直隶军务善后事宜，以酬其夺印之功。隔了半个多月，又特派他兼任直、鲁、豫巡阅副使，真是连升三级，荣耀非凡。军人中除王承斌之外，如吴佩孚则升任为直、鲁、豫巡阅使，原系曹三自兼，吴为副使，免去了两湖巡阅使，也并没便宜。齐燮元为苏、皖、赣巡阅使，齐原江苏督军。萧耀南为两湖巡阅使，原系吴佩孚兼。杜锡珪为海军总司令，一切位置定妥，军人的酬庸，总算办得个四平八稳。只有政治人才，却不易安排。因为奔走大选的政客，非常之多，光是想做总理的，也有高凌霨、吴景濂、张绍曾、颜惠庆等四人之多。津、保派政客，在大选没有成功以前，第一个约定的是张昭曾，因那时张为国务总理，最早拆黎元洪的台，再则又叫他不反对，摄政内阁，所以这新总统就职后的第一位总理，就约定了他。两件都是大功，不能不约定他。后来又因高凌霨维持北京的功劳很大，所以又把第一任总理约了他。确是大功，又不能不约定他。但是那时最重要的，莫过于财政和外交，能够支持这两面的，除却颜惠庆外，又没有别人，所以第三个又约了他。确是要事，更不能不约定他。若在大选方面说起来，假使没有吴景濂，便也不易成功，所以又不能不把这把交椅约定给吴景濂，使他好格外卖力。确是非常重要，更不能不将这把交椅许他。上述四个人各有理由，乃见权利之不易支配也。四人都有了预约券，自然加倍用力，不肯落后，在大选没有成功以前，各做各的事，倒还没有什么冲突，及大选成功以后，究竟谁应照约做总理，就大费周折了。小人之离合，大都以利害为归，在利益无冲突之时，或能合作，若在权利冲突之时，则不易措置矣。

从曹三一方面说起来：约不约，本来毫无问题，约者所以骗骗猪头三者也。于信义何有哉？只要看谁的能力大，就给谁做总理，谁的能力小，谁就没份。这四人里面，吴大头有几百猪仔罗汉给他撑腰，自然不易轻侮。这一个能力，大有做总理的资格。高凌霨呢，内阁还在他的手中，也还有相当的能力。这位也有做总理的资格。颜惠庆虽没有如他两人的凭借，然而在外交和财政上面，曹三确实还不能轻易撂下他。这位又有做总理的资格。只有张绍曾一个人，似乎没有什么大不了的能力，因此算来算去，只有他可以先牺牲，便先向他疏通，请他暂时退后。你想他当时牺牲了现成总理，希望些什么？如今吃了颗空心汤团，一场瞎巴结，反成全了别人的地位，如何气得过？但权力现在别人手里，没法抵抗，只得以不署名于摄政内阁总辞职为要挟。凡内阁总辞职，须全体阁员署名，而以总理为尤要。在实际上，张虽并未参加摄政，而在名义上，则张犹为国务总理，张如不署名，则总辞职之辞呈，将无效，故张得以为要挟耳。曹三派人疏通了几次，毫无结果，惹得曹三发恨，便也不顾一切的发表高凌霨代阁的命令。张内阁复活的消息，便从此消灭了。

高凌霨既得了这代阁的命令，能力愈增，大有和吴、颜争长之势，可是洛阳的吴佩孚，南京的齐燮元，团河的冯玉祥，都主张请颜惠庆做第一任的总理，以排斥吴景濂。吴景濂久已怀着总理一席非我莫属的念头，而今竟被别人夺去，不觉又气又恨，一面大放其国会决不通过的空气，以显自己的能力，一面又向王承斌求援。王承斌当时因自己曾一口答应过他，免不得代他力争，并请曹锐进京和曹三强硬交涉。可是这般一做，倒反引起了曹三厌恶之心，发生了许多阻碍。那曹三除却派王毓芝赴津示意外，又把个王承斌连升三级，使他得点实利，免得再替吴大头帮忙，因此吴大头的总理梦，反倒近于天亮了。吴景濂当大骂曹三忘恩。在颜惠庆本人，虽也很想过一过总理的瘾，但怕国会不予通过，反而坍台，因此不敢争执，情愿退让。从表面言之，仿佛淡于荣利，而颜非其人也，盖其所以不敢争，由于情弱耳。所以四个人中，只剩了吴、高两个，尚在大斗其法。

吴景濂既以国会的势力，恐吓高凌霨，高凌霨便也利用取消国会的空气，以恐吓议员，使他们不敢助吴，并且即用以其人之道，还治其身之法，利用反对吴景濂的议员，运动改选议长以倒吴。在十月二十六日按是时尚为十二年。那一天，众议院开临时会的时候，就有陈纯修提出依据院法，改选议长的意见，便把个吴景濂吓得不敢开会。太不经吓。曹三既然厌恶吴景濂，不愿意给他做总理，又恐怕高凌霨不能通过于国会，因此找出一个接近颜惠庆的孙宝琦来做试验品，提出国会，征求同意。吴景濂得了这个咨文，自不免通告议员，定于十一月五日投孙阁同意票，而吴派议员，便在前一日议定了办法。到第二天开会，反对吴派的议员，便指斥吴景濂任期已满，依法应即改选，不能再当主席，大发其通知书。吴派的议员，哪里肯让？始则舌战，既而动武，终至痰盂墨盒乱飞，混战一阵而散。经了这次争执以后，反对派时时集会讨论倒吴办法，和惩戒老吴的意见，并拟在众院自由开会，把个吴景濂吓得无办法，只得紧锁院门，防他们去自由集会；又恐怕他们强行开锁，不敢把钥匙交给院警，每天都紧紧的系在裤带上，一面又请人疏通，以期和平了结。不料反对派由保派的王毓芝组合为宪政党，已成反吴的大团结，吴氏的疏通，如何有效？吴景濂没了办法，请王承斌补助款项，也想组织一个大政党，和他们对抗。这事还不曾成功，曹三催投孙阁同意票的公文又来。吴景濂不得不再召集会议，在议席上仍免不了争执，由争执而相打。吴景濂竟令院警和本派的议员拳师江聪，打得反吴派头破血流，并且把反对派的中坚分子，加以拘禁，一面又关起大门，强迫议员投同意票。恰好检察厅得了报告，派检察官来验伤，吴景濂因他验得不如己意，竟把检察官一同拘禁起来。这议长的威风，可谓摆得十足了。散会以后，反对派的议员，一面公函国务院，请撤换卫队，一面向检察厅起诉。高凌霨就趁此大下辣手，把众议院的警卫队，强迫撤换。吴景濂失了这个武器，已经胆寒，更兼检察厅方面，也以妨碍公务，毁坏文书，提起公诉，因此把吴大头吓得不敢在北京居住，忙忙带着众院印信，逃到天津去了。

高凌霨到了这时，已算大功告成，不料千虑一失，在十三年元旦，突然发表了一道众议院议员改选的命令，激起了多数议员的反感，要打破他们的饭碗，如何不激起反感？弄成大家联合倒阁的运动。孙宝琦署阁的同意案，便在众议院通过。高凌霨本来料定孙阁决不能通过，可以延长自己寿命，不料轻轻一道命令，竟掀翻了自己的内阁，促成了孙宝琦的总理，免不得出诸总辞职的一途，和吴大头同一扫兴下台。孙宝琦既被任为总理，阁员方面，则以程克长内务，王克敏长财政，吴毓麟长交通，顾维钧长外交，颜惠庆长农商，陆锦长陆军，李鼎新长海军，范源廉长教育，王宠惠长司法，除却王宠惠、范源廉外，大抵都是保派，或和保派有关系的人物。只有一个运筹帷幄之中的张志潭，却毫无所得。原来张志潭本已拟定农商，不料阁员名单进呈给曹三看的时候，却被李彦青一笔抹了，因此名落孙山，不能荣膺大部。

至于李彦青为什么要和张志潭作对？说来却有一段绝妙的笑史。原来李彦青的封翁李老太爷，原是张志潭府中的老厨役，本书早曾说过，读者诸君，大概还能记忆。曹三既然宠幸李彦青，就职之后，优给了他一个平市官钱局督办，李老太爷更是养尊处优，十分适意。可是有时想起旧主张老太太，却还眷念不忘，便和李彦青说："要到张公馆去拜望拜望，看看张老太太可还清健？"此等处颇极厚道，读者慎弗以其为李彦青之父而笑之也。李彦青虽则是弥子瑕一流人物，待他父亲，却很孝顺，此等人偏知孝顺父亲，亦是奇事。此是李彦青好处，不可一笔抹杀。见父亲执意要去，便命备好汽车，又叫两个马弁，小心服侍。李老太爷坐了汽车，带了马弁，威威风风地来到张公馆门口停下下车。李老太爷便自己走上前，请门上通报，说要见张大人。门上的见了李老太爷这么气派，不知是什么人，不敢怠慢，便站起来道："您老可有名片没有？"李老太爷道："名片吗？这个我可不曾带。不好再用往日的名片。好在我本是这边人，老太太和大人都是知道的，只请你通知一声，说有一个往年的老厨子要见便了。"不说李大人彦青的老太爷，而说一个往年的老厨子，只能说其他实本色。不可笑其粗蠢。门上的道："大人已经出去了。"何不早说？管门人往往有此恶习，可恨。李老太爷道："大人既然出去，就见见老太太罢，好在老太太也是时常见面的，又不生疏，我好久不见她，也想念的紧，你只替我回说，本府里往年的老厨子，要见见老太太，问问安。"门上的见他口口声声说自己是厨子，又见他带着马弁，坐着汽车，好生诧异，暗想世上哪里有这么阔的厨子。可知现在曹大总统，还是推车卖布的呢。一面想，一面请他坐着，自己便到里面去通报。张老太太听说有如此这般一个人要见她，猜不出是什么人，哪里敢请见。一面命门上把李老太爷请在会客室里坐候，一面急忙命人去找张志潭回来。可巧志潭正在甘石桥俱乐部打牌，只因风头不好，不到三圈牌，已经输了一底，恰好这副牌十分出色，中风碰出，手里发财一磕，八万一磕，四五六七万各一张，是一副三番的大牌，已经等张听和，正在又担心又得意之时，忽见家中的马弁，气吁吁的赶将进来，倒把众人都吃了一惊，忙问什么事？马弁气吁吁的道："公馆里有要紧事，老太太特地差小人来寻大人赶快回去。"张志潭忙问道："有什么要紧事？"不料这马弁是个蠢汉，只知道老太太叫他来找张志潭，却不知找他什么事，只得回说："这我不知道，不过老太太催的十分紧，叫大人即刻就去呢。"张志潭见他说得如此要紧，不知道出了什么事，只得托人代碰，自己坐着汽车，匆匆地回到家里，一径跑到上房，问老太太什么事？老太太道："有个老厨子要见你呢……"刚说了一句，那张志潭见催他回来，是为着这般一件没要紧的事，心中十分生气，因在老太太面前，不敢发作，便也不等老太太说完底下的话，立刻翻身回到厅上，叫过马弁来，大骂道："混账王八！什么事情，也不问问明白，便急急催我回来，要是一个厨子我也见他，将来乌龟王八都来见我，我还了得……"大骂了一顿，便气忿忿的回到甘石桥去了。好赌人行径，往往如此，张志潭其亦好赌者欤？李老太爷正在会客室中等的不耐烦，忽听得张志潭这般大骂，心中也很生气，不得不气。带去的两个马弁，便来扶他起来道："老太爷，我们回去罢！他们不见我们了。"李老太爷一声不作，慢慢地站了起来，走到门口，又对门上的道："我今日到这里来，并没什么事儿，不过来望望老太太，问问安罢了。老太太既然不见我，我就回去了，请你代我转致一声罢。"*忠厚之至。*说完，便坐了汽车回来。这时李彦青还在公馆里，因曹锟的马弁，打电话来喊他去替曹锟洗足，正要起身，恰好李老太爷回来。*撞巧之至，可谓张志潭官星无气。*李彦青见了父亲回来，免不得又坐下陪父亲谈几句天，见父亲的面上，带着不豫之色，说起话来，也是没甚兴致，暗暗诧异，因搭讪问道："老太爷今天到张公馆去，张大人可看待的好吗？"李老太爷被他这么一问，一时倒回答不出。同去的马弁，其时也在旁边，因心中气闷，便禁不住代答道："他们不见老太爷呢。"李彦青诧异道："呵！他们为什么不见？"马弁道："他们不但不见，还骂我们呢。"李彦青更觉骇疑道："呵！他们还骂我们，他们怎么骂的？你快给我说。"马弁正要告诉，忽然电铃大震起来，李彦青便自己过去接听，方知是公府中马弁打来的。李彦青问他什么事？只听那马弁道："督办！快些来！总统的洗脚水要冷了。"*按李彦青时为平市官钱局督办，总统的洗脚水要冷了，却叫督办，可笑。*李彦青答道："我知道了，立刻就来了。"说完，便又把听筒挂好，叫马弁把张公馆里所骂的话说出来。那马弁积了满肚皮的闷气，正想借此发泄，便一五一十地说了出来。李彦青听毕，不禁大怒道："我父亲好意望望他们，他们敢这般无礼，要是我不报此恨，给外人知道了，不要笑我太无能力吗？"一面说，一面又安慰了他父亲几句。因恐曹三等的心焦，不敢再耽搁，便匆匆地到公府里来。

曹三等了好久，本来有些气急，比及见了他，一股怒气，又不知消化到哪里去了。等李彦青把脚洗好，才问他何故迟来？李彦青乘机说道："我听说总统叫，恨不得立刻赶来，不料家父忽然得了急病，因此缓了一步。"曹三道："什么急病？不请个大夫瞧瞧吗？"李彦青做出愁闷的样子道："病呢，也不算什么急病，因为今天家父到张志潭公馆里，望望他老太太，不料张志潭听说是我的父亲，不但不肯见，而且还骂了许多不堪听的话，还句句联带着总统，因此把他气昏了，一时痰迷了心呢。"曹三生气道："说什么话？你的父亲，他还敢这样怠慢？谁不知道你是我跟前的人，他敢骂你，不就是瞧不起我吗？*居然是同床共命，贴心贴骨之语。*哪还了得，过几天让我来惩戒他。"正说着，孙宝琦送进阁员的名单来，曹三也不暇细看，*想是认不完这些字。*便交给李彦青道："你斟酌着看罢。"李彦青一看，见张志潭也在内，便一笔勾去。可怜张志潭枉自奔走了数月，用尽了娘肚皮里的气力，只因得罪了一位老厨子，便把一个已经到手的农商总长，轻轻送掉。正是：

　　　　轻轻送掉农商部，枉自奔波作马牛。

欲知后事如何，且看下回分解。

孟子有言："上下交征利而国危。"观于本回所记，岂不信然哉？曹氏欲为总统，既不惜雇用流氓，重金贿选，以偿其欲望矣，在其下者，效其所为，以争总理，固意中事也，而曹乃厌吴之所为而欲去之，亦可谓不恕之甚者矣。呜呼！求总统者如是，求总理者如是，国事前途，尚可问乎？

第三十三回

宴中兴孙美瑶授首
宷豫东老洋人伏诛

　　却说曹锟贿选成功，正在兴头，不料奉、浙和西南各省，都已通电反对，兵革之祸，大有一触即发之势，因此直系大将吴佩孚，十分注意，凡由各省来洛的人员，无不详细询问各该省情形，以便应付。*吴氏亦大不易。*一日，忽报马济回洛，吴佩孚立教传见，询问湖南情形。马济道："赵氏势力已经巩固，南军一时决难发展，军事方面，已不足忧，但有一层，大帅须加注意的，就是国民党改组和组织国民政府的事情，南方进行得非常努力，万一实现，为害不小。"*马济倒有些见识。*吴佩孚道："关于这两件事的消息，我已得到不少，但是详细情形，还不曾知道，你可能说给我听吗？"*不先决定其能否为害，却先询详情，态度亦好。*马济道："孙氏因中华革命党分子太杂，全没有活动能力，组织的情形，又和时代不适合，所以决心改组。加之俄国的代表越飞，到南方和他会晤后，他又决定和苏联携手。现在听说，俄国又派了一个人到广东来，那人的名字我倒忘记了。"说着，低头思想。吴佩孚也跟着想了一会，忽然道："可是叫鲍罗廷吗？这人的名字，倒听得久了。"*不从马济口中说出，反是吴佩孚想出，奇诡。*马济恍然道："正是正是。那人到了广东以后，又决定了几种方针，一种是容纳共产党员和共产主义青年团加入国民党，*此条本列第三，马济却改作第一，见其注意独多。*一种是国民党的组织，采用共产党的组织，略加变通。*此条本*

贿选总统曹锟

为第一。一种是虽以三民主义为党纲，而特别注意与共产主义相通的民生主义。此条本为第二。并听得说中山已派廖仲恺到上海和各省支部接洽改组的事情，看来实现之期，也不远了。"伏线。吴佩孚道："这是国民党改组的情形了。还有国民政府的事情呢？"马济道："他所以要组织国民政府，动机就在争夺广东关税的一件事情。因为这次交涉的失败，全在没有得到各国承认的地位，因此想联络反直各派，组织一个较有力量的政府，再要求各国承认，听说现在也分派代表，到各处分头接洽去了。"吴佩孚笑道："这两件事，你看以为如何？"故意问一句，自矜聪明。刚愎之人，往往如此。马济道："以我之见，似乎不可忽视。"吴佩孚笑道："秀才造反，三年不成，吴秀才自己忘了自己是秀才了，却看三年之后，果然如何？所谓党员者，无事则聚，有事则散，孙中山想靠着这批人来成他的功业，真可谓秀才计较了。"比你的秀才计较如何？马济道："虽然如此，大帅也不可不防，他现在北联奉张，东联浙卢，势力也正未可轻侮呢。"吴佩孚之见识，未必不如马济，但以吴屡胜而骄，故其刚愎之性，乃随日俱炽耳。吴佩孚笑道："决可无虑。奉张是盗匪一流人，只能勾结匪军罢了。老洋人部队，业已击溃，只有孙美瑶一人，尚属可虑，此外我们直系部队，尽是可靠的干城，哪里还怕他们进攻不成？"志矜气骄，至于如此，宜其败也。马济道："不错。他在湖南听说老洋人受了奉张运动，给大帅知道，想调集江苏、山东、安徽、河南、陕西五省的一部分大军，以四万人去包围他，预备一举解决。不料事机不密，被他逃入宝丰、鲁山、南阳一带山中，据险顽抗。后来张督率领五万大军，包围痛剿，他又突围而出，谋窜鄂边，又被鄂军截回了。情形是这样吗？"吴佩孚叹道："匪军原是最靠不住的。譬如山东的孙美瑶，自从劫车得官以后，土匪闹的更凶了，杀人放火，劫教堂，掳外人，来要求改编的不知多少，究竟他们是羡慕孙美瑶，所以起来效尤，还是妒嫉孙美瑶，借此和他捣蛋，都不能确定。不过无论他们是妒嫉，或是效尤，实在已到非杀孙不可的时候了。"此言之是非，极难评断。盖此种局面，虽由孙美瑶而起，究竟非孙美瑶自身所造成，不杀无以戢乱，杀之实非其罪也。马济道："孙美瑶自改编后，很能认真剿匪，当初既已赦他的罪，又订约给他做官，现在恐怕杀之无名。"此言似较中理，盖孙既能认真剿匪，则其赎罪之心已甚切，固不必杀也。吴佩孚道："不杀他，等他受了奉张运动，发生变乱时，要杀他时恐怕不能了。"原来如此，使人恍然。马济默然。吴佩孚又道："这件事，我已决定，无论如何，总不能如老洋人似的养痈遗患了。"马济道:"既然如此,大帅何不写一封信给郑督,<u>郑士琦时任山东督理。</u>叫他相机而行就是了?"吴佩孚笑道:"此言正合吾意。"当下便写了一封信给郑士琦,大略道:

> 山东自收编匪军后,而匪祸益烈,非杀孙不足以绝匪望。否则临城巨案,恐将屡见,而不可复遏。<u>此言不为无见,然要在警备得宜,亦何忧土匪?</u>身为军事长官,不能戡祸定乱,而欲杀一免罪自效之人,以戡匪患,上之失信于列国,下之使匪党作困兽之斗,其计岂不左哉?老洋人部以不早图,至遗今日之患,一误何可再误?望一切注意及之!

郑士琦得了吴佩孚这道命令,和幕僚商议。幕僚道:"剿孙一节,现有吴团长可章在哪里,只教他处处留意,察看动静,如有机会,再图未迟。"郑士琦然其言,便密电吴可章,教他察看孙美瑶的动静,这吴可章本是郑士琦所部第五师第十七团长,自从孙美瑶改编后,郑士琦就委他为孙旅的执法营务处长,教他监督该旅,办理一切。吴可章因是上级机关委来监督一切的,对于孙美瑶种种行为,不免随时防范。孙美瑶又是少年气盛的人,自己现为旅长,吴可章无论如何,总是自己的僚佐,也不肯退让。尤其是孙美瑶部下的人,向来跟他们头领胡闹惯了的,怎禁得平地里忽然弄出一个隔壁上司来?再则也替孙美瑶不服气儿,于是早一句、晚一句的,在孙美瑶面前,絮聒出许多是非来。孙美瑶愤怒益甚,时时想除去吴可章。吴可章见他行为日渐骄横,只得随时禀报省中,请示办法。<u>孙美瑶之死,颇有疑吴可章专擅者,其实吴氏安有专杀之权?专杀之后,郑督又安得不惩办乎?本书所言,确是实情,足为信史。</u>郑士琦得了他的密电,便密嘱他乘时解决。<u>既已投诚,又萌故态,孙美瑶也该受其罪。</u>

这次,孙氏因剿匪,得枪十七支,不行呈请,居然自己留了下来。吴可章认为孙氏措置失宜,强逼他交出。<u>此公倒是硬汉。</u>孙氏大怒,坚决不肯交出。双方愈闹愈僵,几至武力解决。吴可章便把此事始末,星夜电禀郑氏,说孙旅全军,即将哗变,请即派大军防卫。郑士琦得了这电,急令兖州镇守使张培荣,率领本部全旅军队,前往相机处理。这事办得极其秘密,孙美瑶一点也没有知道。这时地方上的绅士,听说吴可章的军队,要和孙旅发生冲突,十分恐慌,<u>人民可怜。</u>少不得联合各公团,出来调解。一天风云,居然消歇,等得张培荣到时,事情已经了结。张培荣因得了郑士琦的授意，不好就此丢开，暗约吴可章赴行营商议，询问孙美瑶究竟可靠得住？吴可章便把孙美瑶如何骄横，如何不法，如何不遵命令情状，诉说一遍。又道："这个姑且不必问他，既有吴大帅的命令，他叫我们怎样办，我们就该怎样办。违了他的命令，也是不妥的。"在军阀手下办事，也是为难。张培荣道："据你的意见，要怎样办才是？"吴可章道："督理既派镇守使来，当然要请镇守使主持一切，我如何敢擅作主张？"张培荣默然想了一会道："我明天就假替你们调停为名，请他到中兴公司赴宴，就此把他拿下杀了如何？"吴可章道："这计甚妙，但是一面还要请镇守使分配部队，防止他部下哗变才妥。"张培荣称是。

次日布置妥帖，便差人去请孙美瑶赴宴。孙美瑶不知就里，带了十一个随从，欣然而来。可谓死到临头尚不知。张培荣接入，两人笑着谈了几句剿匪的事情，张培荣先喝退自己的左右，孙美瑶以为有什么秘密事和他商量，便也命自己的随从，退出外面去。半晌，不见张培荣开口，正待动问，忽见张培荣突然变色，厉声问道：颜色变得非常之快，大和做戏相类。"郑督屡次令你入山剿匪，你何以不去？"孙美瑶这时还不知自己生命已经十分危险，忙答道："怎说不去？实在因兵太少，不能包围他们，所以屡次被他们漏网。"此语也许是实情。张培荣拍案喝声拿下。孙美瑶大惊，急想去拔自己的手枪时，背后早已蹿过八九个彪形大汉，将他两臂捉住，挪翻在地，用麻绳将他捆了起来。孙美瑶大呼无罪。张培荣道："你架劫外人，要挟政府，架勒华人，并不提起，可见若辈胸中无人民久矣，为之一叹。何得自称无罪？"孙美瑶道："那是过去之事，政府既已赦我之罪，将我改编为国军，如何失信于我？"却忘了自己投诚后种种不法行为。张培荣道："你既知赦你之罪，便当知恩图报，如何又敢暗通胡匪，指东三省。阴谋颠覆政府？"孙美瑶道："证据何在？"张培荣道："事实昭昭，在人耳目，何必要什么证据？"孙美瑶大声长叹道："我杀人多矣，一死何足惜？但是君等军符在握，要杀一个人，也是极平常之事，正不必借这莫须有的事情，来诬陷我耳。"张培荣不答，实在也不必回答了。喝命牵出斩讫。孙美瑶引颈就刑，毫无惧容，钢刀亮处，一颗人头早已滚落地上，这是民国十二年十二月十九日事也。

孙美瑶受诛后，随从十一人也尽都被杀。一连卫队，如时已被吴可章解散。那周天伦、郭其才两团人，得了这个消息，也并没什么举动。可见原是乌合的人马。隔了两日，方由张培荣下令，悉行缴械，给资遣散。这些人，也有回籍营生的，也有因谋生不易，仍去做土匪的。山东的匪祸，因此更觉闹的厉害了。这是后话，按下不提。

却说张培荣解决了孙美瑶，便分别电请郑士琦和吴佩孚，那吴佩孚正因老洋人攻陷鄂西郧西县，杀人四千余，以活人掷入河流，作桥而渡，很引起舆论的攻击，颇为焦急。听说孙美瑶已经解决，倒也少了一桩心事。那老洋人初时想冲入四川，和熊克武联络，共斗直军，因被鄂军截击，回窜陕西，又被陕军围困于商、雒之间，战了许久时候不能发展，只得又回窜鄂边，想由援川的直军后路，冲入四川，土匪竟做含有政治意味的事情，奇绝。一路上焚掠惨杀，十分残酷。如此行为，安得不死。郧西、枣阳等县，相继攻陷，直逼襄阳。襄阳镇守使张联陞，因兵力不曾集中，不能抗御，只得闭城固拒，一面向督军萧耀南告急。萧耀南一面派兵救援，一面又电请河南派兵堵截。那老洋人虽有两万之众，却因子弹不足的缘故，不能持久，正在着急，忽报赵杰派人来见。老洋人的催命鬼来了。老洋人忙教传入，问他详细的情形。来人道："赵帅说：子弹尚有二十余万，现在豫东，但是不能运到这里来，如贵军要用，可以自己回去搬取。"老洋人大喜，打发他去讫，一面忙集合部下将领商议，主张即日窜回豫东，众皆默然。老洋人又道："现在大敌当前，最重要的便是子弹，子弹没有，如何用兵？所以我主张即日回河南去。"部将丁保成道："这话虽是实情，但是弟兄们奔走数十日，苦战月余，如何还有能力回去？"老洋人大怒道："别人都没闲话，偏你有许多噜苏，分明是有意怠慢我的军心。不办你，如何警戒得别人？"说着，便喝左右拿下。众将领都代为讨饶，说了半天，老洋人的怒气方才稍平，命人放了丁保成。丁保成道了谢，忍着一肚皮闷气，和余人各率所部，又向河南窜了回去。

这一遭，所过地方的人民，都因被老洋人杀怕，听说老洋人又窜了回来，都吓得躲避一空，不但乡村之间，人烟顿绝，便是大小城镇，也都剩了几所空屋，就要找寻一粒米，一颗麦也没有。这批土匪，沿路上得不到一些口粮，忍饥挨饿，还要趱路，见了官军，还要厮杀，其苦不堪。因饿而病，因病而死的，不计其数。惨杀的报应，可称是自杀自。小喽罗的怨声，固然不绝，便是头领们，也十分不安，只有老洋人一人，因他是个大头领，一路上有轿坐，有马骑，两条腿既不吃苦，饿又决不会少他的吃食，肚皮里也总不至闹甚饥荒，本身既然舒服，不但不知道体恤部下，而且无日不催促前进，更激起兵士们许多反感。

这日，到了京汉路线上，因探得有护路官军驻扎，便叫部下准备厮杀。将士们听了这命令，都不禁口出怨言道："跑来跑去的，不知走了多少路，每天又找不到吃的，还叫我们厮杀……"可是口里虽这样说着，又不敢不准备。谁料那些护路军队，听说老洋人率领大队土匪来到，都吓得不敢出头。**好货。如此军队，还有人豢养他们，奇绝。**又恐土匪劫车，酿成临城第二，自己担不起这罪过，便竭力劝阻来往车辆，在远处停止，让开很辽远的地方，不扎一兵，好让土匪通过。**奇闻趣闻，阅之使人可笑可恨。**土匪见此情形，莫不大喜，威威武武的穿过了京汉路，向东趱行。这时一路上虽然无人可杀，无物可劫，不过还有许多搬不动的房子，却大可一烧，因此老洋人所过的地方，莫不变成一片焦土。但是一个人最重要的就是饮食，饮食一缺，无论你有怎样大的通天本领，也便成了强弩之末，毫无用处。匪军虽然骁悍，却因一路上得不到饮食，早已饿得东倒西歪，只因逼于军令，不能不走。若在平时，大概一个个都要躺到地上去了。闲话少提。

却说匪军到了郏县时，都已饿到不能再走，好在城内军民人等，早已逃走一空，不必厮杀，便可入城驻扎。老洋人赶路性急，见天时尚早，不准驻扎，传令放起一把火，向前开拔。**必须放火，不知是何心肝？**那些匪军，见了屋宇，早已乱纷纷的钻进里面，也有一横身便倒下休息的，也有东寻西觅，想找些食物来充饥的，一时哪里肯走？老洋人传了三四次命令，还不曾集合。老洋人焦躁，把几个大首领叫到面前大骂了一顿。还说："如果再不遵令，便先要把他们几个枪毙。"他们不敢声辩，便按着大虫吃小虫为老例，照样吩咐小头目，谁不遵令，便要枪毙谁。小头目只得又用这方法去吓小喽罗，那些小喽罗十分怨恨，又不敢不走，只得随令集合，乱哄哄地开拔。**写得全无纪律，确是匪军样子。**刚到城外，忽然丁保成部下，有个小头目和小喽罗争吵相打起来，又是老洋人两个催命鬼。事情被老洋人知道了，立刻传去讯问。原来那小喽罗在一家天花板上老鼠窝中捉了三五只不曾开眼睛的小老鼠，**可谓掘鼠而食。**欢喜得了不得，急忙偷着拆了几块天花板，把他拿来烧烤。只因赶紧开拔，不曾耽搁多时，还只烤了个半生半熟。当时那小喽罗把几只半熟的烤老鼠，暗暗放在袋里，再把几块烧着的天花板，向板壁上一靠，那板壁便也烈烘烘的着了，火势顿时冒穿屋顶。**这时里面一定有许多烤焦老鼠，可惜没人去受用，一笑。**小喽罗没有可携带的东西，便拔脚走了。这时因袋里有了几只半熟的烤老鼠，仿佛穷儿暴富一般，十分得意，到得城外，觉得肚子里咕龙东咕龙东的实在响的厉害，便忍不住抓出一只来，想送到肚子里去，吓走了这咕龙东的叫声。刚咬了一口，那一阵阵的香气，早把众人都诱的回转头来望他。也有向他讨吃的，但是不曾到手。讨的人生气，便去怂恿小头目向他去要。小头目也正在饿的发慌，听了这话，如何不中意？果不其然，立刻便向他去要这烤鼠。那小喽罗如何肯与？一个一定要，一个一定不肯，两人便争吵起来。恰好他这一部，是保卫老洋人的，离老洋人很近，因此给他听见了，立刻传去，问明情由，不觉大怒，责小头目不该强要小喽罗的东西，立刻传令斩首。他要吃半熟烤小老鼠吃不成，老洋人却叫他吃板刀面，一笑。那些小喽罗一则都在妒嫉有小老鼠吃的小喽罗，二则小头目的事情，都是自己怂恿出来，因此都觉心里不服，都来丁保成处，请丁保成去告饶。丁保成想起旧恨，便乘势说道："你们的话，他哪里肯听？如肯听时，也不教你们饿着去拼死赶路了。老实说一句：他心里哪里当你们是人，简直连畜生也不如呢。杀掉一两个，算些什么？你们要我去说，不是嫌他杀了一个不够，再教我去凑成一对吗？"众人听了这话，都生气鼓噪道："我们为他吃了许多苦，他如何敢这样刻薄我？你既不敢去，让我们自己去说。他敢再刻薄我们，不客气，先杀了他。"丁保成故意拦阻道："这如何使得？你们这样去，不是去讨死吗？"众人愈怒，更不说什么，一声鼓噪，拥到老洋人面前，要求赦免小头目。老洋人见了他们混闹情形，一时大怒道："你们是什么人？也敢来说这话。再如此胡闹时，一并拿去杀头。"众人大怒，一齐大叫道："先杀了这狗男女再说，先杀了这狗男女再说。"呼声未绝，早有几个性急的人，向老洋人砰砰几声，几颗子弹，直向老洋人奔来。老洋人只啊呀了一声，那身子早已穿了几个窟窿，呜呼哀哉！一道灵魂，奔向黄泉路上，找孙美瑶做伴去了。众人见已肇祸，便要一哄而散。丁保成急忙止住道："你们如此一散，便各没命了，不如全都随着我去投降官军，仍旧让他改编，倒还不失好汉子的行为。"众人听了，一齐乐从。其余各部，听说老洋人已死，立刻散了大半。没有散的，便都跟着丁保成来投降官军。张福来一面命人妥为安置，一面申报洛阳吴佩孚。吴佩孚大喜，竭力奖励了几句，一面令将匪军给资遣散。正是：

> 莫言一鼠微，能杀积年匪。
> 鄂豫诸将帅，闻之应愧死。

欲知后事如何，且看下回分解。

孙美瑶山东积匪也，劫车要挟，其计既狡，其罪尤重，痛剿而杀之，则上不损国威，下不遗民害，岂非计之上哉？乃重以外人之故，屈节求和，不但赦其罪也，又从而官之，常非其功矣。既已赦之，则不得复杀也。况孙既能尽力剿匪，是谓有功之人，法当益其赏，今乃诬以莫须有，从而杀之，又杀非其罪矣。赏罚之颠倒如此，政治之窳败，可胜言哉？虽然，中华民国之政刑，大抵如此，区区孙美瑶，何足论耶？

第三十四回

养交涉遗误佛郎案
巧解释轻回战将心

却说吴佩孚因老洋人已死，豫境内已无反动势力，便专意计划江、浙、四川、广东各方面的发展。正在冥思苦索，忽见张其锽和白坚武联翩而入，手里拿着些文书，放在吴佩孚的写字桌上。吴佩孚看上面的一页写道：

江浙和平公约。

（一）两省人民，因江、浙军民长官，同有保境安民之表示，但尚无具体之公约，特仿前清东南互保成案，请双方订约签字，脱离军事旋涡。

（二）两省军民长官，对于两省境内保持和平，凡足以引起军事行动之政治运动，双方须避免之。

（三）两省辖境，军队换防之事，足以引起人之惊疑者，须防止之。两省以外客军，如有侵入两省或通过事情，由当事之省，负防止之责任，为精神上之互助。

（四）两省当局，应将此约通告各领事，对于外侨任保护之责。凡租界内足以引起军事行动之政治问题，及为保境安民之障碍者，均一律避免之。

（五）此项草约，经江、浙两省军民长官之同意签字后，由两省绅商宣布之。

246

　　吴佩孚道："这是八月二十日订立的江浙和平公约，*好记性。*过去的很久了，还拿来做什么？"白坚武道："近来浙、皖也订立了和平公约，所以顺便带这个来给大帅参考的。"吴佩孚道："浙皖和约的原文，也在这里么？"二人点头说是。他一面问，一面早已把江浙和平公约拿过一边，发现了浙皖和平公约。吴佩孚看那公约上面写道：

　　（一）皖、浙两省，因时局不靖，谣言纷起，两省军民长官同有保境安民之表示，但尚无具体之公约，仍不足以镇定人心，爰请两省军民长官，俯从民意，仿照江浙和平公约成案，签订公约，保持两省和平。

　　（二）皖、浙两省辖境毗连之处，所属军队，各仍驻原防，保卫地方，免生误会。

　　（三）皖、浙两省长官负责，不令客军侵入，或驻扎两省区域，防止引起纠纷。

　　（四）此项公约，经皖、浙两省军民长官之同意，签字盖印后，由两省绅商，公证宣布，以昭郑重。

　　吴佩孚看完，点头道："很好。浙江方面，果然能够和平解决，在我的计划上，反比较的有利。"张其锽道："话虽如此，人心难测，到底还要准备才好。"吴佩孚点头，想了一会，忽然说道："别的都不打紧，只有财政上真没办法了。光是关税，又不够用。"*语意未完。*白坚武道："法国公使命汇理银行扣留盐余这回事情，偏又凑在这时候，要是这笔款子能够放还，倒还可抵得一批正用。"吴佩孚听了这话，忽然回过头来，向张其锽道："这件事情，说起来，却不能不怪颜骏人*颜惠庆字*。太颟顸了。"*颜氏良心不坏，而办事毫无识力，谥之曰颟顸，可谓确当不移。*张其锽愕然不解。吴佩孚诧异道："你还不知道这件事的始末原由吗？"*不是张其锽不知道，究是作者恐读者不知道耳。*张其锽道："法使所以扣留盐余，不是为着要求我国以金佛郎偿还庚子赔款吗？但是这件事和骏人有什么相干？"*此乃作者代读者问耳，非张其锽真有此问也。*吴佩孚笑道："原来你真没知道金佛郎案的内容么？这件事的起因，远在前年六月，十一年六月二十一日。法使傅乐猷因为本国的佛郎价格低落，公函外部，请此后付给庚款，改用美国金元，并不曾说什么金佛郎。这种请求，本来可以立刻驳回的，不料这位颜老先生，也并不考量，爽爽快快地便转达财部。*真是颟顸。*华府会议时，王宠惠大发牢骚，顾维钧亦觉棘手，独施肇基抱乐观，与颜如一鼻孔出气，可发一笑。直等到法使自己懊悔抛弃国币而用美国的金元，未免太不留国家颜面，自己撤回，才又转达财部，岂不可笑？"张其锽笑道："这位老先生真太糊涂了。这种事情，如何考量也不考量，便马马虎虎，会替他转达财部的。难道他得了法使什么好处不成？好在是他，平日还算廉洁，要是不然，我真要疑心他受贿了。"*颜但昏聩耳，受贿之事，可必其无。*白坚武笑道："谁都知道，中国的外交家是怕外国人，这种小小的事情，岂有不奉承之理？"*设无南方对峙，国民监督，中国四万万人民，恐将被外交家所断送，岂但奉承小事？*张其锽道："但这是金元问题，并不是金佛郎问题，这事情又是怎么变过来的？"吴佩孚道："说起这话来，却更可气可笑。法使当时撤回的时候，原已预备混赖，所以在撤回的原文上说，对于该问题深加研究之后，以为历来关于该项账目所用之币，实无变易之必要，是以特将关于以金元代金佛郎之提议，即此撤回。这几句话，便轻轻把金元案移到金佛郎案身上去了。*我国人旧称外人曰洋鬼子，其殆谓其刁狡如鬼乎？观此事刁狡不讲信义，岂复类人？*偏这位颜老先生又是一味马马虎虎的，不即据理驳回，所以酿成了这次交涉，岂非胡闹？"张其锽笑道："颜骏老是老实人，哪里知道别人在几个字眼儿上算计他的。"吴佩孚、白坚武俱各微微一笑。*微微一笑，笑颜之无用，堪当此老实人三字之美号也。*张其锽吸着了一支卷烟，呆看吴佩孚翻阅公事，白坚武坐在旁边，如有所思的，静静儿地也不说话。半晌，张其锽喷了口烟，把卷烟头丢在痰盂里道："让我来算一算，现在中国欠法国的赔款，还有三万九千一百多万佛郎，若是折合规元，只要五千万元就够了，若是换金佛郎，一元只有三佛朗不到，若是折合起来算，啊呀，了不得，还要一亿五千万光景呢。假使承认了，岂不要吃亏一万万元。更有意、比等国，若再援例要求，哪可不得了了。"*真是不得了了。*白坚武笑道："好在还没承认呢，你着什么忙？"张其锽道："虽没承认，承认之期，恐怕也不远了。"白坚武笑问："你怎么知道不远？"*是故意问，不是真问。*张其锽道："我前日听说中法银行里的董事买办们，说起几句。老实说，这些董事买办，也就是我们贵国的政治上的大人先生，他们听得法使要等中国承认，方准中法复业，还不上劲进行，好从中捞摸些油水吗？他们可不像我们这么呆，以前教育界里的人，反对的很厉害，现在这些大人先生们，已经和法使商量好了，每年划出一百万金佛郎，作为中、法间教育费。教育界有了实利，恐怕也不来多话了。"白坚武方要回答，吴佩孚

突然回头问张其锽道："你这话可真？"张其锽道："本来早已秘密办好的，大约是
从今年起，关平银一两，折合三佛郎七十生丁，不照纸佛郎的价格算，也不承认金佛
郎之名。后来因为吴大头要倒阁，利用金佛郎案子，攻击老高，老高才慌了，教外部
驳回的。这不过一时的局面，长久下去，怎有个不承认的？恐怕不出今年，这案子必
然解决咧。"吴佩孚把笔向桌上一放，很生气道："这真是胡闹极了。要是这案子
一承认，中央不是又要减少许多收入了吗？照现在的样子，军费还嫌不够，你看他单
单注意军费。再经得起这般折耗吗？"白坚武忙走近一步，在吴佩孚耳边，低低说了
几句。吴佩孚轻轻哼了一声，便依旧批阅公事，不再说话了。葫芦提得妙。张其锽心
疑，怔怔地看着白坚武，白坚武只是向他笑着摇头。张其锽不便再问，只好闷在心
头，刚想出去时，吴佩孚忽然又拿起一个电报，交给张其锽道："你看！齐抚万这
人，多么不漂亮，这电报究竟是什么意思？"张其锽慌忙接过观看，白坚武也过来同
看，那原电的内容，大略道：

浙卢之联奉反直，为国人所共知，长予优容，终为直害，故燮元主张急加剪除
者，为此也。我兄既标尊段之名，复定联卢之计。诚恐段不可尊，卢不得联，终至遗
误大局，消灭直系，此燮元所忧心悄悄，不敢暂忘者也。子产云："栋折榱崩，侨将
压焉。"我兄国家之栋，燮元倘有所见，敢不尽言。倘必欲联卢，请先去弟，以贯彻
我兄之计，弟在，不但为兄联卢之阻力，且弟亦不忍见直系之终灭也。君必欲灭卢，
窃恐卢虽可灭，而直系亦终不能不破耳。

张其锽看完，把电报仍旧放在吴佩孚的桌子上道："抚万齐燮元字。也未免太
多心了。"白坚武道："他倒不是多心，恐怕是为着已在口中的食品，被大帅搁
上了，咽不下嘴去，有些抱怨哩。"便不被大帅搁住，轻易也不见得就吞得下。吴佩孚
道："这件事，他实在太不谅解我了。同时直派的人，他的实力扩张，就是直系实
力的扩张，难道我还去妨碍他！看他只知有直系，不知有国家。至于我，本来抱着武力
统一的主张，岂有不想削平东南之理？先说本心要削平。只为东北奉张，西南各省，
都未定妥，所以不愿再结怨于浙卢，多树一个敌人。次说不欲即时动武的本心，是主。
再则国民因我们频年动武，都疑我黩武，不替人民造福，所以我又立定主张，比

奉、粤为烂肉，不可不除，比东南为肌肤，不可不护。这却一半是好听说话。三则上海为全国商务中心，外商云集，万一发生交涉，外交上必受重大损失，所以不能不重加考量。这几句，又是实在原因。抚万不谅我的苦衷，倒反疑心我妒嫉他，岂不可叹？"张其锽道："现在东南的问题，还不只抚万一人哩。福建方面，馨远也不是跃跃欲动吗？"白坚武道："假使抚万不动，料他也决不敢动。"料杀孙传芳也。张其锽道："现在大帅主张怎么办？"吴佩孚道："你先照我刚才所说的话，复一个电报给他，再派吴毓麟去替我解释一番罢。"张其锽领命草好了一个电报，恰巧吴毓麟匆匆地进来，白坚武见他很有些着紧的样子，便问他什么事？吴毓麟道："有一样东西，要送给大帅看。"吴佩孚听了这话，忙回头问什么东西？吴毓麟不慌不忙地掏出几张信笺，上面都写满了字，递给吴佩孚。吴佩孚看道：

自辛亥革命，以至于今日，所获得者，仅中华民国之名。国家利益方面，既未能使中国进于国际平等地位，国民利益方面，则政治经济，荦荦诸端，无所进步，而分崩离析之祸，且与日俱深。穷其至此之由，与所以救济之道，诚今日当务之急也。夫革命之目的，在于实行三民主义，而三民主义之实行，必有其方法与步骤。三民主义能影响及于人民，俾人民蒙其幸福与否，端在其实行之方法与步骤如何。文有见于此，故于辛亥革命以前，一方面提倡三民主义，一方面规定实行主义之方法与步骤，分革命建设为军政、训政、宪政三时期，期于循序渐进以完成革命之工作。辛亥革命以前，每起一次革命，即以主义与建设程序，宣布于天下，以期同志暨国民之相与了解。辛亥之役，数月以内，即推倒四千余年之君主专制政体，暨二百六十余年之满洲征服阶级。其破坏之力，不可谓不巨。然至于今日，三民主义之实行，犹茫乎未有端绪者，则以破坏之后，初未尝依预定之程序以为建设也。盖不经军政时期，则反革命之势力，无由扫荡，而革命之主义，亦无由宣传于群众，以得其同情与信仰。不经训政时期，则大多数之人民，久经束缚，虽骤被解放，初不瞭知其活动之方式，非墨守其放弃责任之故习，即为人利用，陷于反革命而不自知。前者之大病，在革命之破坏，不能了彻，后者之大病，在革命之建设，不能进行。辛亥之役，汲汲于制定《临时约法》，以为可以奠民国之基础，而不知乃适得其反。论者见《临时约法》施行之后，不能有益于民国，甚至并《临时约法》之本身效力，亦已消失无余，则纷纷然议

《临时约法》之未善，且斤斤然从事于宪法之制定，以为藉可救《临时约法》之穷。曾不知症结所在，非由于《临时约法》之未善，乃由于未经军政、训政两时期而即入于宪政。试观元年《临时约法》颁布以后，反革命之势力，不唯不因以消灭，反得凭借之以肆其恶，终且取《临时约法》而毁之。而大多数人民，对于《临时为法》，初未曾计及其于本身利害何若。闻有毁法者，不加怒，闻有护法者，亦不加喜，可知未经军政、训政两时期，《临时约法》决不能发生效力。夫元年以后，所恃以维持民国者唯有《临时约法》，而《临时约法》之无效如此，则纲纪荡然，祸乱相寻，又何足怪？本政府有鉴于此，以为今后之革命，当赓续辛亥未完之绪，而力矫其失，而今后之革命，不但当用力于破坏，尤当用力于建设，且当规定其不可逾越之程序。爰本此意，制定国民政府建国大纲二十五条，以为今后革命之典型。建国大纲第一条至第四条，宣布革命之主义及其内容。第五条以下，则为实行之方法与步骤。其在第六、七两条标明军政时期之宗旨，务扫除反革命之势力，宣传革命之主义。其在第八至第十八条，标明训政时期之宗旨，务指导人民从事于革命建设进行。先以县为自治之单位，于一县之内，努力于除旧布新，以深植人民权力之基本，然后扩而充之，以及于省，如是则可谓自治，始为真正之人民自治，异于伪托自治之名，以行其割据之实者。而地方自治已成，则国家组织，始臻完密，人民亦可本其地方上之政治训练，以与闻国政矣。其在第十九条以下，则由训政递嬗于宪政所必备之条件与程序。综括言之，则建国大纲者，以扫除障碍为开始，以完成建设为归依。所谓本末先后，秩然不紊者也。夫革命为非常之破坏，故不可无非常之建设以继之。积十三年痛苦之经验，当知所谓人民权利，与人民幸福，当务其实，不当徒袭其名。倘能依建国大纲以行，则军政时代，已能肃清反侧，训政时代，已能扶植民治，虽无宪政之名，而人民所得权利与幸福，已非借宪法而行专政者，所可同日而语。且由此以至宪政时期，所历者皆为坦途，无颠蹶之虑。为民国计，为国民计，莫善于此。本政府郑重宣布，今后革命势力所及之地，凡秉承本政府之号令者，即当以实行建国大纲为唯一之职任。兹将建国大纲二十五条并列如左：

（一）国民政府本革命之三民主义，五权宪法，以建设中华民国。

（二）建设之首要在民生，故对于全国人民之食、衣、住、行四大需要，政府当与人民协力，共谋农业之发展以足民食，共谋织造之发展以裕民衣，建筑大计划之各式屋告以乐民居，修治道路运河，以利民行。

（三）其次为民权，故对于人民之政治知识能力，政府当训导之，以行使其选举权，行使其罢官权，行使其创制权，行使其复决权。

（四）其三为民族，故对于国内之弱小民族，政府当扶植之，使之能自决、自治。对于国外之侵略强权，政府当抵御之。并同时修改各国条约，以恢复我国际平等，国家独立。

（五）建设之程序，分为三期：一曰军政时期，二曰训政时期，三曰宪政时期。

（六）在军政时期，一切制度悉隶于军政之下，政府一面用兵力以扫除国内之障碍，一面宣传主义以开化全国之人心，而促进国家之统一。

（七）凡一省完全底定之日，则为训政开始之时，而军政停止之日。

（八）在训政时期，政府当派曾经训练考试合格之员，到各县协助人民筹备自治。其程度以全县人口调查清楚，全县土地测量完竣，全县警卫办理妥善，四境纵横之道路修筑成功，而其人民曾受四权使用之训练，而完毕其国民之义务，誓行革命之主义者，得选举县官，以执行一县之政事，得选举议员，以议立一县之法律，始成为一完全自治之县。

（九）一完全自治之县，其国民有直接选举官员之权，有直接罢免官员之权，有直接创制法律之权，有直接复决法律之权。

（十）每县开创自治之时，必须先规定全县私有土地之价，其法由地主自报之。地方政府则照价征税，并可随时照价收买。自此次报价以后，若土地因政治之改良，社会之进步，而增价者，则其利益当为全县人民所共享，而原主不得而私之。

（十一）土地之岁收，地价之增益，公地之生产，山林川泽之息，矿产水力之利，皆为地方政府之所有，而用以经营地方人民之事业，及育幼、养老、济贫、救灾、医病，与夫种种公共之需。

（十二）各县之天然富源，与极大规模之工商事业，本县之资力，不能发展与兴办，而须外资乃能经营者，当由中央政府为之协助。而所获之纯利，中央与地方政府，各占其半。

（十三）各县对于中央政府之负担，当以每县之岁收百分之几为中央岁费，每年由国民代表定之。其限度不得少于百分之十，不得加于百分之五十。

（十四）每县地方自治政府成立之后，得选国民代表一员，以组织代表会，参预中央政事。

（十五）凡候选及任命官员，无论中央与地方，皆须经中央考试，铨定资格者乃可。

（十六）凡一省全数之县，皆达完全自治者，则为宪政开始时期。国民代表会得选举省长，为本省自治之监督。至于该省内之国家行政，则省长受中央之指挥。

（十七）在此时期，中央与省之权限，采均权制度。凡事务有全国一致之性质者，划归中央，有因地制宜之性质者，划归地方，不偏于中央集权，或地方分权。

（十八）县为自治之单位，省立于中央与县之间，以收联络之效。

（十九）在宪政开始时期，中央政府当完全设立五院，以试行五权之法。其序列如下：曰行政院，曰立法院，曰司法院，曰考试院，曰监察院。

（二十）行政院暂设如下各部：一内政部，二外交部，三军政部，四财政部，五农矿部，六工商部，七教育部，八交通部。

（二十一）宪法未颁布以前，各院长皆归总统任免而督率之。

（二十二）宪法草案，当本于建国大纲，及训政宪政两时期之成绩，由立法院议订，随时宣传于民众，以备到时采择施行。

（二十三）全国有过半数省份达至宪政开始时期，即全省之地方自治完全成立时期，则开国民大会决定宪法而颁布之。

（二十四）宪法颁布之后，中央统治权则归于国民大会行使之。即国民大会对于中央政府官员，有选举权，有罢免权；对于中央法律，有创制权，有复决权。

（二十五）宪法颁布之日，即为宪政告成之时，而全国国民则依宪法行全国大选举，国民政府则于选举完毕之后三个月解职，而授政于民选之政府，是为建国之大功告成。

吴佩孚看完道："这东西，你从哪里得来的？"吴毓麟道："我有个香港朋友，用电报拍给我的，我怕大帅还不曾知道，因此急急地抄了，送给大帅看。"吴佩孚道："前此也听善堂约略说过，点前回马济。但那时还不过一句空话，现在可已经实行了吗？"吴毓麟道："这个，原电并不曾说清楚，我也不敢悬揣，以我的猜度，只怕还在进行中罢。"如此关连上文，天衣无缝。吴佩孚道："这却不去管他，我现在要派你到南京去一趟，你愿意吗？"吴毓麟笑道："大帅肯派我做事，就是看得起我，哪有不去的道理？只不知有什么事要做？"吴佩孚便将齐燮元的来电，给他看了一遍，一面又将自己的意思，说给他听。吴毓麟笑道："他现想做副总统哩。论理，这地位谁敢和大帅争夺，论功劳名誉，谁赶得上大帅。二则全国的人心，也只属望大帅一人，他也要和大帅争夺，岂不是笑话？"马屁拍得十足，而言词十分平淡，不由秀才不入彀中。吴佩孚忍不住也一笑，果然入了彀中。说道："我也不想做什么副总统。他要做，自己做去就得了，我和他争些什么。前几日，有人竭力向我游说，想是几个议员。说怎样怎样崇拜我，此次非选举我为副座不可，我当时就回答他们说：你们要选举副座，是你们的职权，可见确是几个议员。很可以依法做去，不必来征求我什么同意。敷衍话。至于我自己，资格本领，都够不上，也不想做。绝其献媚之路，敷衍之意甚显。老实说一句，现够得上当选资格的，也只有卢永祥一人。明是推崇一卢永祥，暗地里是骂尽齐燮元一批人。但是该选举哪个，也是国会的专有权，我也不愿多话。总而言之，我在原则上总推重国会，国会倘然要选举副座，我决不反对就是咧。"全是敷衍之语。吴毓麟拍手笑道："怪道他们在北京都兴高采烈的，说大帅推重国会呢，原来还有这么一回事咧。大帅虽然推崇卢子嘉，但以我的目光看来，子嘉资格虽老，倘以有功于国为标准，却和大帅不可同日语。平心而论，没有卢永祥，在国家并没什么影响，没有大帅，只怕好好一个中国，便有大帅，在中国也不见得好好。要乱的土匪窝似的，早经外人灭亡了呢。这帽子比灰篡更高了。大帅有了这样的功劳地位，反存退让之心，可见度量的宏大，便一千个子嘉，卢永祥字。一万个抚万，也赶不上了。"肉麻之至。吴佩孚笑道："太过誉了，不敢当，不敢当。"其辞若伪谦，而实深喜之也。吴毓麟道："但是照我的愚见，大帅不可过谦，失了全国人民属望之心。"吴佩孚笑而不答，笑而不答者，笑吴毓麟之不识风头也。倒弄得吴毓麟怀疑不解，因又改口道："万一大帅定要让给子嘉，我此次到南京去，就劝抚了休了这条心，免得将来又多增一件纠纷咧。"却也试探的不着痕迹。吴佩孚微笑道："你就再许给他又打甚紧，谁该做副总统，谁不该做副总统，难道我们一两个人，自己可以支配的吗？"此情理中话也，出之以微笑，则尚有深意存焉。说着，又回顾张其锽、白坚武道："你看！这话对吗？"白坚武、张其锽正听得出神，忽见吴佩孚问他，忙笑回道："大帅的话，怎得有差？如果一两个人可以支配，还配称作民主国家吗？"此时也不见真可称为民主国家。虽不直接支配，也逃不了间接支配。吴毓麟听了这话，不知理会处，只得也笑了一笑，忙道："既如此说，我怎么可以答应他呢？"吴佩孚笑道："你答应了他，岂不容易讲话吗？"众人听了，都笑起来。当下吴佩孚又教了他许多说话，吴毓麟一一领命。

次日便带了吴佩孚亲笔手书，到南京来见齐燮元。那时齐燮无正因吴佩孚阻碍他并吞浙江，十分怨恨，一见吴毓麟，便大发牢骚。吴毓麟再三解释，齐燮元的怒气稍解，才问吴帅有什么话？吴毓麟先拿出吴佩孚的信来，齐燮元看那信道：

复电计达。浙卢非不可讨，但以东南为财赋之区，又为外商辐辏之地，万一发生战争，必致影响外交，务希我兄相忍为国，俟有机可图，讨之未晚。其余一切下情，俱请代表转达。

齐燮元看完，冷笑道："子玉这话，说得太好听了，委实叫我难信。"*好话不信，想以为当今军阀中无此好人耳。*吴毓麟道："这是实情，并非虚话，抚帅切弗误会！"齐燮元道："如何是实情？"吴毓麟道："若在从前时候，外交上的事件，自有中央负责，不但玉帅可以不管，就是抚帅也无费心之必要。政府里外交办得好，不必说，假如我们认为不满意时，还可攻击责备。现在可大不同了，首当其冲的大总统，就是我们的老帅，老帅的地位动摇，我们全部的势力，随之牵动。在这时候，不但我们自己，不要招些国际交涉，就是别人要制造这种交涉，抚帅、玉帅，也还要禁止他呢。*果然不错，果然动听，我们怕曹锟发生国际交涉耳，岂怕中国政府发生国际交涉哉？*我临动身的时候，玉帅再三和我说，抚帅是个绝顶聪明的人物，这种地方，并非见不到，只因和浙江太贴紧，眼看着浙江反对我们的现象，深恐遗害将来，所以想忍痛一击，不比我们离北京近，离浙江远，只知道外交上困难的情形，不知道浙江跋扈形状。到底怎样，还得让抚帅斟酌，抚帅自能见得到的。"*此一段言语，真乃妙绝，虽随何复生，陆贾再世，不能过也，宜乎抚万之怒气全释矣。*说着，又走近几步，悄悄地笑道："还有一件事，也要和抚帅商量的，就是现在的副座问题，我在洛阳时，曾用话试探玉帅，看玉帅的意思，虽然也有些活动，*妙妙。如言其毫无此意，齐氏反不肯信矣。*但如抚帅也要进行，他不但决不竞争，而且情愿替抚帅拉拢。抚帅雄才大略，物望攸归，此事既有可图，自应从速努力。如抚帅有命，定当省京效劳。"又妙。不但替吴氏解释也，而且替自己浇上麻油矣。齐燮元此时颜色本已十分和平，听他这样说，便道："这个，我如何可以越过玉帅前面去的，还是请玉帅进行罢。"尚不深信也。吴毓麟笑道："有好多人都这样劝他呢。可是他却志不在此，一句也不肯听。我看他既有此盛意，抚帅倒不要推却，使他过意不去。再则别人不知抚帅谦让真心，倒说有心和他生分了。"又妙又妙，使他深信不疑，不至再推托。齐燮元笑道：一笑字，已解释许多误会。"这样说，我倒不好再说了。吾兄回洛时，请代为致意玉帅，彼此知己，决不因小事生分。浙江的事情，也全听他主持，只要他有命令，我决没有第二句话。"大功告成了。吴毓麟笑道："玉帅不过贡献些意见罢了。一切事情，当然还要抚帅主持。"齐燮元大笑。吴毓麟回洛以后，齐燮元便把攻浙的念头，完全打消了。正是：

　　　　副选欲酬金鄙志，称雄暂按虎狼心。

　　未知后事如何，且看下回分解。

　　齐燮元坐镇南京，不必如洛吴之驰驱于戎马之中，而其地位日隆，乃与洛吴相埒，为直系三大势力之一吴佩孚、冯玉祥、齐燮元，亦可谓天之骄子矣。乃又欲鲸吞浙江，以扩展其武力，又欲当选副座，以增高其地位，野心之大，可为盛矣。洛吴既察知其隐，而故作联卢之计，以妨碍其进行。齐既愤激而欲出于辞职，吴又饵之以副座，始得保江、浙之和平。齐之贪鄙粗陋，令人失笑，然吴氏所为，亦非根本办法，故不久而江浙之战，仍不能免。世亦安有交不以诚，而能持之久远也哉？

第三十五回

识巧计刘湘告大捷
设阴谋孙督出奇兵

却说吴毓麟回到洛阳，把南京的情形，向吴佩孚说了一遍，吴佩孚大加奖励。吴毓麟见左右无人，悄悄地问道："听说民国八年运到中国的那批军火，已经给人以四百八十万的代价买去，大帅可曾知道？"*又突然发生惊人之事。*吴佩孚佯作惊讶之状道："你听哪个说的，我不信。*故意把问句颠倒，装得真像。*那批军火，不是有公使团监视着吗？急切如何出卖？"*装得像。*吴毓麟道："大帅果然不曾知道吗？"吴佩孚道："知道……我还问你？"吴毓麟低头想了想，笑道："既然大帅不知道，我也不用说了。"*意中固已深知此事，为吴氏所为矣。*吴佩孚道："你不必说这消息从哪里来，却说对于这件事的意见如何？"*问得妙。*吴毓麟道："以我的愚见，倘然此项军火为大帅所得，则大可以为统一国家的一助，倘然被别人买去，则未免增长乱源咧。"*回答得更妙。*吴佩孚大笑，在他背上拍了两下道："可儿，可儿，你知道这批军火是哪个买的？"吴毓麟熟视道："远在千里，近在目前，想来眼前已在洛阳军队中了。"吴佩孚又大笑，因低声说道："果如我兄所料，这批军火，确是我所买进，正预备拿一部分去接济杨森呢。"*瞒不住，只得实说，其实此时已无人不知，正不必瞒也。*吴毓麟道："杨子惠*杨森字。*屡次败溃，接济他又有何益？"吴佩孚笑而不答。吴毓麟也不往下再说，因又转变辞锋道："听说孙馨远把兵力集中延平，不知道是袭浙，还是图赣？"吴佩孚道："浙江并无动静，江西督理蔡成勋，已经来过两次电报，请中央制止他窥赣，但我料馨远虽然机诈，似乎尚不至做如此没心肝的事情，想来必然还有别的用意。"知孙氏者其子玉乎？彼此又说了几句闲话，吴毓麟辞去。

吴佩孚命人去请张其锽和杨森的代表，张其锽先到，吴佩孚便告诉他接济杨森军械的事情。张其锽想了想，并不说什么话。吴佩孚道："你怎么不表示意见？"张其锽笑道："这也不必再说了，不接济他，等熊克武冲出了四川，仍要用大军去抵御。接济他，立刻便有损失。但是归根说起来，损失总不能免，与其等川军来攻湘北而损失，倒不如现在仅损失些军械，而仍为我用的好得多了。"此即战国策均之谓也，吾宁失三城而悔，毋危咸阳而悔之意。吴佩孚听了这话，也不禁为之粲然。正在说话，杨森的代表已来，吴佩孚便当面允他接济军械，叫他们赶紧反攻的话。杨森的代表一一领诺，当日便电知杨森。杨森欢喜，复电称谢，电末请即将军械运川，以备反攻。吴佩孚命海军派舰运了来福枪三千支，子弹百万发，野炮十尊，补助杨森。杨森得了这批军火，一面整顿部队，一面又分出一部子弹，去接济刘湘、袁祖铭等，联合反攻。

这时杨森新得军火，枪械既精，兵势自盛，熊军久战之后，力气两竭，不能抵御，竟一战而败。胡若愚见熊克武战败，不愿把自家的兵，去代别人牺牲，也不战而退。刘湘、杨森、袁祖铭等入了重庆，开会讨论，刘湘道："敌军中赖心辉、刘成勋等，勇悍难敌，好在他们并非熊克武的嫡系，所以服从他的命令者，不过逼于环境罢咧。我们现在最好一方追击熊军，一方通电主张和平解决川局，仅认熊克武、但懋辛的第一军为仇敌，对于熊军的友军，如刘成勋、赖心辉各部，都表示可以和平解决。刘、赖见熊克武要败，恐怕自己的势力跟着消灭，当在栗栗危惧之中，见我方肯与合作，必不肯再替熊氏出力，那时熊氏以一军当我们三四军之众，便有天大的本领，也不怕他不一败涂地咧。"杨森、袁祖铭均各称善，一面追击熊克武，一面通电主张和平解决。如此且战且和的战略，亦系从来所未有之战局。

其时刘存厚在北部也大为活动，熊克武左支右绌，屡次战败，心中焦灼，急急召集刘成勋、赖心辉、但懋辛等在南驿开军事会议，商量挽救战局于危机。熊克武先把最近的局势报告了一番，再征求他们的战守意见。但懋辛先起立发言道："现在的局势，我们已四面受敌，守是万万守不住了，不如拼命反攻，决一死战，幸而战胜，还可戡定全川。假使死守，则四面接兵已绝，日子一久，必致坐困待毙咧。"但懋辛此时亦十分着急。熊克武听了这话，点头道："此言深得我心。"因又熟视刘、赖两人道："兄弟意见如何？"两人不肯说话，其心已变。刘、赖两人面面相觑，半晌，赖心辉方起立道：刘成勋不说，而赖心辉说，此赖之所终能一战也。"现在局势危急，必须战守并进，方才妥帖，倘使全力作战，得胜固佳，万一相持日久，敌人绝我后路，岂不危险？"熊克武道："兄的意思，该守哪里？"赖心辉道："成都为我们根据地方，要守，非守成都不可。"自为之计则得矣，其如大局何？熊克武道："派哪个负责坚守？"刘成勋、赖心辉齐声答应，情愿负责。不愿参加前敌，果中刘湘之计。熊克武道："哪个担任前敌？"一面说，一面注视刘、赖。刘、赖低头默然，半晌不说。但懋辛奋然而起道："前敌的事情交给我罢。"不得不担任，亦地位使然。熊克武嗟叹点头道："很好，我自己也帮着你。"无聊语，亦冷落可怜。

散会后，刘、赖辞去。熊克武谓但懋辛道："他们两人变了心了，我们不先设法破敌，打一个大胜仗，决不能挽回他们两人的心肠咧。"洞达世故之言。但懋辛默然太息，一言不发。颓丧如画。熊克武怕他灰心，忙又安慰他道："你也不用太着急了。胜败兵家之常，我兵稍挫，尚有可为，眼前兵力，至少还有一万多人，更兼刘、赖、胡若愚。等，虽然不肯作战，有他们摆个空架子，敌军究竟也不能不分兵防守。可和我们对敌的，也不过一两万人，我们正可用计胜他。"熊君到底不弱。但懋辛忙道："你已想出了好计策吗？请问怎样破敌？"心急之至。熊克武笑道："你别忙！妙计在此。"说着，悄悄对他说道："如此如此，好么？"但懋辛大喜道："好计好计。刘湘便能用兵，也不怕他不着我们的道儿。"当下传令调集各路军队，一齐撤退，扬言放弃各地，死守成都，集中兵力，缩短战线，以备反攻。

这消息传入刘湘那边，急忙召集袁祖铭、杨森、邓锡侯等人商议。杨森笑道："熊克武素称善能用兵，这种战略，真比儿戏还不如了。"刘湘笑道："子惠兄何以见得？"笑得妙，笑其不能知熊克武也。杨森道："现在的战局，是敌人在我军围攻之中，倘能扩大战线，还可支持，倘然局处一隅，岂非束手待擒？"别人早比你先知道了。刘湘又笑道："那么，据子惠兄的意思，该当如何应付？"索性故意再问一句，妙甚。杨森道："据兄弟的意见，可急派大队尾追，围攻成都，不出半月，定可攻下，全省战局可定了。"刘湘笑对袁、邓诸人道："各位的意见如何？"还不说破，妙甚。袁祖铭道："熊氏素善战守，这次退守成都，恐怕还有别的计较，以弟所见，宁可把

细些,不要冒昧前进,反而中了他的狡计。"也只知道一半。刘湘又看看邓锡侯,想
启口问时,邓锡侯早已起立说道:"老熊不是好相识,宁可仔细些好。"刘湘大笑
道:"以我之见,还是即刻进兵为上策。"奇极奇极。袁祖铭惊讶道:"兄怎么也这
样说?"我也为之吃惊。杨森道:"果然如你们这般胆小,省局何时可定,不但示人
不武,而且何面见玉帅呢?"老杨可谓知恩报恩。袁祖铭怒道:"怎么说我胆小?你既
然胆大,就去试试看罢。"杨森也怒道:"你料我不敢去吗?看我攻破成都,生擒熊
克武给你看。"慢些说大话。刘湘见他们动气,连忙解劝道:"好好!算了罢。说说
笑话,怎么就动了气?老实说一句罢,料事是袁君不错,战略还得要依子惠。"邓锡
侯道:"这是何说?"刘湘笑道:"这是显而易见的。熊克武素称知兵,如何肯出此
下策?我料他号称退守成都,暗地必然是把大军集中潼川,等我们去攻成都,却绕我
们背后,袭我后路,使我们首尾不能呼应,必然大败,他却好乘势袭占重庆。熊克武
之计,在刘湘口中说出。我们现在表面上只装做不知,径向成都进攻,到了半路,却分
出大队,去袭潼川,敌军不提防我去袭,必然一鼓可破,这便叫作将计就计,诸公以
为何如?"袁祖铭、杨森等都大服。议定之后,袁祖铭和杨森各带本部军队,向成都
进攻,暗地却派邓锡侯替出他们两人,星夜袭攻潼川。

熊克武在潼川听说杨、袁领兵攻打成都,暗暗得计,正待打点出兵,去袭他后
路,不料半夜中间,忽然侦探飞报,杨森、袁祖铭领着大队来攻,不觉大惊,急忙下
紧急集合令,出城迎敌,走不上三五里路,前锋已经接触。熊军一则不曾防备,军
心慌乱,二则屡败之余,军心不固,战到天明,杨、袁大队用全力压迫,熊军抵挡
不住,大败而走。杨、袁乘势追击,熊军慌不择路,抛枪弃械,四散奔逃。熊克武
急急逃回成都,和刘、赖商议抵敌之策,正待集合反攻,忽然东北面枪炮声大作,
杨、袁大军已经追到。熊克武急令赖心辉出城迎战,赖心辉虽则不甚愿意,又不好意
思不往,军心如此,焉得不败?快快的领兵出城,只战了两三个钟头,便抵御不住,败
进城来。刘成勋便建议放弃成都,熊克武知道大势已去,长叹一声,传令各军一齐退
出成都。但懋辛在路上向熊克武建议道:"刘湘和杨、袁等,都在前方,东南后路空
虚,我军不如径袭重庆,以为根据之地。敌军倘然大队回救,我军以逸待劳,可操胜
算。"熊克武寻思除此以外,已无别计,便率领各军,径向重庆前进。

刚到中途,忽然前面一彪军队拦住,原来是邓锡侯奉了刘湘的命令,在此堵截。

熊克武大怒，传令猛扑。两军开火激战了半日，邓军先占好了地势，熊军进攻不易，更兼远来辛苦，不能久战，邓军乘势冲击，又复大败而退，到了中途扎驻，熊克武请刘、赖、但、石、陈诸人到自己营中，向众作别道："克武本图为国家宣劳，为人民立功，平定全川，响应中山，不料事与愿违，累遭败北，此皆我不能将兵之罪，决不能说是诸位不善作战之罪。现在大势已去，决难挽回，与其死战以困川民，不如暂时降顺以待时机。克武一息尚存，不忘国家，总有卷土重来之日。现在请把各军军权，交还诸位，望诸位善自图之！"*其词不亢不随，颇见身份。*众人听了这话，都觉十分感慨，竭力安慰。熊克武笑而不言。众人散后，次日早晨，正待出发，熊克武早已率所部军队退入黔边去了。*盖熊氏此时，早已料定刘、赖不能一致行动矣。*

刘成勋道："锦帆*熊克武字。*已经单独行动，我们此后应当如何？"赖心辉道："此时除了依锦帆的话，暂时降顺，也无第二个方法了。"但懋辛默然无语。良久，方握着赖心辉的手道："我们也分别了吧。"*奇绝。*赖心辉惊讶道："这是什么缘故？"但懋辛道："兄等都可与敌军讲和，唯有我决不能和敌人合作，而且有我在此，和议决不成功，反害了诸公的大事，我也只有追踪熊公，率军入黔，以图再举的一策，其余更无别议了。"刘、赖再三挽留，但懋辛都不肯听，第二天便也率部退走，追会熊克武的军队去了。

刘成勋和赖心辉只得派人与刘湘去议和，刘湘大喜，当即允准，一面和袁祖铭等连名电致洛阳，报告战事经过情形。吴佩孚见川战已定，四川全省已入掌握，十分高兴，论功行赏，拟定刘存厚为四川督理，*刘存厚有何功劳？不过以其资格较老，与自己又接近耳。*田颂尧为帮办，邓锡侯为省长，刘湘为川藏边防督防，袁祖铭为川滇边防督防，杨森为川东护军使，写好名单，送到北京内阁。内阁见是吴帅拟定的，自然没有话说，当时便在阁议席下通过。不料杨森自谓功不可当，早以省长自居，纷纷调换全省行政人员，一面发电报告情形。曹锟恐怕此令一下，又要发生纠纷，便把命令搁了下来，不曾发表。吴佩孚苦心经营，牺牲多少军械军粮，杀害多少无辜人民，所得的一点战功，还是一个了而不了的局面，这却按下不提。

却说川中用兵之日，正闽、赣交哄之时，上回书中曾说孙传芳顿兵延平，蔡成勋连电告急，因作者只有一支笔，难写双方事，所以搁到如今，现在就趁着四川战事结果，抽出一点空闲来，向读者报告一番。原来孙传芳素以机变著名，自从得了福建地盘以后，积极训练军队，补充军实，一年以来，势力日见强大，数日以前，把军队集中延平，一时布满了疑云。也有说他谋浙的，也有说他侵赣的，累得浙江调兵遣将，忙乱非常。蔡成勋发电求救，神魂无主；就是福建的人民，也不知他葫芦内卖什么药。那王永泉也是个阴谋专家，见了他这种举动，十分猜疑，他的兄弟王永彝也再四嘱咐王永泉小心。这天王永泉正在公馆中和一班姨太们调笑取乐，忽然孙传芳微服来访，王永泉不知何故，吃了一惊，急忙整一整衣服，出去迎将进来，同到会客室里坐下。孙传芳笑问在公馆中乐否？王永泉笑道："彼此心照不宣。"孙传芳也大笑，因把座位移近一步，低声说道："弟已决定本月二十七日十三年二月。出发，福建的事情，此后全仗老兄一人维持。唯军饷一项，务请老兄竭力帮忙百万之数，并在弟出发以前，筹集四五十万，使弟可以支应开拔费用。彼此都是为国家办事，亏他有脸皮说得出。务请竭力，不要推却。"王永泉道："兄可把所有各部军队，全都带了去吗？"问得恶，亦把细。孙传芳道："这时还不能定。大概李生春、卢香亭两旅，可以暂留，助兄镇守省城，其余各部，非全都开拔不可，否则恐怕不够调遣。"说得不着痕迹。王永泉欣然答应。孙传芳大喜，又再三拜托，方才辞去。

王永彝听得这事，便问王永泉道："不知道他抱着什么意思，怎么肯轻易放弃福州？"王永泉笑道："福建事权不一，他外被群雄所困，内又见扼于我，伸展不得自由，所以想往外发展咧。"人言王永泉多阴谋，善机变，然而到底不能识透孙传芳之机变，则亦虚有其名而已。次日，王永泉令财政厅尽量搜罗，凑集了四十万现款，解给孙传芳。到了二十六日，王永泉亲到孙传芳哪里接洽移交各事。尚在梦中。读者将以为王氏必在此时，发生危险，不知在事实上决无此理也。盖果然可以如此解决，则两人相处甚久，何遂无类此之机会哉？孙传芳择最紧要的事情，都接洽了，渐渐谈到攻浙的事件。王永泉道："听说仙霞岭一带，卢永祥只派夏兆麟一旅人防守，兵力很单，只是仙霞岭地势险要，进攻不易，我兄还须谨慎才好。"不催其出发，反劝其谨慎，恶极。孙传芳微笑道："我也不一定图浙，如有机会，攻赣岂不也是一样？"王永泉道："蔡成勋虽然没用，然而军力尚厚，我兄所带的，虽然都是精锐，但以人数而论，恐还不足以操胜算。"更恶更恶。其意盖在怂恿其将李、卢两旅一同带去。孙传芳听了这话，踌躇了一会，装得很像。方才说道："我兄所说的话，十分有理，但是另外又没有兵可添，奈何？"妙妙。看他撇开李、卢，毫不在意。王永泉也踌躇不答。王永泉倒是真的踌躇。孙传芳忽然笑道："方法有一个在这里了。贵部李团，素称骁勇，现在城外，何不借给兄弟，助我一臂之力？"王永泉慨然答应。**不由他不答应。**

第二天，孙传芳发出布告和训令，大概说："自己赴延平校阅军队，所有督理军务善后事宜，都由帮办王永泉代理"云云。一面整队出发。王永泉亲自出城送行，并命李团随往。孙传芳挽着王永泉的手，再三恳其源源接济。**装得极像。**王永泉满口允诺，送了几十里路，方才珍重而别。路上王永彝又问王永泉道："哥哥如何教李团随往？他是哥哥部下的精锐，如何替别人去效力？"王永泉笑道："你哪里知道我的意思？馨远素多机变，他的说活，至少也要打个三折，如何可以尽信？我要派人去侦探，又嫌不便，现在他借我的李团同行，我正可教李团在前方监视，乐得做个顺风人情。"**人谓王永泉多机变，果然名不虚传。**王永彝道："你可和他说过。"王永泉笑道："孩子话，岂有不嘱咐他之理？"说着话，回到福州，便到督理公署里去办公。

光阴易过，匆匆已是一个星期，这天正是三月四日，王永泉忽然接到孙传芳一个电报，请饬李、卢两旅，开赴延平。王永彝又不解是何用意，王永泉笑道："这是馨远听得浙、赣增兵边境，恐怕兵力不够调遣，所以又调李、卢到前敌去咧。"因令人去请李生春和卢香亭，李、卢应召而来，王永泉便把那电报给他们看，李、卢齐声道："我们也刚接到馨帅叫我们开拔的电报，正想来禀督理。**居然称之曰督理，使他不疑，妙甚。**明天早晨，便好开拔，只是开拔费用，还请督理转饬财政厅，立刻筹拨才好。"**又索开拔费，使其不疑，妙甚。**王永泉应允，立刻便打电话知照财政厅，筹拨四万。两人欣然道谢而去。次晨，李、卢领了开拔费，各自率领全旅军队，出城而去。王永泉笑对王永彝道："现在我眼前可清净了。"**慢着，大不清净的要来了。**当下便电泉州所部旅长杨化昭，速带所部开拔入省，守卫省城，以防意外。**也可谓把细之极，其如孙氏机变更甚何？**又隔了一日，**是三月六日。**忽然接到了周荫人的万急电报，不知是什么事，正在惊讶，立刻命人译了出来，谁知是宣布他的罪状，并限他在三小时内退出福州的哀的美敦书，不觉大怒，立刻命秘书复电痛骂。**这谓之斗电报。**一面传知洪山桥兵工厂中的驻军，加紧戒备，另外又赶调就近驻军，急来救应。**讲到洪山桥的驻军。**本来也有一旅多人，自从被孙传芳借去一团，便只剩了一团多人，兵力十分单薄，**可见孙传芳计划之周到。**此时得了王永泉的命令，十分惊疑，正在布置，忽然报称卢香亭、李生春以后队作前队，来攻兵工厂了。王军慌忙出动抵御，卢、李两旅，早已扑到营前，王军军心大乱，不敢恋战，俱各抛枪弃械，四散奔逃，兵工厂当时便为卢香亭军所占。王永泉的救军还未到，卢、李两军，又攻进城来。仓卒之间，调遣不灵，所部尽被缴械。王永泉和兄弟王永彝带领残部急忙逃出福州，向泉州路上奔逃。正走之间，忽然又一彪军马到了。王永泉大惊探询，却是自己所部，得了命令，特来救应。王永泉大喜，合兵而行。到了峡兜，捕了许多船只，正在渡江之际，忽然两只大军舰，自下流疾驶而来，浪高丈许，把所有的船只，尽皆打翻，兵士纷纷落水。王永泉大惊，急急逃过江时，所部三千多人，已大半落水，不曾落水的，也都被海军缴械。原来卢香亭攻进福州时，便即关照海军，请即派舰到峡兜堵截，所以王永泉又吃了这个大亏。他俩在峡兜逃出性命，只得百余残卒，也都衣械不全，急急向泉州奔逃。刚刚过了仙游，忽然前面尘头大起，又是一大队兵士到了。

王永泉不知道是何处军队，不觉又是大惊。正是：

福无双至非虚语，祸不单行果又来。

未知王永泉性命如何，且看下回分解。

王永泉以机诈起家，雄踞福建者数年，督其地者，莫敢撄其锋，终亦败于孙传芳之机诈，天道好还，不其信哉！当王之讨李厚基也，与臧致平、许崇智合谋，团结甚坚，迨许去闽归粤，则又一变而降孙传芳，及孙传芳谋之，则又以攻臧者，再变而为附臧，饥附饱扬，其反复固不殊温侯。然一蹶不可复振，心劳不免日拙，于国既多贻害，于己又宁有得哉？

第三十六回

失厦门臧杨败北
进仙霞万姓哀鸣

却说王永泉、王永彝正在奔逃之间，忽然前面又有一军拦住去路，这路军队不是别人，正是部下的旅长杨化昭，率领本部全军，前来救应。王永泉大喜，当即传令扎下，防堵北来追兵，自己和王永彝、杨化昭回到泉州，召集各旅旅长开紧急军事会议，讨论反攻计划。杨化昭竭力主张联络臧致平，再图反攻。王永泉想来别无他法，只得如此决定了，想已忘却围攻厦门时矣。即日派代表会和臧致平接洽。那臧致平自从去年被围，洪兆麟等回粤以后，一面用金钱联络海军，使其不愿再动，一面运动各属民军，围攻泉州，王永泉不得不把围厦的军队调回救援，因此厦门得以解围，如今竭力补充整顿，兵力已大有可观，屡想攻克漳州，回复去年的旧观。无奈这时民军中最有势力的张毅，受了孙传芳联络，已由北京任为第一师长，兼厦门镇守使，无日不想窥取厦门。王献臣本来是宿世冤家，还有一位赖世璜，自由赣、粤入闽，也和张毅、王献臣联络成一派，专和厦门做对，此等亦皆反复无常之武人。因此臧致平不能如愿。如今见王永泉派人前来联络，一口便允，绝不提往日围厦之事。代表还报，王永泉极为得意，便部署军队，准备反攻。

再讲卢香亭、李生春两人入了福州，急电周荫人入省主持。电报发出不久，周荫人已翩然到省。卢香亭急忙问他延平方面的情形，周荫人笑道："昨日三月五日。馨帅探得水口方面，王永泉有大批军械运过，立刻派谢鸿勋暗地截留，一面又派孟昭月把带去的李团缴械，都做得十分秘密，所以省中没有知道。补前文所未写，十分细到，不然，李团何送一去无下落耶？现在馨帅有令，命我在省中主持一切，你们两人可急把分驻闽北一带王军残部，扫除干净，好请馨帅来省，替出我去攻打泉州。"李生春道："馨帅仍在延平吗？"周荫人道："他暂时不能来省，须等闽北王部肃清，方才可以来呢。"卢、李两人应诺，当即分遣部队，把王永泉留在闽北的残部全都肃清，电省告捷。周荫人得了报告，电请孙传芳来省，自己率队南下，去攻泉州。

　　王永泉在泉州得此消息，正待派兵迎击，忽然又报张毅、赖世璜奉了孙传芳的电令，率部来攻。王永泉急令所部旅长高义，率队防御，正在支配兵力之间，又见王永彝匆匆进来，见了这几条命令，便接手夺过，掷于地下道："哥哥还在睡梦之中吗？高义久已和张毅有了接洽，如何还派他去？现在军事形势，已十分危险，哥哥还留恋在这里做什么？万一哥哥必定要和他们死拼，做兄弟的可耐不住，便要辞了哥哥，到上海去咧。"王永泉听了这话，不觉长叹一声，掷笔而起，传令命杨化昭入内，对他说道："我决意到上海去了，所有的军队，都请你代为统带，候臧致平来改编。高义不必叫他到前敌去，可留他守泉州罢。"杨化昭再三劝慰，王永泉笑道：不哭而笑，非真能笑也，哭不出来耳。"我在福建的势力不可为不厚，然而数日之间，一败涂地，可见这事情已非人力所能挽回，分明是有天意在内，此是从项公天亡我也一句化来。我便有本领战胜敌人，决战不胜天意。明明是人谋之不臧，偏要推说天意，将自欺欺天乎？人言王永泉多机诈，果然。我待不走怎的？"杨化昭见他去意已决，便慨然答应。王永泉便把这意思又吩咐了各旅长一番，然后电致臧致平，请其来泉改编。事情办妥以后，便和兄弟王永彝，潜行动身，到上海去了。

　　臧致平得了王永泉的电报，电令杨化昭放弃泉州，退守同安。杨化昭遵令全部开到同安，只留高义在泉州防守。这时高义的态度十分暧昧，所以杨化昭不曾教他同退。不数日，臧致平自己也到同安，恰好周荫人会合张毅、王献臣、赖世璜各部，来攻同安，臧、杨合力抵御，大战多日，不分胜负。卢香亭向周荫人献计道："如此苦战，不易得胜，不如仍运动海军攻他们之后，一面令漳州方面的驻军，袭击江东、水头一带，断他和厦门的联络。臧、杨进退无路，必然成擒了。"周荫人然其计，当下派人暗地去运动海军和漳州的民军，同攻厦门。海军因两次攻击厦门，都未得手，现在见周荫人又来约他，生恐仍旧未能得手，大家讨论了一会，忽然思得一计，假意拒绝周荫人的请求，反向他索取截击峡兜时所许的利益。彼此在假意争执之时，暗暗地集合舰队，载着陆战队，星夜去袭厦门。此时臧军全体都在同安，留守厦门的，不过是些少部队，忽见海军来袭，抵敌不住，急忙电请臧致平分兵回救。臧致平大惊，立刻便派刘长胜率领本部军队，回去救援。刘长胜遵令，急急开拔，刚到港口，前面已有军队截击。刘长胜大惊，赶即派人查明，却是漳州的民军，即令向前冲击。无奈民军甚多，冲突不过，反而损失了不少军士。民军乘势反攻，刘长胜大败，**刘长胜变作刘长败矣，一笑。**退到洋宅，作急报知臧致平。臧致平得此消息，拍案而起道："刘长胜如此无用，大事去矣。"因急召杨化昭吩咐道："厦门驻军单薄，已半日不得消息，此时必已失守，你可率领所部军队，急急前去击破漳州民军，乘势占领漳州，以备退步。"**此时计到退步，殆已知不能抵御北军乎？**杨化昭遵令，急忙领兵赶到灌口相近，已和漳州的民军接触。杨化昭大怒，更不放枪射击，立即传令肉搏冲锋。大队兵士，一齐大喊一声，便如潮水一般冲将过去。**写得杨化昭勇悍之极。**民军虽称勇悍，从来不曾见过这种战法，支持不住，大败而走。杨化昭略略追了数里路，便收兵扎住，打探厦门曾否失守。不多时，探员回报，厦门已入海军之手。杨化昭长叹一声，传令进攻漳州。漳州的民军被杨化昭追赶，急急奔逃，刚才过了长泰，将到安东，**长泰城南之一小市镇。**忽然前面有大军阻住，前锋相迫，交绥起来。原来这支军队，却是何成濬所部，他因探得漳州空虚。业已袭击占领，派兵来攻漳州民军的后路。杨化昭也赶到，两面夹攻，民军大溃，四散奔走，枪械弃了一地。杨化昭和何成濬见了面，大约谈了几句，杨化昭便要回军仍赴前敌，何成濬留守漳州，布置一切。杨化昭刚到坂头，**长泰城东之乡镇。**臧致平已因兵少，败了下来。杨化昭上前猛力反攻了一阵，方才把周荫人的军队击退。臧致平对杨化昭道："漳州既被我军占领，此时也只有退守长泰，让我整理队伍，才能反攻咧。"杨化昭称是。臧致平便令杨化昭、刘长胜守住长泰，自己率领残部，回到漳州，整理了几日，散走的溃兵，渐渐又来聚集，军势复振。何成濬因是生力军队，情愿开到长泰去作战。这时臧军前线虽然减少了臧致平自己的部队，却增加何成濬的生力军队，因和周荫人又成了相持之局。

周荫人见不能取胜，又想起去年与粤军夹攻的情形，便派代表往潮、惠和洪兆麟商议，请其派兵北上，攻臧、杨之背。洪兆麟因臧致平占了漳州，也恐他往南发展来攻自己的背面，造成和中山系军队夹攻自己的局面，立即应允通电声讨臧、杨，臧、杨有何罪，可供声讨？不过与自己不利耳。率兵北上。好在这时东江的战局，已在停顿之中，滇、桂、黔、粤各军，时有内哄，不能直捣潮、惠，暂时抽调军队，谅还无妨，便拨队向漳州进攻。臧致平腹背受敌，支持不住，又和何、杨等退出漳州，冲过龙岩，占了汀州。周荫人等乘着战胜之威，又率队进迫汀州。臧、杨等都知汀州决不能守，因和何成濬商议道："汀州孤城，万不能坚守，浙江卢子嘉和我们素有接洽，不如冲过江西，从玉山入浙，不知我兄可肯同行？"何成濬寻思了一会，方道："我想到广东去投中山先生，拟即率队由江西入粤，不知两兄以为何如？"杨化昭道："人各有志，既兄志在投奔中山，我们也不敢相强，好在中山与子嘉，都在反直团体之内，何分彼此。"议定之后，便即拔队离汀，何成濬由会昌转入广东去了。

蔡成勋听说臧、杨入赣，便派人接洽改编。臧致平笑道："蔡成勋何物，岂是用我之人？"蔡成勋一庸材耳，宜乎为臧氏所轻。当时严词拒绝。使者道："两君现在势穷力竭，前无去路，后有追兵，如不归顺蔡督，更待何往？倘蔡督派兵兜截，两君虽欲归顺，也不可得咧。"臧致平笑道："我们人数虽只有五六千之众，然而转战千里，孙传芳竭全省之力来兜截我们，也被我们冲过，何怕什么蔡督？是实事，不是吹牛。蔡督如讲交情，不来拦阻我们，让我们通过到浙江去，我们当然感激不尽，将来总有报答之时。此是讲情理，见自己不是一味恃蛮者。倘必欲相厄，那时实迫处此，只好请蔡督莫怪了。此是威之以硬，见自己是不怕兜截者。使者见他态度如此决绝，知道多说无用，怏怏而去。臧致平令全军一齐前进，走了一日，忽报前面有蔡军阻止前进。臧致平大怒道："蔡成勋太不量力，如何敢来阻我？"当下便令杨化昭为前锋，向蔡军猛冲。讲到江西军，在东南各省中，原属最阘茸的军队，自来不耐战斗，如今遇见这位惯玩肉搏的杨化昭，如何抵抗得住？一交绥，便即四散败走。不经战。杨化昭见蔡军很少，十分奇异，叫过捉住的俘虏来问，方知他们是因派来运送军械，并非派来堵截的。杨化昭听了这话，大喜道："我们正缺械弹，想不到竟有人送来。"当令把夺下的械弹，分发给兵士配用。

这消息报到南昌，江西省城。蔡成勋禁不住大怒道："臧、杨太无礼义了。我好意接洽改编他们，不愿意也还罢了，如何又劫夺我的军械？此仇不报，有何面目见人？"当即调集大队陆军，在建昌、金溪方面堵截。臧、杨军前卫探得这事，便来向臧致平请示。臧致平得了此报，急和杨化昭商议道："江西的地势，我们不熟，如敌人用抄袭之法，我们必中其计，现在不如分作三路，你任中锋，教刘长胜担任左翼，我自己任右翼，你如冲得过固好，冲不过，你可稍退，让我们左右两翼，攻击他的侧面，取三面包围之势，定可战胜。即使不能胜，也决不致被他抄袭了。"杨化昭应诺。三人分兵讫，杨化昭中锋先进，在新丰司地方和蔡军接触。蔡军还没见杨军的影子，便枪炮齐发，乱轰一阵。可发一笑。杨化昭却安然处之，并不还击。等到两军相距甚近，方令开枪。才是惯家作用。不一时，愈战愈近，相距不过十余米达，杨化昭便令上刺刀冲锋。又玩肉搏的老调儿了，此公真是狠货。兵士齐声大喊，奋勇向蔡军猛扑。蔡军起初还忙不迭的开枪，并乱用机关枪扫射，等到杨军冲过了十字火线，相距只有三四米达的光景，早已丢了枪械，纷纷奔逃。杨化昭哪里肯舍？竭力追击，追击蔡军枪械委弃了一地。臧致平、刘长胜又从左右杀来，杀得蔡军更无逃处，溃散得几不成军。臧、杨冲过了建昌、金溪、山江浒、胡坊、河口、广信、玉山，退入浙江的常山。

浙江人民，听说臧、杨的军队入境，恐怕引起战事，一齐电请卢永祥派军防堵。卢永祥哪里肯听？臧、杨轻蔡而重卢，亦知卢氏必能重视彼等也。浙江绅商，都借口饷项困难，情愿集资遣散，一面推代表去见卢永祥。卢永祥道："我心上何尝不知道浙江财政困难，不能再供给军队的饷项，但我本与臧、杨有约，他今穷而归我，我如拒绝他，或者解散他，不但有乘人于危之嫌，良心上也如何过得去？"绅董们再三劝解，卢永祥总不肯听，绅董只得怏怏而出。卢永祥当即派人赴衢州常山改编臧、杨军队为一混成旅，并定名为浙江边防军，以臧致平为司令，杨化昭为旅长。

从此直派方面因攻浙联浙的主张不同，曾造成洛阳、南京两大实力派的意见大冲突。这时齐燮元便拿着这事去责备吴佩孚，吴佩孚也觉得有些说不过去，便即电致卢永祥，请其即将臧、杨两部遣散，一面电令苏、皖、赣、闽四省监视浙军的行动。浙江各团体也因一时盛传四省攻浙，解决臧、杨的风声，一天紧于一天，都纷纷吁请卢永祥解散臧、杨部队。这种电报，一时如云蒸霞蔚而起。现在把浙江省议会发给卢永祥的一个电报，录在下面，也见当时浙江人民反对之烈了。原电的内容，大意道：

臧、杨入浙，全省人民莫不惊惶失措。度以事理，揆以环境，其不可不另筹解决之理有四，敢为督办陈之。浙江虽为财赋之区，而历年供应浩繁，军费重积，频年以来，渐入窘境，国省各税所入，以应原有各军，已有竭蹶之虑，何能再增负担？一也。臧、杨以不容于闽，见逐于赣，始改就浙江。闽、赣皆与浙省为邻，万一进兵致讨，必致牵动大局，二也。前此和平公约及督办历次宣言，不容客军入境，今收容臧、杨，是实始破坏和平公约之咎，三也。浙江陆军，原有一二两师，益以第四第十，已达四师之数，以固边防，绰有余裕，收容改编，义无可取，四也。务乞俯顺民意，另筹解决之道，浙江三千万人民幸甚。

卢永祥见了这电报，便请省议长沈钧业到公署中去，向他解释道："兄弟自从到浙江以来，多蒙全浙父老兄弟诚意拥戴，兄弟也处处顾及民意，时时顾及地方。老实说，浙江也差不多可说是我第二故乡了。自从废督的潮流一起，兄弟当即适应潮流，自向全省人民辞职，又蒙全省人民付托我以军事善后督办的重任，半年期满之后，又坚留我继续担任，浙民之爱我如此，我岂有不爱浙民之理？兄弟所以定要收编臧、杨者，也是有我一番至理。馥苏兄沈钧业字。试看目今的直系，驱逐总统，公然贿选，是否是全国人民所共同切齿痛恨的？论理我既是中国国民一分子，当然要尽力反对。此言我不可以不反对。便是浙江人民，也并非居在中国版图之外。人同此心，心同此理，也该努力向这条路上去走。此言浙江人民也不可不反对。何况直系本抱着武力统一的主张，即使我们不反对他，他也决不能轻轻放过，当然还要派兵来攻。此言便不反对，也不能免于一战。我们不反对而仍免不了受战事的损失，何如爽爽快快正言反对，也教他们知道民心尚未全死，知所警惕。此言我们乐得反对。我们既处在不能不反对，不可不反对的地位，他们又处在不肯不攻浙的地位，是战事迟早总不能免。试想浙江现在的实力，怎能对付四省十余万的兵力？仅仅增一臧、杨，我尚嫌他太少，浙江人民，怎么反嫌兵多呢？此言不能不收容臧、杨。这番苦心，我又不能明白宣布。一宣布了这层意思，岂不立刻挑动了战事？此言所以不明白宣布之因。馥苏兄！你现为全省人民的代表，务请你代为解释！"一篇话，说得十分透彻。沈钧业原是个忠厚人，听得他如此说，不能辩驳，也是不敢辩驳。当时唯唯而出。

那齐燮元久已想并吞浙江，扩充自己的实力，可恨此次战事，实完全由齐氏一人引起。此时有口可借，便调集自己所部的第六师全师，黄振魁的第二混成旅，吴恒璪的第四混成旅，陈调元的第五混成旅，杨春普的第十九师，白宝山的苏军，总计约有四万人的兵力，纷纷向沪宁路和太湖附近一带开动。安徽方面虽然和浙卢并无仇恨，也无野心，只是既同隶直系之下，自不得不派兵助战。江西的蔡成勋，因怕孙传芳压迫的缘故，本来竭力主张和平对浙，这次因臧、杨夺他的军械，又破他堵截之兵，因此迁怒到浙卢身上，也派定杨以来一师人，在玉山边境，乘机窥伺。孙传芳此时已将福建督理的位置，让给周荫人，自己只拥了个闽粤边防督办的虚衔，正想竭力向外发展，另外找一个地盘。他的本意虽在江西，却因名义上总算同隶直系之下，不能不有多少顾忌，所以迟迟未能实行。现在见浙江方面，大有可图，便带领孟昭月、卢香亭、谢鸿勋等六个混成旅，分兵三路，窥伺浙江。

浙江方面，防驻衢州的，原为夏兆麟。卢永祥因夏旅系北军精锐，想把他调到北境，攻击江苏，所以驻衢不久，便又令他开驻嘉兴。夏兆麟奉了这调防的命令，当下便令地方上拘集船只，开拔东下。这些民船，行驶很慢，衢州上游开到杭州，虽然说是顺水，每天也只能行驶百来里路，所以每天总在县治所在的地方驻泊。从衢州开到龙游，恰好只有一站路，一站路者，九十里也，浙江上游人，多如此称。将晚时分，夏兆麟到了龙游时，自有一批官绅人等，远远在哪里迎接，夏兆麟上岸答访，就有当地绅士的领袖张芬，设筵款待。到了半酣时候，夏兆麟忽然动了征花之兴，主人少不得助助兴致，立刻命把沿岸的交白姝，不论船上岸上的，一律叫来。且住，交白姝究是什么东西？怎么又有船上岸上之别？读者不要性急，且听著书者慢慢道来。原来衢州上游一带的妓女，并没有什么长三么二之分，只有一种船妓，碰和吃酒，出局唱戏，一切都和长三相类，不过没有留客过夜的旧例，所以有卖嘴不卖身的谚语。这种船妓，俗名谓之交白姝。至于何所取义，却没人知道。初时交白姝只准在船上居住，不准购屋置产的，到了光复以后，民国成立，这种恶例取消，他们因舟居危险，而且又不舒畅，才有许多搬在岸上居住。至于交白姝之营业方法，则依然犹昔，并不因一搬到岸上而有什么不同。这龙游地方，原属小县，更兼县城离开水面，还有三四里的旱道，近水一带，只有一个二三百家的市镇，因此船妓的生涯，也并不十分发达。操此业的，总计也不过二十来人。此时听说夏旅长叫局，也有欢喜的，也有害怕的，欢喜的是以为夏旅长叫的局，一定可以多得些赏钱，害怕的是听说夏旅长是个北老，恐怕不易亲近。可是害怕欢喜，其情形虽不一致，至于不敢不来，来而且快的情形则一。所以条子出去不多时，所有的交白姝，便已一齐叫到。夏旅长虽是粗人，却知风月，少不得要赏识几人，替钱江上游，留点风流趣史。正是：

唯大英雄能本色，是真名士自风流。

未知夏兆麟究竟看中何人，如何发生趣史，且看下回分解。

臧、杨入浙而东南战事爆发，江、浙之争，其果以此为导火线乎？曰：否否。卢不附直，虽攻臧、杨而消灭其势力，直亦必出诸一战。纳臧、杨与不纳臧、杨，于东南战事固无与也。矧臧、杨与卢，同为反直分子之一，今臧、杨以势蹙而归卢，卢倘拒之出境，其亦何以对初心乎？更进一步言之，则东南战争，势必不免，与其拒之而自剪其羽翼，何如改编之以为反直之助也。然则吾人岂可以纳臧、杨为卢咎哉？

第三十七回

受贿托倒戈卖省
结去思辞职安民

却说夏兆麟在席散之后，先打了两圈扑克，输了二三十块钱。这时有个妓女叫阿五的，正立在夏兆麟的背后，夏兆麟因鼻子里闻着一阵阵的香气，忍不住回过头来一看，只见阿五中等身材，圆圆的面孔，虽非绝色，却有几分天真可爱，禁不住伸过手去，将她一把搂在怀中。讲这阿五，原是上回所说胆小意怯，畏惧北老之一人，受了这等恩遇，只吓得胆战心惊，不敢说话，又不敢挣扎，一时两颊绯红，手足无措，只把那一对又羞又怕的目光，钉着夏兆麟的面上，灼灼注视。夏兆麟见了这样子，更觉可爱，忍不住抱住她的粉颈，热烈地接了两个吻。短短的胡须，刺着阿五的小吻，痛虽不痛，却痒痒地使她接连打了两个寒噤。众人见了这样子，虽不敢大笑，嗤嗤之声，却已彻耳不绝。夏兆麟也觉得眼目太多，有些不好意思，便两手一松，把一个软洋洋，香喷喷，热烘烘的阿五，*如此形容，使人发一大噱。*放在地下。阿五这时突然离了他的怀中，倒有些坐立不安起来，蓬着头，只顾看着众人发怔。*写得入情入理。*夏兆麟不觉微微一笑，便伸手把刚才输剩放在台子上的七十块钱钞票，向她面前移了一移，分明是赏给她的意思。*一吻七十元，在一般军阀视之，直细事耳，然在吾辈穷措大闻之，已觉骇人，奇矣。*阿五虽然也猜得一二分，却不敢伸手去接，只是看着钞票，看看夏兆麟，又望望众人。众妓见了这情形，也有好笑的，也有妒忌的，也有歆羡的，也有代她着急的。这时又有一个妓女，名叫凤宝的，在妒忌之中，又带着几分歆羡，妒忌人未有不带歆羡者，盖妒忌多由于歆羡而生也。正在无机可乘之时，忽见夏兆麟撮着一根卷烟，还没点火，便忙着走上前，划了根火柴，替他点着，又款款地喊了声老爷。夏兆麟点了点头，便在那七十块钱里，拈出两张拾元钞票，递给凤宝，凤宝连忙接过谢赏。凤宝比阿五乖得多了。夏兆麟又把其余五十块钱票，递给阿五，阿五还不敢接，这时旁边有一个绅士，瞧这情形，忙着向阿五道："阿五，你这孩子太不懂了。夏大人赏你的钱，为什么不谢赏？"阿五见有人关照她，才伸手接过道谢。接得迟了些儿，便少了二十块钱，应呼晦气。此刻时候已迟，夏兆麟不能多耽搁，便告辞而去。张芬等少不得恭恭敬敬地送到船上。

次晨开船到了兰溪，兰溪的官绅，少不得也和龙游一般竭诚欢迎。夏兆麟的船还在半路，便已整排儿的站在码头上迎接。他们以为这样虔诚，方能博夏司令的欢心。按是时夏兼任戒严司令。不料这天刚碰在夏司令不高兴头上，船到码头，不但众人请他的筵会，拒而不受，甚至请见也一律挡驾。兰溪人可谓触尽霉头。众人再三要求，方允出见。众人一见夏司令出来，在众人意中，固不敢直呼其名也。也有鞠躬的，也有长揖的，整排站着的人，高高下下，圆溜溜黑油油的头颅，七上八下的，一齐乱颤。夏司令嘤的一声，众人便似雷轰般应着。夏司令笑一笑，众人又七嘴八舌的恭维。一时乱糟糟的几乎不曾把个夏兆麟缠昏了。旁边几个卫兵，知道司令有厌恶之心，也不等众人说话做个小结束，便一个左手，一个右手，如风也似地扶了进去。岸上整排儿站着的官绅，不见了夏司令的影子，兀自打阵儿高声颂祝，无非是夏司令是一路福星，夏司令全省柱石等等说话。话休烦絮，夏司令如此一站一站地到了杭州，见过卢永祥，卢永祥便令他即日开往嘉兴，夏兆麟即日遵令去了。

臧、杨入浙后，仙霞岭一带便由臧、杨防守，比及苏、皖、赣、闽四省，都把重兵纷纷调向浙边，卢永祥也少不得分调兵防御，令臧、杨开拔北上，防守黄渡，自己所部的第十师和何丰林所部的两混成旅俱在沪宁路一带守护。陈乐山所部的第四师，由长兴、宜兴之间进攻，天目山方面，则指定第十师的一部，防止皖军侵入。南部则由浙军潘国纲所部的第一旅郝国玺防守温州、平阳，张载阳所部的第四旅防守处州，潘国纲所部的伍文渊第一旅和张载阳的第三旅、张国威的炮兵团防守仙霞岭和常山，都取守势。第四、第十两师合称第一军，自兼总司令，何丰林的两混成旅及臧、杨部队为第二军，以何丰林为总司令。浙军第一、第二两师为第三军，以第二师长、省长张载阳为总司令，第一师长潘国纲为副司令。

潘国纲、伍文渊、张国威等防地，本来都在余姚、五夫一带，这次得了调守浙边的命令，当即拔队南行。当调遣军队之际，军务厅长范毓灵忽然得了一个消息，急忙来见卢永祥道："仙霞岭一带，督办派哪一部军队去守？"卢永祥道："孙传芳北侵，兵力不厚，军械也不甚齐全，不必用强有力的军队去，只派第一、第二两师的一旅去也足够应付了。至于江西的杨以来师，更是不必担心，只一团人便尽够对付了。"江西兵之无用，几于通国皆知，用以作战则不足，用以残民则有余，吾人何幸有此军队。范毓灵道："浙军可靠得住？"卢永祥吃惊道："你得了甚么消息？可怕是说浙军不稳吗？"范毓灵尚未回答，卢永祥又道："当时我也曾想到这层，因为浙军是本省部队，恐受了别人的运动，所以我前日已对暄初张载阳字。等说过，此次战争，无论胜败，已决定以浙江交还浙人，现在浙军差不多是替自己作战了，难道还肯带孙传芳进来吗？"子嘉亦是忠厚之人。范毓灵忙道："两位师长倒都是靠得住的，督办休要错疑，我今日得到一个消息，倒不是指他两人。"卢永祥道："是哪个？"范毓灵道："我刚才得到一个极秘密的消息，却是指这个人的。"说着，把声音放低，悄悄地说道："听说孙传芳派人送了二十万现款给夏超，夏超已嘱咐张国威乘机叛变了呢！是耶非耶？询之浙人，当有知者，吾不敢断。督办应该防备一二才是！"卢永祥怔了一怔，半晌方道："这话未必的确罢。"子嘉到底是位长者。范毓灵道："我也希望他不的确，不过有了这消息，我们总该有些防备，莫教牵动大局。"老范比者卢乖得多哪。

卢永祥半晌不语。范毓灵正待解释，恰巧潘国纲进来辞行，并请领军械子弹开拔费等类。卢永祥望着范毓灵委决不下。范毓灵会意，因向潘国纲笑道："子弹已饬照发，开拔费却一时为难。"潘国纲一怔道："不知什么时候才有。"范毓灵道："且看明天罢！"答得空泛。潘国纲道："且看的话，又是靠不住的，到底明天可有？"范毓灵道："这个……你不要着急，多少总该有些罢。"答得空泛。潘国纲道："军情紧急，饷项是第一要紧的事情，务请范厅长转饬财厅，克日照发。"卢永祥道："潘师长不必着急，范厅长既如此说，明天总可有了。"潘国纲刚要再说，恰巧陈乐山进来，见了潘国纲，便道："我们这边，已经接触了，你们那边怎样？"潘国纲还不曾回答，陈乐山又道："贵部现在可是暂由伍文渊节制吗？听说大队仍在江山，不曾扼守仙霞岭，不知道是什么缘故？"潘国纲惊疑道："这是什么缘故？……恐怕还是因闽军的前锋尚远，或许是要兼顾江西罢？"<u>潘国纲才力之薄弱，在此数语可见。陈乐山过潘远矣。</u>陈乐山点头道："我说伍旅长是熟谙军情的人，总不该如此大意，万一闽军偷过仙霞岭，那时岂不悔之已晚？"潘国纲忙道："这话很是，我当即刻电令他赶紧扼守仙霞。"<u>恐怕来不及了。</u>卢永祥忙道："这事如何可以这般疏忽？你赶快拍电给他罢！"潘国纲连忙答应，这时他自觉布置未周，有些内惭，坐不住，便辞了出去。

范毓灵望着他出去，方谓陈乐山道："你看老潘为什么这般言词闪忽？难道有什么不稳吗？"陈乐山道："我不曾听到这个消息。不过潘的为人，我很知道，看去不过能力薄弱些罢了，要说他有什么不稳，倒不是这类人。"卢永祥道："你那面既已接触，又赶回来做什么？"陈乐山做了个手势道："请督办再发十五万块钱，今天可有吗？"范毓灵忙道："有有有，你自到财厅去支领就得咧。"<u>潘无而陈则一索十五万，两面相映，使人暗悟。</u>卢永祥道："你领了钱，就到前线去，不要再耽搁咧。我明天也要到黄渡一带，视察阵线去咧。"陈乐山答应，到财厅领了军饷，便到长兴去了。

第二天卢永祥也到沪宁路一带前线，观察了一回，便仍旧回到杭州。两军在沪宁路及宜兴一带，激战多日，胜负未分。论兵力，苏齐虽比卢永祥要多一倍，无奈苏军不耐战的多，而能战的少。卢、何的军队，却非常勇敢，因此只能扯直，一些分不出高下。至于平阳方面，也是胜负未分。庆元方面，因浙军兵力单薄，被闽军战败，庆元已经失守。不过这一路并非主力，只要东西两路守住，闽军无论如何胜利，也决不敢孤军深入。常山、开化方面，浙军只有第五团一团，江西军虽有一师之众，因浙军素有老虎兵之号，不敢轻进，并不曾接触。<u>这等军队，亏老蔡厚脸派得出来。</u>江山方面，伍文渊正待进扼仙霞岭时，不料孙传芳军已经偷渡过岭，已在二十八都江山县南一市镇。掘壕备战，因此伍文渊不敢前进，只在江山城南的旷野上，掘壕防御。九月十三那天，孙军忽然来攻，伍文渊急急率部应战，约莫战了一天，左翼渐渐不济。原来浙军的战略，注重中锋。大约有一团之众，右翼有两营人，左翼却只有一营。孙军这次参加战事的，有三混成旅之众，因探得浙军左翼的防线单薄，便只用两团人牵制住中锋和右翼的兵力，却用全力去压迫左翼。左翼人数甚少，如何支持得住？战了一天，人数已不足一连，一面勉强支撑，一面急急打电话请伍文渊派兵救援。伍文渊又打电话请潘国纲派兵，潘国纲教他派第二团第一营上去，伍文渊只得又打电话给第二团团长，第二团团长又打电话给第一营营长，第一营营长回道："我虽愿意去，无奈我四个连长都不愿意去，请团长回复司令，另派别的队伍去罢！"真是放屁，养你们做什么用的？第二团团长急道："这如何使得？左翼现在十分要紧，怎么禁得再另行派兵，电话去，电话来，一个转折，又要费多少时候，如何还来得及？"营长道："四个连长不肯去，也叫没法，请团长派第二营或者第三营去罢。"倘第二、第三两营也像贵部一般不肯去，难道就不战了！第二团团长没法，只得回复伍文渊。伍文渊又急急打电话向潘国纲请示，潘国纲急令调第六团去接应。第六团又因不是潘国纲的直辖部队，不肯遵令。命令如此不统一，安得不败？按六团系张载阳所部。如此几个周折，前线左翼几个残兵，早已被孙军的炮火扫光。孙军乘机占了左翼阵地，向中锋的后面包抄过来。

那些炮兵中有几个士兵，见敌军抄袭过来，急忙向敌军瞄准，想发炮时，却巧被张国威望见，急忙亲自走上炮台去，喝退炮兵，把炮口瞄准自己浙军的前线，接连就是两炮。那些浙军正因自己发炮并没效力，正在惊疑，忽觉炮声发处，自己队伍中的人，就如潮水也似地倒了下去，再加审辨，才知炮弹是后面来的，知道已有内变，便齐喊一声，不听上官节制，纷纷溃退下去。中锋一溃，右翼也不敢再战，立刻跟着败走，连在后方的第六团也被溃兵冲散，跟着奔逃。浙军威名，扫地尽矣。第五团原是防守常山的，听说江山战败，后路已经被截，也不敢再留，急急绕到衢州，跟着溃逃。一天一夜，奔了一百六七十里，直到龙游，方才休息了三五个钟头，重又撒腿飞跑。浙军威名何在？

此时卢永祥尚在杭州，浙军溃退的第二天，方才接到这个消息，只因电报电话俱已隔绝，得不到详细情形，都说："浙军全体叛变，倒戈北向，反替孙军做了向导。"卢永祥部下几个高级军官听了这话，一齐大怒，约齐了来见卢永祥道："督办待浙江人总算仁至义尽，不料他们这般无良，下此辣手，他无情，我无义，现在我们也顾不得许多，督办千万不要再讲仁义道德的话！"浙军即叛变，与杭人何与？说得无理之极。卢永祥忙道："你们要怎样呢？"是故意问。众军官道："还有什么办法！老实说，事已至此，就是我们不干，部下士兵，也要自由行动了。"卢永祥冷笑道："哦！你们原来想这等坏主意，这不是糟蹋浙江，怕还是糟蹋我罢。我治军二十年，部下的兵士，从来不曾白要过民间一草一本，好好的名誉，料不到今天坏在你们手里，你们果然要这样办，请先枪毙了我再说罢！"卢氏治军之严明，在旧式军人中，确实不易多得。众军官听了这话，更觉愤怒，齐声道："督办待他们如此仁义，他们可有一点好处报答督办？今天督办有别的命令，便是叫我们去死，我们也都情愿，只有这件事，我们只有对督办不住，要抗违一遭了。"说着，起身要走。卢永祥急忙立起身来，喝令站住。众人只得回头，看他再说些什么话，只见卢永祥沉着脸，厉声问道："你们果然要这么办，非这么办不行么？"众人齐声道："今天非这么办不可！"足见怨愤之极。卢永祥大怒，立刻掣出手枪，向自己心头一拍，厉声说道："好好！请你们枪毙了我罢，我今天还有脸对人吗？"更说不出别的话，写得气愤之极。众人见卢永祥如此大怒，倒都站住脚，不敢动身了。里面有一两个乖巧的，反倒上前劝解道："督办不必动气，既督办不愿意如此办，应该怎样处置，只顾吩咐就得咧。"卢永祥听了这话，才换过一口气来，喘吁吁地说道："你们若还承认我是上官，今日便要依我三件事。"众人问哪三件事？卢永祥道："第一件，各军军官，所有眷属，一律在今日送往上海；第二件，各军军官士兵，所欠商家的账项，一律须在今日还清，不准短少半文；第三件，各军官兵，一律在今夜退出杭州，开往上海。"众军官听了这话，都十分不服，却又不敢违抗，大家默然不语，怒气难平。

正在不能解决之时，恰巧张载阳得了这个消息，赶来请示。众人见了他，都眼中出火，纷纷拔出手枪来，要和他火并。卢永祥急忙拦住，众人虽则住手，却都气忿忿地指着张载阳大骂。张载阳却不慌不忙地向着卢永祥一弯腰便跪了下去。卢永祥慌忙把他扶起道："暄初如何这样？这件事和你有什么关系？你又不在前敌，如何知道前线的情形？"卢永祥确不失为仁厚之人。张载阳大哭道："浙人久受督办恩荫，哪个不想念督办的好处，哪个不想报答。不料浙军软弱，逆贼内乱，恶耗传来，令我肝肠寸裂。我职为总司令，不能节制各军，使他们效忠督办，至有此变，这都是载阳之罪，特来向督办请死。"亦是实情实理之言，但事卢如君，未免大失身份耳。卢永祥亦忍不住流下两点老泪，忙安慰他道："暄初不必这样，当初我本有言在先，此次战事，无论胜败，必然把浙江还给浙人，浙军之变，不过自己作弄自己而已，在我并没有什么损失，何必怪你。我现在仍当实践前言，辞去浙江军务善后督办的职务，将浙江交还浙人。暄初是浙江人，此后请好自为之，不要负我交还的一番苦心咧！"张载阳道："我随督办来，仍随督办去，岂肯贪恋权位，受国人的唾骂？"此时除随卢俱去以外，实亦无术可以自辩。众人听了这话，都道："很好，暄初兄，你能这样办，我们原谅你，我们并原谅浙江，想不到浙江还有你这么一个好人。"怨愤如画。张载阳听了这话，十分难受，便即设誓道："张载阳如有一点对不住卢督办的心，将来总须死在敌人之手。"卢永祥忙道："这何必呢。你一去，浙江教谁维持？"张载阳道："无论有人维持，没人维持，我无论如何，总须随督办到上海去。"说着，便别了众人，回到省长公署里，令人请夏处长，夏超时任警务处长，兼省会警察厅长。和周总参议来。周凤歧时任警备队总参议。

两人到了省长公署，张载阳先对夏超道："老兄想这省长一席，现在可以达到目的了，在气头上故有此话。现在我决计跟卢督办走了。这省长的事情，就交给你罢。但是据我想来，孙传芳也不是好对付的人，怕没有像子嘉那样仁厚罢。"夏超听了这话，不觉良心发现，惭愧道："既然省长随督办去，我当然也去，如何说这话？"张载阳笑道："你太谦了，不怒而笑，其鄙之深矣。何必客气。定侯兄！夏超字。你自己不知道，外人是怎样咒骂你？"夏超脸一红道：亏他尚能一红。"外人怎样骂我？我自己想来，也并没什么可骂之处哩。"你太夸了。张载阳冷笑道："你自己怎得知道？既你问我，我少不得学给你听，你当初因想做都督，不惜和吕戴之吕公望前为浙江都督。火并，结果戴之虽给你轰走，却便宜了杨督。只因你一点野心，便把一个很好的浙江，送给外省人的手中去了。使现在的浙江成为北老殖民地，罪魁祸首，就是你定侯兄。现在你因想谋夺省长的位置，又不惜把人格卖给孙馨远。你须知道，督军省长，不过过眼云烟，二十万的款子，更是容易用完。"语音未完。夏超急忙打断他的话头道："省长怎样骂起我来了？"张载阳冷笑道："怎说我骂你？你自己问我，我才学给你听呢。你以为这样就完了吗？还有呢！"妙妙，不意暄初公有此妙语。周凤歧初时不过静听，此时忙夹着说道："两位却别说闲话，大家谈正经事要紧。"浙人议论谓张国威之倒戈，二团之不战，周亦有嫌疑。张载阳笑道："什么叫正经事？好在我们都是知己朋友，有什么话不可说的？省长的事情，我决意交给定侯兄了。第二师长的事情，就恭选兄周凤歧字。担任了去。此后浙省的事情，全都要仗两位的大力维持，兄弟明天便要随卢督走了。"夏超、周凤歧齐声道："省长既随卢督去，我们如何可以独留？"张载阳笑道："这如何使得！你们也走，浙江岂不是没有人了吗？省城的秩序，还有谁来维持？"妙语妙语。夏超和周凤歧不好再辞，只得答应。意在此耳，何必客气。

次日，张载阳又到督军署中来见卢永祥，其时陈乐山已在哪里，彼此见了，心头都有说不出的难过。张载阳问起长宜情形，陈乐山不曾答应，卢永祥替他代答道："我已令他全部退回嘉兴了，将来还要退守松江。总之我无论如何，决不在浙江境内作战。卢公对浙江人则对得住矣，其如江苏人何？所有在省城里的兵，昨天一夜，也俱给我运完了，我定在今天下午走。暄初兄已决定同行吗？"从容之极，子嘉气度，似亦不易及。张载阳称是。陈乐山忽然问道："暄初兄把省长的事情交给谁？"张载阳道："定侯。"陈乐山见说起夏超，咬牙切齿的道："这反复的逆贼，你怎么还把省长的事情交给他办？我见了他，不用手枪打他两个窟窿，不算姓陈。"张载阳怕他真个做出来，倒竭力劝解了一会。

到了下午，卢永祥令没有走的几个卫兵，先到车站上去等着。张载阳道："督办怎么把兵运完才走？"卢永祥道："我假使先走，你能保这些兵士不胡闹吗？"做好人便做到底，所谓送佛送到西天也。张载阳听了这话，十分感动。临走的时候，卢永祥独坐着一部汽车，也不跟卫兵。陈乐山忙道："现在局势吃紧的时候，督办怎么可以这般大意？"卢永祥笑道："乐山兄太过虑了，难道还有要谋害卢永祥的浙江人吗？"是深信浙江人之语乎？抑自负语也。说着，一径上车走了，众人都十分感动。张载阳、陈乐山等一行人，也随后上车，不一刻，夏超、周凤歧等都赶来送行。陈乐山一见了夏超，勃然大怒，立刻拔出手枪，要结果他的性命。张载阳急忙把陈乐山抱住，代为哀求。陈乐山大怒，指着夏超骂道："反贼！嘉帅何负于你，你竟下这般辣手？干此卑鄙的事情？你以为孙传芳来了，你有好处吗？老实说，今天先要你到西天佛国去咧，看你可能享用那二十万作孽钱？"说着，便又挣扎着，夺开张载阳的手，掣出手枪，向夏超就放。亏得张载阳不曾放开握住他右臂的手，慌忙把他的右臂一牵，周凤歧便把他的手枪夺下。陈乐山怒气未息，又指着他大骂道："反贼！反复的小人，你以为这样一反一复，便可以安居高位吗？只怕总有一天反复到自己身上来呢。你以为孙传芳是将来的大恩主吗？恐怕一转眼间，仍要死在他手里咧。"夏超本来总坐着，不曾开口，到此方才说道："乐山兄！怎样知道我和孙氏有关系呢？你已找得了证据吗？"陈乐山听了这话，不觉又勃然大怒道："你还强词夺理，我教你到阎罗殿上讨证据去。"说着，猛然摔开了张载阳、周凤歧，拾起手枪，一枪向夏超放去。张载阳赶紧夺住他的手时，早已砰的一声，一颗子弹，飞出枪口。一个人啊呀一声，应声倒地，正是：

　　未听军前鼙鼓声，先见同室操戈事。

欲知夏超性命如何，且看下回分解。

　　平心而论，浙江历任军事长官，均尚比较不坏，所以十七年来，各省糜烂不堪，唯浙江一隅，未被兵燹，西子湖边，几成世外之桃源。虽浙江地势，不宜于用武，究亦不能不归功于各军事长官之能顾大局也。卢氏去浙，浙中各界无不惋惜，即仇敌如孙馨远，亦有"嘉帅老当益壮，治军饶有经历，我侪分居后辈，允宜若萧曹之规随，庶不负嘉帅让浙之心"之语。故终孙氏之任，未有大苛政及民者，亦卢氏感化之功也。唯卢氏知有浙而不知有苏，岂真视浙为故乡，苏为敌国耶？抑何眼光之短浅也哉？

第三十八回

假纪律浙民遭劫
真变化卢督下台

却说陈乐山一时发怒，掣出手枪便向夏超开放，幸喜张载阳的手快，早把陈乐山的手扳住，因此枪口一歪，那子弹只射着旁边一个马弁的肩窝，应声倒地。可谓城门失火，殃及池鱼。陈乐山再要开手枪时，卢永祥早已过来拦阻。陈乐山不平道："嘉帅怎的也帮他说话？"卢永祥从容不迫地说道："乐山，你既要杀他，为什么不叫士兵洗劫杭州？"问得奇绝。陈乐山诧异道："这不是你不肯迁怒杭州人民，要特别成全他们吗？"确是奇异。卢永祥道："你以为这事应不应该这么办？"再问一句，还不说明，妙甚。陈乐山道："论理浙人负我，非我们负浙人，便洗劫了也不算罪过，但是嘉帅不忍罢咧。"卢永祥道："你既知我不忍，为什么要杀定侯？"还要再问，奇甚妙甚。陈乐山道："焚掠商民，谓之刑及无辜，当然应该存不忍之心。至于乱臣贼子，则人人得而诛之，有什么不忍？"卢永祥道："你难道说我是为着他个人吗？"陈乐山还不曾回答，卢永祥早又继续说道：至此不容他再回答，又妙。"你杀了他，原不要紧，可是他部下现在也有若干保安队，这种保安队，打仗虽不中用，叫他抢劫商民，可就绰然有余了。你杀了定侯，他们没了主帅，岂有不生变抢劫的道理？你既肯体恤我的不忍之心，不肯叫部下抢劫，怎么又要杀定侯，以累及无辜的商民呢？"叠用几个问句，而意思已极明显。张载阳、周凤歧两人也劝道："既然嘉帅不和他计较，请乐山兄恕了他罢！"陈乐山听了这话，半晌无语，手里的手枪，不觉渐渐地收了回来。周凤歧见事情已经解决，便起身告辞道："凤歧为维持省垣治安起见，只得暂留，等负责有人，再当到上海来亲领教诲。"卢永祥微笑道：微笑者，笑其言不由衷也。"这也不必客气，恭选兄只管请便罢。"周凤歧目视夏超，夏超会意，便起身同辞。陈乐山忽然变色阻止道："恭选尽管请便，定侯兄可对不住，还屈你送我们到上海去。我们相处了这么久，今天我和嘉帅，离开杭州，不知道什么日子，再和定侯兄相会，定侯兄难道连送我们到上海这些情分，也没有了不成？"其言硬中带软，软中有硬，定侯此时可谓难受。夏超无奈，只得又坐了下来。陈乐山又问周凤歧等人道："我们的车子立刻要开了。相见有期，诸位请回罢！"周凤歧等只得告辞而去。

陈乐山立即便命开车。定侯此时，亦危乎殆哉。夏超坐在一旁，不觉变色。此时也有些惧怕了。张载阳心中不忍，再四向陈乐山疏通。陈乐山并不回答，只有微笑而已。不一时，火车已经隆隆开动，夏超着急，向张载阳丢了几个眼色。张载阳忽然得了一计，因急去和卢永祥说道："定侯如不转去，保安队无人统辖，万一发生变乱，省城必遭糜烂，如之奈何？"卢永祥听了这话，瞿然变色道："暄初的话不错，万一保安队因不见定侯而发生变乱，岂不是我害了杭州人民吗？"因急对陈乐山说道："到了艮山门，快叫停车，让定侯下去罢！"卢永祥能处处以人民为念，宜乎浙人至今思之也。陈乐山见卢永祥有命令，不敢不依，只得教火车到艮山站时略停，好让夏超下车。到了艮山站时，车子停住，陈乐山因向夏超道："对不住的很，劳你送了这么一程，也不枉我们同事多年，更不枉嘉帅卵翼了你几年了，请从此回去罢！我们相见有期。"说得若嘲若讽，令听者难受。夏超默然，卢永祥、张载阳都催他下去，夏超这才下车，回到公署中，一面发电请孙氏即日来省维持。那些商民绅董，见卢氏已去，知道孙氏必来，乐得做个顺水人情，拍几个马屁，也好叫孙督开心，以后可以得些好处，此中山所以主张打倒土豪劣绅贪官污吏欤？盖贪官污吏土豪劣绅实导军阀残民者也。争先恐后的发电欢迎。所以孙氏后来开口就是浙民欢迎我来的，究之，欢迎者有几人乎？此时潘国纲还不曾晓得省中情形，到了七里垅中，正待整兵再战，忽然听说省局大变，卢氏已走，不觉大惊，知道作战无用，只得收拾残部退往五夫，保守宁、绍去了。少了许多战事，也未始非受卢氏即时出走之赐。

那孙传芳在福建动身时，曾夸下海口说：明年八月十五，请各位到浙江来观潮，想不到果然应了这话。此时见浙江官绅的欢迎电报，如雪片而来，怎不欢喜，然则只能说浙江官绅欢迎而来耳，决不能说浙人欢迎而来也。何也，浙江人民固不承认欢迎也。立刻电令进攻衢州的第一支队司令孟昭月，兼程而进。讲到孟昭月的部队，服装军械，都还完全，纪律也还不坏，所以孙传芳叫他担任前锋。临行时，又再三交代孟昭月和别的军官："卢氏在浙多年，纪律甚好，浙江人民对他感情，也很不错，现在我们既要想在浙江做事，第一要顺人心，你们切须遵守纪律，要比卢永祥的兵更好，莫要胡乱抢劫，坍我的台！"因此孟昭月等都十分谨慎，不敢让士兵们在外妄动，除在福建胡乱捞些外快，到了浙江以后，果然不曾大烧大抢。可是零碎部队，却难免仍有不规则举动。

有些兵士，因衣服单薄，身上寒冷，便背着草荐上岸，宛然和叫化子一般，哪里配得上讲什么军容。更有几件可笑可恨的事儿，不能不趁便记述一下。一件是衢州乡下，有一家人家，正在娶亲，孙军部下，有三个散兵，因不敢在城内打劫，便向乡下捞些油水。恰巧听说这家有人娶亲，便老实不客气地跑了进去。那些客人亲族，以及帮忙打杂鼓吹等人，见了三尊恶煞降临，不敢逗留，立刻卷堂大散，溜之大吉，逃之夭夭，只剩着新娘一人，蒙着红布，呆坐在床沿上。新郎何以也不管？未免太放弃责任了，一笑。三位太爷先到新房里翻了一阵，把些金银首饰和押箱银等，都各塞在腰里，再除下了新娘的红巾，觉得品貌实在不错，便老实不客气，把她带到就近山中一个破庙里，爽爽快快地轮奸了三日三夜，还要她丈夫拿出五十块钱来赎回去。真是可恨可杀。她这丈夫也不知哪里晦气，损失财物还可，谁料到已经讨进门来的娘子，还要先让给野男子去受用。如在胡适先生言之，则如被三条毒蛇咬了几口而已，也不打紧，一笑。

一件是出在龙游交白姝的船上。原来那些交白姝因听说北兵到来，早已逃之夭夭，一个不留，只有几个七八十岁的老婆子，还住在船上照看什物。不料这天居然也有一位八太爷光降下来。那位八太爷在船上找花姑娘，北人称妓女为花姑娘。找了半天，只找到了一个鸡皮鹤发的老太婆，一时兽欲冲动，无可发泄，便要借她的老家伙来出出火。那老妇如何肯依，忙道："啊呀！我的天哪，我老了吓。"那八太爷笑道："你老了，你几岁？"老妇道："我今年五十六岁咧。"那八太爷笑道："很好很好，你五十六岁，我五十二，不是很好的一对吗？老怕什么？好在我又不要你生儿子。"可笑可恨。说着，便动起手来。那老妇原属行家出身，并不是怕羞的人，便杀猪般地大叫起来。好在这里是通商要道，往来的军官很多，恰巧一个连长经过，听得叫救命之声，急忙赶将进去，才把这尊恶煞吓跑了。

还有一件是出在龙游城里的。这时龙游城内，因大兵过境，所有妇女，早已避往乡下，只有一家人家，母女两个，因自己托大，不曾走匿。有劝那妇人小心的，那妇人毫不为意。一天因为家中的米完了，这时男人怕拉夫，女人怕轮奸，左右邻舍，都已无人，只得自己出去设法。不料转来时候，就给两位八太爷碰到了。他们见这妇人虽已徐娘半老，却还白嫩可爱，便一直盯梢盯到她家里。不料又看见了她女儿，她女儿这时刚才十八九岁，正是俗语说的，十八二十三，抵过牡丹。龙游俗谚。那两个丘八，见了这么一个雪白滚壮的少女，如何不动心，便你争我夺，把母女两个一齐按翻，干将起来。一次已毕，便又更调一个。两个丘八去后，母女俩方才着慌想躲避时，不料那两个丘八，又带领了七八个同类来。母女俩避之不及，只好听着他们播弄。一批去了一批来，竟把母女俩弄的腹大如鼓，一齐呜呼哀哉了。不但可笑可恨，而且可杀。

还有兰溪王家码头，有一个女子，已将出嫁，不料孙传芳的贵部到来，这些八太爷都如猎狗似的，东一嗅，西一闻的，寻觅妇女，想不到这位女郎，竟被他们嗅着了。第一次进去了三个丘八，那女子知道决不能免，便悉听他们所为。不料三个刚去，四个又来。四个未毕，又来了三个。床面前整排的坐着，莫不跃跃欲试。这女子知道自己必死，诈说要小解，那群野狗子性的混账丘八，见她赤着身子，料情她逃不到哪里去，便暂时放她起来。那女子竟开后门，赤身跳入钱塘江中溺死了。可杀可恨可剐。

这一类事情也不知有多少。总计这一次遇兵，兰溪妇女死得最多，约莫有三四十人，龙游也有十多个，衢州倒不曾听到有奸死的。建德以下，作者虽不曾调查，想来也不在少数。看官们想想，这类军队，还配得上纪律吗？可是孙传芳既处处向人夸口，自己的军队如何好如何好，这些所谓浙江的官绅们，本来只知大帅长、大帅短的拍马屁，哪里还敢说这些事情，只有顺着他的意思，随口恭维几句。那孙传芳真个如同丈八灯台，照不见自己，深信自己的部队，果然纪律严明，比卢永祥的部下更好了。

自从接到省中官绅的欢迎电报，即刻赶到杭州，不料他刚到的这一天，西湖中忽然发现了一件无大不大的大事。西湖十景中雷峰夕照的雷峰塔，忽然凭空坍倒，一时议论纷纷，也有说雷峰本名卢妃，该应在卢永祥倒的，也有人说孙传芳不吉利的，孙氏却毫不在意。这时杭州有几家报馆，孙军虽到，他们却仍旧做他拥护卢永祥，攻击直系的评论，各报几乎完全一致，而尤以浙江民报为最激烈。有一家叫杭州报的，因为做了一篇欢迎孙传芳的文章，顿时大受攻击，都骂为婊子式的日报，各处尽皆贴着不要看婊子*妓女也*。式的杭州报。杭州报的销路，竟因此一落千丈，也可见那时的人心向背了。这些官绅们，偏要借着公团的招牌，伪托人民的公意，欢迎孙氏，孙氏也是不怕肉麻，居然口口声声，说什么浙人欢迎我来，岂不可笑？*非但可笑，而且可丑。*

　　但在这时，却另有一桩小事，很值得记载的。那孙传芳到了杭州，到督办公署中一看，只见公家的东西，无论器具案卷，不曾少一些，连着案上的纸墨笔砚，以至一切什用之物，也都好好的放着。拿着簿册一对，居然一点不少，*真是难得。*不觉十分叹服。*我也叹服。*因回顾诸位侍从道："卢嘉帅军界前辈，年纪这么大了，还能办得这么有精神，有操守，我们比他年纪轻，要是揽不过他，岂不受浙人的笑骂？以后我们务须格外留意才好。"*孙氏在浙，其敷衍浙人之功夫，十分周到，如竟言浙江为其第二故乡，又处处抱定大浙江主义，皆其联络浙人之一班也。推原其故，则大率皆受卢氏之教训者。*侍从莫不肃然。孙传芳把事情大略布置了一布置，又和夏超碰了一次头，便到嘉兴去督战了。

　　这时卢军已退守松江，在哪里指挥的是陈乐山部的旅长王宾，陈乐山自己率领夏兆麟旅在黄渡方面，协助杨化昭作战。不料松江的后路明星桥被孙传芳军所袭，王宾死战了一天，等得卢永祥派援兵打通明星桥的交通时，不知如何，王宾竟已弃了松江，逃回上海。卢永祥治军素严，见王宾没有得到命令，便自动退兵，认为不遵调度，即刻要将他枪决。虽经臧致平力保，仍然受了严重的处分，将他免职。陈乐山因王宾是自己十余年至好，卢永祥并未和他商量，便将他免职，十分不悦。恰巧这日他因回到上海来看他的姨太太金小宝，对他说起此事。金小宝冷笑道："他要杀你的朋友，也不通知你，他的眼睛里，还有你吗？*胡说！总司令要杀人，难道还要和部下人商量吗？*依我说，你也不必再替他出什么死力了，乐得刮一票钱，和我同到外国去玩玩，岂不胜在炮火中冒危险？"陈乐山素来最宠爱这位姨太太，凡是她说的话，无有不听从的，这次又正衔恨卢永祥，渐有不服调度之心。

讲到陈乐山娶这位姨太太，中间却也夹着一大段趣史。据闻这位姨太太金小宝，原是上海堂子中人，有名的金刚队中人物。陈乐山爱她已久，正在竭力讨她欢心，想把她藏之金屋的时候，不料上海有一个姓成的阔大少爷，也和他同向一个目标进攻，这其间，两雄不并栖，当然时有争执。金小宝功夫甚好，两面都敷衍得十分到家。可是她在心坎儿上盘算起来，这面虽是师长，名誉金钱两项，却万万敌不过成少爷，因此也情愿跟成而不愿跟陈。不过对着陈氏面上，仍是十分敷衍，总催他赶紧设法。又说："母亲十分爱钱，万一不早为之计，被成少爷运动了去时，自己便也无法抵抗了。"陈乐山听了这话，当然非常窝心，便抓出大批宦囊，在金小宝母亲面前，竭力运动。无奈成家的钱比他更多，因此白费了一番心，结果还是被成少爷夺了去。陈乐山如何不气，在金小宝过门的那一天，几乎气得半死，甚至连饭也吃不下。不料不上一年，成少爷忽然为什么事，和金小宝脱离关系。金小宝空床难守，少不得还要找个对头。陈乐山得此消息，立刻托人运动，仍要娶她为妾。金小宝想：他到底是个师长，只要自己运气好些，或者竟由师长而督军，由督军南巡阅，由巡阅而大总统，那时不但自己可以享受总统夫人的荣耀，便是发个几十万几百万的小财，也不算什么稀罕，因此便决定嫁他。在陈乐山初心，以为佳人已属沙叱利，从此萧郎是路人，对于小宝的一段野心，早已冰消雪冷，谁知居然还有堕欢重拾，破镜再圆的日子，心中如何不喜，立刻在上海寻了一所洋房，挂灯结彩，迎娶新姨太太，而且特别加多仪仗，在成家的四面，兜一个圈子，气气成家，以吐昔日被夺的那口恶气。自从金小宝过门以后，一个英雄，一个美人，真个恩爱缠绵，十分甜蜜。现在陈乐山既然信了枕边情话，对于卢氏益发不服指挥。他部下的旅长夏兆麟，当然也跟着变心了。

最奇怪的，那杨化昭本属千生万死，奔到浙江，来投卢氏的，到了这时，竟也有些抗命起来。卢氏本是忠厚长者，并不曾知他们都已怀了二心，所以还在希望夺回松江，他一面连电催促广东的孙中山，奉天的张作霖，赶紧实行讨曹，使直系不能专对东南，一面派臧致平反攻松江，何丰林向莘庄进攻。又因黄渡方面战事，现在停顿之中，莘庄的形势吃紧，便令陈乐山部开到莘庄助战，不料乐山实行抗命起来。*武人之不足靠也如此，一叹。*卢永祥见一个忠心耿耿的陈乐山，忽然变了样子，还不晓是何缘故，十分诧异。当下想了一个方法，在龙华总司令部，召集各重要军官，开军事会议，决定战守的方针，何丰林、臧致平、陈乐山、朱声广、*卢所部第十师之旅长。*杨化昭、夏兆麟等一干重要军官，莫不到席。卢永祥报告战情毕，便征求各人对于战局的意见。臧致平先发言道："我军现在尚有四万余人，集中兵力，来防守上海附近的地方，无论如何，总不至失败。再则子弹方面，兵工厂中现在日夜赶造，决不致有缺少之虑。三则现在孙中山先生已联合唐继尧等，预备北伐，奉方张雨亭，也已向直隶动员。直系内失人心，外迫强敌，决不能持久。我军只要坚持到底，不出两三个月，直系内部，必然会发生内变，*直系未发生内变，自己内部倒已发生内变，事之难料也如此。*那时不但浙江可复，便是江苏也在我们掌握之中了。"*惜陈乐山、杨化昭诸人不能从其计，否则东南半壁，何至落孙氏之手，以致累起战事哉？*何丰林听了这话，也立起道："刚才臧司令所说的话，确是深明大局之谈，我们想到臧司令以数千之众，困守厦门，抗五路数万之众，竟能够维持到一年多之久，他的见识经验，必然在我们之上，因此兄弟主张遵照他所说的办法，坚持到底，诸位以为如何？"陈乐山、杨化昭、朱声广、夏兆麟俱各默然无语。卢永祥见他们不开口，便又问道："诸位不说，大概是没有疑义了。"一句话还不曾完，陈乐山突然起立道："坚持到底不打紧，只不知道可要作战？"*也作假糊涂吗？*卢永祥诧异道："你说什么话？坚持到底，当然是要作战，不作战，如何能坚持？"陈乐山道："既要作战，不知派谁去？"臧致平插口道："这何须问得，当然还是我们去，难道教老百姓去不成？"陈乐山冷笑道："你去，我是不去。"卢永祥、何丰林一齐变色道："乐山兄，你如何说这话？"陈乐山道："我的兵也打完了，*兵是你的吗？*怎么去得？老实说一句，诸位也不要动气，现在这战局，莫要说坚持到底，恐怕要坚持一日也难了。与其死战而多死些官兵，何如老实少战几次，可以多保全几条贱命呢。"*也有他的理由。*夏兆麟也跟着起立说道："奉天军队虽已出动，但是决不是直系的对手，这是谁都看得出来的。至西南方面，更是不济，天天嚷北伐，连个东江的陈炯明也打他不败，还想他们劳师千里地助我作战么？以我之见，也是不战为上。"杨化昭、朱声广也一齐附和，赞成不战。臧致平再三解释，众人都不肯听。卢永祥冷笑一声道："不论主战主和，都是一个办法，我也没什么成见，请诸位暂时各回防地，我只要对得住国家人民，对得住诸位就完了。"

众人散去以后，臧致平和何丰林都还不曾走。卢永祥见他们两人的神色也很颓丧，因笑道："你两位有心事吗？其实这种事也很寻常，大不了我们即刻走路而已。"何丰林叹了一口气道:"还有什么话?这时除却走之一法,也没别的计划了。"臧致平默然。卢永祥道:"怎么?兄还不曾决定宗旨吗?我是已很坚决了。无论两位的主张怎样,我决意走了。"说着,便命人请秘书草下野通电。臧致平忙道:"我们三人去则同去,留则同留,哪里有让你独自下野之理?光是我们在这里,还有什么办法吗?"卢永祥道:"那更好了。"说着,又想了一想道:"那朱声广不知为什么,也变起心来?"臧致平道:"我是早已听说,小徐现在上海,很想利用我们队伍,出来活动一下,他们大概受了徐树铮的运动要拥护他做领袖呢。不然,乐山等对直系又无好感,何以态度决裂得恁快呢?"*此是补笔兼伏笔。安知尚有枕边告状一幕趣剧呢?*卢永祥笑了一笑,更不下什么断语。不一会,秘书把通电稿送来,卢永祥便和何、臧两人盖章拍发,三人便同时下野,假道日本,同到奉天去了。正是:

人情变化浑难测,昨日今朝大不同。

未知后事如何,且看下回分解。

谋及妇人宜其死,千古奉为至言。陈乐山追随卢氏,耿耿忠心,可贯金石,方其劫夏超于车中,慷慨奋发,何其忠且勇也?逮王宾案作,爱妾陈词,转瞬而态度遽变。虽不至于杀身,而人格丧失,名誉扫地,亦不可谓非爱妾之赐已。

第三十九回

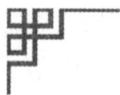

石青阳团结西南
孙中山宣言北伐

却说卢永祥、何丰林、臧致平三人下野以后，战局的形势，大为变化。奉天和广东都是反曹助卢的，当然各有举动。那广东方面，东江的战事，因双方都已筋疲力尽，成了相持之局。吴佩孚见陈炯明不能得志，命广西的陆荣廷，江西的方本仁，克日攻粤，也俱没有效果。沈鸿英不但不能助陈，反又降了中山先生，回桂攻击陆荣廷，因此吴佩孚方面，不但失了一臂之助，而且增加了一个敌人。**沈鸿英之反复，亦民国军阀中所罕见**。至于广东方面，因财政困难，北伐的事业又极重要，不能不勉力筹措。这时财政当局，因拟统一马路旁铺业权，与改良马路起见，征办一种铺底捐，凡马路两旁的店铺，依照铺底价值，缴费二成，以作在马路旁营业的代价。此外又有租捐，特种药品捐，珠宝玉石捐，仪仗捐等，各商店一齐团结反对，并接洽以总罢市为对付。一面召集全市商团与附近各乡团，以联防为名，集中广州，向当局警戒。此时广东省长徐绍桢已经去职，但是对于国事，仍然十分当心。他听了这个消息，恐怕影响治安，急忙出任调停。商界方面，便提出七个条件：

（一）永远取消统一马路业权案。

（二）取消租捐。

（三）取消特种药品捐。

（四）取消其他一切拟办之苛捐。

（五）军队出驻市外。

（六）交回各江封用之轮船，以利交通。

（七）免财政厅长陈其瑗职。

徐绍桢调停了几天，广东省长杨庶堪，方才发出布告，取消马路统一业权案。商界方面因没有永久两字，不肯承认，非要达到永久取消的目的不可。徐绍桢只得又向两方面竭力磋商，方才由杨庶堪答应增加永久取消字样，其他各项杂税，也一例取消。这风潮总算这样完结了。这些开到广州市的商团乡团，原是为总罢市的后援而来的，现在见事情解决，便各纷纷回防。这时各团代表，又开会设立联防总办事处，不料这一个举动，早已起了野心家利用之心，因前商会会长陈廉伯，私向挪威购买大批军械一案，遂酿成各地的大罢市，和商团与驻军的冲突，甚而牵动到外交，只看九月一日孙中山先生对外的宣言，就可以知道了。那宣言的原文道：

自广州汇丰银行买办，开始公然叛抗我政府后，予即疑彼之叛国行动，有英国之帝国主义为其后盾。但余不欲深信，因英国工党今方执政，该党于会议中及政纲中，曾屡次表示同情于被压迫之民族。故予当时常希望此工党政府，既已握权在手，或能实行其所表示，至少抛弃从前以祸害耻辱积压于中国之炮舰政策，而在中国创始一国际公道时代，即相传为英工党政治理想中之原则者。不意八月二十九日，英总领事致公文于我政府，声称沙面领团"抗争对一无防御的城市开炮之野蛮举动"。末段数语，则无异宣战。其文曰："予现接上级英海军官通告，谓彼已奉香港海军总司令训令，倘中国当局对城市开炮，所有一切有用之英海军队，立即行动。"兹我政府拒绝"对一无防御之城市开炮之野蛮举动"之妄言。须知我政府对于广州全市，或因不得已而有此举动之处，只有西关郭外之一部，而此处实为陈廉伯叛党之武装根据地。此项妄言所从出之方面，乃包含新加坡屠杀事件，及阿立察印度、埃及、爱尔兰等处残杀行为之作者在内，故实为帝国主义热狂之总表现。他国姑勿论，最近在我国之万县英海军，非欲炮击一无防御之城市，直至我同胞二人被捕，不经审判，立即枪毙，以满足帝国主义之凶暴，而始免于一击乎？然则是否因此种暴举，可以行诸一软弱不统一之国家而无碍，故又欲施诸别一中国之城市当局欤？唯予觉此项帝国主义的英国之挑战，其中殆含有更恶之意味。试观十二年来，帝国主义各强国于外交上，精神上，以及种种借款，始终一致的赞助反革命，则吾人欲观此项帝国主义之行动，为并非企图毁坏吾之国民党政府，殆不可行。盖今有对我政府之公然叛杭举动，其领袖为在华英帝国主义最有力机关之一代理人。我政府谋施对付此次叛抗举动之唯一有力方法，而所谓英国工党政府者，乃作打倒我政府之恐吓，此是何意味乎？盖帝国主义所欲毁坏之国民党政府，乃我国中唯一努力图保持革命精神之政府，乃唯一抗御反革命之中心，故英国之炮欲对之而发射。从前有一时期为努力推翻满清，今将开始一时期为努力推翻帝国主义之干涉中国扫除完成革命之历史的工作之最大障碍。

这件风潮，后来由范石生、廖行超两人的调停，总算得到一个解决。后来又因被陈廉伯利用，曾经过一次大变，此是后话，按下不提。

却说中山先生因东南东北的战事，俱已爆发，时时召集各要人讨论北伐的计划。这一天正在开会之际，忽然传报石青阳来见。原来石青阳自从熊克武失败后，因在四川没有立足之地，不能不到别省去暂住。后来知道熊克武在云南、贵州边境，便也到云南去依唐继尧。那唐继尧本有图川之志，听说石青阳来滇，倒也很表欢迎，立刻请他到省城相会。石青阳到了省城，唐继尧已派代表来迎，石青阳到了唐继尧的署中，继尧立刻出来，一见青阳，便欢然若旧相识。坐下以后，青阳约略问了些云南现状，又大约把川中所以失败的原因说了一遍。唐继尧叹息道："锦帆兄是我们的老友，我无日不希望他能戡定全川，驱除北方的势力，为我西南各省张目，不料垂成的事业，又复失败，真是可惜！"石青阳笑道："桑榆之收，未必无期，尚须看锦帆的努力耳。"唐继尧也笑道："但能如此方好。"石青阳道："话虽如此，但以我的目光看来，熊君决不能重入四川，恐怕这天府之区，完全要入于吴佩孚的掌握之中咧。"*妙妙。石青阳大有说士之风。*唐继尧道："何以见得？"石青阳道："吴佩孚素抱武力统一主义，对于四川，早已处心积虑，希望并入他的版图。他现据有全国之半的地盘，实力雄厚，哪个是他敌手？以奉张之强，兵力之厚，不值他的一击，何况区区一旅之众，岂能抗半国之兵。所以我料熊君必不能再入四川，作云南各省的屏蔽，而吴佩孚的必然据有四川地盘，也在意料之中咧。"*妙妙。石青阳大有说士之风。*唐继尧愕然道："此言恐怕也来必可靠。武力统一，不过是一句话罢咧，实际上怎能做得到呢？"石青阳笑道："我们不必说他做得到做不到，却先把现在的大势来较论一下。吴佩孚现有的地盘，是直隶、山东、河南、陕西、甘肃、江苏、湖北、江西、福建等九省，还有热、察、绥、京兆等特别区域。四川与湖南，实际上也不啻他附庸。与吴为敌的，只有奉张，浙卢，粤孙，和黔、滇等省而已。浙卢现在受了苏、皖、赣、闽四省的监视，自保尚且不暇，哪里还讲的到向外发展？*浙卢不能为吴之患一。*奉张虽称雄关外，然而一直隶之兵，已足当之，要想入关，也是大难大难。*奉张又不足为吴之患二。*粤孙东江之乱尚不能平，更无暇北伐。*粤孙更不足为吴之患三。*吴现在只用河南、湖北、陕西三省的兵力，再加以亲吴的川军，已不止有二十万大兵，以图四川一省，何难一鼓而平？*四川不难一鼓而平一。*四川平定之后，出一支兵南入贵州，更由湖南出兵西趋，以夹击之势，攻一贫弱的贵州，何愁不能克日勘定？*贵州又不足平二。*川、黔俱平之后，合击云南，莫赓兄虽然智勇冠天下，恐怕未必能抗豫、陕、鄂、川、湘、黔六省之兵。*云南又不足平三。*云南得手而后，由湘出兵，以拊广西之背，云南出兵，以掎广西之腹，广西也必不能抗。*广西又不足平四。*西南各省既定，一广东何能孤立？孙中山也唯有出国西游，再图机会了。*此言广东又不足平五。*西南全平之后，解决浙卢，更是不费吹灰之力。*浙江又不足平六。*那时竭全国之力以东趋，奉张又岂能独免？*奉张又不足平七。*莫赓兄，你看这武力统一的计划，能不能够实现？"*以上一大篇说词，三层说天下之大势，直已优胜，次论各省之削平，以鼓起滇唐之忧虑，甚妙。*唐继尧默然半晌，又道："如此说，我兄将如何对付？"*不先决自己对付之策，而先问石青阳对付之策，亦妙。盖石青阳如有解决之法，则己亦不必忧矣。*石青阳笑道："我不过一光身而已，并没什么地盘，还讲什么对付的办法。能够在国内住一天，便住一天，在四川不能立足，可到别省，别省又不能立足，可去国外。所谓不在其位，不谋其政，何必计较什么对付。"*妙甚，自己之不用计较对付，正是反激唐之不可不力谋对付也。*唐继尧想了一会道："吴佩孚能联合各省的力量，以实行他武力统一的政策，我们各省，也何尝不可联络起来以对抗吴氏？"*渐渐上了道儿。*石青阳笑道："这也是一个很好的计划。但是言之非艰，行之维艰，结果也不过是一种空气而已。试看这次锦帆在四川失败，谁肯助他一臂之力，当他胜利时，胡若愚还肯卖力，等到一次战败，大家又都袖手旁观，想保全自己的实力了。其实北军方计划各个击破，想保全自己的实力，结果也不过是空想而已。"*妙甚妙甚。*唐继尧奋然说道："哪有这话？我今偏要出人意料之外，竭全力来助锦帆重入成都，驱除北方势力。"上了道儿了。石青阳笑道："兄果有此决心，也非独力能任之事，必须西南各省，大家团结起来，方能成为一种绝大势力呢。果然蓂赓兄这计划能够实现，*不说是自己的计划，反说是唐的计划，使他格外努力*。妙。不但可以保持西南的力量，而且还可以窥取中原，覆灭曹、吴咧。"又歆之以利。唐继尧道："我的主张已经决定了，我兄能否助我一臂之力，代我和熊君与贵州刘君接洽，共同组织一个联军，以抗四川的侵略？"石青阳慨然道："既然蓂赓兄肯做此大义之举，兄弟岂有不帮忙之理？我当即日到贵州，和锦帆兄接洽便了。"唐继尧大喜。

石青阳住了一日，便往贵州和刘显世磋商。刘显世当然也没有不赞成之理。滇、黔两省说妥以后，方来和熊克武说明，熊克武更是喜欢。当下便组织一个川滇黔联军总司令部，以图进占四川，向外发展。这计划告成以后，石青阳便又跑到广东来和孙中山先生接洽。孙中山先生原是只求国家人民有利，不讲私人权利如何的，见他们肯北伐曹、吴，立刻便引为同志，并推唐继尧为副元帅，以便率军北伐，便宜处理一切。这时因东南的形势紧张，所以石青阳又以川滇黔联军总司令代表的名义，来请师期。这时中山已决定北伐，当时便即拟定了一个北伐宣言，原文道：

国民革命之目的，在造成独立自由之国家，以拥护国家及民众之利益。辛亥之役，推倒君主专制政体暨满洲征服阶级，本已得所藉手，以从事于目的之贯彻。假使吾党当时能根据于国家及民众之利益，以肃清反革命势力，则十三年来政治根本，当已确定，国民经济教育荦荦诸端，当已积极进行。革命之目的纵未能完全达到，然不失正鹄，以日跻于光明，则有断然者。

原夫反革命之发生，实继承专制时代之思想，对内牺牲民众利益，对外牺牲国家利益，以保持其过去时代之地位。观于袁世凯之称帝，张勋之复辟，冯国璋、徐世昌之毁法，曹锟、吴佩孚之窃位盗国，十三年来，连续不绝，可知其分子虽有新陈代谢，而其传统思想，则始终如一。此等反革命之恶势力，以北京为巢窝，而流毒被于各省。间有号称为革命分子，而其根本思想初非根据于国家及民众之利益者，则往往志操不定，受其吸引，与之同腐，以酿成今日分崩离析之局，此真可为太息痛恨者矣。反革命之恶势力所以存在，实由帝国主义卵翼之使然。证之民国二年之际，袁世凯将欲摧残革命党以遂其帝制自为之欲，则有五国银行团大借款于此时成立，以二万万五千万元供其战费。自是厥后，历冯国璋、徐世昌诸人，凡一度用兵于国内，以摧残异己，则必有一度之大借款，资其挥霍。及乎最近曹锟、吴佩孚加兵于东南，则久悬不决之金佛郎案即决定成立。由此种种，可知十三年来之战祸，直接受自军阀，间接受自帝国主义，明明白白，无可疑者。今者，浙江友军为反抗曹锟、吴佩孚而战，奉天亦将出于同样之决心与行动，革命政府已下明令出师北向，与天下共讨曹锟、吴佩孚诸贼，于此有当郑重为国民告，且为友军告者。此战之目的，不仅在覆灭曹、吴，尤在曹、吴覆灭之后，永无同样继起之人，以继续反革命之恶势力。换言之，此战之目的不仅在推倒军阀，尤在推倒军阀所赖以生存之帝国主义。盖必如是，然后反革命之根株乃得永绝，中国乃能脱离次殖民地之地位，以造成自由独立之国家也。中国国民党之最终目的，在于三民主义，本党之职任，即为实行主义而奋斗，故敢谨告于国民及友军曰：吾人颠覆北洋军阀之后，必将要求现时必需之各种具体条件之实现，以为实行最终目的三民主义之初步。此次暴发之国内战争，本党因反对军阀而参加之，其职任首在战胜之后，以革命政府之权力，扫荡反革命之恶势力，使人民得解放而谋自治。尤在对外代表国家利益，要求重新审订一切不平等之条约，即取消此等条约中所定之一切特权，而重订双方平等互尊主权之条约，以消灭帝国主义在中国之势力。盖必先令中国出此不平等之国际地位，然后下列之具体目的，方有实现之可能也。

（一）中国跻于国际平等地位以后，国民经济及一切生产力得充分发展。

（二）实业之发展，使农村经济得以改良，而劳动农民之生计有改善之可能。

（三）生产力之充分发展，使工人阶级之生活状况，得因其团结力之增长，而有改善之机会。

（四）农工业之发达，使人民之购买力增高，商业始有繁盛之新机。

（五）文化及教育等问题，至此方不落于空谈。以经济之发展，使智识能力之需要日增，而国家富力之增殖，可使文化事业及教育之经费易于筹措。一切智识阶级之失业问题，失学问题，方有解决之端绪。

（六）中国新法律更因不平等条约之废除，而能普及于全国领土，实行于一切租界，然后阴谋破坏之反革命势力，无所凭借。

凡此一切，当能造成巩固之经济基础，以统一全国，实现真正之民权制度，以谋平民群众之幸福。故国民处此战争之时，尤当亟起而反抗军阀，求此最少限度之政纲实现，以为实行三民主义之第一步。中华民国十三年九月十八日。

此外又下了三个命令道：

去岁曹锟戢法行贿，渎乱选举，僭窃名器，自知倒行逆施，为大义所不容，乃与吴佩孚同恶相济，以卖国所得，为穷兵黩武式之用，借以摧残正类，消除异己，流毒川、闽，四海同愤。近复嗾其鹰犬，骤突浙江，东南富庶，横罹锋镝，似此穷凶极戾，诚邦家之大憝，国民之公仇。比年以来，分崩离析之祸烈矣，探其乱本，皆由此等狐鼠凭借城社，遂使神州鼎沸，生民丘墟。本大元帅夙以讨贼戡乱为职志，十年之秋，视师桂林，十一年之夏，出师江右，所欲为国民剪此蟊贼，不图宵小窃发，师行顿挫，遂不得不从事扫除内蘖，绥辑乱余。今者烽烟虽未靖于东江，而大战之机，已发于东南，渐及东北，不能不权其缓急轻重。古人有言："豺狼当道，安问狐狸？"故遂刻日移师北指，与天下共讨曹、吴诸贼。此战酝酿于去岁之秋，而爆发于今日，各方并举，无所谓南北之分，只有顺逆之辨。凡卖国殃民，多行不义者，悉不期而附于曹、吴诸贼。反之抱持正义，以澄清天下自任者，亦必不期而趋集于义师旗帜之下。民国存亡，决于此战，其间决无中立之地，亦绝无可以旁观之人。凡我各省将帅，平时薄物细故，悉当弃置，集其精力，从事破贼，露布一到，即当克期会师。凡我全国人民，应破除苟安姑息之见，激励勇气，为国牺牲，军民同心，以当大敌，务使曹、吴诸贼，次第伏法，尽摧军阀，实现民治。十三年来丧乱之局，于兹敉平，百年治安大计，从此开始。永奠和平，力致富强，有厚望焉。布告天下，咸使闻知！九月五日。

本大元帅于去岁之春，重莅广州，北望中原，国本未宁，危机四布，而肘腋之地，伏莽纵横，乘隙思逞，始欲动之以大义，结之以忠信，故倡和平统一之议，以期消弭战祸，扶植民本。不图北方跋扈武人曹锟、吴佩孚等，方欲穷兵黩武，摧锄异己，以遂其僭窃之谋，乃勾结我叛兵，调唆我新附，资以饷械，嗾其变乱，遂使百粤悉罹兵燹，北江群寇，蜂拥而至，东江叛兵，乘时蠢动。西江南路，跳梁亦并进。

当此之时，以一隅之地，揹四面之敌，赖诸将士之勠力，人民之同心，兵锋所指，群贼崩溃，广州根本之地，危而复安。在将士劳于征战，喘息不遑，在人民疲于负担，筋力易敝。然革命军不屈不挠之精神，已渐为海内所认识矣。曹、吴诸贼，既不获逞于粤，日暮途远，始窃名器以自娱，于是有龁法行贿，渎乱选举之事。反对之声，遍于全国，正义公理，本足以褫奸宄之魄，然天讨未申，元凶稽戮，转足以坚其盗憎主人之念。湖南讨贼军入定湘中，四川讨贼军规复重庆，形势甫展，而大功未就。曹、吴诸贼，乃益无忌惮，既吮血于福建，遂磨牙于浙江，因以有东南之战事。逆料此战事，且将由东南而渐及于东北。去岁贿选时代所酝酿之大战，至此已一发而不可遏。以全国言，一切变乱之原动力，在于曹、吴，其他小丑，不过依附以求生存，苟能锄去曹、吴，则乱源自息。以广东言，浙江、上海实为广东之藩篱，假使曹、吴得逞于浙江、上海，则广东将有噬脐之祸。故救浙江、上海，亦即以存粤。职此之故，本大元帅已明令诸将，一致北向讨贼，并克日移大本营于韶州，以资统率。当与诸军会师长江，饮马黄河，以定中原。其后方留守之事，责诸有司。去岁以来，百粤人民，供亿宰费，负担綦重，用兵之际，吏治财政，动受牵掣，所以苦吾父老兄弟者甚至。然存正统于将绝，树革命之模型，吾父老子弟所有造于国者亦甚大，当此全国鼎沸之日，吾父老子弟，尤当蹈厉奋发，为民前驱，扫除军阀，实现民治，在此一举，其各勉旃！毋忽。九月五日。

　　最近数十年来，中国受列强帝国主义之侵略，渐沦于次殖民地，而满洲政府仍牢守其民族之特权阶级，与君主之专制政治，中国人民虽欲自救，其道无由，文乃率导同志，致力革命，以肇建中华民国，尔来十有三年矣。原革命之目的，在实现民有、民治、民享之国家，以独立自由于大地之上，此与帝国主义，如水火之不相容。故帝国主义，遂与军阀互相勾结，以为反动。军阀既有帝国主义为之后援，乃悍然蔑视国民，破坏民国，而无所忌惮。革命党人与之为殊死战，而大多数人民，仍守其不问国事之习，坐视不为之所，于是革命党人，往往势孤而至于磋跌。十三年来，革命所以未能成功，其端实系于此。广东与革命关系最深，其革命担负亦最重，元年以来，国事未宁，广东人民亦不能得一日之安。九年之冬，粤军返斾，宜若得所藉手，以完革命之志事，而曾不须臾，典兵者已为北洋军阀所勾引，遂以有十一年六月之叛乱。至十二年正月，借滇、桂诸军之力，仅得讨平，然除孽犹蜂聚于东江，新附复反侧于肘腋。曹锟、吴佩孚遂乘间抵隙，唆赣军入寇北江一带。西江南路亦同时啸起，广州一隅，几成坐困。文率诸军，四围冲击，虽所向摧破，莫能为患。然转输供亿，苦我广东父老昆弟至矣。军事既殷，军需自繁，罗掘多方，犹不能给，于是病民之诸捐杂税，繁然并起。其结果人民生活，受其牵掣，物价日腾，生事日艰。夫革命为全国人民之责任，而广东人民所负担为独多，此已足致广东人民之不平矣。而间有骄兵悍将，不修军纪，为暴于民，贪官污吏，托名筹饷，因缘为利，驯致人民生命自由财产，无所保障，交通为之断绝，廛市为之凋败，此尤足令广东人民叹息痛恨，而革命政府所由彷徨凤夜，莫知所措者也。广东人民身受痛苦，对于革命政府，渐形失望，而在商民为尤然。殊不知革命主义为一事，革命进行方法又为一事。革命主义，革命政府始终尽力，以求贯彻，革命进行方法，则革命政府，不惮因应环境以求适宜。广东今日此等现状，乃革命进行方法未善，有以使然，于革命主义无与。若以现状之未善，而谤及于主义之本身，以反对革命政府之存在，则革命政府，为拥护其主义计，不得不谋压此等反对企图，而使之消灭。三十余年来，文与诸同志实行革命主义，不恤与举世为敌，微特满洲政府之淫威，不足撄吾怀抱，即举世之讪笑咒诅，以大逆无道等等恶名相加，亦夷然不以为意，此广东人民所尤稔知者也。故为广东人民计，为商民计，莫若拥护革命政府，实行革命主义，同时与革命政府，协商改善革命之进行方法。盖前此大病，在人民守其不问国事之习，不与革命政府合作，而革命政府为存在计，不得不以强力取资于人民，政府与人民之间，遂生隔膜。今者革命政府不恤改弦更张，以求与人民合作，特郑重明白宣布如左：（一）在最短时期内，悉调各军，实行北伐。（二）以广东付之广东人民，实行自治。广州市政厅克日改组，市长付之民选，以为全省自治之先导。（三）现在一切苛捐杂税，悉数蠲除，由民选官吏另订税则。以上三者，革命政府已决心实行，广东人民，当知关于革命之进行方法，革命政府不难徇人民之意向，从事改组。唯我广东人民，对于革命之主义，当以热诚扶助革命政府，使之早日实现，庶几政府人民，同心同德，以当大敌。十三年来未就之绪，于以告成。中华民国实嘉赖之。

　　各省人民，听说中山誓师北伐，都延颈盼望，巴不得革命军早到。正是：

　　大地干戈无了日，万民端望义师来。

　　未知后事如何，且看下回分解。

　　毒蛇螫手，壮士断腕。民国成立，经十余年，而民困益甚者，无他，革命之功，未能彻底，犹之毒蛇噬人，手已螫而腕不忍断，浸假且毒蔓全身，不可救药也。读孙先生北伐宣言及布告，所谓不忍黩武，而不得不用兵之苦衷，骨剖晰明白，人民无不爱和平，知北伐之目的端在和平，当无不憬悟奋起，共襄义师者，北伐成功，基于是矣。

第四十回

筹军饷恢复捐官法
结内应端赖美人兵

却说吴佩孚在洛阳，除练兵以外就是搜刮军饷，因他料到直、奉再战，决不能免，所以不能不未雨绸缪，先积蓄个数千数百万元，以备一有事情可作为战费。*积蓄以为战费，较之积蓄以为私财者何如？* 所以那时的财长，除却筹措政费军费以外，还须筹一笔预备战费，委实也不易做。至于这时的内阁总理，还是孙宝琦，财政总长是王克敏，孙宝琦和王克敏，原有意见，共事不久，意见愈多，纠纷愈甚。双方借端为难，已非一日。*如此政府，安望其能建设。* 讲到两人所以如此冲突的原因，却在孙阁成立之时，王克敏为保定派的中坚人物，高凌霨内阁刚倒的时候，王克敏立刻奔走洛阳，竭力拉拢，自以为内阁总理，无论属之何人，这财政总长一席，总逃不出自己掌握之中。俗话说得好："一朝天子一朝臣。"孙宝琦既做了总理，当然要拉拢他自己相信的人来担任这重要的财揆，才能放心，所以把王克敏维持阳历年关的功劳，完全抹杀不问，竟另外拉拢潘复、赵椿年一类人，教他们担任财政一部。幸而府方的王毓芝、李彦青两人竭力主张，非用王克敏入阁不可，孙宝琦不敢违拗，只得打消原来的主张，仍然用王克敏长财。*幸臣之势力，如此可畏。*

王克敏知道了这件事，心中如何不气，真是可气。当时向人宣言："孙阁这等胡闹，不肯用他，便是胡闹。非加以压迫不可。"*一个要加以压迫。* 孙宝琦虽然是个没用的老官僚，对于政争，却也知道诀窍，于是想出一个抵制之法，指使吴景濂派津派。的议员，借金佛郎案，竭力向王克敏攻击。有提弹劾案的，有提查办案的，倒王的风声，真个一天紧似一天。议员们的摇旗呐喊，岂能倒幸臣所维持的财长？这时阁员中，以保派为最多，他们亦有一种团体。这等团体，可称糟团。王克敏和内务程克，交通吴毓鳞，完全是保派，外交顾维钧，农商颜惠庆，虽则并非保派，却和保派也有一番渊源。他们见王克敏吃了人家的亏，不免发生兔死狐悲之念，为抑制外力之计，对于孙宝琦，当然也有一种报复行为。他们的政策，却舍议员而用本身占有多数的阁员。阁员议员，无非银圆。在阁议席上，对于孙的提案，往往竭力反对，使他不能行使他所定的政策。如此互相倾轧，焉能望其建设？这原是一种制孙死命的计划。不料吴佩孚时时令内阁筹集军饷，王克敏不能不竭力设法，他的唯一方针，只有承认金佛郎案，立刻便可得一注大款子，无奈孙宝琦正借着这个题目，在哪里讨好国人，所以不敢明目张胆的胡乱答应。可是除此以外，又无别法。吴佩孚却不管这些，因他们筹饷不力，时时有电报指斥。王克敏和程克、吴毓鳞都非常着急。

有一天，程克忽然得了一个筹款的方法，便兴匆匆地跑到王克敏公馆里去商议进行的方法。恰好吴毓鳞、颜惠庆、顾维钧和王克敏的妹子七姑太太，都在哪里。程克和他们都是十分相熟的熟人，也不消客气，爽爽快快地向沙发上一横，向七姑太太笑道："你几时到杭州去？我有一个礼拜不见你了。只道你已经回南，真个牵记得很。"七姑太太白了他一眼道："你牵记我做什么？便把你这颗心零碎割开来，也牵记不到我呢。"吴毓鳞拍手笑道："真的，老程是一部垃圾马车，便把他的坏心磨作齑粉，也不够支配呢。"说得众人都笑起来。王克敏也禁不住嗤的一笑。不怒而笑，其人可知。七姑太太便站起来要打他，吴毓鳞忙着躲过，笑着告饶。七姑太太哪里肯听，赶上去就打。吴毓鳞翻身就逃，不料一脚绊在痰盂上，把个痰盂滚了三五尺远，恰好那只脚跨上去时，又踏在痰盂上，痰盂不滚，吴毓鳞站不住脚，立刻扑的一跤，掼在地下，引得众人都大笑起来。七姑太太也忙着回身倒在一张沙发上，掩着口，吃吃地笑个不住。吴毓鳞赶着站起来时，裤子上已渍了许多水。王克敏忙着叫用人进来收拾。吴毓鳞又要了一块手巾，揩了揩手面，再把裤子上的水，也揩干了，众人取笑了一回，渐渐又说到正经话上来。

只听颜惠庆说道："我想：要是二五附税能够实行，每年至少可得二千四百万的收入，拿来担保发行一笔巨额的公债，岂不一切问题都解决了？"惠庆此语，系承上而来，可见程克未到前，他们正在议论筹款办法，不假辞句而补出全文，此谓用笔神化，不落痕迹。王克敏皱眉道："这事也不易办呢。在金佛郎案没有解决之前，他们如何肯开会讨论？"束手无策。顾维钧道："非但此也，华府条约，明明规定须在该约施行后三个月内，方能召集特别关税会议，现在法国还没批准，哪里说得到实行？"王克敏道："你是熟悉外交情形的，难道还不知道法国所以不肯批准华府条约，就为我们不肯承认金佛郎吗？他既借这个来抵制，在我们不曾承认金佛郎案以前，如何肯轻易批准？倘然不承认金佛郎案，这二五附税，岂非一万年也不能实行吗？"说着，又顿足道，"我说，这金佛郎案是非承认不可的，偏这孙老头处处为难，借着这个题目来攻击我，使我又不好承认，又不能不承认，真教我为难极了。"此时王克敏之处境，确也为难。众人还不曾回答，程克先插嘴问道："你们可是在这里谈论筹款的方法吗？我倒想了一个计较，大家不妨讨论讨论，看使得使不得？"王克敏急问什么方法？当然是他第一个着急。程克笑道："我说出来，你们不要笑。"众人都稀奇道："这有什么可笑？只要有款可筹，便被人笑骂，打甚么紧。"诚哉诸君之言，当今之世，只要有钱耳，他何必问。程克道："我今天偶然翻着义赈奖励章程，第二条上说，凡捐助义赈款银一万元以上者，应报由内务部呈请特予优加奖励。我想这一条，大可附会到简任、荐任的上面去，开他一个捐官的门路，倒也是一个源源不绝的生财之道咧。"王克敏忙道："不错，这倒正是一个绝好的方法，怎说好笑？"颜惠庆道："这事只怕国人要反对罢。"到底还是他怕召物议。吴毓麟道："反对倒不必怕，好在我们又不是真个说捐官，在名义上说起来，国人也没有充分的反对理由。便算有人反对，我们不理他又有什么法子。"大有孤行一意的勇气，可佩之至。顾维钧道："国人反对不反对，事前哪里料得到，现在何妨先做做看，等国人反对的真厉害时，取消不迟。"此所谓外交家之滑头手段也。王克敏道："这话很不错，我们不妨先进行进行，看是个怎么样子再说。至于特别关税会议，也须竭力进行才好。"顾维钧道："这问题我已和各国公使商量过好几次，都没有结果，看来暂时决不能即行召集了，所以我想先开预备会议，预备会议有了结果，便不怕正式会议开不成功了。"七姑太太初时只怔怔地听着，这时也插口道："这方法倒很好，你们何妨就这样办呢？"颜惠庆道："这照会应该怎样措辞？"顾维钧想了一会道："让我自己来起个草，大家斟酌斟酌看。"

众人都说："很好。"王克敏叫人拿过纸笔来。看顾维钧一面想，一面写，做了半天，方才完稿。众人读那原文道：

华会九国关于中国关税税则之条件，原定俟该约施行后三个月内，应由中政府择定地点，定期召集特别会议，议定撤除厘金，增收二五附加税，及各种奢侈品亦增加税率，并规定中国海陆各边界关税章程各节。查该约之精神，旨在救济中国财政，但至今已届两载，各签约国尚未完全批准，以致特别会议不能如期召集，中国财政上种种计划，无法进行，内外各债，亦无从整理，为此中政府不得不提议先行召集预备会议之举，为将来特别会议之准备。

众人都说："很好，就这样罢。"说着，忽见七姑太太看了看手表，说道："时候到了，再迟火车要赶不上了。"程克吃惊道："七姑太太今天回南边去吗？"七姑太太点头笑道："正是，趁今天的特别快车去呢。"一面说，一面叫人预备汽车。程克和王克敏两人，亲自送她到车站。吴毓麟和颜惠庆、顾维钧等也都散了，召集特别关税会议的照会，已由外交部送达各国公使。各公使都说要请示本国政府，不肯即时答复。不料各国的训令转来，都是拒绝召集，一场大希望，完全落了空，颜惠庆、顾维钧、王克敏等都十分扫兴。真是葡萄牙公使说的多此一举。那捐官问题，外面的舆论不甚赞成，可是程、王等都因急于要钱，先由内务部上了一个呈文，大略说：

查民国九年改订义赈奖励章程第二条，载：凡捐助义赈款银，达一万元以上者，应报由内务部呈请特予优加奖励等语。所谓奖励，即指简、荐实职而言，特原文未经说明，且规定捐数过巨，致捐款者仍多观望。以今视昔，灾情之重，需款之殷，筹款之穷于术，势非夏子变通，未由济事。明知国家名器，未可轻予假人，顾兹千万灾民，偏要推在灾民身上，其实灾民所受之实惠，有几许哉？颙望苏息，又不能不勉予通融。为此拟请将民国九年义赈奖励章程，再行修正，以劝义举。是否有当，理合呈请钧座核示祗遵。

曹锟得了这呈文，便批交法制局核议，法制局因舆论上颇为攻击，核定缓议。原文道：

> 查内务部修正要点，系将原章程第二条之特予优加奖励等语，改为以简任或荐任职存记。在部中修改之意，本欲以优加奖励，鼓舞人民好善之心，然事同于前清之赈捐，流弊甚大，应从缓议。

程克见本人政策，这等骗人方法，也说得上政策，惶恐惶恐。第一次被驳，少不得再行呈请，不过将原文第二条，改为应由内务部专案呈请特奖。所谓特奖者，就是以简任或荐任职存记，不过名词上之异同而已。这样一改，立刻指令照准，于是前清的捐官法，便又实行恢复了。通令下后，自有一班铜臭的人，掏出整万的款子来，报效政府，买一个简、荐衔头，荣宗耀祖，手腕灵些的，更可活动一个实授差使，捞回本钱，得些利息。在政府方面，总算是不费之惠，而且又可得一笔制造灾民的军费，名之曰义赈捐款，而实际乃以制造灾民，岂不可叹。岂非一举两得？这事情在没有发表之前，本来做得十分秘密，不料给孙宝琦晓得后，又大加攻击，以致外面舆论也沸沸扬扬，排斥程克，因此程克和王克敏，更觉对孙不满。

这时正值江、浙战事将要发生，孙宝琦因着浙江同乡的公电，请出任调停，少不得向各方疏通。又自恃洛方处处对他表示保护，若直向吴佩孚说话，也似较有把握。因与幕僚计议，请他拟稿电请吴佩孚制止。那幕僚半晌方说道："我也是浙江人，当然希望江、浙没有战事，但在我的目光看来，这个电报，竟是不必发的好。"又有一件公案。孙宝琦诧异道："这是什么原故？难道吴玉帅也主张攻浙了吗？"孙慕老此时尚不知耶？可谓懵懵。幕僚道："事情虽是一种谣传，不能认为十分确实，但所得消息，是极接近王克敏这边的人说出来的，这人又刚从浙江来，他这说话，当然是有几个可靠咧。"孙宝琦忙问是什么话？那幕僚笑道："话长呢！而且怪肉麻有趣的。慕老孙宝琦字慕韩。既然注意，少不得学给你听。四省攻浙，初时不过一种计划罢咧，现在却已十分确定，不但外面遣兵调将，一切布置妥洽，并且连内应也弄好了。"孙宝琦道："谁是内应？"幕僚道："还有谁？除却夏定侯，怕不容易找到第二个罢。他本来是个内应专家，内应也有专家，怪不得卖官可称政策了。第一次赶走吕戴之，内幕已无人不知，要是没有童保暄，戴之岂不是要大吃其亏吗？吴大帅因此看中了他，想送他……"句说到这里，低头想了一会，方道："那传说的人也记不清了，怕是二十万现款，叫他倒子嘉的戈，但是还怕他不答应，急切又找不到向他说话的人，又是王克敏献计，说自己有个妹子在杭州，教她去说，无有不成功的。"真是好计。孙宝琦笑道，"定侯是有名的色鬼，这不是用美人计吗？"幕僚笑道："虽不敢说确是美人计，但从外面看来，多少总有一点关系？"孙宝琦笑道："吴大帅怕未必肯听他这些鬼计罢。"那幕僚笑道："怎么不听？人家可已进行得差不多了。那王克敏要巴结吴大帅，少不得写信给他的妹子七姑太太，请他赶紧进行。七姑太太看在哥哥面上，少不得牺牲色相，向定侯献些殷勤。这其间，果然一拍就合了。"何其容易也？一笑。孙宝琦道："这怕是谣言罢。"那幕僚道："在先我也这般想，更可笑的，还有一件大肉麻事，真叫我学说也学不上来。"孙宝琦急问又是什么话？幕僚道："这种话，慕老不能当作真话听的。大概请七姑太太去运动定侯，是一件事实，他们既然接洽这么一件秘密大事，少不得要避避别人的目光，在暗地里秘密接洽进行，因此引起了别人的疑窦，造出了一大段谣言，不过我也不能不秉着阙疑的主张，向你学说一番。这实是作者之言耳，和借用恰当。据一般谣言说：七姑太太得了乃兄的手书以后，便以定侯为目标，着着进行。七姑太太在西湖中，本已流传不少的风流艳迹，定侯早已十分留心，并且同席过好几次了，只因自己的丰韵不佳，不能动美人的怜爱，因此几次三番，都不能勾引到手。如今见她居然降尊纡贵，玉趾亲临，这一喜，真个非同小可，立刻问长问短，挤眉弄眼的，向她打撞。七姑太太原系有求于他而来，少不得假以辞色，有说有笑的，十分敷衍着他。那种温柔和悦的态度，和往日的冷心冷脸，截然如出两人。定侯认为美人垂青，欢喜得手舞脚蹈，早不觉丑态毕露，肉麻的一个不知所云。从此以后，定侯便天天要到西湖去看七姑太太，七姑太太也不时进城来看定侯，两人竟一天比一天地要好起来。那天定侯又去看七姑太太，七姑太太见事机已熟，便向他说道：'你的心倒很平，年年做警务处长，也不想生发生发的，大概做一辈子的警务处长，也就心满意足咧。'这几句话，打动了定侯的心事，便慨然长叹起来。七姑太太又笑道：'你叹什么气？难道还不满足吗？我劝你也别三心两意罢。论起你的才干来，固然，休说区区一个警务处长，便做一个督军巡阅，也并非分外。都只因你自己心太平了，不肯做，做到现在，还是一个警务处长，便再过三年五载，恐怕也还是这么一回事儿。既然自己不肯做，还怪谁？唉声叹气，又有什么用呢？'定侯这时触动心事，禁不住又叹了一口气道：'哪里是我自甘雌伏，不过没有机会，不能不这般耐守罢咧！'*被女将军勾出真心话来了。*七姑太太笑道：'你别吹牛，便有天大的机会到你眼前来，也不见得你会乘机发展呢。'*恐其念之不坚，更作反激辞以试探之，可谓妙甚。*定侯正色道：'胡说！你几时看我哪般没出息？果真有机会，我难道是呆子，肯死守着小小前程，一点不动吗？'七姑太太笑道：'如此说，我就给你一个机会，看你敢动不敢动？'定侯以为她说的是笑话，便也笑道：'好，好，好，姑太太，就请你给我一个机会，看我敢不敢动？'七姑太太笑道：'你别乱吹，我这法子，不是卖给没出息人的，你真能用，我就讲出来，讲了出来，你要是不能用，不肯用，我这妙计，就算丢在粪窖里。这种天大的损失，谁负责任？'*再敲一句，不怕不着实。*定侯笑道：'你别瞎吹！要是你真有好机会给我，我不敢动，罚在你床前跪三千年如何？'七姑太太正色道：'我不是和你说笑话，真有个极好的机会给你呢！你瞧我虽是女子，可同那批专事胡调，不知大体的下流女子一般身份么？'定侯见她说得十分正经，连忙挨进一步，悄悄说道：'是了，姑太太，晓得你的厉害了，究是什么机会，请你说出来，让我斟酌斟酌，看行得不行得？'七姑太太笑道：'你看！一听说是正经话，便又变成那种浪样儿，什么斟酌不斟酌，要讲斟酌，仍是游移不定之谈罢了。老实说：我这机会，是必灵必效，无容迟疑的，你若有一丝一毫不信任之心，我就不肯说了。'定侯见她说得这样简截，不觉又气又笑，因道：'你别尽闹玩笑，说真是真，说假是假，这样真不像真，假不像假，岂不令人难过？'*真是难过。*七姑太太笑道：'你别嚷！我就老实告诉你罢。'因凑过头去，悄悄地说了一阵。他说一句，定侯点一点头，说完了，一口应允道：'行，行，行！这很行！我有办法，你只管替我回复玉帅，我准定照办罢咧。'七姑太太道：'你别掉枪花，说过的话儿不应口，我可不依你呢……'"那幕僚刚演说到这里，孙宝琦已忍不住笑着插嘴道："得咧得咧，别说了罢。这种秘密事儿，人家如何听得见？可见这些话，完全是造谣的了，你还是给我拟一个给玉帅的电稿罢。"那幕僚也禁不住笑道："那原是笑话，但是吴大帅教王克敏写信给七姑太太这件事，实在是千真万确的，就是电请吴大帅制止，也不过是尽尽人事而已。"孙宝琦道："就是说人事也不可不尽。"那幕僚见孙宝琦固执要拟，当然不敢再说，当下拟了一个电稿，大略道：

东南形势，又日益紧张，人民呼吁无门，流离载道。宝琦顾念桑梓，忧怀莫释，务恳怜悯此凋敝民生，不堪重荷锋镝之苦，实力制止，使战事不至实现。庶东南半壁，犹得保其完肤。民国幸甚！人民幸甚！

这电报拍出以后，过了一个礼拜，方才得了洛阳的复电，大略道：

卢、何抗命，称兵犯苏，甘为戎首，虽佩孚素抱东南完肤之旨，而职责所在，亦岂能含垢忍辱，坏我国家纲纪，不稍振饬？倘卢、何果能悔祸，自戢野心，即日束兵待罪，则佩孚又何求焉？

电报到达的第二天，黄渡、浏河、长兴等处，都已接触，和平调停的声浪，也就由微而绝了。其时奉天方面，因为响应浙江，已有大举入关之势。吴佩孚方面，也少不得积极备战。直隶的人民，无日不在奔走呼号之中。东南战事实现后十天，奉、直两军，也在朝阳方面接触了。正是：

鼙鼓声声听不断，南方未已北方来。

未知究竟如何结果，且待以后详续。

本回所记，与上回江、浙之战，同时发生，而又互有关系，故为补记之笔。夫民国肇造，首在与民更始，而更始之道，尤莫先于革除秕政。卖官鬻爵，历代之秕政也。满清知之，而蹈其覆辙，毒尽天下，误尽苍生，不图时至民国，尚欲效其所尤，此真饮鸩止渴之下策，堂堂内阁，赫赫总统，竟敢放胆而行，肆无忌惮，何怪仕途愈滥，奔竞愈多。传曰："唯器与名，不可以假人。"名器之不慎如此，国事尚可问乎？虽然，彼总统阁员，果以何项资格，登此高位？盖语有之曰："己身不正，而能正人者，未之有也。"